O FIM DOS HOMENS

CHRISTINA
SWEENEY-BAIRD

O FIM DOS HOMENS

Tradução
Sandra Martha Dolinsky

1ª edição

Rio de Janeiro-RJ / São Paulo-SP, 2022

VERUS
EDITORA

Copidesque
Lígia Alves

Revisão
Tássia Carvalho

Diagramação
Abreu's System

Título original
The End of Men

ISBN: 978-65-5924-078-4

Copyright © Christina Sweeney-Baird, 2021
Todos os direitos reservados.

Tradução © Verus Editora, 2022
Direitos reservados em língua portuguesa, no Brasil, por Verus Editora. Nenhuma parte desta obra pode ser reproduzida ou transmitida por qualquer forma e/ou quaisquer meios (eletrônico ou mecânico, incluindo fotocópia e gravação) ou arquivada em qualquer sistema ou banco de dados sem permissão escrita da editora.

Verus Editora Ltda.
Rua Argentina, 171, São Cristóvão, Rio de Janeiro/RJ, 20921-380
www.veruseditora.com.br

CIP-BRASIL. CATALOGAÇÃO NA PUBLICAÇÃO
SINDICATO NACIONAL DOS EDITORES DE LIVROS, RJ

S978f

Sweeney-Baird, Christina
O fim dos homens / Christina Sweeney-Baird ; tradução Sandra Martha Dolinsky. – 1. ed. – Rio de Janeiro : Verus, 2022.

Tradução de: The end of men.
ISBN 978-65-5924-078-4

1. Ficção inglesa. I. Dolinsky, Sandra Martha. II. Título.

22-77649
CDD: 823
CDU: 82-3(410)

Gabriela Faray Ferreira Lopes - Bibliotecária - CRB-7/6643

Revisado conforme o novo acordo ortográfico.

Seja um leitor preferencial Record.
Cadastre-se no site www.record.com.br e receba
informações sobre nossos lançamentos e nossas promoções.

Atendimento e venda direta ao leitor:
sac@record.com.br

Para minha mãe, Margarita.
Sou muito feliz por ser sua filha.

Nota da autora

Ouvi falar do coronavírus pela primeira vez — provavelmente como a maioria das pessoas — por meio de fragmentos de reportagens e e-mails de amigos dizendo: "Você viu isso? Que estranho!" Durante várias semanas pareceu distante, como muitas notícias estrangeiras. Algo terrível e assustador, mas, no fim das contas, uma doença que não me afetaria.

Poucos meses depois desses e-mails e notícias, estou em lockdown, trancada em meu apartamento no centro de Londres. Saio de casa uma vez por dia para me exercitar e compro comida e outros itens essenciais uma vez por semana. Não sei quando vou encontrar minha família, meus amigos ou os colegas de trabalho. Bilhões de pessoas no mundo todo estão na mesma situação. Sinto-me imensamente feliz por ainda ter um emprego e por ter me recuperado da suspeita da doença (não fiz o teste, mas tive a tosse característica do vírus, falta de ar e fadiga extrema depois de retornar a Londres de uma viagem ao norte da Itália). Eu sei que a pessoa deve "viver sua verdade" por meio da arte e tudo o mais, porém contrair o coronavírus foi um passo em direção à autenticidade que eu teria dispensado de bom grado.

É um eufemismo dizer que parece surreal eu ter escrito um livro sobre uma pandemia viral no momento em que uma verdadeira pandemia viral assola o mundo. Mais de uma pessoa, meio que brincando, me chamou de Cassandra. Quando comecei a escrever *O fim dos homens*, em setembro de 2018, parecia um excelente experimento mental. Até onde eu poderia levar minha imaginação? De que maneira uma pandemia global com uma enorme taxa de mortalidade mudaria o mundo? Como seria o mundo sem os homens, ou sem a maioria deles? Escrevi o primeiro esboço em nove meses, terminando com um arroubo de escrita intensa em junho de 2019. Agora, enquanto edito o livro para meus editores, encontro-me testando meu mundo imaginário contra o real. Avalio a distância entre o que escrevi e o que está acontecendo. Como escritora de ficção especulativa, não era isso o que eu esperava.

O coronavírus não tem uma taxa de mortalidade tão alta quanto a do vírus que imaginei em minha história. No entanto, estamos vivenciando a maior pandemia de nosso tempo, o que é mais do que eu jamais poderia ter imaginado em meus pesadelos mais loucos. O mundo sobre o qual escrevi deveria permanecer seguro nas páginas de meu romance; agora, é refletido pelo mundo real com muito mais proximidade do que eu jamais poderia supor. Espero que, quando você estiver lendo isto, já haja uma vacina. Espero que nossos sistemas de saúde sobrevivam e que a economia se recupere. Espero que seus entes queridos estejam bem e que o mundo tenha voltado ao estado maravilhoso, entediante e nostálgico pelo qual agora anseio: a normalidade.

Christina Sweeney-Baird
12 de abril de 2020

ANTES

Catherine

Londres, Reino Unido, cinco dias antes

Você realmente precisa se fantasiar no Halloween depois de ter filhos? Isso nunca foi um problema para mim. Theodore fez três anos há poucos meses, de modo que até agora eu o vestia com uma fantasia fofinha (de cenoura, depois de leão e depois de bombeiro, uma graça, com um capacete felpudo) e tirava fotos dele em casa. Não quero ser uma mãe chata que todo mundo pensa que é esnobe e que está acima da alegria de se fantasiar. Também não quero parecer constrangedoramente animada. Todos os outros pais se empenham nisso? Alguém se empenha? Por que ninguém nunca explica essas coisas antes?

Beatrice, minha única amiga de verdade no berçário de Theodore, disse que preferia morrer a vestir algo inflamável, mas ela trabalha em um banco de investimentos e compra bolsas de duas mil libras quando "tem um dia ruim", de modo que acho que ela não seja necessariamente um bom parâmetro para o que farão as outras mães nesta parte tranquila do sul de Londres.

Estou de olho nas fantasias. "Bruxa sexy." Não. "O conto da aia sexy." Vai me fazer ser banida da Associação de Pais e Mestres do St. Joseph pelo resto da vida. "Abóbora sexy." Que absurdo! O que Phoebe faria? Ela é a minha amiga mais sensata e prática, tem a incrível habilidade de invocar uma resposta fácil para um problema como se estivesse ali, esperando o tempo todo. Phoebe diria para vestir algo preto e colocar um chapéu de bruxa; e é isso que decido fazer. Desconfio de que os resultados das travessuras ou gostosuras das filhas de Phoebe serão um pouco mais sofisticados que os doces que vamos ganhar esta noite. Ela mora em uma área assustadoramente cara de Battersea, graças a uma grande herança que recebeu do pai no ano passado. Ele deixou para ela uma casa de cinco quartos, com um jardim enorme; porém, como ela gosta de dizer brincando, seu nariz aquilino custou caro.

Ao olhar para o relógio, percebo que estou atrasada de novo. Pego o chapéu e corro com ele para o berçário. Eles me cobram vinte libras por cinco minutos de atraso, um valor tão exorbitante que fico tentada a abrir meu próprio berçário, porque essa deve ser a taxa de juros mais alta do país.

Faço apressada o mesmo ritual com as outras mães *Oi, oi, oi, sim, eu sei, atrasada de novo, apesar de fazer muito home office! Hahaha, sim, sou desorganizada, engraçada, hilária* — enquanto me jogo porta adentro e pego o desamparado Theodore.

— Mamãe atrasou de novo — ele suspira.

— Desculpe, meu amor, fui comprar um chapéu de bruxa para amanhã.

O rosto dele se ilumina. Ah, o poder da distração... De uma hora para outra, o Halloween deixou de ser algo que ele recordava remotamente do ano passado para se tornar o evento mais incrível do mundo. Pelo menos até o Natal. É assim que sempre imaginei que seria ser mãe. Meus pais morreram quando eu tinha dez anos e não tenho irmãos, de modo que criar um bebê consistiu em uma série de surpresas desagradáveis para mim. Estou cansada; *quanto*? Ele está adoecendo *com que frequência*? Eu me sinto *tão* sozinha assim? Halloween, Natal e aniversários são espaços seguros, nos quais meus sonhos de ser uma mãe perfeita do Pinterest podem ser brevemente satisfeitos.

Entramos agarrados por causa do frio e eu vou direto para a cozinha. Tenho tentado dar comida para ele antes que Anthony chegue, para que o caos instaurado pela visão do pai não deixe os vegetais e a vontade de comer esquecidos em um prato triste. As negociações necessárias para garantir que uma criança de três anos tenha uma dieta meio balanceada não têm limites, e as de hoje são particularmente dolorosas. *Mais uma ervilha e você pode comer duas garfadas de macarrão. Cinco ervilhas e você pode assistir a um filme no sábado.*

Anthony chega no momento em que Theodore está subindo a escada, entediado por ter que tomar banho antes de dormir, mais uma vez. Ele ainda está no celular, encerrando uma chamada de trabalho, quando entra pela porta. Parece exausto, esgotado. Precisamos de umas férias. Agora que estamos na casa dos trinta, sinto que digo isso a cada quinze dias, mesmo quando acabamos de tirar férias.

Anthony enfim desliga. Algo a ver com *blockchains* e outras palavras indecifráveis que não significam nada para mim. Depois de uma década de casamento, felizmente deixei de me sentir culpada por não entender o trabalho de meu marido e passei a ser uma total ignorante. Se um conhecimento profundo do trabalho do cônjuge fosse requisito para um casamento feliz e duradouro, ninguém permaneceria casado. Além disso, Anthony seria capaz de dizer o nome de um dos meus artigos mais recentes tanto quanto eu conseguiria desenvolver um programa em Java — uma palavra que sempre me faz pensar em um hidratante antes de me remeter à programação de computador.

Ganho um oi, um beijo no rosto e um abraço rápido antes de Anthony subir a escada. O banho e a hora de dormir são tarefas dele. Buscar na escola e dar o jantar são minhas. É uma noite rara e maravilhosa quando essas incumbências são compartilhadas. Enquanto encho uma taça de vinho tinto — encher a lava-louça pode esperar, mas responder a e-mails não —, me ocorre que eu não poderia fazer isso se tivéssemos outro filho. Não haveria cozinha arrumada e uma taça de vinho na mão. Não haveria uma longa noite conversando com meu marido, assistindo à TV sem ninguém me incomodar e com um bom sono para melhorar o cérebro e manter o relacionamento saudável.

— Como foi seu dia?

Anthony desceu. Noto que ele não pegou vinho enquanto joga no prato um pouco do macarrão que deixei para ele em uma tigela.

— Editando, editando, editando. Minha parte favorita de escrever um artigo — digo, meu sarcasmo explícito.

Uma das minhas orientadoras em Oxford me disse uma vez que ser um acadêmico significava uma vida inteira de lição de casa, e eu não acreditei na época. Mas como ela tinha razão! Três leitores beta leram meu último artigo sobre as diferenças entre os estilos de criação dos filhos na Dinamarca e no Reino Unido e seus impactos no desempenho educacional, e todos querem alterações diferentes e conflitantes no texto. No fim de um dia de oito horas decifrando os comentários, eu estava tão exausta que me deu vontade de jogar meu notebook pela janela. Cheia de esperança, sugeri à minha adorável chefe, Margaret, que isso provavelmente significava que eu poderia ignorá-los, mas ela apenas resmungou e disse: "Roma não foi feita em um dia".

Explico a situação da fantasia de bruxa e Anthony me encara, sério.

— É uma boa ideia — diz ele. — Plano A: bruxa. Plano B: mulher normal de preto.

A seriedade com que ele aborda essas questões quando as discutimos é uma das muitas coisas que amo nele. Ele nunca diria: *Que papo bobo. Por que estamos falando sobre isso?* Certa vez, o ex-namorado de minha amiga Libby disse que ela estava sendo ridícula por tocar em um assunto — não me lembro agora qual — quando estávamos jantando os quatro em um restaurante japonês no Soho. E Anthony disse, sem um traço de humor na voz: "Se ela está tocando no assunto, não é ridículo. Ela não é ridícula".

Libby diz que Anthony é uma das razões por ela estar solteira, porque ela vê como o amor deveria ser. Tento fazê-la se lembrar de como éramos na faculdade. Já estamos juntos por metade da nossa vida; nenhum casal se torna superunido da noite para o dia. Acho que uma vez eu disse algo sobre um relacionamento ser uma "jornada" e Libby se recusou a falar comigo até que lhe paguei um gim-tônica duplo.

Depois que Anthony terminou de limpar os pratos — o que eu meio que deixei para ele, porque é mais organizado —, eu me recosto com um suspiro de satisfação. Ele está me olhando intensamente. Ou quer transar ou quer falar sobre aquele assunto: fazer ou não fazer fertilização *in vitro* — possibilidade que os casais só têm o luxo de contemplar até os quarenta anos. Vi na agenda de Anthony um F maiúsculo no canto da página da sexta-feira uns meses atrás. Imediatamente presumi, apesar de nenhuma evidência, que ele estava tendo um caso. Freya? Flora? Felicity? Quem é ela? Durante algumas semanas, continuei colocando nomes de mulheres começando com F na conversa, temendo que ele ficasse meio cor-de-rosa e com cara de culpado; mas ele achou que eu estivesse tentando sutilmente sugerir nomes de bebês.

Continuei checando a agenda dele a cada poucas semanas depois disso e continuei vendo o F. Não sei por que não perguntei o que era aquilo. Ele não mente para mim e provavelmente era alguma coisa chata de trabalho, mas uma parte disso ficou no fundo do meu cérebro. Eu queria descobrir sozinha. E então, quinze dias atrás, eu finalmente entendi. O F sempre estava lá nos dias em que acabávamos conversando sobre fertilidade — ou a falta dela. Voltei aos meus diários e lá estava. No dia em que ele anotava um F, de alguma forma acabávamos caindo em nossa conversa recorrente. Anthony gosta de planejar tudo e não consegue deixar as coisas seguirem seu curso. Isso é maravilhoso para tirar férias, pois não tenho que fazer nada e, antes que me dê conta, estou em um lindo hotel em Lisboa que ele reservou por um preço decente oito meses antes. É ainda melhor para organizar encontros e não perder a data de matrículas. Mas para as conversas sérias que podem estragar uma noite de quarta-feira, quando você esperava que seu marido estivesse tentando seduzi-la, é meio frustrante.

De certa forma, invejo as mulheres que ocupavam minha posição antes do torturante milagre do tratamento para infertilidade. Muitas delas tinham um filho só ou nenhum, e ponto-final. Havia lágrimas e orações, talvez alguns questionamentos cheios de autopiedade: "Por que eu?" Mas não existiria opção. Estaria fora do alcance de minhas mãos. Eu sonho com essa falta de controle.

Já estamos tendo essas conversas há quase um ano. Tentamos durante um ano antes disso, supondo que fosse acontecer. Mas aí, nada. Sono profundo dos meus ovários. Tentei uma medicação chamada Clomid para "acordá-los", mas eles apertavam o botão de soneca e ignoravam de forma grosseira meus pedidos de cooperação.

— Eu conversei com minha chefe no trabalho hoje.

Hesito diante da menção ao nome dela; de novo não. Ela está sempre tentando persuadir Anthony a me persuadir a começar a fertilização *in vitro*. Não a conheço, mas já a detesto. Não é da conta dela! Mas em nossos votos de casamento prometi sempre ouvir e nunca julgar. Eu tinha vinte e quatro anos! Não sabia como era chato ouvir quando tudo que você quer é uma taça de vinho. Mas eu prometi, então sorrio e pergunto:

— Sobre o quê?

— Ela me contou como as coisas melhoraram para Alfie agora que ele tem um irmão. Ele está mais sociável, fala mais. Ela acha que ele ficou mais compreensivo.

Eu me arrepio diante das críticas implícitas dessa mulher horrível à minha configuração familiar. Como se eu estivesse criando um futuro sociopata assustadoramente calado porque não tive mais filhos. Faço um barulho evasivo com a boca e esvazio minha taça de vinho; um ato de desafio diante das características destruidoras da fertilidade que o álcool tem.

— Nós deveríamos tentar — diz ele, em uma explosão de energia imprudente.

Já ouvi isso antes.

— Eu pensei muito no assunto. Precisamos parar de andar em círculos. Estamos ficando velhos. Você vai fazer trinta e quatro daqui a dois meses, e as estatísticas de sucesso da fertilização *in vitro* só pioram à medida que envelhecemos.

Ele está me olhando como se a resposta fosse simples, como se bastasse eu topar e tudo fosse dar certo!

— Já falamos sobre isso. Nós sabemos das estatísticas, mas...

Na verdade, não tenho nada a dizer que já não tenha dito mil vezes. Se eu pudesse ter certeza de que uma fertilização *in vitro* me daria um bebê — esse novo membro da família que desejamos por tanto tempo —, eu a faria em um piscar de olhos. Mas ninguém pode me prometer. Eu sei quais são as chances de dar certo. Não são boas, e eu nunca gostei de jogar. Considero uma grande imprudência começar a fertilização *in vitro* agora que já temos Theodore e que posso dedicar todo o meu tempo a ele, e já aprendi a aceitar nossa família como ela é. E se eu não puder cuidar dele quando estiver passando mal por causa dos hormônios com que vão me bombardear, ou emocionalmente desgastada por causa da decepção? E se, ao tentar lhe dar um irmão, eu deixar de ser uma mãe tão boa para o filho que já tenho? Mesmo assim, o desejo de outro Theodore e de vê-lo brincar com outra criança às vezes me atinge como um soco no estômago, e por um dia eu entendo a certeza inabalável de Anthony de que precisamos de outro filho.

Eu tenho fases. Às vezes me sinto determinada e preparada; acho que consigo. Que venham as agulhas, as injeções, podem me amarrar, faço qualquer coisa por um bebê. Em outras semanas, pensar em todas aquelas pessoas e objetos e fios e coisas dentro de mim me faz querer me enrolar em posição fetal para me proteger. *Não*, diz meu corpo. *Isso não está certo.* Anthony é mais propenso à fertilização do que eu. O recém-nascido cheio de ranho de um amigo ou seu afilhado fazendo alguma gracinha inevitavelmente o levam a uma declaração sincera de que devemos fazer, vamos fazer, o que temos a perder? Como esta noite.

O que temos a perder? *Tudo, Anthony*, tenho vontade de gritar todas as vezes. Um dia vou me convencer de que consigo fazer esse negócio de fertilização *in vitro*, mas não posso fazê-lo levianamente. Para um homem tão apaixonado por planejamento, é estranho ele se entusiasmar tanto com o impacto da fertilização *in vitro* e de bebês — ou, pior, da fertilização *in vitro* sem bebês — em nossa vida. Preciso ter consciência do pior cenário. Preciso que ele entenda como será difícil para mim. Porque, como com todas as coisas que envolvem a geração de uma criança humana, é a mulher que vive a parte negativa. Isso pressupondo que daria certo; e se não der?

— Preciso de mais tempo para avaliar, pensar nos prós e contras.

— Por que você sempre acha que não vai dar certo?

— Não acho.

— Acha sim — diz ele, deixando transparecer a frustração na voz. — Você fala do custo financeiro, emocional e físico como se tivesse certeza de que vai precisar fazer a fertilização pelos próximos três anos. E se der certo da primeira vez? E se for bem-sucedida? E se ter um bebê estiver ao nosso alcance e nós estivermos perdendo a oportunidade?

— Para você é fácil falar — murmuro.

— O quê? — pergunta ele, embora tenha me ouvido.

Claro que me ouviu.

— Eu disse que para você é fácil falar. Não é com você que tudo vai acontecer.

— Estamos juntos nessa, Cat. Por favor, não posso fazer isso no seu lugar. Eu sei que não é justo, mas não posso. Por favor, pense no assunto.

Ficamos acomodados no sofá um ao lado do outro para assistir a algo que Anthony diz que deve ser bom; percebo que minha frequência cardíaca não está alta. Estou calma. Essas conversas costumavam me deixar com os olhos marejados, mas agora a dor se dissipou. O que isso significa? Que aceitei que teremos só um filho? Significa que estou feliz? Posso tomar essa decisão por nós dois, mesmo que a questão dos filhos seja algo que afeta tanto a ele quanto a mim?

O que acontece é que Anthony está me pedindo para fazer uma coisa que não posso. Não posso tomar uma decisão. Grande parte de mim espera, lá no fundo, que simplesmente aconteça. Se continuarmos esperando e adiando por mais um mês, e outro, e mais outro, talvez chegue o mês certo. Fiquei grávida de Theodore depois de seis meses de agradáveis tentativas regulares de fazer um bebê, e, quando estava começando a entrar em pânico, aconteceu. Tive enjoos matinais tão fortes que seriam capazes de derrubar um cavalo. Sei que foram dois anos e meio tentando, sem sucesso. Sei que minha reserva de óvulos não é grande e que meu útero tem um formato esquisito, que o torna menos "hospitaleiro" para um embrião (é uma palavra tão cruel, no contexto da fertilidade, que eu queria estrangular com a gravata dele aquele médico arrogante que insultava minha anatomia). Eu sei de todas essas coisas e gostaria de não saber. Gostaria de ter a ignorância e a esperança de que pode acontecer por conta própria. Mas não sabemos de nada.

Nessa noite, passando por nossas fotos enquanto subo a escada, fico maravilhada — como sempre fico depois de nossas conversas sobre fertilidade — com essa coisa que construímos. Uma família do zero. Desde a foto de nós dois em nosso primeiro ano juntos, naturalmente entrelaçados no bar da faculdade, olhando um para o outro, até a foto de nós três que Phoebe tirou há uns meses no parque Battersea. Meus cachos escuros voando na brisa contrastam com o cabelão castanho perfeito de Theodore, herdado de Anthony.

Mais tarde, estou deitada na cama lendo. Anthony sobe atrás de mim e caímos em nossa rotina. Deixo o livro de lado, passo a máscara de dormir para ele, apago a luz, descanso a cabeça em seu ombro, o braço em seu peito, a mão dele em meu cotovelo, a salvo.

— Anthony — sussurro.

— Sim — responde ele.

Amo isso nele. Ele não diz "o quê" ou "humm". Ele diz sim a tudo que eu possa querer dizer.

— Não quero tomar uma decisão. Não posso.

Sinto um nó na garganta. Raramente choro por causa de nossos anos de infertilidade. Tento engolir porque na verdade não dá para passar todas as noites chorando durante dois anos. É deprimente demais.

— E se acontecer naturalmente? Eu queria que...

— Ah, Cat — diz Anthony, baixinho, e sua voz me faz desmanchar.

Ao revelá-lo, meu segredo perdeu poder. É uma esperança pequena, triste e tola. Mesmo assim, quem sabe?

— Eu entendo — diz ele. — Vamos esperar mais um mês.

Nesse momento, amo meu marido mais do que nunca.

SURTO

Amanda

Glasgow, Reino Unido, dia 1

Novembro é sempre agitado, mas assim já é ridículo. As divisões na área ao redor de Gartnavel nunca foram tão aparentes. As quedas provocadas pelo gelo e a tosse fazem a impecável classe média de West End, em Glasgow, aparecer no pronto-socorro e se destacar com seus apetrechos caros, com o conhecimento de diversos tipos de antibióticos e sotaques fortes que deixam claro que querem que seus pais ou avós sejam atendidos *imediatamente.* O outro lado dessa história de duas cidades em uma são a cirrose hepática, a pobreza crônica e os efeitos colaterais nada glamorosos de uma vida de tabagismo.

— É outra SVM — diz alegremente Kirsty, uma jovem enfermeira excelente, quando passa por mim, deixando um prontuário em meus braços sem a menor cerimônia.

Síndrome de Vida de Merda. É o termo médico para: "Na verdade, não há nada de errado com você. Você está supertriste porque sua vida é muito, muito difícil, e não há nada que eu possa fazer a respeito". Antes eu tentava ajudar — criança ingênua que era. *E se ele não tiver mais ninguém?*, eu pensava comigo mesma, desesperadamente, enquanto ligava para o serviço social sete vezes em uma noite, até que deixavam de me atender. Como médica sênior agora, minha abordagem é meio diferente.

— Por que está passando o caso para mim, então? — pergunto.

É perda de tempo, tarefa clássica para um médico inexperiente.

— A pessoa pediu especificamente por você e não quer falar com mais ninguém.

Ah... Por mais injusto que pareça, fazer alarde, ser insistente e geralmente um pé no saco no hospital costuma resultar em um atendimento melhor. Não porque respeitemos esse tipo de palhaçada; só porque queremos que a pessoa vá embora.

Entro no espaço reservado cuja cortina dá uma leve impressão de privacidade.

— Como posso ajudá-los? — pergunto com minha voz especialmente alegre, mas brusca, que guardo para as pessoas saudáveis de meu pronto-socorro superlotado e sem verba.

— Ele não está bem — rosna a mulher pálida à minha esquerda, apontando para um menininho que, apesar de entediado, parece forte como um touro.

— Qual é o problema? — pergunto, sentando-me diante dele.

Pelas anotações, vejo que seus sinais vitais estão normais; não está com febre. Está bem.

— Ele dorme até tarde e está com tosse.

A criança não emite som algum.

Mais algumas perguntas inofensivas e tudo se revela. Ele está passando por um surto de crescimento e experimentou um cigarrinho malandro no caminho de volta da escola para casa com um amigo rebelde. Alguém ligue para Sherlock Holmes, sou uma gênia.

Enquanto aceno para o garoto tímido e sua mãe que saem pela porta, ouço o telefone tocar no setor de trauma. Atendo. Uma criança de dois meses com suspeita de sepse está a caminho.

Ocorre uma descarga de adrenalina quando o telefone toca e informa que há um trauma chegando; mesmo depois de vinte anos de prática médica, não sou imune a ela. Depois de quarenta e cinco minutos de um empenho desesperado para estabilizar o bebê, ele está sendo levado para cima, para a UTI. Não dá tempo nem de pensar e chega outro trauma. Esse é mais rotineiro. Uma colisão de trânsito que resulta em uns cortes desagradáveis e em suspeita de hemorragia interna. Já subiu e vai fazer uma tomografia daqui a vinte minutos. Estou lavando as mãos, tentando lembrar a que horas começa o evento na escola de meu filho, quando uma das médicas do primeiro ano me puxa.

Ela fala sem parar sobre um paciente que estava bem e agora está mal e que precisa de ajuda. Está muito nervosa. Já vi isso várias vezes. Faz só dois meses que ela está no PS, tem um paciente piorando e está em pânico. Eu sei que deveria ser respeitosa e entender que ela é uma médica jovem e que todo mundo tem que aprender, mas é irritante. Posso entender a falta de conhecimento e tolerar erros cometidos por causa do cansaço, mas pânico absoluto em um pronto-socorro é tão útil quanto um barco de papel machê furado. Eu mesma acho desagradável dizer isso, mas meu pensamento imediato é que ela nunca será uma médica de PS. Se a pessoa não consegue manter a cabeça no lugar quando um paciente tem uma piora grave, não serve para trabalhar com emergências médicas.

Corro com ela para o cubículo. A mulher do paciente está ao lado da cama, chorando. Eu praticamente rosno para Fiona o encaminhar para a emergência e pergunto baixinho e muito brava por que ele ainda não está lá. Com uma olhada rápida nesse homem dá para ver, por seus sinais vitais, que ele está muito mal. Jesus, nem precisa olhar para ele! Todas as máquinas estão apitando persistente e lamuriosamente.

Fiona diz que ele está gripado e que chegou bem ao hospital. Ótimo! Ela deu fluidos e paracetamol a ele e obviamente esperava que fosse embora depois de um tempo, convencida de que era só uma gripe e nada mais.

O paciente está morrendo. Sua respiração é difícil e ofegante em um corpo que não consegue atender aos requisitos básicos de inalação de ar. Sua pele tem a palidez acinzentada de alguém cujos sistemas corporais estão falindo, e a temperatura não para de subir. Agora há sete membros da equipe em volta dele. Matron está medindo sua temperatura em intervalos de dois minutos e anunciando, com uma descrença mal disfarçada, que está subindo rápido demais. Nós o despimos e o envolvemos em gelo e toalhas frias. Examino o corpo inteiro do homem procurando um ferimento, uma picada de inseto, um corte ao barbear, um arranhão, qualquer coisa que possa estar causando sepse. Não há nada. Sem erupção cutânea, uma meningite é improvável. A esta altura, começo a pensar que ele já chegou a um ponto sem volta. Não há muito a fazer quando os órgãos começam a pifar. Nós o cateterizamos, damos fluidos e oxigênio. Injetamos grandes quantidades de antibióticos e antivirais para começar a lutar contra o que quer que seja; damos esteroides para ele respirar, fazemos tudo que podemos. Fazemos exames de sangue para detectar infecções e, se ele sobreviver até que saiam os resultados, poderemos ajustar os antibióticos ou antivirais que já administramos; mas agora seus rins estão parando. A produção de urina é zero: a bolsa do cateter embaixo da cama balança, deprimentemente vazia. Costumo dizer aos meus amigos quando me perguntam de brincadeira se estão morrendo: se ainda tem vontade de fazer xixi, você está bem.

Recuo e olho para a cena se desenrolando à minha frente; mantenho uma expressão séria e calma. É um rapaz bonito. Cabelo escuro, barba por fazer, parece gentil. Sua esposa está atrapalhando, chorando sem parar, inconsolável. Ela entende a gravidade da situação. Todos nós entendemos. Ela ocasionalmente grita pedindo que façamos mais alguma coisa, mas não há mais nada que possamos fazer a não ser esperar e torcer para que, por algum milagre, o corpo dele se recupere. Três horas depois de sua chegada ao pronto-socorro, a máquina pela qual todos esperávamos solta seu longo guincho. O coração parou. É estranho, mas isso é um alívio. A tensão da sala se dissipa. Finalmente podemos fazer alguma coisa. Matron começa a massagem cardíaca. Mando aplicar epinefrina. Damos choque uma, duas, três vezes. Uma enfermeira segura a esposa no canto da emergência, mantendo-a em pé e longe da cama, agora muda, chocada. A violência de um choque elétrico não é algo que um ente querido deva ver, se for possível evitar. No esforço de trazer uma pessoa de volta da morte, nós a pulverizamos, eletrocutamos, tentamos lutar contra o ritmo relutante de seu coração.

Não está funcionando, mas todos nós sabíamos que esse seria o resultado. O corpo desse homem foi destruído por alguma coisa que ainda desconhecemos. Nossos braços estão cansados. Matron me olha interrogativamente, com as pás nas mãos. Sacudo a cabeça de um lado para o outro. Fizemos tudo que podíamos e devíamos. Continuar seria infligir uma tortura desnecessária ao corpo de um homem morto. Depois de cinquenta e dois minutos, dou a ordem.

— Parem.

— Hora da morte, 12h34, 3 de novembro de 2025.

Deixo um de meus especialistas terminar a parte burocrática decorrente do óbito e consolar a pobre viúva desse homem. Há apenas alguns minutos ela tinha um marido.

Fiona, minha médica inexperiente em pânico, está perturbada. É o primeiro paciente jovem que ela perde no PS. É diferente quando são jovens; nunca é fácil perder um paciente, se bem que, quando a pessoa tem oitenta e cinco anos, teve uma vida longa e sofreu um AVE ou uma parada cardíaca fulminante, você fica triste, mas tem a sensação de que isso faz parte da vida. A morte chega para todos e a pessoa teve uma existência feliz. Boa sorte e nos vemos do outro lado.

Quando um jovem morre, porém, é porque alguma coisa deu muito errado e não conseguimos consertar. O paciente se chamava Fraser McAlpine. Sua esposa está chorando e repetindo que era só uma gripe.

Pego o prontuário de Fraser e levo Fiona para a sala dos médicos. Faço-a se sentar para que se recupere do estresse e repasse tudo o que aconteceu e por quê. É uma técnica que aprendi com um médico quando fazia residência em Edimburgo. Quando você perde um paciente, analisa o prontuário imediatamente do início ao fim, passo a passo. O que você fez, quando fez, por que fez, como fez. Normalmente isso ajuda o jovem médico a perceber que fez tudo certo e que a coisa estava de fato fora de seu controle. E, se fez algo errado, é um aprendizado. Em ambos os casos, o resultado é bom.

Passamos um pente-fino no prontuário. Fraser chegou ao PS às 8h30, até então normal. Foi atendido às 9h02 por uma enfermeira da triagem, que o considerou um paciente de baixa urgência com base no fato de que parecia ter apenas uma gripe. Sua temperatura estava ligeiramente elevada e ele respirava normalmente. Queixou-se de se sentir letárgico e de ter dor de cabeça. Foi atendido por Fiona às 10h15, ela lhe deu fluidos e paracetamol. Sugeriu fazer um exame de sangue para ver se tinha uma infecção bacteriana ou viral e tratá-lo adequadamente. O nome dele foi colocado na lista da enfermeira para a coleta do sangue. Sua temperatura às 10h15 era de 38,8. Isso não é alto. Nem uma mãe de primeira viagem com um bebê de dois meses perderia o sono por causa dessa marca.

Trinta minutos depois, às 10h45, três quartos de hora antes de seu coração parar, a temperatura era de 42 graus. A essa altura, a pessoa está praticamente morta. Foi quando Fiona foi me buscar.

Meu sangue gela. Fraser passou de normal a quase morto em menos de uma hora.

Vejo Fiona relaxando enquanto revisamos as anotações. Ela não cometeu erro nenhum e eu estou claramente nervosa. Não é um simples caso de erro de um médico inexperiente. É horrível. Não era gripe e não parecia ser sepse. Ele era um jovem saudável. As pessoas caem mortas às vezes, mesmo jovens e saudáveis, mas quase sempre a causa fica evidente.

Então, vejo algo que me provoca náuseas. Ele esteve no hospital dois dias antes. Meu pensamento imediato é que devemos ter deixado passar alguma coisa. Alguém de minha equipe, meus médicos ou enfermeiros devem ter deixado passar alguma coisa que fez esse homem morrer. Leio as anotações; ele teve uma torção no tornozelo em uma partida de rúgbi.

Mas a morte não é um efeito colateral de um raio X e da aplicação de gelo em um tornozelo torcido.

Então, penso em MRSA.* É um dos medos mais profundos de qualquer médico. Mas... não sei. Nunca vi um caso de MRSA, graças a Deus. Mas não faz sentido.

Estou analisando as anotações, tentando encontrar algo, qualquer coisa que explique o que aconteceu. Há algo difuso em minha memória. Alguma coisa está me incomodando, mas não consigo trazê-la à tona. O que será? Não é de ontem. Talvez do dia anterior. Então me ocorre: um paciente que tratei há dois dias. Um idoso de sessenta e dois anos que chegou da Ilha de Bute. Estava muito mal quando chegou; foi intubado no helicóptero. Seus rins haviam jogado a toalha. Não entendi por que se deram ao trabalho de transferi-lo, mas o paramédico estava muito perturbado e disse que ele não estava tão mal quando foi resgatado. A temperatura do homem disparou. Não pensei muito nisso naquele momento. A temperatura dos doentes sobe mesmo, isso não é surpresa.

Ele morreu cerca de quinze minutos depois de chegar. Havíamos feito a mesma coisa que fizemos com Fraser McAlpine — tiramos sangue para identificar que bactéria ou vírus estava atacando o paciente. Não pegamos os resultados porque ele morreu; isso era coisa para o necrotério. Checo o número dos leitos. Eles não ficaram perto um do outro. Pacientes com o tornozelo torcido não vão para a emergência. Então, verifico qual foi a equipe que tratou o homem de Bute. Fui eu que o tratei, junto com um novato, Ross. Uma das enfermeiras, porém, era a mesma. Kirsty cuidou do homem de Bute e de Fraser McAlpine.

---

* Sigla em inglês para *Staphylococcus aureus resistente a meticilina*. Bactéria que causa diversos tipos de infecção, e contra ela alguns antibióticos são inócuos. (N. do E.)

Por favor, Deus, permita que Kirsty seja uma assassina, porque isso seria muito menos estressante do que uma infecção contagiosa ou um problema sanitário. Não, o que me deu na cabeça? Assassinato envolve muita papelada.

Sinto a ansiedade aumentar. Não são as mortes; estou acostumada com isso. É a incerteza. O que mais gosto na medicina é da certeza; tem planos e sistemas, listas e protocolos. Autópsias e inquéritos. Nenhuma pergunta fica sem resposta. Tento me lembrar da fase ruim que passei no terceiro ano da faculdade, depois que mamãe morreu. É como uma terapia de exposição que faço em meu cérebro. Sobrevivi àquilo para agora poder sobreviver a isto. Sobrevivi a ataques de pânico, portanto, se tiver um agora, vou sobreviver. Achava que fosse morrer naquela época, mas não morri. Só porque acho que vou morrer agora não significa que vou. Eu não sabia se conseguiria ser médica na época, mas agora sou. Tenho que ter cuidado com a vozinha que tenta transformar uma coisa assustadora em uma espiral de desespero.

Não entre em pânico, Amanda. É só ansiedade. Dois pacientes não configuram um surto de infecção resistente a antibióticos. Dois pacientes não são uma pandemia. Dois pacientes nem mesmo formam um padrão.

Fiona diz que precisa ir. Fico olhando para ela sem entender, sem saber há quanto tempo estamos sentadas aqui. Tudo bem, pode tirar uns minutos para espairecer, digo para tranquilizá-la. Perder um paciente é muito difícil. Ela diz que não pode porque alguém ligou dizendo que está doente.

— Ross não está se sentindo bem. Estamos com um médico a menos.

Em uma fração de segundo, faço algo completamente insano. Se meu marido estivesse aqui, diria que preciso marcar consulta com meu psicólogo e que minha ansiedade está fora de controle. Mas ele não está, e eu não marco. Minha mãe sempre disse para eu confiar em meu instinto, e meu instinto está me dizendo que isto é um baita desastre. Sinto o peso da consciência em meu peito. Preciso contar a outras pessoas. Preciso fazer alguma coisa, não ficar preocupada em silêncio.

Volto à enfermaria. Peço a Matron que pergunte a todos os pacientes do departamento se estiveram no pronto-socorro dois dias antes. Ela fica me olhando contrariada; não tenho tempo para discutir, então vou para a sala de espera. Pergunto quem esteve aqui há dois dias e dois homens se levantam. Um homem se limita a levantar o braço. Está mais pálido que os outros dois. Coloco-o em uma maca. Meu coração está começando a se apertar como quando tenho um ataque de pânico. Só que, na verdade, há motivo para pânico, e isso nunca me aconteceu. Sempre tive ataques de pânico sem causa, nunca um pânico *legítimo*. Quero chorar, afundar em uma das cadeiras da sala dos médicos e deixar outra pessoa cuidar do que quer que esteja acontecendo.

Todos têm sintomas semelhantes aos da gripe. Eles ou suas esposas têm medo de que seja algo sinistro como sepse — houve uma campanha sobre sepse lançada pelo governo em outubro que salvou umas vinte vidas só neste hospital e também aumentou o tempo de espera para ser atendido. Todo mundo tinha certeza de que estava com sepse.

Quero dizer a esses homens que, para ser honesta, acho que pode ser muito pior do que sepse, dez vezes mais assustador que um dos maiores assassinos do país, mas não digo. Fico calada, determinada e externamente calma. Ninguém se atreve a questionar o que estou fazendo até que expulso todos da Unidade de Ferimentos Leves e coloco lá os pacientes com suspeita de infecção. Uma das enfermeiras começa a balbuciar, mas simplesmente digo a ela para ir até a emergência. Não posso explicar nada agora, não há tempo. A enfermeira-chefe fez o que eu pedi e encontrou dois pacientes que estiveram no pronto-socorro há dois dias e voltaram hoje. Tenho três da sala de espera. Isso dá cinco. Com Fraser McAlpine, seis. Mais o homem da Ilha de Bute, sete. Isso não é uma coincidência.

Fiona irrompe pelas portas da unidade.

— Ross foi trazido de ambulância.

Oito.

Isto não é ansiedade minha, agora sei. Com os dedos congelados, ligo para meu marido.

— Estamos tendo uma infecção muito ruim.

— O quê? De que tipo? MRSA?

— Não; nada que eu já tenha visto. Está se espalhando rápido demais. Você tem que ir para casa AGORA.

— Tem certeza que não é só ansiedade?

— Porra! Estou com oito pacientes morrendo um atrás do outro, como se estivéssemos na Segunda Guerra Mundial. São todos homens, não sei ainda se isso significa alguma coisa, mas não é um bom sinal. Vá para casa! Juro por Deus, se você não disser que acabou de vomitar e que vai para casa, vou pedir o divórcio.

Estou histérica. Nunca ameacei me separar do meu adorável e solidário marido oncologista. Nunca imaginei que algo pudesse me levar a uma ameaça dessas. Mas também nunca imaginei o que está acontecendo.

— Vá para casa, não toque em ninguém, não fale com ninguém. Pegue os meninos no caminho. Mas não entre na escola, diga para mandá-los sair. Por favor, vá buscá-los.

Meu tom é de súplica. Will assente. Não sei se ele está com medo de mim ou por mim. Mas não me importo, só quero que ele esteja em casa seguro com nossos filhos. Mando uma mensagem para os meninos dizendo que o pai está indo buscá-los, para eles saírem e o esperarem. Enviarei por escrito à escola a justificativa que for necessária. Direi qualquer coisa.

Conheço vagamente uma pessoa que trabalha na Agência de Proteção à Saúde da Escócia. Fizemos faculdade juntas e agora ela é vice-diretora de lá. Sempre foi meio ríspida, mas não me importo. Preciso que ela me escute. Ligo e tento me manter calma ao falar. Conto tudo rapidamente e ela fica fazendo uns barulhinhos, como se quisesse desligar o telefone. Não parece preocupada, e passa a ideia de que acha que já viu tudo isso. Ela não atua como médica há mais de dez anos, mas me dá a impressão de que não confia em mim. Talvez eu não esteja conseguindo traduzir a urgência enquanto explico. É tão claro para mim, mas parece tão insignificante... oito pessoas doentes, certo, vamos ver o que acontece e depois verificamos. Coloco tudo em um e-mail também e digo que, no mínimo, eles precisam mandar alguém checar, por precaução. Sento-me ao lado de um dos pacientes e verifico seu pulso. Tem quarenta e cinco anos; vai morrer em breve. Todos eles vão morrer. Respire, Amanda. A cavalaria vai chegar logo. Não vou ter que lidar com tudo isso sozinha. Vai haver alguém a quem poderei entregar as rédeas. Alguém qualificado vai chegar, com equipamento de proteção, e tudo vai ficar melhor e vou poder ir para casa e esquecer o que aconteceu.

As portas da Unidade de Ferimentos Leves se abrem. É Matron.

— Chegaram mais quatro de ambulância. Dois estiveram aqui há dois dias e os outros dois ontem. Não sei o que fazer.

Meu pior pesadelo está se tornando realidade.

E-mail de Amanda Maclean (amanda.maclean@hg.net) para Leah Spicer (l.spicer@apse.org) 18h42 3 de novembro de 2025

Leah,

Encontrei seu e-mail na internet. Percebi que você se esqueceu de me dar o endereço por telefone quando me pediu para lhe mandar um e-mail. Acabei de chegar do plantão. Quando saí, havia dezenove pacientes vivos no pronto-socorro, todos manifestando sintomas do que eu considero um vírus (antibióticos não fizeram diferença nenhuma, mas, obviamente, é preciso que a patologia confirme o que é. É mais fácil fazer no laboratório da Agência de Proteção à Saúde da Escócia ou deixar que nós resolvamos aqui no Gartnavel?). Dos vinte e seis que recebemos até agora, cinco morreram antes de eu sair do hospital. Um homem, o primeiro que atendi, o da Ilha de Bute, há dois dias. Fraser McAlpine hoje à tarde. Três outros homens morreram logo depois de chegar, incluindo um dos meus médicos, Ross.

São todos homens. Sei que é uma amostra muito pequena até agora, mas nunca vi nada igual. Será que os homens são mais vulneráveis a isso? Podemos fazer uma chamada para falar sobre o assunto, por favor? Quem sabe com alguém de mais alto escalão... A coisa está feia, Leah. Você precisa entender a rapidez com que a doença age. Em poucas horas, os sintomas normais de gripe e o mal-estar escalam e eles morrem com uma temperatura de mais de 43 graus.

Por favor, responda assim que puder.

Amanda

E-mail de Amanda Maclean (amanda.maclean@hg.net) para Leah Spicer (l.spicer@apse.org) 18h48 3 de novembro de 2025

Leah, houve um bebê também, acabei de saber. Achávamos que fosse sepse. Ele chegou antes de Fraser McAlpine. Tinha apenas dois meses. Achei que estivesse estável quando o mandamos para a UTI Pediátrica, mas acabei de ligar lá e soube que ele morreu minutos depois de sair do elevador. Ele esteve aqui há alguns dias, no pronto-socorro.

Isso completa 27 que atendi hoje. Seis mortes. O mais velho com sessenta e dois anos. O mais novo com dois meses.

Amanda

ENC: E-mail de Amanda Maclean (amanda.maclean@hg.net) para Leah Spicer (l.spicer@apse.org) 18h48 3 de novembro de 2025. ENC para Raymond McNab (r.mcnab@apse.org) 10h30 4 de novembro de 2025

Ray,

Veja abaixo dois e-mails de uma mulher que estudou comigo. Ela é médica no Gartnavel. Acho que ela está confundindo um caso grave de gripe (afinal, estamos em novembro...) com subsequente morte por (provável) sepse por outros fatores complicadores com algo mais sério. Não houve nenhum outro relato de Categoria 1, acho que estamos seguros quanto a SARS/MRSA/ebola.

Cá entre nós, ela teve um colapso na universidade. Pirou e teve que ficar um ano afastada. Acho que o pai ou a mãe dela morreu. De qualquer forma, ela é bastante frágil. Pretendo mandar um e-mail para ela aconselhando boas práticas de controle de infecção e dizendo que entre em contato se algo mais acontecer. Avise se você discordar.

Obrigada,

Leah

E-mail de Raymond McNab (r.mcnab@apse) para Leah Spicer (l.spicer@apse.org) 10h42 4 de novembro de 2025

Obrigado, Leah
Ao que parece, é uma lunática delirante que está tentando desperdiçar os limitados recursos e o tempo desta instituição. Sem falar na minha paciência. Ignore, por favor.

Ray

Catherine

Londres, Reino Unido,
dia 5

Nunca fui boa de conversa no portão da escola. Não gosto de falar com pessoas que não conheço direito. Com estranhos tudo bem, e obviamente com amigos. Mas não sou capaz de fazer parte de panelinhas. Os portões do berçário estão cheios de oportunidades estressantes para dar bola fora ou confundir um simples aceno de oi com um "venha falar com a gente!" — aceno que, na verdade, era um "estou ocupada conversando com alguém, prazer em vê-la a distância!" Sou pós-graduada em antropologia social, mas a diferença entre esses dois acenos às vezes é imperceptível para mim. A ironia, ao contrário, não.

Nos últimos dias, ir buscar Theo tem sido estressante por outro motivo. Todo mundo quer conversar comigo não porque acha que sou um bom papo (mas não perco a esperança). Não, é como se quisessem uma ouvinte para suas crescentes ansiedades. Só falam na Praga, mesmo que todo mundo diga que Glasgow fica muito longe. Dá o que, uns seiscentos, oitocentos quilômetros? Estamos perfeitamente seguros. As autoridades logo estarão com tudo sob controle. Uma das mães, advogada, disse três dias seguidos, no tom resoluto e indiscutível que com certeza usa no tribunal, que não há absolutamente nada com que se preocupar. Absolutamente nada. Se ela está tentando se convencer disso, espero que tenha mais sucesso do que teve comigo, porque tudo o que fez foi alimentar em mim o pânico que estou sempre evitando.

Parece que foi ontem que celebramos a Noite de Guy Fawkes no St. Joseph com queima de fogos. Foi uma noite cheia de cachorros-quentes, luvas sem dedos e lindas fotos de Anthony com Theodore no colo, com as bochechas rosadas e todo animado. Foi a última vez que me lembro de me sentir relaxada e feliz de verdade em meio a uma multidão de gente, e só faz cinco dias. Nos noticiários, ainda usam o tom moderado de jornalistas que tratam de *fatos*, não de *opiniões*. Mas os fatos estão se tornando cada vez mais preocupantes por si mesmos. Um vírus que afeta apenas os homens. "As autoridades ainda não confirmaram, mas isso foi amplamente observado nos surtos em Glasgow, Edimburgo e ao longo da costa oeste da Escócia", entoam.

Estou quebrando a cabeça e não consigo pensar em uma única doença infecciosa que afete apenas os homens. Não que eu tenha um bom conhecimento sobre doenças infecciosas, mas... Não é estranho? Por que ninguém de um hospital ou do governo confirma a gravidade da coisa? Mesmo que seja esquisito, eu me sentiria melhor se alguém de um órgão oficial aparecesse e dissesse: "É uma situação inédita, não temos ideia do que está acontecendo".

Beatrice, normalmente minha salvadora social — minha "amiga de berçário" —, pega minha mão e me dá um susto.

— Beatrice!

Nos últimos dias ela estava mandando a babá buscar o filho. É um alívio ver um rosto amigo, mas a sensação se dissolve depressa. Ela está abatida e parece exausta.

— Me mudo para Norfolk amanhã.

— O quê? Como assim? — gaguejo.

Beatrice tem uma casa de campo em Norfolk, onde passa, no máximo, quatro fins de semana por ano, e a divulga no Airbnb o resto do tempo.

— O vírus. Não estou gostando disso, Catherine. Houve um surto em Streatham. Vou sair da cidade antes que seja tarde demais.

— Tarde demais para quê?

— Não adianta ir embora depois que o pior já aconteceu.

Beatrice está me assustando. Ela é a pessoa mais calma que conheço e está bem confusa.

— Tenho três meninos, Catherine, e dois irmãos. Minha mãe morreu no ano passado, meu pai é o único que me resta. Não vamos ficar em Londres para ver até que ponto isso pode chegar.

Não sei o que dizer. Não tenho argumentos contra o que ela está dizendo, tirando os chavões das outras mães e a sensação de vômito subindo pela garganta enquanto penso em minhas próprias estatísticas. Um filho. Um marido. Sem mãe, sem filha. Isso não acabaria bem para mim.

— Como vai conseguir bancar isso? — finalmente encontro palavras para fazer uma pergunta sensata.

Beatrice me olha com uma expressão que beira a piedade.

— Por que você acha que Jeremy e eu sempre trabalhamos tanto, querida? Por que acha que nós moramos aqui? Juntando a renda dos dois, não precisamos trabalhar por alguns anos.

Ela sai correndo, com a bolsa Dior ainda no ombro, para pegar Dylan na sala de jogos desta tranquila e agradável escola montessoriana que fica em uma parte do sul de Londres, que, como acabo de perceber, Beatrice considera ser pouco para ela. Ao contrário dela, não tenho para onde ir. Tenho que ficar aqui e esperar.

Amanda

Glasgow, Reino Unido, dia 9

Seria o começo de uma praga uma boa hora para se divorciar? Ou talvez eu deva apenas matá-lo e evitar a burocracia? Will, idiota do caralho, foi trabalhar. Ele *sabia* que não devia. Tenho sido tão cuidadosa!

Quando saí do hospital no dia 3 de novembro, no fim do meu plantão, tirei minha roupa cirúrgica e, de calcinha e sutiã, fui até a saída de incêndio do vestiário. Tirei outra roupa de dentro do plástico lacrado e a vesti, e saí pela porta em que dizia SOMENTE SAÍDA DE EMERGÊNCIA. Não estava nem aí se era saída de emergência.

Assim que cheguei em casa, ignorei a porta da frente, tirei a roupa na garagem e a queimei. Andei nua pela casa e tomei banho com a água mais quente que consegui aguentar, usando um sabonete líquido esterilizante novo que peguei no almoxarifado do hospital. Não cheguei perto dos meninos e gritei com eles quando começaram a se aproximar de mim imitando pombos. Will ficou incrédulo na primeira noite ao me ver dormir em uma cama de armar na garagem. Ele foi trabalhar no dia seguinte, apesar de eu ter dito, sob ameaça de morte, para não ir — ele saiu antes de eu acordar. Quando voltou para casa, estava em choque, pálido.

— Acredito em você — disse ele.

"Agora? De que adianta?", eu queria gritar. Ele havia se exposto desnecessariamente. Tinha voltado ao hospital, o lugar com o maior número de corpos infectados do país.

Ele não havia ido trabalhar de novo, até ontem. Passaram-se oito dias desde aquele dia no pronto-socorro, quando essa maldita coisa começou e ele ainda estava bem. O período de incubação não deve ser superior a poucos dias, considerando a velocidade com que os homens voltavam ao pronto-socorro. Estávamos seguros, fora da zona de perigo, pelo menos o suficiente para eu me sentar na mesma sala que Will e os meninos e rir de alguma coisa que estivesse passando na Netflix sem ter uma parada cardíaca cada vez que um deles espirrasse. Meu marido idiota foi trabalhar no dia 4 de novembro, por alguma razão escapou da morte e, uma semana depois, deve ter achado que a vida aqui neste subúrbio tranquilo no lado norte de Glasgow não é suficientemente emocionante para ele.

— É um bebê — grita para mim quando finalmente fico sem fôlego de tanto brigar.

Na verdade, ele ficou fora só algumas horas.

— Ela vai morrer se eu não ajudar. Sou o único oncologista pediátrico do hospital no momento.

Ele não me conta por que é o único oncologista pediátrico, pois sabe que isso me daria razão e tornaria seus argumentos absurdos. Ele é o único oncologista pediátrico do hospital no momento porque os outros dois morreram!

— Você tem dois filhos aqui nesta casa — grito de fúria. — Pode ser um médico melhor do que eu, mas eu sou melhor como mãe. Eu me importo mais com Charlie e Josh do que com outra criança.

Will está chorando. Eu nunca o fiz chorar. Então, as palavras que quero gritar morrem em minha garganta.

— A mãe dela me ligou no celular. Ela implorou, disse que a filha ia morrer. Ninguém fez químio nela nas últimas quarenta e oito horas. Ela é... ela é, eu... eu... — Ele começa a soluçar.

Desesperadamente, mesmo com a raiva que sinto, quero tranquilizá-lo, abraçá-lo, embalá-lo e dizer que está tudo bem, que nenhum erro é irreversível, que eu o perdoo.

Mas esse erro é irreversível. Não posso tocar em meu marido porque, se ele for portador do vírus, posso contraí-lo e, então, nossos filhos terão mais probabilidade de adoecer. Não vou perdoá-lo se os meninos morrerem por causa disso. Uma criança sem nome e sem rosto em uma enfermaria de hospital a seis quilômetros de distância não é problema meu. Meus meninos — Charlie e Josh, com a barba começando a despontar, com seus olhos castanhos e sardas e o cenho franzido quando estão concentrados na lição de casa — são minha preocupação. Não posso perdoar Will por não os colocar em primeiro lugar. Eles são tudo que importa.

— Durma na garagem. Não toque em nada, não faça nada e não chegue perto dos meninos. Se eles tentarem entrar na garagem, grite como se fossem tocar em um fogão aceso.

Will soluça e assente com a cabeça em resposta.

— Amo você — digo.

Lembro-me de ter visto uma mulher no pronto-socorro alguns anos atrás. Ela encontrou o marido enforcado em um varão de cortina em seu quarto depois de uma briga violenta. Ela tinha ido ao quarto para pedir desculpa e fazer as pazes. Nunca contei isso a Will, mas, desde então, não importa quão terrível seja a discussão, sempre digo que o amo antes de virar as costas. A Praga está acabando com os homens, não precisa de ajuda nisso.

— Também amo você. Desculpe.

Eu sei, meu amor. Mas nunca vou perdoá-lo.

Lisa

Toronto, Canadá, dia 13

— Meu bem, você viu isso?

Minha mulher está brandindo um artigo do caderno de ciências do *New York Times* para mim. Estou acostumada a ela me implorar para ler coisas, mas esta deve ser a primeira vez em quinze anos que ela chama minha atenção para o caderno de ciências.

— Um surto causado por uma cepa agressiva de gripe afetou dezenas de milhares de pessoas em toda a Escócia, após se originar em Glasgow no início de novembro. Também há relatos de surtos em Londres, Manchester, Leeds, Liverpool, Birmingham e Bristol. Informações extraoficiais sugerem que a cepa da gripe afeta apenas homens. Nenhuma mulher até agora declarou ter sofrido da doença. A taxa de mortalidade parece ser muito mais alta que a da gripe; são mais de cinco mil mortes relatadas até o momento.

Mais de cinco mil mortos? Isso é muito para uma gripe. E em poucas semanas...

— Espere aí — digo, fazendo meu cérebro retroceder. — Você disse que só afeta homens?

Margot assente, determinada.

— Sim.

Sento-me ao lado dela; minha cabeça está a mil.

— Só homens? Uma gripe? Que bizarro! Nunca ouvi nada parecido.

— Nem eu — anui Margot.

A diferença é que Margot é professora universitária de história da Renascença e romancista, e em nenhuma das duas profissões se discutem detalhadamente cepas de gripe — a menos que seja para compor um herói romântico. Em minha área, ao contrário, a gripe é de extrema importância. Se eu nunca ouvi falar de uma gripe, ou de qualquer doença infecciosa que afete apenas homens, é porque provavelmente não existe — ou pelo menos nunca foi estudada. Isso pode ser interessante. Digito um e-mail para minha assistente, Ashley, que vai abri-lo amanhã de manhã.

Ashley,

Vi uma matéria esta noite no caderno de ciências do nyt sobre a gripe na Escócia que só afeta homens. Pode levantar todas as pesquisas sobre isso e me entregar um arquivo às onze?

Obrigada,

Lisa

Dra. Lisa Michael

Professora de Virologia, Chefe do Departamento de Virologia, Universidade de Toronto

"Nolite Te Bastardes Carborundorum"

Amanda

Glasgow, Reino Unido, dia 16

Ninguém está me ouvindo. Começo a achar que estou ficando louca. Mando um e-mail e, como ninguém responde, fico em dúvida se realmente o enviei. Estou sendo crucificada por todo o meio médico escocês. Fui demitida do Gartnavel hoje, o que faz sentido, já que não vou trabalhar há quinze dias. Não há nenhuma maneira de eu priorizar o serviço de saúde acima dos meus próprios filhos. A mulher ao telefone, uma idiota chamada Karen (tinha que se chamar Karen!), disse:

— Você devia ser envergonhar de abandonar seus pacientes num momento de necessidade.

Perguntei a Karen com que ela trabalhava: administração.

— O que você sabe sobre as necessidades dos meus pacientes? — sibilei, sentindo os olhos curiosos de meus filhos atrás de mim enquanto ia para outra sala e fechava a porta. — Esse vírus não responde a tratamento nenhum, não responde aos antivirais, nada faz diferença. Nem que eu fosse a própria Virgem Maria conseguiria salvar alguém.

Então, ela desligou. Bem, na verdade eu a mandei se foder e depois ela desligou. Provavelmente para ligar para outro médico que estivesse tentando desesperadamente salvar a família e intimidá-lo para ir trabalhar.

Will está ignorando as ligações, o que é melhor. Ele tem muita necessidade de agradar às pessoas. Às vezes ainda me pergunto se estamos casados só porque, depois de três anos de namoro, ele ficou nervoso achando que eu iria me chatear se não me pedisse em casamento, ou se me pediu porque me amava tanto que precisava se casar comigo.

Já escrevi para catorze jornais no mundo todo. Enviei oito e-mails para a Agência de Proteção à Saúde da Escócia — nenhum dos quais foi respondido — e telefonei doze vezes. Mandei nove e-mails para a OMS em Londres e Genebra. Estou falando com as paredes!!

Os noticiários mostram Glasgow e Edimburgo imersas no pesadelo de uma pandemia. O exército foi acionado para conduzir ambulâncias, carros de bombeiros e caminhões que transportam alimentos de e para fazendas, fábricas e supermercados. Pensando bem, faz sentido. Alguém já viu uma mulher motorista de caminhão? Dundee e Aberdeen acabam de anunciar o fechamento das escolas às sextas-feiras, o que seria a política de saúde pública mais ridícula de que já ouvi falar. Sim, boa ideia, vamos desacelerar um pouco a propagação desse vírus quase sempre fatal. Vamos lhe dar um fim de semana prolongado para ver se isso o anima a não matar os meninos do primeiro ano na segunda-feira.

As lideranças precisam me ouvir. Estão perdendo um tempo precioso. Estou confinada em casa com meus filhos, cujo medo aumenta a cada dia, pois eles acompanham o pânico crescente no Twitter, no Facebook e no Snapchat por causa da Peste, com o celular sempre brilhando diante do rosto. Charlie disse ontem, com uma voz muito mais aguda que a de seus treze anos, mais parecida com a de uma criança:

— Mãe, o Taylor morreu.

Meu primeiro pensamento foi dizer "quem é Taylor?" Mas essa não teria sido uma resposta útil.

— Ele morreu mesmo... — disse Charlie, em choque.

Então, subiu para seu quarto e colocou uma música insuportavelmente alta, e gritava comigo cada vez que eu entrava, de dez em dez minutos, para "ver se você quer tomar alguma coisa" (ou melhor, ver se ele não estava tentando se matar).

Às vezes, ser médica me torna emocionalmente uma mãe pior, mas melhor em termos práticos, e este é um desses momentos. Eu nunca penso "ele vai ficar bem". Ao longo de minha carreira, vi mais de uma centena de meninas, meninos, homens e mulheres que se mataram em minutos, levados ao hospital ainda quentes por pais, maridos ou esposas que nunca imaginaram que isso poderia acontecer. Pessoas com quem todos sempre estavam preocupados vão direto para o necrotério; essas tendem a planejar melhor o suicídio. Meus filhos estão vivos porque, de algum jeito, mantive essa doença terrível fora desta casa e longe deles. Mas estão desesperados por meus cuidados e afeto, e isso não posso lhes dar. Eu não os abraço, não faço a comida deles. Não chego perto se puder evitar. Cuidado nunca é demais quando a vida deles está em jogo.

Cada minuto que meus e-mails ficam sem resposta é mais um minuto de atraso para uma vacina. Essa praga não vai simplesmente desaparecer. Só vai piorar, e todo mundo está perdendo tempo. Sou médica, não patologista, não posso resolver isso. Mas, se ninguém me escuta, como vai se resolver?

Will acha que estou sendo boba. Ele acha que as autoridades estão trabalhando "nos bastidores", que simplesmente não anunciaram. Eu respondo que isso é bobagem. Todo mundo que conheço na área da saúde pública ou da política seria capaz de afogar a própria avó para obter uma boa publicidade. Todos estariam gritando "temos tudo sob controle" e "as melhores mentes do país estão trabalhando para encontrar uma solução". Haveria uma força-tarefa. Sempre há uma força-tarefa. Se alguém estivesse me ouvindo, eu saberia; mas só existe um silêncio sombrio e terrível e tempo sendo desperdiçado.

E-mail de Leah Spicer (l.spicer@apse.org) para Richard Murray (r.murray@apse.org), Kitty McNaught (k.mcnaught@apse.org) e Aaron Pike (a.pike@apse.org) 9h20 19 de novembro de 2025

Richard, Kitty, Aaron,
Por favor, um de vocês poderia me ligar com urgência? Não tive resposta de Daniel de Edimburgo. Estou atolada aqui. Louise não veio trabalhar a semana toda. Estou tentando finalizar o protocolo de infecção, mas não sei bem qual é o melhor caminho, pois ele é neutro em relação ao gênero, e precisamos de políticas diferentes para homens e mulheres agora. Todos os hospitais da Grande Glasgow declararam emergência e o Queen Elizabeth's começou a recusar homens no pronto-socorro. Meu celular é 07884647584. Liguem assim que puderem. É muito, muito urgente.

E-mail de Richard Murray (r.murray@apse.org) 9h20 19 de novembro de 2025

Obrigado por seu e-mail. No momento estou ausente do escritório por motivo de doença. Se precisar de assistência urgente, entre em contato com outro membro de minha equipe.

E-mail de Kitty McNaught (k.mcnaught@apse.org) 9h20 19 de novembro de 2025

Estou de licença em virtude de doença na família. Responderei a seu e-mail assim que retornar.

E-mail de Aaron Pike (a.pike@apse.org) 9h20 19 de novembro de 2025

No momento estou fora do escritório devido a problemas de saúde. Tente entrar em contato com outro membro de minha equipe se o assunto for urgente.

Matéria no *The Times* de Londres, 20 de novembro de 2025

EXCLUSIVO: MÉDICA ESCOCESA QUE TRATOU DO PRIMEIRO PACIENTE DIZ: "É UMA NOVA PRAGA E ESTÁ PIORANDO"

Por Eleanor Meldrum

Gostaria de poder dizer como a dra. Amanda Maclean é pessoalmente, mas não posso. Ela não quis se encontrar comigo por medo de que eu pudesse ser hospedeira da "Peste", como ela chama esse vírus misterioso com uma alta taxa de mortalidade que rapidamente causou estragos na Escócia. Também há vários casos relatados em Manchester, Newcastle, Leeds e Londres. Quando assegurei a Amanda, por e-mail, que não estava infectada, ela respondeu: "Você não tem como saber. As mulheres são hospedeiras assintomáticas. Quando tratei dos dois primeiros casos, percebi que a única ligação entre eles era uma enfermeira".

Se a intenção de Amanda era me preocupar, ela conseguiu. Ao ouvir isso, começo a relembrar minhas interações com os homens de quem gosto de uma perspectiva diferente: meu namorado (que beijei na boca esta manhã), meu pai (tomamos um café juntos na hora do almoço e o abracei ao me despedir), meu irmão (com quem jantei duas noites seguidas).

"Uma das razões de essa coisa se espalhar tão rápido é o fato de que mulheres e homens são portadores. As mulheres nunca sabem, e os homens não manifestam sintomas nos dois primeiros dias. Existem centenas de milhares de pessoas por aí espalhando o vírus sem saber."

Eu respondo perguntando por que não há mais casos relatados, então. Certamente, se, como diz Amanda, houver centenas de milhares de pessoas espalhando essa doença, então haveria centenas de milhares, milhões de casos até, não haveria?

Ela é firme: "Deve haver, mas também já existem muito mais casos do que os reportados. A Peste pode se assemelhar a um caso de sepse ou outra doença de ação rápida". Ela me indica uma reportagem de 18 de novembro de 2025 do *Dubai Daily*, um jornal britânico para expatriados. A matéria relata a "morte incomum de três homens que retornaram recentemente de uma viagem à Escócia, ao Gleneagles Resort". Saíram do aeroporto de Glasgow para Dubai. Amanda não se conforma que isso ainda não tenha sido definido como um surto. "A OMS está dormindo no ponto. E com a Agência de Proteção à Saúde da Escócia não é diferente. Eles se omitiram diante do caso, e isso é ultrajante."

Omitiram? Por acaso ela quer dizer *estão se omitindo*?

"Eles *se omitiram*. Há muito pouco que possamos fazer agora que a Praga escapou de Glasgow. É tarde demais para saber quem esteve onde. É notável a facilidade com que se espalhou do primeiro paciente que tratei, um homem da Ilha de Bute, para uma enfermeira do hospital, que depois o passou para os pacientes. Entrei em contato com a Agência de Proteção à Saúde da Escócia por telefone e por e-mail no dia 3 de novembro. Mandei dezenas de e-mails para a Agência de Proteção à Saúde da Escócia e a OMS e fui ignorada todas as vezes. Se eu tivesse sido ouvida naquele momento, poderíamos ter estabelecido quarentenas eficazes e controlado a Praga.

Digo a Amanda que o que ela afirma parece uma teoria da conspiração paranoica. Ela me assegura que sabe disso, mas que logo ficará provado que ela está certa. Amanda acha que a doença vai "devastar a população masculina se não criarmos uma vacina logo. Precisamos de um tratamento para ontem".

Bem, então, o que podemos fazer para reduzir o risco de infecção? "Faça o que estou fazendo. Fique em casa; seja homem ou mulher, fique em casa. Evite aglomerações, evite o transporte público, pelo amor de Deus, não entre em aviões. Qualquer pessoa pode estar infectada, portanto você precisa interagir com o mínimo de pessoas possível. Meus filhos e eu não saímos de casa desde 4 de novembro."

A esta altura, não posso deixar de perguntar como isso é possível, sendo que Amanda é médica e trabalha no PS do Hospital Gartnavel, West End, em Glasgow. Seus pacientes não precisam dela agora mais do que nunca?

Amanda suspira profundamente antes de responder. "Não há absolutamente nada que qualquer médico possa fazer para impedir que esse vírus mate um menino ou um homem. Absolutamente nada. Quando tratamos um dos primeiros pacientes que morreram, um jovem saudável e em boa forma de vinte e poucos anos, demos de tudo a ele: antivirais, antibióticos, fluidos, esteroides. Nada funcionou. Não vou colocar minha família em risco pela causa perdida de salvar homens que não podem ser salvos. Não vou me desculpar por manter meus filhos vivos. Por que você acha que nenhum médico das agências oficiais disse às pessoas para ir ao hospital em busca de tratamento?"

Termino minha conversa com Amanda completamente inquieta. Depois, analiso as declarações oficiais feitas pela Agência de Proteção à Saúde da Escócia e pelo Serviço Nacional de Saúde da Inglaterra. Ela está certa. Em nenhum lugar está escrito: "Vá ao hospital e procure tratamento", ou "procure orientação médica". O único conselho é ficar em casa. A implicação óbvia é que os homens deveriam ficar em casa e morrer.

Antes de falar com Amanda, eu esperava responder a muitas de minhas perguntas sobre a Peste e seu possível impacto em hospitais, escolas, talvez até mesmo sobre a parte científica da situação. Mas, depois de falar com ela, tenho mais perguntas do que poderia imaginar, e ela não é capaz de responder a nenhuma. Nem sei se alguém é. Até que ponto a Peste vai piorar? Quantos homens vão morrer? As autoridades poderiam estar fazendo algo mais? O que podem fazer agora? Minha família está segura? Será esse o nosso fim?

Catherine

Londres, Reino Unido, dia 35

É o primeiro ano de minha vida em que não estou ansiosa pelo Natal. Como poderia estar se o apocalipse parece estar chegando? As lojas continuam como se nada estivesse acontecendo, determinadas a evitar a ruína financeira que representaria fechar as portas em dezembro, um mês de ouro. Como as pessoas conseguem ir à Liberty e gastar trinta libras em um passarinho de lantejoulas natalino se nossos maridos, nossos filhos, nossos pais, nossos amigos, podem morrer?

Theodore, por sorte, não percebe nada. Eu me preocupava por ter um filho tão desatento — do tipo que não encontrava algo que estava, literalmente, bem à sua frente —, mas neste momento é uma bênção. Se ele sente minha inquietação, não demonstra, mas nossa casa está tomada pelo medo. Praticamente dá para vê-lo vazar pela caixa de correio. O primeiro caso foi há cinco semanas, em Glasgow, mas já está em toda parte. Há relatos de pacientes em todas as cidades: Manchester, Newcastle, Bristol. Londres está em erupção. O Hospital St. Thomas anunciou estado de emergência ontem, e é tão perto daqui, praticamente vizinho. Nossa pequena e adorável casa em Crystal Palace sempre foi um refúgio do estresse da vida diária, mas agora é um pobre bote salva-vidas insignificante, incapaz de fazer o que é preciso. Não pode garantir que meu marido e meu filho estarão seguros.

Semana passada, montamos a árvore de Natal. Insisti que fosse no primeiro dia do mês, como sempre. É a única tradição que adquiri no curto tempo em que convivi com minha mãe. O Natal começa quando a árvore é montada, em 1º de dezembro. Anthony e eu tiramos do sótão as caixas de galhos de pinheiro de plástico e de enfeites empoeirados. Phoebe sempre fica horrorizada com nossa árvore falsa, mas, quando a pessoa é órfã, fica sensível às histórias de outros órfãos. Árvores de Natal pegando fogo e transformando casas de famílias em esqueletos carbonizados de fumaça e cinzas, matando quase todo mundo e deixando pobres crianças para trás são, infelizmente, muito comuns.

Normalmente, Anthony monta a árvore e deixa a decoração comigo. Ele pega uma cerveja ou uma taça de vinho tinto e se senta confortavelmente no sofá enquanto eu decido entre enfeites vermelhos e prateados. Ou dourados, talvez? Este ano não. Este ano ele ficou ao meu lado e metodicamente foi colocando os enfeites e as luzes nos galhos, transformando esse pedaço de plástico denso e atarracado em uma maravilha cintilante e festiva. Ele sorriu quando pendurei o enfeite que Libby fez para nós com uma foto do nosso casamento em uma linda bola branca. Na foto, estou olhando para Anthony, a felicidade em pessoa. Ele está colocando um dos meus cachos de noiva escuros atrás de minha orelha. Eu me lembrei do momento como se fosse ontem; meu coração se apertou de medo e saudade. Anthony colocou o anjo que Theodore fez no berçário no ano passado, com cuidado, no topo da árvore, concentrado e franzindo o cenho para que não ficasse torto. Ele olhou para a árvore e depois para mim com um sorriso suave no rosto. Estávamos ambos pensando a mesma coisa, e sabíamos disso, mas não dissemos nem uma palavra; afinal, para que partir o coração de alguém se isso não mudará nada? As palavras pairaram no ar, iluminadas pela preocupação. *Será este nosso último Natal juntos?*

Theodore ficou fascinado com a árvore durante quatro minutos antes de retornar à tarefa muito mais emocionante de "construir um barco", ou seja, sentar-se na caixa de enfeites vazia e gritar "barco, barco, barco". É uma maneira tão boa de construir um barco quanto qualquer outra.

Anthony não foi trabalhar a semana toda; eu não deixei. Disse a ele com toda a seriedade que preferia que vivêssemos da minha renda e que ele nunca mais trabalhasse na vida a deixá-lo sair de casa mais uma vez. Na maioria do tempo eu trabalho remotamente e não estou dando aulas este semestre, portanto para mim é fácil. Eu trabalho, Anthony cuida de Theodore, saio para comprar comida rápida e cuidadosamente, o mais tarde possível, no silêncio da noite, sem tocar e nem me aproximar de ninguém. Observo meus dois amores com olhos atentos, interpretando a menor tosse como um sinal de que a praga está aqui. Meu marido alto e forte e meu filho pequeno são agora igualmente vulneráveis.

As notícias começaram de forma casual. Houve um surto de uma espécie de gripe em Glasgow. Trinta mortos, muitos mais infectados. Parecia uma coisa cotidiana; gripe. Glasgow parecia tão distante... Presumi que as autoridades encontrariam uma solução. Seria só mais uma notícia assustadora e nada mais. Estamos acostumados a doenças assustadoras que começam em lugares distantes e são trazidas para cá. Talvez seja por isso que subestimamos a situação. *Escócia?*, pensamos todos. *Com certeza uma doença perigosa não pode começar lá.*

Mas só piorou. A cada dia, o tom dos jornalistas se torna mais grave. Primeiro foram trinta casos, depois cinquenta, depois cem, depois saltou repentinamente para milhares e dezenas de milhares, e então, o que será? Milhões? Bilhões? Todo mundo morto? Esta noite percebi que o homem que apresenta o *News at 10* não estava. Era uma mulher. Comecei a chorar e Anthony me perguntou o que estava havendo, já que as notícias ainda nem tinham começado... O que aconteceu?

Não respondi nada, simplesmente gritei. *E se o âncora estiver doente? Eles gravam em Londres, não é? E se ele estiver doente? E se* você *estiver, mas ainda não tiver manifestado os sintomas?* Eu queria chorar. Não falei sobre nada disso com minhas amigas, não direito. Não sei como falar. A maioria de nós tem filhos, de modo que não ficamos passando uma na casa da outra, mas não sei o que dizer nem às minhas melhores amigas. Libby mora em Madri e está tentando desesperadamente descobrir como chegar a Londres e o que fazer para trabalhar quando chegar. Não quero sobrecarregá-la e não sei o que dizer. Phoebe tem duas filhas, então é diferente para ela. Não consigo me obrigar a falar com ela e ouvi-la me confortar sobre o risco de meu filho morrer, sendo que, na verdade, estou morrendo de inveja por ela ter duas meninas. O marido dela corre risco, mas suas filhas não. É diferente. Não, vou ficar na minha por enquanto. Parei de levar Theodore ao berçário há algumas semanas. Só de pensar em levá-lo já estremeço; colocá-lo em uma sala grande com mais trinta crianças e adultos que podem ter estado em qualquer lugar, tocado em qualquer coisa, ser portadores sem saber... Qualquer um pode ser.

Portanto ficamos aqui em casa, hibernando, na esperança de sobreviver à Peste como se ela fosse reconhecer nossa fortaleza e força de vontade, ver nossa casa e dizer: "Não, vamos deixá-los em paz. Eles não merecem isso". Não quero expressar meus medos mais que o necessário e estragar meu precioso tempo com Anthony, mas não temos mais ninguém com quem conversar. À noite, sussurramos um para o outro o desespero de duas pessoas que estão com a morte espreitando pela janela, esperando. A semana passada foi a primeira do ano em que não conversamos sobre fertilidade. Claro, agora não há nada que eu queira mais do que estar grávida. Preciso da segurança dos números. Minha felicidade, minha alma, estão em Theodore, e isso é avassalador. É tão frágil que não consigo suportar. Tudo o que quero é saber que estou grávida de uma vida nova, de uma vida nova e segura. Uma menina. Preciso estar grávida de uma menina. Eu me injetaria a cada minuto do dia um soro denso e pungente se pudesse ter uma menina agora.

Fiquei muito decepcionada quando soube que Theodore era menino. Não se deve dizer isso, mas fiquei mesmo. Chorei quando o ultrassonografista nos contou. Anthony não sabia o que dizer enquanto eu chorava na maca, com aquele gel frio e úmido em minha barriga. Chorava por causa dos macacões azuis sem graça, e dos caminhõezinhos e corridas pelo parque para os quais eu não tinha energia. Queria substituir o relacionamento que eu havia tido com minha mãe antes de ela morrer. Se eu pudesse voltar e dizer a mim mesma o que sei agora... também choraria pela segurança perdida.

Ninguém da comunidade científica fez uma declaração sequer sobre por que esse negócio afeta só os homens. Todos nós sabemos disso, é obvio, mas ninguém disse por quê. Será que eles não sabem? Claro que sabem. Se somos capazes de separar gêmeos siameses, de tratar o câncer e de prevenir a aids com medicamentos, certamente eles sabem por que os homens, e só os homens, estão morrendo. E quase todos eles morrem. A taxa de mortalidade é impressionante. A taxa de recuperação é de 3,4% e parece ser completamente aleatória. Não há razão. Um homem idoso apareceu na televisão ontem à noite contando sua história; chegou perto do limite e conseguiu protelar a morte, apesar dos melhores esforços da Peste. Na matéria seguinte, uma mãe chorava pela perda de seu filho de vinte e quatro anos, um promissor jogador de futebol que parecia quase embaraçosamente forte e saudável. Ela acha que ele se contaminou no metrô, ou talvez por um dos outros jogadores de seu time. Nove jogadores morreram. O time desmoronou.

Anthony se senta no sofá ao meu lado, segurando minha mão esquerda enquanto escrevo em meu diário. Não falamos sobre o assunto, mas passamos o máximo de tempo possível juntos, sentamos um ao lado do outro no jantar, o mais perto possível fisicamente. Nós nos enroscamos no sofá, dormimos enlaçados como lontras.

Ele não comentou sobre meus registros incessantes, mas agora está acostumado. Sempre mantive um diário, escrevendo às vezes mais e às vezes menos. Mais quando há mais coisas para escrever. Agora há tudo para escrever. A pequena parte de meu cérebro que ainda está focada no trabalho não pode deixar de perceber as mudanças que estamos vendo pela televisão. Vou registrar tudo, sei que vou. Não sei como, mas vou. Não entendo como todo mundo já não está registrando. Estou fazendo dezenas de fotos e vídeos de Theodore e Anthony todo dia. Olho para os dois antes de tomar banho, na tranquilidade do início da manhã, enquanto deixo sair todo o pranto represado do dia anterior.

Não suporto pensar nas possibilidades. As perguntas me deixam desnorteada. Theodore vai pegar? Anthony vai pegar? Meu lindo bebê vai morrer? Meu marido vai morrer? Todo mundo vai pegar? Descobrirão uma cura? Quando haverá uma cura? E se nunca descobrirem uma cura? E se isso nunca acabar? É o fim do mundo como o conhecemos?

Semana passada começaram a chamar a coisa de "a grande praga masculina". Os tabloides tiveram um dia agitado depois que a médica que tratou os primeiros pacientes, Amanda Maclean, deu uma entrevista. Ela disse que é o pior vírus que já viu. Chamou-o de a nova Praga e o nome pegou. Ela reclamou de não ter sido ouvida e disse que, se a Agência de Proteção à Saúde da Escócia a houvesse levado a sério, a coisa poderia estar controlada. Não sei o que pensar.

Sempre presumimos que as autoridades sabem o que fazer. Certamente eles perceberam, mas acho que ninguém sabe o que fazer. Nunca aconteceu nada assim, estamos todos tropeçando às cegas no escuro e ninguém sabe de nada.

Estão mostrando na TV trens saindo de Glasgow. Parece cena de filme. As pessoas empurram os inspetores para o lado e entram nos trens. Todos enlouqueceram. O mundo inteiro está enlouquecendo.

Anthony desliga a TV, decidido.

— Já chega de notícias por hoje — diz ele baixinho antes de me puxar para seus braços.

Elizabeth

Londres, Reino Unido,
dia 37

Assim que saio do avião, me pedem para dar um passo para o lado. Imediatamente entro em pânico pensando que cometi algum erro muito grave no trabalho e, enquanto eu estava no voo para Londres, o governo dos Estados Unidos decidiu que eu era um problema que precisava ser resolvido. Nunca sei como conciliar a capacidade objetiva do meu cérebro de cientista com a sensação que tantas vezes tenho de ter feito algo errado.

— Srta. Cooper, estou com um carro aqui para levá-la até o dr. Kitchen.

O homem é sutilmente bem-vestido e sério.

Um carro elegante me espera. Engulo em seco e tento esboçar um sorriso simpático, mas estou nervosa. Os departamentos de ciência do governo não costumam rodar com Mercedes S-Class, pelo menos não com visitantes insignificantes como eu.

Percorremos depressa as ruas cinzentas do oeste de Londres, afastando-nos de Heathrow. Tudo parece normal. Ninguém está pirando, gritando nas ruas. As luzes de Natal se acendem enquanto a cidade se prepara para as festas de fim de ano. Há trânsito; um caminhão de lixo avança devagar pela rua; uma mulher leva sua filha à escola, com a mochila de unicórnio balançando para cima e para baixo enquanto caminham pela calçada.

Talvez tudo tenha sido um engano. Estremeço ao recordar a conversa com meu chefe que acabou me trazendo até aqui. Precisei de toda a minha força e de muitas técnicas que aprendi em um workshop de "assertividade para mulheres no ambiente profissional" para não pedir desculpas e sair da sala devagar como se nada tivesse acontecido. Mas consegui. Pela primeira vez na vida desde os dezoito anos, fui ousada e corajosa, e talvez até meio imprudente. Uso o exemplo de Stanford *versus* Ole Miss sempre que preciso sentir que estou fazendo a escolha certa; nunca falha. Meus pais tinham certeza de que estavam certos e eu errada. Quem eu pensava que era agindo como se fosse boa demais para a Universidade do Mississippi? Eles estavam convencidos de que Stanford seria uma perda de tempo bem cara, mas estavam errados. Eu tinha razão. Preciso me lembrar disso com mais frequência.

Meu chefe espera que eu volte em três semanas, a tempo de começar a trabalhar de novo em janeiro. "A Peste europeia vai morrer, Elizabeth. É evidente que tem algum componente genético." A arrogância dele é chocante. Ele não é geneticista, nem eu. Quem dera eu me tivesse em tão alta conta que, mesmo sem nunca ter visto o vírus ao microscópio, pudesse tranquilamente afirmar que ele tem um componente genético, usando a justificativa de uma área da ciência que *eu não domino.* Tenho certeza de que é aqui que preciso estar. De que adianta ter passado nove anos fazendo faculdade, mestrado e doutorado com especialização em desenvolvimento de vacinas se não puder ajudar a encontrar a cura para uma doença? Foi para isso que eu me esforcei tanto, não só para pendurar diplomas na parede.

Foi uma sorte eu ter visto o e-mail do dr. Kitchen. Eu estava dando cobertura a Jim — que é tão idiota que ainda não consigo acreditar que ele entrou em Yale e trabalha no Centro de Controle de Doenças, e no mesmo cargo que eu! No e-mail, o dr. Kitchen parecia desesperado, sensato, razoável e apavorado, tudo junto.

Duas conversas incrivelmente constrangedoras envolvendo meus chefes hesitantes, um longo voo e uma viagem de carro e aqui estou eu.

Durante a semana em que respondi ao dr. Kitchen e organizei esta viagem, a crise aqui piorou. Nos Estados Unidos, a retórica racista está aumentando, como era previsível. *Essa Praga não é nossa, não é problema nosso. Isso está acontecendo no Reino Unido por causa daqueles imigrantes da África e do Oriente Médio. Não vai acontecer com a gente. Vamos mantê-los fora daqui. Vou proibir os voos de Londres assim que puder.* Ainda não aconteceu, mas estou cada vez mais preocupada de que minha passagem de volta para casa não sirva para nada até lá. Enquanto olho para a imponente pedra branca do Whitehall, sou tomada por uma onda de saudade de casa. O que estou fazendo aqui? Eu poderia estar no meu lindo jardim, colhendo tomates, espinafre e cebolinha para o jantar. Em vez disso, estremeço ao ser conduzida por um vasto vestíbulo e um labirinto interminável de corredores.

Ainda estou me perguntando por que o escritório do dr. Kitchen fica neste edifício enorme quando a porta de uma sala de conferências se abre e sou apresentada por um inglês que está dizendo algo sobre uma delegação do CCD. Ótimo, deve haver alguém de mais alta hierarquia que eu aqui.

Dezesseis pares de olhos se fixam em mim com expectativa. Eu olho ao redor esperando ansiosamente meu colega americano se levantar e se apresentar a mim. O dr. Kitchen — presumo que seja ele mesmo — diz:

— Elizabeth? Elizabeth Cooper? É você, não é?

Merda! Eles acham que... espere aí... não! O quê? Eles acham que *eu* sou a delegação do CCD?

— Sim, sou eu — digo, feito uma idiota.

E, como sempre faço quando estou nervosa, sorrio como se a simpatia pudesse resolver até o mais complicado desastre profissional. *Controle-se, Elizabeth, Deus do céu!*

— Desculpe, estou sofrendo um pouco com o jet lag. Vou tomar um café e...

Uma xícara de café aparece à minha frente e estou sentada à mesa, e o dr. Kitchen está olhando para mim como se eu fosse dizer algo, mas não tenho absolutamente nenhuma ideia do que dizer. Isto é, literalmente, um sonho estressante que já tive se tornando realidade. O dr. George Kitchen, segundo sua biografia no site da UCL, onde é professor, tem dois ph.D. em anomalias genéticas que levam à suscetibilidade à infecção e em desenvolvimento de vacinas. Por que está olhando para mim como se *eu* tivesse as respostas?

— Srta. Cooper, qual é sua formação? — pergunta uma mulher baixinha de cabelo cacheado que não parece nada impressionada comigo.

Tento ler, o mais sutilmente possível, a plaquinha à sua frente na mesa com seu nome e cargo. *Mary Denholm, Secretária da Saúde.* Ah, que ótimo; estou parecendo uma idiota na frente de uma das políticas mais poderosas do Reino Unido.

— Sou patologista do CCD, com especialização em identificação de vírus e desenvolvimento de vacinas — digo, omitindo a palavra "júnior" de meu cargo. — Fiz pós-graduação em Stanford em desenvolvimento de vacinas e estou aqui para fazer o que puder para ajudar.

— Perfeito — diz Mary. — Você é exatamente o tipo de pessoa de que precisamos. Quais outros recursos o CCD nos está fornecendo?

Absolutamente nada além de mim.

— Acho que isso ainda não está definido. Por enquanto, sou só eu.

Normalmente não sou o tipo de pessoa que insinua que a empresa para a qual trabalha poderia prestar uma ajuda que não tem a intenção de prestar, mas isso parece acalmá-la.

O dr. Kitchen me lança um sorriso agradecido e então eu entendo. A compreensão me atinge. Não estou aqui para ajudar. Ele não precisa de mim. Ele precisa da impressão de que o CCD está ajudando. Por um lado, estou perplexa diante do fato de que, em tempos de crise, o endêmico exibicionismo político nas instituições públicas ainda aconteça. Por outro, estou impressionada com o fato de ele ter conseguido me manipular tão depressa sem dizer uma palavra.

Lembro que sua biografia também mencionava que ele foi psiquiatra antes de passar para a área de doenças infecciosas. Quem diria...

Logo percebi que a força-tarefa criada entre o Serviço Nacional de Saúde da Inglaterra e o Hospital de Doenças Infecciosas não tem nada a oferecer. Um grupo de velhos brancos de terno, professores das melhores universidades da Inglaterra, faz apresentações em linguagem incompreensível. O que eles transmitem poderia ser resumido da seguinte maneira: "Não sabemos por que afeta só os homens, ainda não temos a cura nem descobrimos como começar a desenvolver uma vacina porque esse vírus se multiplica 1,8 vez mais rápido que o HIV, e nós acabamos de começar a identificar um número suficiente de homens supostamente imunes para testar o sangue e o DNA deles para ver se a chave para uma vacina ou tratamento está na imunidade, se é que ela existe".

Mary está ficando cada vez mais pálida, enquanto eu fico cada vez mais em pânico. É um verdadeiro desastre, com potencial para Armagedom. O ciclo de vida do vírus tem uma eficiência assustadora. Durante dois dias o homem infectado fica assintomático, passando o vírus toda vez que tosse, limpa o nariz e coloca a mão em uma superfície ou beija o rosto de alguém. Os sintomas começam no terceiro dia. A morte ocorre mais ou menos por volta do quinto dia. Dificilmente alguém poderia criar um vírus mais apto a se espalhar depressa e a devastar a população humana.

Felizmente, a Secretária da Saúde é mulher, de modo que conseguirá ter uma atuação consistente ao longo da crise; no entanto, com base em suas perguntas, logo fica claro que ela não tem noção de quanto tempo é necessário para desenvolver uma vacina eficaz. Eu ficaria surpresa se ela tivesse algum conhecimento de biologia elementar. Provavelmente era advogada ou algo assim antes de entrar na política.

— Então você está me dizendo... — Mary interrompe o homem que está falando sobre imunidade e se levanta.

É um professor de epigenética do Imperial College London. Como ele, todos temos a impressão de que ela vai sair da reunião, de tão irritada. A sala toda prende a respiração.

— Você está me dizendo que as pessoas que têm as respostas, as maiores mentes deste país e além, não têm nada? Que eu tenho que voltar para a Câmara dos Comuns e dizer: "Bem, homens e meninos vão continuar morrendo, abracem seus filhos, não deve demorar muito!"?

Eu também me levanto, porque é estranho que ela seja a única pessoa em pé ao redor da mesa e todos tenham ficado em silêncio. Suponho que, mesmo em meio à pior emergência de saúde pública que o país já viu desde a peste bubônica, ela ainda seja a chefe deles. Explico que o vírus é incrivelmente poderoso e sofre mutações com uma regularidade que o torna muito mais parecido com o vírus HIV do que com o da gripe. Existem três maneiras de criar uma vacina contra um vírus. Primeira, alterar os genes do vírus para que ele se replique mal. Segunda, destruir os genes do vírus para que ele não se replique. Terceira, usar uma parte do vírus, mas não todo, o que significa que ele não poderá se replicar.

Esse vírus se replica tão depressa que as duas primeiras opções estão praticamente fora de questão. Isso nos deixa a terceira opção, mas demanda tempo. É preciso identificar a estrutura do vírus enquanto ele ainda está em mutação.

— E os homens que são imunes? — pergunta ela.

Tento ignorar sua voz trêmula.

— Certamente a solução está neles. Ele acabou de dizer que acha que cerca de um a cada dez homens é imune. Muitos homens poderiam...

Ela vai desanimando, porque não entende os dados científicos e está basicamente me implorando para lhe dizer que vai dar tudo certo.

— Eles podem ser parte da solução — respondo, tentando ser o mais diplomática possível —, mas ainda há muita coisa a fazer. Não é culpa de ninguém, é o vírus.

E esse é o fim de suas perguntas. Ela fica sentada ali durante o resto das apresentações, como se fosse uma estátua.

A reunião termina com um suspiro de choro contido. Mary é levada embora. O dr. Kitchen vem até mim murmurando desculpas e não se aproxima: distanciamento social de pelo menos um metro.

— Lamento, de verdade. Ela falou durante uns quinze minutos no início da reunião sobre a importância da cooperação internacional e interpretou minha afirmação de que você estaria aqui como algo mais do que realmente é.

Ele dá um sorriso enrugado e cansado.

Mesmo contrariada e ainda dolorida por causa do pânico anterior, não posso deixar de gostar dele. Ele tem um rosto gentil.

— Desculpe.

— Está desculpado, mas só se você me levar para almoçar. Dr. Kitchen, estou morrendo de fome e tenho muitas perguntas.

— Combinado; e, por favor, pode me chamar de George.

Deixamos o silêncio sufocante do Whitehall e pegamos uma mesa do lado de fora de uma pizzaria, apesar do clima gelado de dezembro. Nenhum homem deve ficar em um ambiente fechado agora.

George limpa a mesa com um pano antes de se sentar. Empurro minha cadeira para ficarmos a dois metros de distância.

— Não vou comer, se você não se importar — diz George enquanto entro para pegar minha pizza.

Poucos minutos depois, estou de volta.

— Então, a coisa está muito feia? — pergunto.

— O risco de infecção é alto e esse vírus tem um poder de permanência extraordinário. É capaz de se manter vivo em uma superfície por até trinta e oito horas.

Engulo um pedaço de pizza e tento não ficar boquiaberta.

— Trinta e oito horas?

— Exato.

— Você achava que Mary estaria tão esperançosa?

George fica em silêncio por alguns instantes e então meneia a cabeça.

— Não é a primeira vez que lido com uma resposta dessas. Eu esperava que ela fosse um pouco mais prática e engajada; foi um choque. As pessoas, mesmo do alto escalão do governo, têm mania de depositar suas esperanças na "força-tarefa mágica", como se os cientistas pudessem criar uma solução do nada. Mas ela simplesmente não tem ideia de como tudo isso é difícil.

Consigo dar um sorrisinho.

— Eles nunca têm.

George anui.

— Quando nós, cientistas, virologistas, médicos e as pessoas que realmente *conhecem* essas coisas explicamos que na verdade é muito pior do que eles ousariam temer, eles ficam em choque.

— Você é um homem muito tolerante.

Ele solta uma risada.

— Não sou, mas já fui psiquiatra, de modo que estou acostumado a comportamentos irracionais. Em comparação com o que já vi, essa pequena explosão de Mary não foi nada.

— Ficarei o tempo que for necessário — ofereço por impulso, mas falo sério.

Este é o lugar de onde, possivelmente, vamos salvar o mundo. Eles precisam de todas as mãos e cérebros que puderem reunir.

— Obrigado, Elizabeth — diz George.

Pago a conta e chamo um táxi. Fui colocada em um hotel horrível na Euston Road chamado Premier Inn. Pelas fotos que vi na internet, tem muito roxo na decoração interna; vou deixar a descrição por isso mesmo porque é deprimente demais para expressar em palavras.

Começo a trabalhar amanhã em um dos laboratórios do Hospital de Doenças Infecciosas. George me colocou na equipe que tenta identificar exatamente qual parte do vírus permite que ele atinja os homens, mas não as mulheres, embora elas sejam hospedeiras. Esse é o principal aspecto que lhe permite se espalhar tão rápido. Quando metade da população está andando por aí assintomática, mas carregando e espalhando um vírus, a situação é séria. E é o que está acontecendo.

Mando um e-mail para meu chefe no CCD e digo que não voltarei antes de três semanas. Não me importa qual será a resposta dele; há coisas mais importantes. Incluo em meu e-mail uma descrição longa da reunião de hoje. Tento transmitir quão inacreditavelmente isso vai escalar e, enquanto digito, vou recuperando o fôlego.

Meu pai. Meu pai está em Jackson. Não é perto da Europa, claro, mas esse vírus vai chegar aos Estados Unidos em breve, se é que ainda não chegou. Já houve alguns relatos de casos e com certeza eles vão aumentar depressa nos próximos dias.

A indecisão imediatamente me atinge. Eu deveria ir para casa. Não, deveria ficar aqui. Preciso ver meu pai. Preciso ficar aqui para ajudar. Ele é minha *família*, isso é mais importante.

Envio a meu pai um longo e-mail com os protocolos básicos para o risco de infecção. Ele não deve usar transporte público nem táxi. Não deve comer em restaurantes nem pedir comida para viagem. Deve ficar em casa o máximo que puder e não se encontrar com mais ninguém. *Fique dentro de casa com mamãe*, instruo. Meu pai sempre respondeu melhor a demonstrações de força do que — como ele vê — a súplicas femininas.

Meu chefe responde. Antes de abrir o e-mail, já sei o que ele vai dizer, mesmo assim é um choque.

De: Garry Anderson (G.Anderson@ccd.gov) para Elizabeth Cooper (E.Cooper@ccd.gov) 21h36 10 de dezembro de 2025

Olá, Liz

Que bom que você chegou bem. Entendi o que você disse, mas não podemos dispensar ninguém agora. Vamos ver como as coisas caminham em Londres e, então, se mais recursos forem necessários daqui a um mês, podemos pensar em mandar três pessoas para dar uma assistência.

O foco aqui é mais ajudar a administração a interromper viagens e identificar casos depressa. O presidente deseja minimizar a movimentação através do Atlântico e achamos que esse é o caminho certo.

Fique bem,

Garry

Não sou eu quem está em perigo, Garry! Por um lado, estou pateticamente grata pela oferta de ajuda, mas não é o suficiente. É uma negligência. Pelo menos eles não parecem pensar que estou aumentando o problema. Estão buscando só uma pequena parte da solução, muito simplista. Não dá para impedir uma pandemia. Não é assim que funciona.

Antes de desligar a luz para dormir, faço algo que quis fazer o dia todo. Leio todas as manchetes dos grandes sites de notícias ingleses. *The Guardian:* "Departamento de Saúde garante ao povo que está trabalhando em uma vacina". *The Telegraph:* "Mary Denholm diz para ficarmos calmos; o número de mortos chega a 100 mil". *The Sun:* "Fique calma você, Mary; os homens estão morrendo". *The Times:* "Amanda Maclean: 'A médica que deu o alarme acusa a OMS de negligência'".

Tento dormir, mas, apesar do peso do jet lag, sinto-me envolta por uma névoa de pânico. Minha cabeça está a mil. Meu pai, uma vacina, George, Mary... não há vacina, só começando, pai, pai... O que vai acontecer com meu pai?

PÂNICO

Matéria no *Washington Post*, 15 de dezembro de 2025

A PRAGA ESTÁ AQUI E ALGUÉM DEVERIA TER AVISADO VOCÊ

Por Maria Ferreira

Esta matéria não será como qualquer outra que você já leu neste jornal ou, muito provavelmente, em qualquer outro. É bom eu deixar isso bem claro logo no início. Vai ser narrada em primeira pessoa, embora esta não seja a seção de comentários. Não foi editada pelo editor ou pelo editor-adjunto porque procurei pessoas acima deles para conseguir a permissão do proprietário deste jornal para publicá-la. Isto posto, vou apresentar minhas credenciais para que vocês saibam com que tipo de jornalista estão lidando. Fui indicada ao Prêmio Pulitzer duas vezes (um prêmio que, posso garantir, não vai acontecer este ano nem no próximo ou no seguinte, pelos motivos que vocês estão prestes a ler), fiz mestrado em jornalismo na Universidade Columbia, já fui editora de ciências neste jornal e realizei mais de vinte investigações sobre questões espinhosas e difíceis, tendo a corrupção e o sigilo como cerne.

Em dezessete anos como jornalista, esta é a matéria mais terrível que já tive que escrever. A mensagem básica é que seu pai vai morrer, seu irmão vai morrer, seu filho vai morrer, seu marido vai morrer, todo homem que você já amou e/ou com quem dormiu vai morrer. Mas vamos voltar ao início. Tudo começou no início de novembro de 2025, mas a maioria de vocês, nossos leitores nos Estados Unidos, não sabem disso. Eu sabia que algo grande estava acontecendo porque o Twitter e o Facebook no Reino Unido eram uma fonte de ansiedade e pânico. Se há uma conclusão a que se pode chegar com esta matéria, é que todos nós deveríamos ter falado sobre isso muito antes. Uma médica escocesa chamada Amanda Maclean escreveu para jornais e postou na internet que havia uma pandemia começando, mas seus gritos caíram no vazio. Foi ela quem identificou o vírus e tratou a pessoa informalmente considerada o Paciente Zero.

Amanda publicou uma carta no *The Times* em 12 de novembro. Desde o princípio achei isso estranho. Que tipo de médica de PS respeitada e experiente precisa escrever em um jornal para contar à população sobre uma pandemia? Isso mostra que há algo sendo encoberto. A carta foi publicada no site do jornal e viralizou em certas partes, muitas vezes paranoicas, do Twitter e do Reddit.

Solicitei ao CCD uma declaração em 16 de novembro e recebi a resposta: "Nada a declarar". Essa foi a segunda estranheza em toda a situação. Se alguém confundiu os fatos, eles poderiam simplesmente divulgar um comunicado dizendo que essa pessoa está errada. Mas eles não fizeram isso nem deram umas daquelas habituais declarações tranquilizadoras. Nem "Confirmaremos no devido tempo, quando tivermos mais informações", nem "Não há motivo para pânico". E eu entrei em pânico porque ninguém me disse para não entrar.

Então, em 20 de novembro, Amanda Maclean foi entrevistada pelo *The Times*. Ela cunhou o termo "A Peste" para descrever o vírus que afetava, àquela altura, grande parte da Escócia (somente as Highlands não foram afetadas até agora); um vírus, afirmou ela, com mortalidade quase garantida, que atinge apenas homens, mas é hospedado por mulheres, de fácil transmissão e que deixa os homens assintomáticos por dois dias. A imprensa do Reino Unido entrou em colapso com essa notícia.

Vocês devem estar se perguntando por que não relatei isso antes, e a resposta é que meu chefe, o editor do *Washington Post*, não queria que eu o fizesse, o que é irônico considerando o fato de que é ele quem corre o risco de morrer dessa doença, não eu. Ele não queria correr o risco de deixar as pessoas em pânico sem necessidade, especialmente porque as instituições nacionais e internacionais não fizeram nenhuma declaração. E há bastante drama político doméstico neste momento e ele quer que eu desenterre uma indiscrição do passado de cada congressista, do Texas a Ohio. Normalmente eu adoro essas coisas. Não tenho problema algum em responsabilizar homens poderosos por suas transgressões passadas. Se for para acabar com o patriarcado derrubando um político corrupto por vez, estou dentro!

Mas esta é uma história de vida ou morte. É, muito possivelmente, a história do fim do mundo. Não pode esperar mais. Acho que meu editor e muitos outros homens que são guardiões das informações no mundo todo estão apavorados. Estão tão paralisados de pânico que não suportam olhar para a realidade de frente. Portanto, estou aqui para fazer o trabalho deles.

Nas três semanas e meia desde a publicação da entrevista de Amanda, mais de 100 mil britânicos morreram. Provavelmente, centenas de milhares de pessoas estão infectadas ou entrarão em contato com um homem ou mulher infectada nos próximos dias. Os Estados Unidos não foram afetados até agora, graças à restrição do governo para voos de e para a Europa, tanto para quem é cidadão americano como para quem não é — uma medida tão impopular quanto sábia. Mas essa praga está aqui. Há relatos em todo o país — em Tampa, Nashville, Los Angeles, Arkansas, Newport — de homens morrendo de "sepse" e "síndrome da morte súbita do adulto" e "doenças curtas e inesperadas". Acorda, gente! É a Peste. As redes sociais na Escócia são um vórtice de medo, doenças e pessoas declarando que estão deixando o país, apesar de haver cada vez menos meios para isso. Cingapura está modificando suas políticas de controle de capital, proibindo a remoção de dinheiro por cidadãos *e* estrangeiros. O governo de Cingapura está, basicamente, oferecendo segurança e estabilidade econômica em troca de limitada exposição. Isso não é só uma bandeira vermelha, é uma enorme capa vermelha que todos nós deveríamos estar observando com cuidado, pois vem um touro logo atrás dela.

Falei com Amanda Maclean; ela gentilmente me cedeu dez minutos de seu tempo ontem, de sua casa em Glasgow, onde está reclusa com seu marido e filhos. Ela é uma mulher extraordinária. Amanda me mostrou os e-mails que escreveu para a Agência de Proteção à Saúde da Escócia, o Serviço Nacional de Saúde da Inglaterra, a OMS e políticos, todos ignorados. Disse que houve incompetência nos mais altos escalões do governo na Escócia e na Inglaterra. Não tenho informações para provar isso, mas também recebi — de uma fonte anônima e, portanto, não verificada — um relatório escrito em 10 de novembro por uma mulher, membro dos Serviços de Inteligência Britânicos. Ela define em detalhes a direção que a Peste tomará — para quais países se espalhará, quantos homens matará e onde, e as dificuldades de combatê-la. Segundo minha fonte, o relatório foi ignorado pelos superiores dela no MI5, que perderam uma oportunidade vital de controlar a Peste em um estágio inicial. Agora ela trabalha em outra função, fora dos serviços de inteligência. Veja um excerto do relatório abaixo:

O vírus parece afetar apenas os homens, mas é transmitido por mulheres (que não parecem vulneráveis a ele). Essa análise é baseada em sete dias de informações sobre o vírus. Com base nas postagens nas redes sociais feitas pela dra. Amanda Maclean, que afirma ter tratado o Paciente Zero, entendemos que o vírus não responde a medicamentos ou tratamento médico. Ela afirma que tem uma alta taxa de mortalidade — dezenas de homens mortos em 24 horas. Se essa informação estiver correta, parece inevitável que o vírus se espalhe depressa (se é que ainda não se espalhou) para outras grandes cidades da Inglaterra, Escócia e País de Gales. O número de voos internacionais que saem dos aeroportos de Glasgow, Prestwick e Edimburgo diariamente aumenta as chances de uma propagação internacional.

Os principais riscos incluem: distúrbios civis (polícia, bombeiros, paramédicos, forças armadas, serviços de inteligência, todos desproporcionalmente masculinos), grande perturbação econômica, alto número de mortos, vulnerabilidade a ataques terroristas (devido ao enfraquecimento dos serviços de segurança), escassez de alimentos.

Classificação de risco: Urgente — requer atenção imediata e intensificação.

Não sou médica nem trabalho no MI5; não tenho como verificar essas informações. O que sei, depois de anos de reportagens, é que ignorância, incompetência e medo andam tão frequentemente de mãos dadas com os governos que nenhum de nós deveria se surpreender se as instituições que pensávamos que nos manteriam seguros fossem, de fato, lamentavelmente inadequadas diante de uma pandemia.

O jornalismo é uma mistura estranha de busca da verdade e de conhecimento e de seguir um palpite. Amanda Maclean está em posição semelhante.

Quando você ler esta história, ela vai estar na primeira página da edição impressa e em nosso site. Espero que, quando você terminar esta matéria, a Peste finalmente, *finalmente*, se torne a única coisa sobre a qual alguém possa falar. Outro foco para a situação seria pensar que estou pessoalmente tentando provocar pandemônio e pânico generalizados.

De nada.

Dawn

Londres, Reino Unido, dia 43

— Você viu a matéria?

Zara, minha chefe, deve estar revirando os olhos de tão nervosa. Sim, eu vi a matéria. Não, não quero falar sobre isso. Melhor me fazer de boba até decidir o que fazer.

— A maldita matéria do *Washington Post*. Como foi, Dawn? — Dai-me forças, não precisa repetir meu nome, Zara. — Como foi que uma maldita jornalista dos Estados Unidos conseguiu simultaneamente nos fazer parecer incompetentes e corruptos, como se soubéssemos que existia um problema que nos recusamos a resolver e não poderíamos resolver mesmo se tentássemos?

— É chocante — murmuro.

O que mais posso dizer? Os Serviços de Inteligência Britânicos foram humilhados pela Peste, mas a matéria é dolorosa de ler porque é parcialmente verdadeira.

Há semanas tentamos recuperar o atraso enquanto o país mergulha no caos à nossa volta. Se ao menos eu pudesse voltar no tempo e reagir quando começamos a ouvir relatos de uma doença infecciosa na Escócia... ACORDE, DAWN, queria gritar. ISTO SERÁ PIOR DO QUE VOCÊ PODE IMAGINAR.

Infelizmente, só percebemos isso agora. Caramba, o olhar de Zara ainda é assassino; preciso ter cuidado. Trabalho aqui há mais de trinta e cinco anos, e mesmo assim sou cuidadosa. Sempre. Fui a única mulher negra contratada no ano em que entrei. Quase sempre sou a única pessoa negra e, muitas vezes, a única mulher — que golpe duplo! — em uma reunião. Reprimo um suspiro de frustração. Talvez eu esteja velha demais para esse absurdo. Vou me aposentar daqui a um mês e meio, no dia em que fizer sessenta anos, mas Zara não sabe. Vou lhe contar daqui a quinze dias e, se ela não concordar, vou sair de qualquer maneira — isso se não tivermos lei marcial até lá. Tenho um chalé à beira-mar, com estoque de comida enlatada suficiente para seis meses e pouca coisa mais.

No entanto, enquanto ainda estou aqui, preciso ser gentil. Zara está assustada e sofrendo, não está em seu normal. Trabalho com ela há mais de uma década, está completamente mudada. Posso culpá-la? Seu marido morreu semana passada, seguido por seu filho alguns dias depois. A filha tem apenas quinze anos, está sofrendo a perda de um pai e de um irmão, mas somos servidoras públicas. Não existe folga em meio a uma crise pública. Mas Zara não está apenas de luto, tem também seu instinto materno que a faz querer estar ao lado da filha diante do perigo.

— Vou rascunhar uma resposta — digo com educação e uma calma que não sinto.

Vou até minha mesa (em uma salinha no segundo andar, sem luz natural — deprimente, para dizer o mínimo). As defesas começam a rolar por minha mente como uma sequência de informações. Simplesmente não parecia ser algo de nossa competência. *Não era de sua competência? Como uma pandemia global pode não ser da competência dos serviços de segurança?* Ora, engraçado você perguntar isso, sua jornalista de quem não gosto neste momento, mas é bem fácil responder agora. Não somos médicos, somos analistas de inteligência. Meu trabalho nesta organização é convencer meus superiores — que eram dois homens, Hugh e Jeremy, que descansem em paz — de que existe de fato uma ameaça real que só nós podemos enfrentar.

Bem, certamente você prefere ter certeza a se arrepender depois, não é? De novo! Maria, você acha mesmo isso, certo? Mas não temos dinheiro sobrando e não podemos pular em cima das pessoas como os touros em Pamplona. E, devo acrescentar, existe uma organização não tão pequena chamada OMS que basicamente tem pisado na bola nos últimos dois meses. Eles é que deveriam ter dado o alarme, não nós!

Então, por que não entraram em ação quando ficou óbvio que se tratava de uma catástrofe? Porque a essa altura, *Maria*, já era tarde demais. A fase mais difícil da infecção veio tão depressa que não sabíamos nem o que nos havia atropelado, até que nossas forças foram reduzidas a uma louvada contenção de danos. Admito que deveríamos ter percebido antes que a baixa taxa de recuperação e o fato de afetar apenas os homens significariam sérias preocupações com a segurança. Polícia, exército, marinha, bombeiros, paramédicos, serviços de proteção... são profissões principalmente masculinas.

E o relatório do MI5? Aquele que citei de maneira tão condenável em minha matéria que mostra que uma analista de inteligência levou a Peste à atenção de seu superior em 10 de novembro, mas foi ignorada e rejeitada de modo tão completo que desistiu e, de acordo com minha fonte, agora está trabalhando com policiamento rural na Inglaterra? Em primeiro lugar, gostaria de perguntar como você conseguiu esse relatório e dizer que deve recordar à sua fonte que existe uma coisa chamada Lei de Sigilo Oficial. Fora isso, Maria, não tenho nada a dizer. Aquela analista — e, sim, claro que eu sei quem é — estava certa. O relatório dela prevê as consequências da Peste com uma precisão assustadora, mas não posso mudar o passado.

O supervisor dela era um idiota sexista chamado David Bird, e, se isso faz você se sentir melhor, ele está morto agora. Pois é; descobrimos o relatório dela semana passada, mais ou menos na mesma época que você, imagino; e tenho certeza de que ela deve se sentir vingada, mas isso não vai mudar nada.

Por mais satisfatório que seja brigar com Maria Ferreira em minha mente, tenho um trabalho de verdade a fazer. Enquanto ainda estou aqui, posso ser útil. Há um relatório cheio de enrolação, do tamanho de uma dissertação, em minha caixa de entrada. Começa com os informes de mortes. Mais dois assistentes não resistiram, um diretor sênior e seis analistas. Evidentemente, presumimos que estão mortos; mas podem apenas ter se isolado em casa a fim de aguardar seu destino, e não posso dizer que os culpo. É mais eficiente presumir que estão mortos, como estatisticamente vão estar em breve. A próxima parte é o que eu gosto de chamar de enxugar gelo. Todos os dias apago dez incêndios, e no dia seguinte aparecem mais dez.

Em todos os outros países a situação é a mesma. A seção internacional do relatório fornece notícias assustadoras sobre a velocidade de transmissão na França e algumas respostas alemãs tipicamente organizadas — vou ficar de olho para ver se realmente ajudam. Nossos principais aliados estão lutando para manter a cabeça acima da água — para manter a inquietação sob controle, assegurar que as ameaças de terrorismo internas sejam administradas e que, na medida do possível, os serviços de inteligência e segurança continuem funcionando. O lado positivo é que os terroristas do sexo masculino estão tão apavorados quanto o restante da população. E, felizmente, na maioria das vezes os terroristas são homens. A vigilância, que estamos mantendo em um nível mínimo, está descobrindo que as células terroristas estão se dissolvendo e fugindo. Calculamos que algumas centenas tenham saído de Londres e cerca de cento e dez tenham desaparecido de Birmingham. Só posso imaginar que é improvável que ainda estejam vivos, o que não me provoca nenhum tipo de tristeza.

As reportagens da imprensa são uma leitura dolorosa. Os jornais tiveram um dia agitado. "As autoridades ignoraram o problema", estão dizendo. Mas ainda não tenho certeza do que exatamente poderíamos ter feito. Pressionado para que houvesse pesquisas para uma vacina antes? Não somos cientistas. Alertado a população? Nosso papel é minimizar a inquietação e o pânico em vez de disseminá-los. Talvez pudéssemos ter colocado os doentes em quarentena, mas as mulheres são hospedeiras; não vejo como poderíamos ter mantido um número suficiente de pessoas longe umas das outras em um país com mais de setenta milhões de habitantes e milhares de pessoas chegando e saindo de avião todos os dias. Isso só teria feito diferença se houvesse acontecido no primeiro dia, ou nos dias críticos iniciais.

Só que essa resposta não é muito simpática em termos de relações públicas. Preciso me desculpar profusamente, como se eu mesma houvesse inventado a doença e a espalhado para a população britânica na calada da noite como uma arma letal. Portanto, em vez disso, escrevo à imprensa uma breve declaração, tão vaga quanto inútil.

> *Os serviços de segurança estão trabalhando incansavelmente para minimizar a inquietação e manter o povo britânico seguro. Continuaremos fornecendo atualizações à medida que soubermos mais.*

Sempre fui boa em redigir declarações à imprensa. A neutralidade cuidadosamente construída que transmito se presta a declarações inquestionáveis. Sempre que minha filha me pergunta como é meu trabalho, digo que não é apenas chato; que meu trabalho é *ser* chata. Pelo menos era, até o mundo implodir. Estamos fazendo o que podemos e não é o suficiente, claro que não, mas posso dizer, sem macular minha consciência, que estamos fazendo o que se poderia esperar em circunstâncias extraordinárias. O que está acontecendo é como um dilúvio bíblico ou uma extinção. Não é normal. Todo mundo vai culpar as autoridades e nós vamos assumir a culpa porque é nosso trabalho. Mas só estamos tentando sobreviver como nação, e no momento isso é o melhor que se pode conseguir.

Clare

San Francisco, Estados Unidos, dia 48

Todos em San Francisco tiveram as mesmas três ideias. Ir para casa, onde quer que seja; ir para o norte, para o Canadá; ou ir para o leste, para o deserto. Mas é tarde demais.

Ando pelo aeroporto sendo empurrada e puxada por pessoas correndo, correndo, correndo. Não faz diferença eu estar usando um uniforme de policial. O que vou fazer, gritar com eles? Todo mundo está fugindo da morte; ninguém tem medo de mim.

Há uma enorme multidão embaixo de cada painel de voos. As palavras vermelhas "cancelado, cancelado, cancelado" sangram pelas telas. A cada poucos minutos, outro voo vai de "Atrasado" para "Cancelado" e um grupo de pessoas geme e grita. Não há pilotos suficientes aqui para conduzir os aviões, e metade dos países do mundo fechou as fronteiras para que os voos não possam pousar. O mundo está se fechando.

Fico andando pelo aeroporto, aparentemente para "manter a paz" e "controlar qualquer desentendimento". Mas este lugar parece um fósforo aceso se aproximando de uma poça de gasolina. A cidade está prestes a explodir. A bolha da tecnologia oficialmente estourou. Quando os mercados financeiros mundiais estão em queda livre, o valor das ações de uma empresa de tecnologia que nunca deu lucro e que depende de ampla conexão com a internet e de uma classe média em crescimento cai depressa. Bilionários se tornaram milionários, o valor do dinheiro evaporou e esta cidade construída sobre o sexismo e a capacidade do homem de brincar de Deus por meio da tecnologia está se desintegrando.

Preciso ficar calma, ser forte. Sou mulher, não vou morrer. Sempre terei um emprego de policial. Não posso ser intimidada. Há muitos policiais aqui. A polícia está concentrada no aeroporto enquanto o exército lida com os tumultos no centro da cidade.

Seria mais fácil se todos os voos fossem cancelados e eu pudesse dizer às pessoas para irem para casa, mas ainda há um pequeno número de aeronaves partindo. Ouve-se um toque sonoro, um voo muda de "Atrasado" para "Embarcando" e uma horda de passageiros começa a correr em direção a algum portão. A atmosfera muda, fica ainda mais obscura. Todo mundo está à beira do pranto ou dos gritos ou ambos, e agora com inveja também. Por que aquele ali conseguiu pegar um avião e sair daqui? Por que esse voo vai sair? Por que não eu?

Muitos homens estão portando armas, o que costuma me deixar ansiosa em tempos normais, mas agora é assustador. Eles não têm nada a perder e a arma os faz se sentir mais seguros. São homens mortos que ainda estão caminhando, e eles sabem disso.

Estou virando uma esquina quando ouço um tiro. Corro na direção do som enquanto todo mundo grita e se espalha. Ouço algo estilhaçar e olho para cima. Porra, um homem está sentado no chão, com a arma apontada para cima. O telhado de vidro está acima dele. Puta que pariu.

Outro tiro. Eu me jogo no chão. Os tiros continuam. Olho para cima; é o primeiro atirador? Não, há um segundo homem atirando também. Oh, Deus, por favor, parem.

Ouço gritos provenientes de todo o aeroporto. Não há espaço suficiente, uma debandada vai acontecer. Meu colega Andrew chega e atira no braço do segundo atirador. Respiro fundo, levanto e atiro no ombro do primeiro atirador. Ao mesmo tempo, Andrew atira na cabeça dele. Mais homens armados se aproximam, com as armas carregadas em punho. Não, isso não pode estar acontecendo. Isso não pode estar acontecendo!

Andrew cai. O segundo atirador está atirando nele. Não, não, não! Eu atiro, mirando em sua cabeça, rezando para acertá-lo antes que ele se volte contra mim. Por favor, Deus, que ele não se vire. Por favor, deixe-me sobreviver.

Amanda

Glasgow, Reino Unido, dia 60

Meus meninos estão morrendo. Sento-me ao lado da cama deles — os dois lado a lado na cama que antes era minha e de Will —, observando-os sem poder acreditar. Eu deveria estar surpresa por eles terem resistido tanto. Estou exposta ao vírus desde 1º de novembro, o dia em que voltei para casa depois de tratar do Paciente Zero, mas consegui me manter longe deles na maior parte do tempo. Ou assim pensei. Eles resistiram por oito semanas. Não foram à escola nem saíram de casa, mas eu tive que sair. Estávamos ficando sem comida, então tive que sair. Fui o mais cuidadosa que pude, esterilizava as compras na garagem antes de trazê-las para casa, não tocava em ninguém durante dias depois, mas a Peste se espalha fácil e rápido. Não sei exatamente como funciona, quanto tempo o vírus sobrevive em uma superfície. Não consigo vê-lo, cheirá-lo ou prová-lo. Pode estar em qualquer lugar. Talvez estivesse em mim o tempo todo.

Quando Charlie teve febre pela primeira vez, eu sabia o que estava acontecendo. Ele me disse: "Mãe, não entendo, não fomos a lugar nenhum", e eu não sabia o que responder. *Não sei, meus filhos queridos. Não sei como isso aconteceu. Devo ter pegado quando saí. Devo ser uma hospedeira. Devo ter me aproximado demais de vocês. Desculpem.*

Will está lá embaixo, bebendo chá. Ele não suporta ficar neste quarto assistindo às consequências do que pensa que fez. Tem certeza de que é o responsável pela doença dos meninos, embora eu tenha dito a ele repetidamente que não sabemos. Nunca saberemos. Pode não ter sido ele, mas nada do que eu diga faz diferença. Ele está dominado pela culpa. Will nem sequer é o católico de nós dois, mas por que devo me sentir culpada? Fiz tudo que pude. Ele foi para o ninho de cobras do hospital e quem sabe o que trouxe para casa?

Não importa o que eu diga; todas as vezes que ele saiu de casa e foi para o hospital, colocou nossos filhos em perigo. Mas também pode ter sido eu, e essa incerteza me mata um pouquinho mais a cada dia. Daqui, já posso ver o início da insanidade. No delírio da velhice, vou esquecer um monte de coisas, talvez o nome dos meus filhos e o rosto de Will, e vou esquecer que fui médica, mas não vou esquecer disso. Fui eu? Foi ele? Quem é o culpado? Você? Eu? Ninguém.

Charlie e Josh estão morrendo diante de mim e não há nada que alguém possa fazer. Eles parecem gêmeos. São praticamente gêmeos, têm apenas treze meses de diferença. Meus meninos adoráveis, inteligentes e gentis. Ambos estão agora entrando e saindo da inconsciência. Se eu tivesse morfina, daria a eles. Isso aceleraria as coisas, mas diminuiria o desconforto. Eles estão tendo alucinações de vez em quando, por causa da febre, soltam palavras ofegantes sobre bolas de futebol e coelhos e outras bobagens que os delírios criam. Há alguns dias, quando os sintomas começaram, liguei para Ann, minha amiga, e lhe perguntei o que eu poderia fazer em relação ao tratamento.

— Meu Deus, Amanda, estou tão...

Eu a interrompi.

— Ann, pare. Não preciso disso. Só preciso saber o que você fez por Ian para tornar tudo mais fácil para ele.

Ann é a melhor médica de cuidados paliativos que conheço. Trabalha em uma clínica para pacientes terminais a uma hora daqui, em Dumbarton. Seu trabalho é calmo, contemplativo e atencioso, tudo que o meu não é. Estou acostumada a muito drama, urgência e disposição para causar dor no momento para evitar um problema no futuro. Não estou preparada para isto. No entanto, seu conselho foi mais para mim que para eles. Não há nada a fazer por eles; sem morfina, restam apenas toalhas geladas para aliviar a febre e colheradas de água para matar a sede violenta. O conselho de Ann foi ficar calma e presente. Ela disse que estar ao lado deles é mais importante que qualquer coisa. Não pense no futuro sem eles. Não reflita sobre o que você poderia ter feito diferente. Valorize o momento e seja um bálsamo para eles, para a mente deles, fragmentada e em pânico, crivada de dor.

Eu a ouvi e estou fazendo o que ela disse, mas é impossível fazer minha mente permanecer neste quarto. É muito doloroso. Fico pensando na infância deles para sentir um pouco de alívio; volto, imersa em uma névoa, para os tempos em que eles eram felizes e seguros e tinham muito mais anos pela frente do que para trás. Mas, inevitavelmente, surgem as dúvidas para estragar os devaneios. Eu poderia ter feito algo diferente? Deveria ter deixado de trabalhar? Valeram a pena todas aquelas horas longe deles? Eu poderia ter estado com eles todos os dias, todas as noites, deveria ter estado. Mas como eu saberia? Nunca poderia saber.

Quero voltar e fazer tudo de novo. Ver os risquinhos nos testes de gravidez e gritar de alegria. Sentir seus chutes e movimentos quando se esticavam dentro da minha barriga de manhãzinha. Andar pela Mothercare pela primeira vez, perplexa e em pânico, comprando coisas que prometiam boas noites de sono. Na segunda vez, exausta e em pânico, carregando uma criança e comprando brinquedos que prometiam paz. Quero voltar e dizer a mim mesma todos os dias, durante todos esses anos, para aproveitar cada segundo. Eu achava que seria infinito. Achava que teria a sorte de ver meus filhos crescerem.

Eu os deixava no berçário todas as manhãs e, alguns dias, ficava tão aliviada por ter paz que sorria enquanto caminhava pela rua. Estou indo trabalhar! Ficava muito animada por me abster da responsabilidade de cuidar de seres humanos minúsculos. Deixava-os aos cuidados de outras pessoas para cuidar dos filhos doentes de outros pais. Eles passaram anos na escola, fiz esse cálculo. Não apenas anos escolares, mas anos de verdade. Passaram milhares de horas longe de mim. Todo esse tempo se foi. Quero fazer tudo de novo. Quero tudo de volta. Por favor, Deus, deixe-os voltar da beira do abismo. Devolva-os para mim. Por favor!

Catherine

Londres, Reino Unido, dia 62

— Catherine.

Anthony nunca me chama pelo nome inteiro. No mesmo instante me levanto do chão onde estou tentando brincar com Theodore sem o tocar e a um metro de distância dele, e vou para o corredor onde está Anthony. Faz dias que ele não chega perto de Theodore. As mágicas luzes natalinas ainda estão atrás dele, cintilando incongruentemente alegres — o que é quase um insulto.

— Estou com febre.

Por instinto, coloco a mão em sua testa. Está queimando; é o tipo de febre que, em uma vida diferente, teria nos feito ligar para um clínico geral e, se não melhorasse em poucas horas, correr desesperados para o pronto-socorro.

— Sinto muito — diz ele.

E meu coração se parte um pouco mais no lento processo que começou semana passada, quando combinamos que, se Anthony tivesse febre — aquele sinal revelador de que a Peste estava aqui —, não nos veríamos de novo.

Não nesta vida, pelo menos. É a única maneira de manter Theodore seguro e prevenir a propagação dessa doença cruel. Discutimos isso com calma semana passada, antes de irromper em lágrimas e de nos abraçarmos, apesar do perigo. O mero pensamento do que isso significava era horrível demais para pronunciar em palavras. Uma morte lenta e dolorosa para ele, sozinho; a tortura de ter meu marido perto, e mesmo assim inalcançável, nesta casa, enquanto seu corpo vai colapsando. Nunca mais beijos, nunca mais abraços, nunca mais sentir seus ombros largos e quentes contra minha pele, ou vê-lo entrar na cozinha e olhar para mim com um sorriso. Será uma perda em câmera lenta, sabendo que ele está morrendo poucos metros acima de mim, no quarto no andar de cima.

O momento chegou, mas não estou pronta para isso. Me dê mais uma semana, mais um dia, uma hora. Não tivemos tempo suficiente. Era para termos uma vida juntos, envelhecer juntos, ter mais filhos juntos. Não pode estar acabando... Por favor!

— Você tem que ficar longe de mim para Theodore ficar seguro — diz Anthony, com a voz trêmula.

Sua testa já está brilhando de suor. Estou sendo forte há muitas semanas, sorri no Natal, mas agora, no dia mais sombrio da minha vida, tenho que dizer adeus a meu marido e não estou pronta. Nunca estarei pronta para viver sem ele.

— Não estou pronta...

Começo a soluçar, trêmula; o horror da situação está tomando conta de mim. Estamos vivendo um pesadelo tão doloroso que nunca teria me ocorrido precisar temê-lo. Eu deveria estar com ele na saúde e na doença, não me despedir e abandoná-lo. Anthony estende as mãos para mim instintivamente, mas, a seguir, deixa cair os braços. Como dói a proximidade sem poder tocar!

— Por que isso está acontecendo? — pergunto a ele.

Mas é uma pergunta muito injusta; como eu, ele também não sabe.

— Não sei, meu amor, não sei. Só sei que amo você. Sempre te amei.

Não sei o que dizer; quero que nosso último momento juntos dure para sempre. Ficamos parados, nos encarando no corredor.

Há tantas lembranças de nós neste lugar... Anthony abrindo a porta com cuidado quando trouxemos Theodore do hospital para casa. Centenas de dias felizes e normais... Nosso filho de bochechas rosadas e galochas, nós gritando instruções um para o outro enquanto tentamos ir para o aeroporto, correndo porta afora depois de dar um beijo rápido em Theo, acenando para a babá enquanto saíamos para jantar em nosso aniversário de casamento, empolgados como dois adolescentes. Como tudo pode ter chegado a este ponto? Não pode acabar assim, com um adeus ao pé da escada, com lágrimas e nem sequer um beijo.

Mas é assim. Theodore está me chamando da sala.

— Mamãe, quero os blocos.

Os blocos estão na terceira prateleira na sala de estar. Ele não os alcança sozinho. Se eu não for para lá, ele virá aqui, e o perigo é grande demais.

— Amo você — digo, e ele assente com a cabeça, sorrindo tristemente.

— Eu sei.

— Você se sente amado? — pergunto, prolongando desesperadamente esse adeus, lembrando de nós dois sussurrando à noite debaixo dos lençóis, ou no ônibus, ou caminhando por Oxford, agarradinhos, quando nos apaixonamos.

— Muito amado — diz ele. — Você se sente amada?

— Mais do que você pode imaginar.

— Tenho que ir agora — diz ele, baixinho.

Ele se volta e começa a subir a escada devagar, depois olha para mim e me manda um beijo na segurança do oitavo degrau. Seu rosto bonito, cansado e perfeito é tudo o que posso ver enquanto ele se afasta de mim.

— Amo você — digo de novo, uma última vez.

— Eu também amo você.

A porta de nosso quarto se fecha com um baque.

Eu me largo no chão e solto um grito de tristeza, incapaz de contê-lo. Isso não pode estar acontecendo! Era inevitável, mas eu esperava que talvez... que talvez fôssemos poupados. Alguém tem que ser imune. Por que não nós? Por que não podíamos ter sido nós?

— Mamãe? O que você tem, mamãe?

Theodore está no corredor comigo, acariciando meu cabelo do jeito que eu faço quando ele está chateado. Lágrimas escorrem pelo meu rosto e pingam do meu nariz enquanto eu olho meu lindo menino nos olhos. Seu rosto é a imagem da preocupação. Enxugo meu nariz; preciso mantê-lo seguro, e isso significa mantê-lo longe de mim. Nesta minha vida de agora, ao que parece, meu amor deve ser expresso a distância. Suspiro e faço Theodore voltar para a sala. Agora, tudo que posso fazer é esperar.

Morven

Uma pequena fazenda próxima ao Parque Nacional Cairngorms, República Independente da Escócia, dia 63

Jamie ofega ao meu lado depois de sair correndo de casa e atravessar o jardim.

— Mãe, telefone para você.

— Quem é, amor?

Ele dá de ombros e eu controlo o impulso de repreendê-lo por não saber pegar um recado ou pelo menos perguntar quem é. Ele sai correndo, magro como um pau de virar tripa, para ir encontrar seu pai, que está em algum lugar no campo. Eu caminho de volta para casa, deliciando-me com o silêncio. Depois de anos administrando um hostel, pensei que estivesse acostumada com o caos decorrente de hóspedes, malas e viagens. Mas não; o silêncio e a segurança de minha casa vazia são uma fonte contínua de alegria para mim. Fechamos as portas, temos colheita, água e remédios. Tenho meu marido e meu filho, sãos e salvos. Tudo vai dar certo.

— Morven Macnaughton?

— Ela mesma.

— Meu nome é Oscar. Trabalho no Serviço Civil. Estou ligando para falar sobre o Programa de Evacuação para as Highlands.

— O quê?

A voz de Oscar é impaciente. Ele parece exausto e explica depressa:

— Programa de Evacuação para as Highlands. Estamos evacuando adolescentes de áreas urbanas para áreas remotas das Highlands com boa comida e abastecimento de água.

Oh, Deus, eles vão levar Jamie! Vão levar meu filho embora.

— Sua família foi escolhida como anfitriã do programa, e, devido ao espaço de seu hostel, vão receber um número mais significativo de meninos que a maioria das famílias. Poderia, por favor, confirmar que não tem hóspedes em seu hostel?

Gaguejo, emito ruídos guturais estranhos; transformar esse som em palavras parece impossível. Isso não pode estar acontecendo! Estamos seguros aqui.

— Não — digo por fim. — Não temos hóspedes, e não. Não vamos receber ninguém. Não vou fazer isso, meu filho está seguro aqui. Não.

— Não é opcional, sra. Macnaughton. Não cumprir os requisitos do programa constitui crime.

— Desde quando?

— Desde ontem, quando a legislação foi aprovada em Holyrood. Os meninos devem chegar em uma a duas horas. Vocês receberão mais informações quando eles chegarem.

Ele desliga e eu grito de frustração. Não, não, não, não, não, não. Quero esconder a cabeça nas mãos e chorar, porque tudo isso é injusto. Planejamos tudo, escaparíamos relativamente ilesos, ou assim pensávamos. Esperaríamos, comeríamos os vegetais que plantamos na horta, os ovos das galinhas, beberíamos o leite das quatro vacas, comeríamos carne quando houvesse. Temos um estoque de antibióticos e muitos equipamentos de primeiros socorros. Tudo daria certo.

Mas o Governo da República Independente da Escócia discorda.

Não tenho muito tempo. Jamie... preciso manter Jamie seguro. Corro para os campos gritando Jamie e Cameron até ficar rouca. Em poucos minutos eles estão correndo em minha direção, aterrorizados, gritando *O que aconteceu? Que foi?*

— O governo está evacuando adolescentes. Estão enviando alguns para cá.

O rosto de Cameron se desfigura e o de Jamie se contorce em uma carranca.

— Eles não podem fazer isso. Estamos seguros aqui — diz ele, e a indignação e o desprezo tingem cada sílaba.

— Mas vão. Temos que manter você seguro.

— A cabana — diz Cameron. — Fica perto do riacho e longe o bastante.

Sim, é perfeito. É segura o suficiente para que Jamie sobreviva quantos meses for necessário ficar longe de nós. Podemos entregar comida para ele a cem metros de distância e nunca o tocar. Meu coração se aperta. Nunca o tocar, não o abraçar nem bagunçar seu cabelo. Não, não tenho tempo para isso. Posso sentir a dor mais tarde.

Corremos pela casa embalando tudo em que podemos pensar. Saco de dormir, cobertores, equipamento de cozinha, livros, revistas, walkie-talkie, remédios. Tudo de que alguém precisa para sobreviver sozinho.

Uma hora e meia depois, ouvimos o ronco de um ônibus no cascalho da entrada.

— Você tem que ir agora, filho — diz Cameron.

Jamie está com uma mochila enorme nas costas; deve pesar quase tanto quanto ele. Um de nós tem que ficar aqui para receber os meninos.

— Vá você — digo a Cameron. — Vá instalá-lo.

Pego Jamie e o abraço com tanta força que Cameron tem que me puxar para eu o largar.

— Amo você.

— Eu também amo você, mãe.

Ele acena enquanto sai para ficar sozinho e esperar essa doença terrível passar. Seus ombros estão firmes, ele segue com determinação;

e essa tentativa de ser adulto em meio ao medo faz meu coração sangrar.

Vou até a lateral da casa enxugando as lágrimas traiçoeiras. Os adolescentes estão começando a descer do ônibus. Todos parecem apavorados, gelados e muito jovens.

— Olá, sou Morven — grito.

Não é culpa desses meninos terem sido mandados para cá, para longe de suas casas e famílias.

Um dos garotos me entrega um envelope com as mãos frias e trêmulas.

Prezados sr. e sra. Macnaughton,

Obrigado por sua cooperação no Programa de Evacuação para as Highlands. Este é um programa obrigatório do governo que exige locais remotos e seguros para abrigar meninos não infectados com idades entre 14 e 18 anos durante a Peste. Vocês foram encarregados de cuidar de 78 rapazes de 15 e 16 anos até que uma vacina ou cura seja encontrada e eles possam ser reintroduzidos com segurança em suas casas. Seus nomes e endereços se encontram no Apêndice 1, anexo.

É imprescindível que não saiam de sua propriedade. Vocês receberão uma remessa de alimentos daqui a alguns dias, e entregas mensais se seguirão; sabemos que vocês têm bons suprimentos de comida em sua propriedade. Até que uma vacina seja descoberta, esses meninos devem ser mantidos isolados para eliminar o risco de infecção. Cada um dos rapazes de quem vocês vão cuidar foi monitorado para sintomas do vírus da Peste.

Cada um recebeu um pacote de suprimentos. Se precisarem de mais, liguem para 0141 954 8874. ***Não*** *liguem para esse número para solicitar informações; elas serão fornecidas a vocês conforme e quando estiverem disponíveis.*

Quando uma vacina for criada, o governo escocês priorizará os meninos sob seus cuidados para garantir o rápido retorno deles às suas famílias.

Observem que, segundo a legislação de emergência aprovada pelo Parlamento Escocês, a punição por violar os requisitos de cuidadores do Programa de Evacuação para as Highlands é de prisão de até trinta anos.

Atenciosamente,

Sue O'Neill

— Muito bem, meninos — digo no tom mais alegre que consigo. — Vamos acomodar vocês.

Catherine

Londres, Reino Unido,
dia 65

Tributo a Anthony Lawrence, 6 de janeiro de 2026

"Anthony e eu nos conhecemos no primeiro dia da semana de calouros na Universidade de Oxford, em setembro de 2010. Como havia passado sete anos em um internato de meninas, eu estava totalmente decidida a me divertir. Queria beijar o máximo de meninos possível e correr feito louca por Oxford, como uma selvagem.

Vinte e quatro horas depois de chegar a Oxford, eu já tinha um namorado. Acho que Anthony não sabia que ele era meu namorado naquela época. Nós nos conhecemos no bar da faculdade e eu tive uma conversa animada e sincera com ele a noite toda. Basicamente me convidei para passar a noite no quarto dele e decidi, na manhã seguinte, que estávamos namorando. Em algum momento ele deve ter concordado com isso, porque nos quinze anos seguintes construímos uma vida juntos. Nunca passávamos uma noite separados se pudéssemos evitar.

É fácil descrever Anthony por suas realizações e atributos mais óbvios. Sua primeira formação em Ciência da Computação em Oxford. Seu rosto bonito e sorriso caloroso. Seu trabalho, que era... para ser bem honesta, sei que tinha algo a ver com softwares e que ele era muito bom nisso, mas meu conhecimento só chega até aí. Talvez não seja tão fácil eu descrever Anthony com base em suas realizações, afinal. Vocês vão ter que acreditar em minha palavra: eram ilimitadas.

Mas as coisas mais importantes são aquelas que muitos de vocês talvez não tenham visto e que eu tive o privilégio de testemunhar. A dedicação com que ele tentava escolher o presente de Natal perfeito todos os anos, embora não tivesse nem uma vaga ideia de qual era meu gosto. Em quinze anos, ele conseguiu comprar a coisa mais horrível na Liberty umas doze vezes. As manhãs de domingo, começando com um *pain au chocolat* e um cappuccino para mim na cama, embora ele não gostasse de bebidas quentes e preferisse torradas. "Mas tudo bem", ele dizia alegremente. "Gail's fica a dez minutos daqui e sei que você gosta mais das coisas de lá." Seus passos descendo a escada no meio da noite para aumentar o aquecedor quando eu estava com muito frio. O ar-condicionado que ele comprou de surpresa e triunfante, quando eu estava grávida de sete meses e chorava o tempo todo por conta da temperatura injusta durante uma onda de calor em maio. O jeito como ele segurava minha mão todas as noites quando nosso filho, que chegou não muito tempo depois do ar-condicionado, ficou na UTI neonatal a seis quilômetros de distância e durante semanas eu não consegui dormir de lado por causa do corte da cesárea. "Estou aqui", dizia ele toda vez que eu acordava assustada e chorava, inconsolável, quando meu corpo decepcionou a nós dois. Sua bondade com nosso filho, as histórias que ele inventava sobre um urso, todas as noites, durante seis meses, a pedido de nosso filho, apesar de haver um número limitado de coisas que os ursos podem fazer. O jeito de ele sempre dizer "sim" para mim quando eu fazia uma pergunta no momento em que ele estava quase dormindo. Ou quando me pediu em casamento e disse que sempre me amaria, independentemente do que acontecesse, e que muitas pessoas achavam que não podiam prometer amar alguém para sempre, mas que ele achava que podia, de verdade. "Como não poderia?", disse. E, quando éramos adolescentes e Anthony não tinha direito a tanta sabedoria, ele já sabia que o amor é mais que fogos de artifício e declarações. É firme, é certeza. É saber que você é amado. É saber que você não está sozinho.

Eu não tenho família. Meus pais morreram em um acidente de carro quando eu tinha dez anos. Minha madrinha cuidava de mim nas férias e eu ficava no internato durante o período letivo. Acho que eu soube, assim que vi Anthony, há tantos anos, que ele seria minha família. Eu poderia construir do zero minha própria família; mas não queria, a menos que fosse com ele. Tudo era melhor com ele por perto.

Não vou perder muito tempo falando sobre a Peste. Quero que Anthony seja definido por sua vida, não por sua morte. Queria que não houvéssemos passado tanto tempo nos preocupando com a Peste antes de ele morrer. Ela roubou esse tempo de nós também. Direi que Anthony enfrentou a morte com o amor, o humor e a compaixão com que enfrentou tudo o mais em sua vida. Nos dias antes de adoecer, ele ainda conseguiu me tranquilizar e me consolar. Disse que tudo ficaria bem e eu, em alguns momentos, até acreditei.

Mas não vai ficar tudo bem. Nunca mais vai ficar tudo bem. Não quero terminar com um chavão porque Anthony era honesto. Não a ponto de ser cruel, mas ele era direto. Não conseguiu guardar segredo nem sobre o pedido de casamento que havia planejado porque não gostava de mentiras. Mas foi bom ter me contado: o anel que ele havia escolhido era horroroso.

Então, vou deixar uma citação, porque não posso encerrar o tributo a meu amado marido com um insulto ao seu gosto por joias. Ele amava Edna St. Vincent Millay, de modo que a poesia dela me parece um final adequado.

Você não vai mais pular com seus pés exultantes
Por caminhos que só a neblina e a manhã conheciam,
Nem observar o vento, ou ouvir a batida
De asas de um pássaro alto demais no ar para ser visto,
— Mas você era algo mais do que jovem e doce
E justo, — e o longo ano o relembra."

Desligo a webcam e a tela escurece. A casa parece vazia, assustadoramente silenciosa; Theodore está dormindo em sua cama no andar de cima. Nunca pensei muito na morte, até que atingiu nossa vida; mas nunca teria imaginado fazer um tributo em minha sala, pelo Skype, diante de amigos e familiares. Não parece um fim adequado para a vida de um animal de estimação, muito menos para a de meu marido, pai de Theodore, *Anthony*. A Peste deixa sua marca mesmo após a morte.

Os pais de Anthony estão arrasados por não ter havido cerimônia, mas não há nada que possamos fazer. A Lei de Encontros e Reuniões Públicas foi aprovada há três semanas, em caráter de emergência, após os tumultos em Oxenholme. Está fora do meu alcance. Além disso, ainda vejo em minha mente aquela pobre mulher, abraçando seus dois filhos pequenos, gemendo no chão, enquanto hordas de pessoas cercavam um trem para Londres implorando para embarcar. O trem estava vazio; estava sendo colocado fora de serviço. Em todo o país o transporte está suspenso. Para que correr? Para onde todo mundo pensa que está fugindo? Já não há segurança. A lei faz sentido.

Dois dias depois que as reuniões foram extintas, proibiram também os enterros — lei da Gestão da Morte pela Peste. Apenas um detalhe técnico em muitos aspectos, visto que os cemitérios já lotaram semanas atrás; mesmo assim, uma dolorosa certeza. Anthony foi cremado hoje, mas nunca poderei pegar suas cinzas. É muito perigoso. E ele se foi. O corpo quente de meu adorável marido, meu por quinze anos, se foi. Não há lápide para escolher. Não há cinzas para guardar em uma urna e espalhar com cuidado pela praia da Cornualha, onde fizemos nossos votos em um dia ensolarado e tempestuoso de setembro, tantos anos atrás. Não há mais nada a fazer a não ser chorar; portanto, pela primeira vez hoje, coloco minha cabeça entre as mãos e choro por tudo o que perdi. As lembranças de meu passado com o amor da minha vida, a vida feliz que tivemos como família e o futuro que planejamos e com que sonhamos. Tudo se foi, e eu nem mesmo tenho as cinzas para provar.

Rosamie

Cingapura,
dia 66

O sr. Tai retorna esta noite de Macau e o apartamento reverbera entusiasmo e terror por sua volta. Angelica e Rupert estão mais grudentos que o normal; para eles, é difícil tê-lo aqui. Na maioria das vezes ele os ignora, mas às vezes decide que precisa ver o "progresso" deles, como se fossem empresas.

"São só crianças!", quero gritar, mas não posso.

Não quero nem pensar no que aconteceria se eu fizesse isso. Sou apenas uma funcionária, e isso é bem claro aqui. Há hierarquia neste apartamento. Estou acima das empregadas, mas abaixo do cozinheiro, porque ele está aqui há vinte anos e sabe fazer o macarrão de que a sra. Tai gosta, e ela diz que ninguém mais faz do jeito dele. Rupert é superior a Angelica, embora tenha apenas três anos e ela cinco, porque ele é menino e um dia vai assumir os negócios.

Ouve-se um "*shhh*" quando o motorista diz que o sr. Tai está subindo de elevador. Angelica e Rupert estão alinhados na frente da sra. Tai, e eu estou a cinco metros de distância, porque ela não gosta de fazer ninguém lembrar que passo mais tempo com seus filhos do que ela. É ridículo que estejamos comemorando tanto a volta de um homem para casa. É tão raro ele estar aqui que praticamente fazemos um evento quando ele entra pela porta. As empregadas às vezes falam sobre os lugares aonde ele vai — Xangai, Macau, Toronto, Sydney.

Corre o boato de que talvez ele tenha uma amante em cada cidade, mas a sra. Tai não liga, desde que esteja com seus cartões de crédito. Não sei se acredito nisso, mas também não chegamos a conversar sobre o casamento dela.

A porta do elevador se abre e imediatamente penso que o sr. Tai não parece muito bem. Está suado e tremendo. Sinto um desejo incontrolável de empurrá-lo de volta para o elevador, apertar o botão e tirá-lo daqui. Ele esquece de trazer a mala para dentro do apartamento, de modo que uma das criadas corre para pegá-la antes que as portas do elevador se fechem. A sra. Tai está olhando para ele com curiosidade. Ele diz algo em cantonês e ela me olha com sua cara de "pegue as crianças". Com prazer, levo Angelica e Rupert para o quarto deles — já passou da hora de dormir — e começo a rotina de banho, pijama ("Não, esse pijama não! Não gosto mais desse. Não sou mais bebê!"), livro ("Quero este livro! Não me interessa qual Rupert quer. Não sou mais bebê!") e cama. Quando o sr. Tai entra no quarto das crianças para dar boa-noite a Angelica e Rupert, a sra. Tai está atrás dele, chorando baixinho. Espero que saiam depressa. Estão assustando as crianças e ele pode estar com a Peste. Provavelmente não; certamente não. Mas, se estiver, pode passar para Rupert, e pensar nesse risco me faz sentir náuseas. Nessa noite, ele e a sra. Tai têm uma briga feia. Não entendo o que dizem, porque sempre discutem em cantonês, mas, no dia seguinte, quando levo as crianças para o café da manhã na cozinha, vejo que o sr. Tai está pregando tábuas de madeira no elevador. O som do martelo me faz estremecer e Rupert fica me perguntando o que está acontecendo. Enquanto levo as crianças de volta para o quarto para comer, o sr. Tai se volta e diz, com uma voz de louco:

— Ninguém entra nem sai desta casa.

Pela primeira vez desde que cheguei a Cingapura, minha vulnerabilidade me preocupa. Não posso arrancar as tábuas, não posso ir embora, preciso deste emprego. O que vou fazer? Para onde iria? E se a Peste estragar minha vida aqui? Não imaginei que a Peste seria um problema em Cingapura. Ouvi falar sobre ela, minha mãe tem me enviado e-mails sobre o assunto, mas Cingapura é o país mais seguro do mundo e eles fecharam as fronteiras para cidadãos estrangeiros. Pensei que seria intocável como os ricos, mas sou apenas uma funcionária. Não sou nada para eles.

Nos dois dias seguintes esperamos, esperamos e esperamos, estranhamente fingindo que está tudo normal. Vestimo-nos normalmente, tomamos o café da manhã normalmente, brinco com as crianças como se tudo estivesse normal. Estamos trancados no apartamento, e não sei se me assusta mais estar aqui ou lá fora. Depois de dois anos sendo babá da família Tai, estou tão acostumada a ficar calada e a não questionar que nem me ocorreu que poderia simplesmente... ir embora. Esta manhã, bem cedo, eu estava passando pela sala e vi que um dos cozinheiros, Davey, estava se libertando. Usou facas e as mãos para arrancar as tábuas de madeira que o sr. Tai pregou no elevador. Ele me perguntou se eu havia visto o sr. Tai hoje. Eu disse que achava que ele ainda estava na cama.

— Então — disse ele, e pegou o vaso Ming que estava sobre a mesa de mogno perto do elevador. — Cuide-se — acrescentou enquanto as portas do elevador se fechavam.

Acenei um adeus para as portas fechadas e pensei que Davey era um idiota por ter ido embora. Como se um vaso fosse salvá-lo da Peste. Ele é quem deveria querer ficar aqui, não eu, embora pense que a Peste pode já estar dentro deste apartamento. Minha garganta se aperta de medo por Rupert.

Ando pela sala de estar enorme tentando respirar com calma, passando os dedos pelas vidraças que formam uma das paredes do apartamento. Quando comecei a trabalhar para a família Tai, achava que esta sala, este apartamento inteiro, era a coisa mais inacreditável que já havia visto. Tudo que eu sabia antes de chegar era que uma família em Cingapura havia me escolhido pelo book da agência. Não sabia que os cingapurianos são obcecados por babás filipinas, porque somos vistas como as melhores. Só sabia que poderia ganhar mais dinheiro que em meu país e que o horário não era tão ruim. Eu tinha dezenove anos e não sabia de nada.

No instante em que conheci a sra. Tai, notei que seria um desafio. A mulher da agência me avisou que eu ficaria chocada. Ela explicou que é comum ficar ressentida no início, quando eles reclamam da vida difícil que têm e dizem que querem mais dinheiro, mais joias, mais tudo. Balancei a cabeça e pensei *tudo bem, senhora,* mas não entendi. Não até chegar aqui e ver que eles têm mais dinheiro do que eu já vi na vida.

Eles não movimentam dinheiro físico por aí, obviamente. Não é o dinheiro, é tudo. Criados, babás, cozinheiros. Eles vivem em três andares deste enorme edifício de apartamentos de vidro com a vista mais incrível. A sra. Tai faz compras todos os dias e volta com mais sacolas do que as empregadas podem carregar. Pelo menos era o que ela costumava fazer. Até que reclamou que estava cansada. Ah, que ironia!

Angelica está sentada no sofá jogando no iPad. São apenas nove e meia e geralmente sou bastante rígida com o horário do iPad, mas estamos presos aqui, por isso as regras normais não se aplicam. Imediatamente ficou claro que eu não havia sido contratada para ser babá, e sim para ser mãe. A sra. Tai quase não dá atenção às crianças. Ela dá bom-dia e boa-noite para eles e só. Eu é que dou beijinho nos braços machucados, prendo seus desenhos na parede do quarto e digo: "Sim, podemos assistir *Moana* de novo, mas só se assistirmos *Lilo e Stitch* amanhã, e, não, só podemos ver *Frozen* semana que vem, não quero saber de 'Let it Go' de novo, a rainha do gelo precisa de um tempo!" Eu é que ouço suas risadas e seus gritos e seus murmúrios durante o sono e sei a que temperatura Rupert gosta do leite que ainda toma à noite — preciso desmamá-lo, mas é uma boa fonte de cálcio e vou prolongar isso por mais umas semanas.

Sento-me ao lado de Angelica e acaricio seus cabelos. Quero perguntar como está se sentindo, mas não tenho respostas para as perguntas que ela inevitavelmente faria, de modo que fico sentada aqui, na esperança de que minha presença seja o suficiente. Meu celular toca pela quarta vez em uma hora. É outra mensagem de minha mãe. A Peste está de volta a Mati. Minha mãe a chama de *sumpa*, que significa maldição. Os e-mails dela são histéricos. Ela não sabe de nada, só que é uma doença terrível e que os homens estão morrendo. Já é bastante assustador estar aqui, mas, em meu país, se houver falta de energia ou de alimentos, não há como dar jeito. Tento não ficar preocupada. Pelo menos somos uma família de mulheres. Penso nisso todos os dias, e ajuda a tudo parecer melhor. Meu pai foi embora quando eu era pequena. Nossa maior fraqueza se tornou uma força. Fico imaginando... qual é a pior coisa que poderia acontecer? Elas não vão morrer. Eu não vou morrer. Vamos ficar bem.

Vou dar uma olhada em Rupert — ele está quieto demais, e isso é suspeito —, quando ouço um grito. Angelica e eu pulamos simultaneamente. É a sra. Tai gritando por ajuda no quarto. Sei o que isso deve significar, mas não suporto pensar. Não deixe que a Praga entre neste apartamento, por favor. Aqui não.

Lisa

Toronto, Canadá,
dia 68

— Todos em minha sala, estamos atrasados. Não andem, corram.

Um dos assistentes de laboratório praticamente aterrissa dentro de minha sala, derramando café por todo lado. Deus do céu! A tela ganha vida quando um dos rapazes do audiovisual finalmente conecta a TV ao notebook e somos recebidos por uma colcha de retalhos de rostos pixelados. Imediatamente começo a examinar a tela em busca de alguns que reconheça. É difícil ver alguém, são tantos! Todos, exceto Amanda Maclean — a anfitriã desta reunião online —, são minúsculos.

— Olá a todos — diz ela.

Ela tem uma voz linda, adoro o sotaque escocês.

— Obrigada por participarem desta... bem, suponho que vamos chamar de reunião. Não sei mais o que dizer além de que estou aqui e vou contar tudo que sei, que vou fazer tudo que estiver ao meu alcance para ajudar.

Amanda não parece bem. Está com olheiras tão profundas que parecem covinhas e em seus olhos se nota a determinação vazia de um devoto religioso em penitência. Está à beira de um colapso. Deve ter perdido os filhos e o marido. Aposto até meu último centavo que é por isso que ela reapareceu depois de um período de silêncio.

— Você está trabalhando em uma vacina? — pergunta uma das vozes.

— Não; sou médica em período integral do PS de Glasgow. Não sou virologista, apenas por acaso tratei do Paciente Zero.

Amanda tem aquele olhar atordoado que as pessoas têm, ironicamente, depois de fazer grandes descobertas médicas. Normalmente, quando vemos a expressão deles em uma entrevista coletiva, parece que alguém os pegou enquanto corriam no parque e lhes pediu para salvar a raça humana. "O quê? Eu? Como? De jeito nenhum?" Para Amanda, é o oposto. Ela estava no lugar errado na hora errada.

— Temos alguma informação sobre a origem do vírus? — pergunto. — Algum animal de onde possa ter se originado, uma viagem ao exterior que o paciente fez, qualquer coisa?

— Estou tentando falar com a esposa dele... a viúva. Ela tem medo de falar, acha que ele fez algo errado. É uma situação delicada. Falei com algumas pessoas da cidade natal dele que entraram em contato quando fiz um apelo na internet para obter informações, e sei que ele não saía do Reino Unido havia mais de dois anos. Quanto à hipótese animal, soube que ele ocasionalmente fazia uns trabalhos não exatamente dentro da lei. Estou tentando descobrir algo por esse caminho.

Todos nós estamos muito ansiosos, é patético. Não sabemos de nada, ela não sabe de nada, tudo isto é inútil. Estamos perdendo um tempo precioso. Tenho uma equipe de imunologistas, geneticistas, virologistas reunidos aqui para quê? Para Amanda nos dizer que não sabe de nada ainda. Maravilha.

As pessoas estão fazendo perguntas sobre o clima na Ilha de Bute, como ela sabia que era um vírus, como o detectou tão depressa. É um grupo de imbecis. Decido aproveitar esse tempo e ler meus e-mails. Deus sabe quanto tempo depois, todos começam a se despedir e acabou.

— De volta ao trabalho com a equipe — digo.

Maldita perda de tempo.

Elizabeth

Londres, Reino Unido,
dia 68

Não posso deixar de ficar fascinada com a variedade de cientistas no mundo todo tentando desesperadamente encontrar uma vacina. O número de rostos, a maioria borrada ou às vezes sumindo, me emocionou. Queria poder enviar uma mensagem ao mundo: "Estamos tentando, juro! Encontraremos uma vacina". Já se passaram duas semanas desde que papai morreu, e, toda vez que vejo evidências de pessoas tentando desesperadamente, em laboratórios ao redor do mundo, impedir que mais homens morram, quero chorar de gratidão. Mas isso não ajuda a mim e a mamãe a trazê-lo de volta. Por enquanto, me mantenho ocupada e continuo sorrindo. Andar para a frente é a única coisa que vai me manter de pé.

Depois da reunião por vídeo, George e eu pegamos um café e passamos a analisar o progresso de meu grupo do laboratório na identificação da vulnerabilidade dos homens e da imunidade das mulheres. Estamos gradualmente chegando mais perto de uma resposta. Todos nós pensamos que deve ser genético, mas não há como saber enquanto não tenhamos evidências. Estou traçando o plano de trabalho do laboratório para esta semana quando George me interrompe e esfrega a mão no rosto cansado.

— Lamento, Elizabeth, preciso entender melhor os laboratórios. Simplesmente não tenho como dar conta sozinho — ele suspira. —

Há quatro laboratórios trabalhando desesperadamente para obter informações sobre a produção de couro e eu estou revisando tudo. Acho que precisamos de um sistema melhor, não posso fazer tudo isso e processar tudo direito. Precisamos de uma cadeia de comando.

Essa frase vagamente militar é estranha saindo da boca de George com sua voz calma e exausta.

— Preciso encontrar gente depressa, e aí não sei. Desculpe, só sei que não tenho capacidade, neste momento, de entender e aplicar o que você está me dizendo. Não quero perder tempo, nem seu nem meu.

Seus olhos estão vermelhos por causa das noites sem dormir e dos telefonemas noturnos com o primeiro-ministro e altos funcionários do governo — das quais tenho conhecimento, mas de que não participo.

— Posso ser sua suplente — digo.

As palavras saem de minha boca quase antes de eu perceber que pensei nelas.

George parece hesitante.

— Acredite — prossigo, determinada a convencê-lo de que isso faz sentido. — Estou dirigindo o laboratório; já estou fazendo isso, e muito bem-feito, apesar de você não ter dito oficialmente que eu sou a responsável.

George faz uma expressão que interpreto como: *não posso argumentar contra isso.*

— Fiz cursos de verão na Stanford Business School, de modo que entendo de todas as coisas que você odeia, como teoria de gestão de recursos humanos e os gráficos de Gantt de que você precisa para mostrar aos políticos e autoridades que tem um plano. Conheço a ciência; sei como me relacionar com as pessoas e você pode confiar em mim.

Dou meu melhor sorriso vencedor, mas estou tão cansada e triste que parece quase uma careta.

— E eu literalmente não posso pegar um avião para casa nem ficar doente, portanto não vou a lugar nenhum.

— Mas você é tão jovem — diz ele. — E, por favor, não pense que isso é uma ofensa. Você está fazendo um trabalho extraordinário, mas é muita responsabilidade para uma pessoa de vinte e poucos anos.

Fico a um passo de acrescentar: "Tenho quase trinta", mas acho que não vai ajudar a refutar seu argumento.

— George, você está exausto, dorme só duas horas por noite e não tem pessoal suficiente porque os homens estão morrendo. Comigo você tem um par de mãos seguras; um par de *mãos femininas imunes*! E o pessoal confia em mim. Sou bacana e as pessoas gostam de trabalhar comigo, para mim. Sou boa em liderar pessoas.

Por um momento, penso em como acho confrontos horríveis — a maneira de minha boca se fechar e o fato de não conseguir me concentrar quando estou no meio de uma discussão —, mas afasto o pensamento. Não sou mais uma idiota acanhada de quinze anos. Se precisar ter conversas difíceis, terei. Afinal, deixei minha vida inteira para trás e mudei de continente no meio de uma pandemia!

Dou a ele um momento para pensar, mas noto que está tão cansado que é difícil tomar uma decisão agora.

— Tenho uma ideia — digo em um tom alegre, mas indiscutível. — Vamos tentar por uma semana. Se não der certo, encontramos outro jeito. Mas, se der, você vai ter uma estrutura de gestão melhor. Juntos nós vamos descobrir maneiras de administrar os laboratórios com eficiência, você não vai precisar processar tantos dados brutos e pode se dedicar mais ao pensamento estratégico.

— Tudo bem, então.

Mesmo com esse plano temporário em vigor, que devolve um pouco de espaço essencial a seu cérebro, George deixa cair os ombros mais um pouco.

E, assim, sou vice-diretora da força-tarefa de desenvolvimento de vacinas contra a Peste no Reino Unido. Consigo imaginar meu pai dizendo: "Nada mal para uma garota de Hattiesburg, Mississippi. Nada mal mesmo".

Amanda

Glasgow, República Independente da Escócia, dia 68

Trabalho, notícias, pesquisa. Trabalho, notícias, pesquisa. Os três pilares da minha vida, as únicas coisas que me mantêm funcionando, mesmo que vagamente. Meio alheia, faço uma reunião por Skype tão confusa com cientistas do mundo todo que preciso me policiar muito para não fechar o notebook com força.

Todo dia eu relaxo assistindo ao noticiário. Nas profundezas da noite ou nos dias de folga, quando não consigo dormir ou ficar sentada sem querer arrancar os olhos, meu cérebro retorna aos momentos mais sombrios como se não pudesse evitar, mesmo que eu implore para ele pensar em qualquer outra coisa. Não pense nos momentos em que Charlie e Josh morreram! Não pense em Will chorando quando levaram os corpos de nossos filhos! Não pense na expressão de alívio no rosto de Will quando percebeu que estava com febre alta; era como se ele quisesse morrer, como se só isso fosse castigo suficiente. Não pense nele dizendo "desculpe, desculpe" em seu leito de morte, quando tudo que eu queria ouvir era "amo você".

Depois de uma noite em claro, é hora de ir trabalhar. Surpreendentemente, o Hospital Gartnavel se dispôs a aceitar de volta uma experiente médica de PS sem nem reclamar. Preciso do meu trabalho; vou enlouquecer sem ele. Sou viúva e mãe sem filhos. Esses rótulos são tão estranhos que ainda estremeço quando os ouço e percebo que também se aplicam a mim. Pelo menos ainda sou médica. Tenho pouco mais que isso para preencher meu tempo. Por mais total e completamente arrasada que eu esteja, tenho um propósito. Ser médica nunca foi tão importante. Temos que preservar a vida de menos de um a cada dez homens que ainda estão vivos. O futuro da raça humana depende deles. Sem dizer que precisamos que as mulheres continuem vivas para manter o país funcionando em certa ordem. Tento manter o foco quando estou no trabalho, não pensar em nada de fora do hospital.

Quando voltei a trabalhar, ainda estava atarantada pelo grande número de mortes. Pensava: "Onde está Alex hoje?" ou qualquer coisa assim, e então lembrava. Se Alex não está aqui, é porque está morto. Há alguns dias perguntei onde estava Linda, uma das minhas enfermeira favoritas do turno da noite, que costumava ir buscar pacientes no pronto-socorro e colocá-los na enfermaria. Matron olhou para mim em choque. Outra enfermeira pigarreou.

— Ela tinha três filhos, quatro netos e era casada. Todos eles...

— Ela ainda está de licença?

Matron me lançou um olhar de pena. Não entendi.

— Não... ela... ela não aguentou, Amanda.

Ah, entendo. A segunda Peste, como dizem nos noticiários, levou uma das nossas.

Felizmente, alguns dos homens favoritos de minha equipe sobreviveram. Billy, que trabalha aqui há trinta anos e tem mais tatuagens que pele, irrompeu pelas portas em meu segundo dia de trabalho.

— Amanda, você voltou! Muito bem. As coisas não eram as mesmas sem você. Não tenho ideia do que esses idiotas andaram fazendo sem você aqui.

— Eu ouvi isso, Billy — disse, secamente, uma das outras médicas, Mary, do outro lado da enfermaria.

— Mary, eu não quis dizer... não, não quis dizer... ah, quer saber? Vou embora. É muito bom ver todas vocês.

Um pouquinho de gloriosa normalidade em face da Peste. São momentos breves, fugazes e muito bem-vindos.

Meu plantão de doze horas voa entre sepse, membros quebrados, tentativas de suicídio e alguns acidentes de carro. Nada fora do normal. Mais duas horas de papelada e o relógio marca dez da noite. Penso em ir para casa. Pego outro prontuário no escaninho na parede e vejo o paciente. Uma infecção renal simples; dolorosa, mas fácil de tratar. Fico desapontada por acabar em vinte minutos. Depois de sair do espaço reservado ao paciente, a enfermeira-chefe da noite me vê pegando outro prontuário.

— Amanda, vá para casa — diz com uma voz suave, mas que sei que não pode ser ignorada. As enfermeiras de Glasgow têm poderes de persuasão que se comparam aos de líderes messiânicos. — Mesmo que não consiga dormir, você precisa descansar.

Dou um sorriso fraco e vou para casa. Assim que passo pela porta da frente, acendo todas as luzes e ligo a TV no noticiário. O silêncio é insuportável para mim.

Uma equipe de notícias da BBC está presa na Suécia. Três mulheres, todas vestindo as mesmas roupas de ontem, e de antes de ontem, e de antes de antes de ontem, transmitem notícias de um país escandinavo a milhares de quilômetros de distância, enquanto suas famílias morrem em casa. Estão entrevistando uma mulher do serviço de imigração sueco. Ela se chama Lilly e parece comicamente sueca: loura, de olhos azuis, usando uma roupa preta que em mim pareceria roupa de grávida, mas que nela forma um drapeado bem legal.

— Correu um boato de que os suecos eram imunes e que, portanto, a Suécia era um lugar seguro. Quem inventou esse boato deveria apodrecer no inferno. Claro que não somos imunes. Ser louro e gostar do ABBA não torna ninguém imune à *Peste*. Pelo amor de Deus!

Sua raiva é revigorante. Agora, com frequência os jornalistas começam a chorar ou desaparecem em silêncio ao perceber que, na verdade, não há absolutamente nada a dizer além de que estamos todos ferrados. Essa garota tem coragem. Gosto de vê-la falar.

— Vocês, britânicos, passaram semanas vindo como um enxame para o norte. Finalmente os voos foram cancelados e fechamos nossas fronteiras, mas era tarde demais! Vocês pareciam uma nuvem de gafanhotos descendo sobre nós, trazendo morte e destruição.

A apresentadora, Imogen Deaven, está fitando a câmera com um olhar tão britânico e requintado que me provoca uma gargalhada involuntária — uma das primeiras vezes que rio desde que tudo foi tão espetacularmente por água abaixo. A expressão de Imogen consegue transmitir ao público, sem que ela diga uma palavra: "Estou roxa de vergonha, quero morrer. Acho que devo me desculpar por isso só para ficar menos estranho. São muitas emoções expressas abertamente, não consigo lidar". Lilly ainda está olhando para Imogen com uma expressão expectante e descontente. Obviamente espera que Imogen peça desculpas em nome de uma nação inteira. Para ser justa, Imogen relatou a morte do embaixador britânico há algumas semanas e não ouvi nada sobre uma substituição. Talvez, então, ela seja o mais próximo que temos de um embaixador no momento.

Imogen — Deus a abençoe — pigarreia e prossegue com perguntas que com certeza preparou com antecedência.

— Posso lhe perguntar sobre as políticas que o Gabinete de Assuntos Internos da Suécia está implementando para prevenir a propagação da doença no país?

Lilly assente com a cabeça vigorosamente.

— Sim. Não há movimentação interna de pessoas na Suécia. Dividimos o país em cento e sessenta e duas zonas e não há movimentação fora delas. Isso garantirá que as áreas sem surtos, ou que foram minimamente afetadas, permaneçam seguras.

Imogen, mulher corajosa que é, responde a isso arrastando a Grã-Bretanha de volta à linha de fogo. Antes ela do que eu.

— Sabe dizer quantos britânicos entraram na Suécia desde o início da Peste?

— Estimamos que cerca de noventa mil britânicos e dez mil outros europeus tenham entrado no país. O surto de Estocolmo começou em 6 de dezembro de 2025. Poucos dias depois, Gotemburgo declarou situação de emergência.

— Tenho uma última pergunta — diz Imogen. — Você falou com muita calma e conhecimento sobre essas políticas e o trabalho do serviço de imigração sueco e do Ministério do Interior. Como a Praga afetou você pessoalmente? Como você está?

Lilly fica meio chocada com a pergunta. Seus olhos se enchem de lágrimas. Ah, não, Lilly, mantenha a calma. Preciso que você seja um farol de esperança cheia de raiva e determinação no meio de toda esta merda.

— Meu pai e meu irmão estão vivos. Parece um milagre dizer isso. Sou de uma cidadezinha chamada Kiruna, a muitos quilômetros de distância, então não posso vê-los, mas os dois estão vivos. Quando tudo isto acabar, vou voltar para casa.

— Mas enquanto não houver uma cura para a Peste você não pode ir para casa?

Lilly assente.

— Nem você.

Com isso, Imogen encerra o que deve ser o dia de trabalho mais bizarro da sua vida. Mudo de canal. Ajuda bastante ouvir vozes e pensar em outras coisas, aprender fatos e simplesmente não pensar em nada disso aqui no Reino Unido. Melhor pensar em outros lugares distantes e me consolar com o fato de que não sou a única que perdeu pessoas próximas. Mostre-me que não estou sozinha... Mostre-me que não sou a única pessoa arrasada...

Eu odiava ver noticiários; para que eu ia querer ler e ver a miséria? Como as coisas mudam... Além disso, o noticiário agora é mais surreal que qualquer filme. Antes se viam políticos fazendo discursos e vídeos de guerras distantes. Agora são mulheres vestindo roupas de proteção carregando corpos para fora das casas, filas de pessoas esperando caminhões de comida entregarem alimentos procedentes de áreas menos povoadas para suas cidades, fábricas trabalhando vinte e quatro horas por dia para produzir remédios, sopa, papel, gasolina e todas as outras coisas de que nós tão desesperadamente precisamos e que antes não nos preocupavam.

— A direção das viagens tem sido diferente — diz uma mulher com voz anasalada e um terno muito elegante, mas sem maquiagem e com o cabelo desgrenhado.

Se eu fosse cabeleireira, não posso dizer que continuaria indo trabalhar para transformar o cabelo de alguém em um capacete e passar batom em seus lábios se minha família estivesse morrendo.

— A linha do tempo mostra que os primeiros surtos internacionais significativos nasceram de imigrações reversas que aconteceram décadas atrás. Muitas pessoas que emigraram para o Reino Unido das Caraíbas, Índias Ocidentais, Nigéria, Somália, Gana, Paquistão e Índia foram embora no final de novembro e início de dezembro, regressando a seus países de origem e levando a Peste com elas.

Essa mulher está tentando desesperadamente se controlar, mas tem os olhos vazios e a aparência chocada de quem está de luto. Vê-la é doloroso e muito familiar. Próximo canal. Este mostra o tumulto no aeroporto de San Francisco, de novo. A imagem da policial loura atirando em um homem que também atira o tempo todo, em nada específico, deu a volta ao mundo. Há algo de desesperador nisso, como se eu estivesse assistindo ao fim dos dias. Antes de desligar a TV, ponho em meu celular um podcast sobre produtos de beleza que baixei meses atrás, em outra vida. Evito até o mais breve silêncio. Antes eu ansiava por momentos de abençoado silêncio em casa. Agora, o vazio da casa é quase violento. Não se ouvem pés de adolescentes subindo a escada, barulho de louça na pia, gritos de "mãe" e um pedido para encontrar algo, estar em algum lugar, fazer alguma coisa.

É muita coisa em que não pensar, por isso, para manter a sanidade mental, enquanto passo em claro as horas de sono com que sonho, trabalho. Pesquiso sobre o único assunto com que o mundo inteiro deveria se preocupar, mas não sei por que não se preocupa. De onde veio a Peste? Como surgiu essa doença terrível?

Todo mundo só fala sobre vacina e eu quero gritar: *Vocês precisam de informação para criar uma vacina!* E, mesmo que encontremos uma vacina, precisamos entender por que a Peste aconteceu para impedir que aconteça de novo.

Ninguém mais parece tão preocupado com isso quanto eu. Essa é a história da minha vida. Mas não importa, posso fazer tudo sozinha. Vou descobrir como o Paciente Zero desenvolveu a Peste — ela está acontecendo uma vez, mas não pode acontecer de novo.

Helen

Penrith, Reino Unido, dia 68

— Mãe!

O grito que vem lá de cima é tão agudo que por um segundo tenho certeza de que será seguido por: "Papai desmaiou!"

— Lola não quer devolver meu moletom. Diga a ela que é meu!

Ouço uma briga a seguir e suspiro de alívio. Briguem quanto quiserem, minhas lindas meninas vivas. Graças a Deus tenho filhas. Todos os dias sinto gratidão por ter sido poupada de filhos meninos. Já é difícil o bastante a preocupação de que Sean vai pegar a Peste, agora que está se espalhando por todo lado. Todo o meu medo é por ele, mas não consigo nem imaginar como deve ser para essas pobres mulheres que só têm meninos.

Minhas perguntas são todas por meu marido. Quando Sean vai pegar? Ele vai pegar? Quando ficarei viúva? Eu deveria estar dizendo se, se, se, mas acho que é mais "quando", não "se". É como se a morte estivesse parada sobre nós, observando cada movimento que fazemos, esperando. Quando estou lavando louça ou sentada no sofá, pairo por alguns momentos em um mundo alternativo. *Como seria sem Sean? Como eu aguentaria? Quem eu seria?* Estamos tão entrelaçados que as respostas logo entram em foco. Seria horrível. Eu não aguentaria. Não tenho ideia de quem eu seria. Estamos juntos desde os treze anos. Somos namorados de infância. Saí da casa dos meus pais para morar com ele quando eu tinha dezessete. Não conheço outra vida. Sean e Helen. Helen e Sean.

Estou preocupada com ele, acho que está pirando. Fico dizendo: "Pode ser que você seja imune", mas ele se limita a sacudir a cabeça. Ele sempre foi quieto, não gosta de falar sobre as coisas de imediato, mas geralmente se abre quando fico provocando. O surto de Carlisle ocorreu há um mês e foi como um incêndio. Alastrou-se por toda a cidade e se espalhou para fora, para cá, onde nos sentíamos seguros e protegidos, pensando no futuro quando as crianças saíssem de casa, com cruzeiros e noites de queijos e vinhos. A imobiliária onde Sean trabalha não conforta muito; são sete mulheres e três homens. Pedi a Sean para ligar para os outros caras para ver como estão, mas ele gritou comigo para eu não insistir. Acho que ele prefere não saber.

Suponho que não ajude o fato de o trabalho dele ser inútil neste momento. O chefe não disse isso oficialmente, mas não é preciso — ele foi para sua *villa* em Marbella no início de dezembro e ninguém o vê desde então. Pegou todo o dinheiro, entrou em um avião e sumiu. Sean foi ao escritório durante alguns dias depois disso, mas não adiantava. Quem vai comprar uma casa se o apocalipse está chegando? *Ah, claro, vou ver aquela casa geminada de três dormitórios na Brent Road entre a preocupação com a morte do meu filho pela Peste e a falência da empresa do meu marido.* Ele se sente inútil, e não é bom para um homem se sentir inútil.

Eu também me sinto inútil, mas ele não me pergunta sobre isso. Ninguém está arrumando o cabelo agora, né? Não tem muita utilidade ser cabeleireira neste momento. Em algum lugar da minha mente, preocupações com o pagamento da hipoteca, com meu emprego e dinheiro para gastar na Tesco voam como morcegos, mas parecem problemas muito distantes. A Peste está muito mais perto. Pode demorar dias ou horas para chegar.

Todas as noites digo a Sean que pelo menos as meninas vão ficar bem. É como uma oração. *Pense nas meninas. Pelo menos não temos meninos*. Lola tem catorze anos, Hannah dezessete e Abi dezoito. Estão se esforçando muito para manter a força, Deus as abençoe, fazem tudo que podem para continuar otimistas. Minhas lindas meninas fortes...

— Mãe, precisamos conversar. — Estou olhando pela janela, mas a voz aflita de Abi me tira de meu devaneio. — Estou muito preocupada com papai. Ele está diferente e não quer falar comigo.

Há um vinco entre suas sobrancelhas que a faz parecer mais velha. Tento confortá-la com o instinto automático de minimizar o problema.

— Não se preocupe, amor, vou resolver isso — digo, com um nível de autoridade que não sinto.

— E se ele se matar? — diz ela depressa, como se as palavras houvessem saído de sua boca antes que pudesse pensar direito.

Olho para ela em choque.

— Ele não vai se matar!

Minha voz aumenta ligeiramente no final. Isso nem havia me ocorrido. Sean? Meu Sean? Ele nunca faria isso.

— Estou preocupada — diz Abi, e sai da sala abalada.

Não posso permitir que isso continue. As meninas contam tudo umas para as outras, mesmo brigando metade do tempo. Se Abi está preocupada, Hannah e Lola também devem estar.

Quando Sean volta de sua caminhada — ele caminha por horas todos os dias, dando voltas e mais voltas pela cidade —, peço a ele que se sente à mesa da cozinha. Ao ver sua expressão, imediatamente me pergunto se este seria mesmo um bom momento; mas quando seria? Matt, o melhor amigo dele desde a escola, morreu há uma semana. Os filhos de Matt, Josh e Adam, morreram há alguns dias. Pessoas continuarão morrendo, nunca será uma boa hora para pedir a seu marido que pelo amor de Deus não se mate.

— Você está assustando as meninas, amor — digo.

Provavelmente ele vai grunhir ou ficar em silêncio, como é seu costume. Respiro fundo para falar mais, porém, antes que consiga, é como se a raiva explodisse dentro dele. Ele nunca foi um homem bravo. Só consigo me lembrar de vê-lo levantar a voz poucas vezes nos quase trinta anos que estamos juntos.

— Pelo amor de Deus, Helen, não me interessa se estou assustando as meninas. Estou apavorado!

É como se ele ganhasse vida pela primeira vez desde que o medo se instalou. A raiva, meu Deus... está saindo dele em ondas, distorcendo a realidade doméstica de nossa pequena cozinha.

— Estou cara a cara com a morte, não posso agir normalmente. Tudo está desmoronando e eu não aguento mais. Vivi minha vida para os outros durante muito tempo.

Depois de semanas de silêncio, ele fala depressa, disparando as palavras com violência e clareza. Por um segundo, o ódio em seus olhos me faz pensar que ele vai me matar. Serei uma dessas mulheres que acabam na primeira página do jornal por sido esfaqueada até a morte pelo marido, que depois se suicida?

— Estou entediado, estou farto, preciso me sentir vivo enquanto ainda posso. Você não imagina como é, Helen. É como se eu estivesse me estilhaçando. Não aguento mais.

Ele se levanta e anda pela cozinha.

— Vou morrer, talvez logo, talvez um pouco mais tarde, mas isso vai acontecer. Estou com os dias contados.

Fico sentada, pasma, enquanto minha alma gêmea desmonta nossa vida com palavras afiadas e rápidas como se estivesse estripando um porco. Depois de vinte minutos repetindo as mesmas coisas, ele sobe a escada. Mais dez minutos se passam e então o vejo no corredor com uma mala, dando um abraço superficial em cada menina. Lola choraminga. O que está acontecendo? Que diabos está acontecendo? Ele sai porta afora e acabou.

Ele foi embora. Meu marido foi embora. Foi mesmo. Passo o resto da noite vagando pela casa, olhando para as cadeiras vazias, os sofás vazios, a cama vazia, a mesa da cozinha vazia, enquanto as meninas me seguem como patinhos. Não, ele não está aí. Não há marido nenhum aí embaixo.

Vinte e quatro horas se passam e não temos notícia nenhuma. As meninas ficam checando o celular o tempo todo, desesperadas para saber dele, e eu penso: ele vai voltar. E então, de repente, sei que não vai. Um véu cobre a parte esperançosa do meu cérebro, a parte otimista que pensa que o conheço, e percebo que algo se quebrou. O Sean que eu conhecia se foi. Desapareceu. O Sean que eu conhecia nunca abandonaria suas filhas chorando no corredor. Nunca me diria que estava entediado e farto e que eu não era boa o bastante. Não sei quem disse todas essas coisas, mas não foi meu marido.

Estamos inconsoláveis. Não sabemos como nos consolar. Todos sabem lidar com a morte, mas como enfrentamos a deserção? Em um mundo de homens desesperadamente apegados a suas famílias por mais um dia, mais uma hora, fomos abandonadas. É como se ele tivesse morrido, mas pior. Tento justificar desse jeito. É melhor pensar que ele quer nos poupar da dor e da incerteza de morrer, mesmo que não seja verdade.

Eu me sento no sofá com minhas três filhas em volta de mim, em choque. Parece fazer apenas alguns instantes que eu estava postando no Facebook fotos nossas em jantares de família e planejando férias em Roma. Isso foi em outra vida, mas aqui estou eu, presa nesta. Esta vida em que agora sou... o quê? Mãe solteira e viúva? Divorciada? Separada? Não estou sozinha, tenho minhas filhas. As meninas. Como Sean pôde fazer isso com nossas filhas? Como?

Catherine

Devon, Reino Unido, dia 68

Theodore é um peso morto, impossível de acordar depois do trauma dos últimos dias. Mesmo vendo que ele está calmo, sem febre e apenas dormindo, minha frequência cardíaca dispara até que ele solta um leve gemido. Esse som prova que está vivo. Eu o enrolo em cobertores; não temos tempo a perder. A Peste pode estar em qualquer lugar desta casa esquecida por Deus. Chorei limpando cada superfície, cada brinquedo, cada objeto que acho que ele pode ter tocado, mas e se esqueci alguma coisa?

Anthony morreu em nossa cama, em casa, como todos os homens agora. Antes os hospitais eram um lugar de gentileza e cuidados, mas agora recusam os homens se a única queixa for a Peste; dão de ombros, resignados pela impotência, de modo que nem nos demos ao trabalho de tentar. Eu quis pensar que o ajudaria saber que sua família estava na mesma casa que ele, mesmo estando separados por paredes. Seu corpo foi carregado dentro de um saco por duas mulheres solícitas com roupas de proteção. Quem sabe até onde esse vírus se espalhou pela minha casa? Não consigo vê-lo, não consigo sentir o cheiro dele, não consigo ouvi-lo.

Eu não tinha para onde ir até esta noite. Minha madrinha, Genevieve, enlouquecedora, distraída e amada, me mandou um e-mail dizendo: "Ainda tenho a casa de Devon. A venda não foi concluída, era para ser há algumas semanas. Fique lá! Saia de Londres! Beijos". Tive vontade de chorar de gratidão e de estrangulá-la. *Agora?* Quero chorar. *Está me dizendo isso só agora?* Mas ainda não é tarde demais. Não. Por milagre, Theodore não apresentou nenhum sintoma desde a morte de Anthony.

Sair de casa bem cedinho com meu filho nos braços me faz sentir tanto a falta de Anthony que as lágrimas brotam dolorosamente dos meus olhos. Sempre estou à beira das lágrimas, e, vendo os postes de luz e Theodore dormindo preso com o cinto de segurança, e com a bagagem no porta-malas, penso em quando saíamos cedo para ir até Bordeaux e ver Genevieve, passar uma semana de sol, bebendo vinho no jardim juntos. Passamos as férias lá, em família, só faz sete meses — em outra vida, mais feliz.

Não há tempo para isso. Sou capaz de chorar o dia todo, todos os dias, e com Theodore no carro posso chorar à vontade; mas não me desesperar. A casa de Genevieve fica nas profundezas de Devon, a quilômetros e quilômetros de distância desta cidade lotada, cheia de homens doentes e mulheres infectadas. Saio dirigindo pela estrada estranhamente tranquila, e a cada quilômetro mais longe de Londres meus ombros vão relaxando, mesmo com as lágrimas escorrendo pelo rosto e encharcando a máscara cirúrgica que estou usando. Vamos conseguir enfrentar essa tempestade na segurança de uma cabana deserta no meio do nada. Por um lado, quero me matar por não ter perguntado pela casa a Genevieve antes; mas ela me disse que ia vender em setembro, recebeu uma oferta em outubro e, pelo que eu sabia, em novembro estava vendida e os compradores estavam decidindo a data da mudança. Eu poderia ficar inconformada para sempre por ter perdido esse oásis, mas desse jeito vou enlouquecer. Fiz o melhor que pude com o que sabia na época.

Minha mente volta aos dias e semanas antes da morte de Anthony. Não importa quanto eu tente, meu cérebro está determinado a questionar cada escolha que fiz. Anthony e eu não deveríamos ter nos tocado tanto nos dias antes de nos despedirmos. Fui egoísta. Uma pequena parte aterrorizada de mim presumiu que Anthony morreria; então, antes de saber que ele estava doente, eu queria cada minuto que pudesse estar ao seu lado. Não sabia como encarar este horror sem ele. Eu deveria tê-lo mandado para o galpão no jardim com uma centena de livros, um aquecedor, um micro-ondas e latas de sopa. Deveria tê-lo deixado sozinho. Talvez isso o houvesse salvado. Mas, em vez disso, eu o abracei. Eu o beijei. Fiz amor com ele. Não podia deixá-lo ir.

Ainda faltam trinta quilômetros quando ouço o grito de Theodore acordando e percebendo que está no carro.

— Mamãe, quero fazer xixi.

— Daqui a pouco, querido. Estamos quase chegando. Segure só um pouquinho.

Ele começa a chorar e eu o acompanho, uivando alto. É demais, tudo isso é demais para mim. Não aguento. Só quero me enroscar nos braços de Anthony e chorar, mas ele morreu e nós estamos sozinhos. O simples fato de existirmos é exaustivo. Usar máscara cirúrgica, esterilizar constantemente a casa, deixar Theodore sozinho o máximo possível... Eu o deixo trancado em casa quando vou comprar comida. O que mais posso fazer? O perigo está lá fora, estou tentando mantê-lo seguro. Preciso que ele esteja seguro.

— Mamãe, por favor!

Os gritos dele já atingiram o nível de guincho, mas, finalmente, surge a abençoada visão da saída na estrada. Passamos alguns dias aqui na casa de campo de Genevieve logo depois que Theodore nasceu. Foi terrível; trancados em uma cabana distante com um recém-nascido, irritados por não conseguir dormir, discutindo por quarenta e oito horas antes de voltar para Londres mais deprimidos do que quando partimos. Dirijo pela longa entrada de automóveis e vejo uma luz acesa. Talvez Genevieve tenha voltado; mas não pode ser. Ela certamente teria me contado. Quando lhe mandei o último e-mail, ela ainda estava na França. Por que viria para cá? Ninguém em sã consciência entraria no epicentro do perigo.

Paro o carro e olho através do vidro como uma coruja; o medo seca minhas lágrimas. Pode haver alguém aqui. Outra pessoa conhecida de Genevieve que teve a mesma ideia ou, pior ainda, um estranho pode ter invadido a casa. Theodore está chorando e eu o pego, permitindo que ele — como raramente faço agora — enrosque os braços e as pernas em volta de mim e apoie a cabeça no meu peito. Tento respirar superficialmente, imagino os germes que talvez esteja exalando escapando da minha máscara e passando pela dele, grande demais e cobrindo seu rosto.

Estou tentando ser corajosa, mas é exatamente neste tipo de momento que a estrutura larga e calorosa de Anthony ao meu lado faria o terrível parecer inteiramente possível de enfrentar. Tenho plena consciência de minha vulnerabilidade. Uma mulher pequena, com uma criança no colo, no meio do nada. Faço "*Shhh*" para Theodore, uso a chave que trouxe comigo e abro a porta depressa, como se fosse assustar quem possa estar na casa.

— Alguém aqui?

Silêncio. E então ouço um miado. Claro, Genevieve tem luzes com sensor de movimento na cozinha para espantar ladrões. Um gato malhado dolorosamente magro vem até mim e se enrosca nas minhas pernas. Tem uma coleira e uma plaquinha que tilinta e refulge à luz da cozinha conforme ele se mexe. Acho que é um bom presságio; não há perigo aqui. Tranco a porta atrás de mim, dou uma olhada rápida pelo térreo e o encontro vazio, graças a Deus. Este lugar está intocado desde antes da Peste. Começo a chorar de novo, mas desta vez de gratidão. Theodore adormeceu de novo em meu ombro e eu me permito, nesta casinha segura no meio do nada que parece resistente a uma doença que está por toda parte, abraçá-lo. Abraçá-lo de verdade, bem apertado, como eu o teria abraçado todos os dias antes da Peste. Já faz muito tempo que não o abraço assim. É o Paraíso.

Subo a escada com cuidado com o gato pulando à minha frente. Coloco Theodore na cama do quarto de hóspedes. Pela primeira vez desde que Anthony morreu, eu me permito ter esperanças de que talvez, apenas talvez, tudo vá ficar bem.

Rosamie

Cingapura, dia 68

O grito da sra. Tai ecoa pelo apartamento.

— Fique aqui — digo a Angelica com a voz séria.

Não sei o que está acontecendo, mas não quero que ela veja. Atravesso os corredores silenciosos do apartamento dizendo a mim mesma para ficar calma. A atmosfera do apartamento é estranha. As empregadas estão todas enfurnadas em seus quartos, aterrorizadas, ligando para suas famílias, sem saber o que fazer.

Sigo os gritos até o quarto do sr. e sra. Tai. O sr. Tai está tendo uma convulsão. Seu corpo treme e ele espuma pela boca. É doloroso vê-lo convulsionar e tremer, batendo a cabeça no travesseiro. A sra. Tai o encara em silêncio, horrorizada.

— Sr. Tai? — digo com a voz calma, e tento manter seus braços parados.

Preciso usar toda a minha força, mas consigo mantê-lo quieto o suficiente para fazer sua cabeça parar de bater. Depois de alguns minutos, seu corpo relaxa e a convulsão para. A sra. Tai ainda está parada atrás de mim; deve estar em choque. O sr. Tai está morrendo, não tenho dúvida. Sua testa está tão quente que não vejo como ele poderia sobreviver. Está mais quente do que qualquer ser vivo deveria estar, e seu rosto está cinza e vermelho ao mesmo tempo. Eu me sento ao lado da cama sem saber o que fazer. Seguro sua mão e olho para ele, enquanto sua esposa fica parada olhando para mim. Isso é muito errado. Depois de muito tempo perdida, a sra. Tai recupera a sensatez e me empurra. Diz algo em cantonês que eu não entendo, mas eu a conheço bem e sei o que significa: "Saia daqui".

Dou de cara com Angelica ao sair do quarto.

— Angelica! — sussurro.

Seu rostinho está contorcido de preocupação. Minha linda menina, ela é tão doce, e está nervosa com tudo isso.

— Vamos voltar para o quarto.

— E ver Cinderela?

— E ver Cinderela.

Tento tirar o sr. Tai da cabeça e me concentrar em Rupert e Angelica. Por um momento estonteante, passa pela minha cabeça a ideia de que a doença está aqui dentro, e perto de Rupert. Eu a afasto. Rupert não esteve com o sr. Tai. Olho para meu celular de novo. Minha mãe não tem respondido a meus e-mails. No último ela disse que muitos homens da cidade haviam ido embora. Pegaram barcos e foram para outras ilhas, pensando que talvez a doença não os seguisse, que talvez não os estivesse esperando quando chegassem lá.

Angelica chega ao quarto antes de mim e liga a TV para assistir Cinderela. Rupert ainda não acordou, o que não é comum. Ele está sempre de pé por volta das oito. Entro no quarto dele, ao lado. Ele está de costas para a porta, enrolado como uma bola debaixo dos cobertores. Chamo seu nome suavemente e tento puxar os cobertores, mas ele choraminga. Meu coração se aperta, e, por um momento, o mundo para. Teoricamente, sou apenas uma babá. Teoricamente, eles não são meus filhos. Mas o que faz de uma mulher uma mãe? Mãe é quem dá à luz ou quem cria? Eles são meus bebês, minha vida é só cuidar deles.

Eu me obrigo a pôr a mão na testa de Rupert, mas sei que está quente antes mesmo de tocá-la. Mais quente do que eu poderia imaginar; mais quente que a do sr. Tai. É como se ele estivesse queimando.

Tiro os cobertores e grito chamando uma das empregadas, alguém, qualquer um. A sra. Tai deve ter me ouvido, porque corre para o quarto com os olhos inchados de tanto chorar. Começa a gritar e chorar de novo. Digo a ela para chamar uma ambulância e a empurro ao passar para pegar umas toalhas molhadas em água fria. Cubro Rupert com as toalhas molhadas e ela tenta arrancá-las dele; ela não entende. Luto com ela, empurrando-a e tentando explicar que temos que fazer a febre baixar ou...

Então, ela entende.

Ela se senta ao lado dele, chorando baixinho, dizendo sem parar: "Minha vida acabou, minha vida acabou, minha vida acabou". Depois de um tempo, perco a paciência e a mando calar a boca. Como isso pode ajudar Rupert? Fico pensando "onde está a ambulância?" É como um mantra. "Onde está a ambulância?" A sra. Tai faz mil telefonemas. Telefona para empresas privadas, empresas de táxi e hospitais, mas todos dizem que estão ocupados, que estão lotados, fique onde está, não há nada que possamos fazer, fique em casa. Passo o dia pensando que alguém vai chegar. Tem que chegar. Alguém tem que ter pena de nós. Não podemos ficar aqui neste quarto sem ajuda nenhuma vendo um menininho morrer. Angelica entra e me abraça por trás enquanto fico sentada ao lado de Rupert, segurando a mãozinha dele. A sra. Tai me olha com uma expressão que nunca vi antes. Demoro um pouco para entender o que é, mas, enquanto beijo a testa de sua filha, enquanto conforto seu filho moribundo, percebo. É inveja. Essa mulher tinha tudo que poderia desejar na vida, mas desejou as coisas erradas.

Rupert piora durante a tarde. Seguro sua mão com mais força, como se pudesse mantê-lo aqui enquanto o estiver tocando, mas sei que sou impotente. A ambulância não chega. Não vai chegar. À noite, a respiração dele fica mais superficial. Ele ofega o tempo todo. Não pensei que fosse possível a febre piorar, mas continua subindo. É como se o diabo o houvesse agarrado e o estivesse queimando. Talvez eu deva colocá-lo na banheira com água fria e gelo. Mas acho que não faria diferença. Nada faz diferença. É cada vez mais doloroso ouvir sua respiração, até que para, pouco antes da meia-noite, e, então, tudo que eu quero ouvir é seu peitinho respirando fundo de novo. Felizmente ele não teve convulsões como o sr. Tai. Continuo segurando sua mãozinha. Toco sua testa, sinto o calor escapando de sua pele fria. A sra. Tai está jogada atrás de mim, chorando por seu bebê. Quero gritar que ele não é o bebê dela. Ela não sabe de nada! Sabe quais são os três vegetais que ele come? Seu filme favorito? A ordem em que as cobertas devem ser colocadas — turquesa felpuda, depois o lençol branco e depois o edredom — para que ele durma? Que tenho que tirar devagarinho o Macaco debaixo de seu cotovelo quando ele está dormindo para lavá-lo no meio da noite e secar para que não fique úmido, e depois colocá-lo de volta em seus braços? Ela não sabe de nada.

Não posso mais ficar neste quarto. Quero morrer — talvez seja mais fácil que lidar com tudo isto. Vou para a sala; Angelica está parada junto à janela, ao lado de duas criadas. Pego Angelica no colo enquanto olho para fora. Fiquei no quarto de Rupert mais de doze horas, e, enquanto eu estava ali abrigada, o mundo lá fora desceu ao inferno. Não ficarei surpresa se Lúcifer pessoalmente chegar até nossa janela e nos arrastar com ele. Tudo está queimando — os carros na rua, um dos prédios à nossa frente. Estamos cercados por chamas. Ouço o som de metal se quebrando e as pessoas invadem as ruas. É uma confusão, parece o fim do mundo. É o apocalipse.

Procuro com os olhos a polícia ou soldados, mas são poucos. Cada vez que vejo uma pessoa sair de trás de um carro ou prédio, ela desaparece depressa ou fica submersa pela multidão. As criadas choram baixinho, imóveis.

Começo a orar a Deus pedindo que me permita sobreviver a esta noite. Me deixe sobreviver a esta noite e ver o amanhã. Por favor, me deixe ver minha família de novo. Por favor, me deixe ver minha casa.

Já perdi muito, não posso perder mais nada, rezo enquanto olho para a cidade em chamas.

As empregadas são ambas da China e falam sobre como vão voltar para casa. "Nunca vamos conseguir", diz uma delas chorando. É quando tenho certeza: não posso ficar aqui e esperar. Se eu esperar, vou morrer ou vou ficar presa aqui durante meses, anos. Sou dominada por uma espécie de loucura. Tenho que voltar para casa agora, custe o que custar.

Eu me sento no sofá com Angelica enroscada em mim. É a última vez que vou segurá-la no colo e quero que dure o máximo possível. Procuro voos comerciais no celular; sei que não haverá nenhum, mas tenho que olhar, por via das dúvidas. Nada. Todos cancelados. E então, penso: como os Tai viajam? Como os Tai *viajavam*? Tudo é mais fácil quando se é rico. Eles sempre usavam um jato particular de uma empresa, Elite Air. Ligo para eles e finjo ser a assistente da sra. Tai enquanto observo as criadas. Elas estão em seu próprio mundo, olhando para a rua. A moça do outro lado da linha diz que o preço está muito mais alto que o normal para sair de Cingapura e que é preciso estar no aeroporto em duas horas. Só é possível viajar de avião dentro da Ásia, e a Parceria de Restrições ao Tráfego Aéreo no Pacífico Leste entra em vigor à meia-noite. A partir de então, não haverá mais voos.

Concordo com tudo correndo, sim, sim, tudo que ela diz está bom. Quanto, quanto. "US$ 5,45 milhões de dólares." A Sra. Tai deixou a bolsa ao lado da cama no quarto do casal, como sempre. Deixo Angelica na sala de estar um instante e me esgueiro pelo corpo do sr. Tai para pegar a bolsa da sra. Tai. Quando vou dar o número do American Express, a moça da Elite Air diz que o pagamento foi efetuado pela Wells Fargo, a conta que eles já têm registrada, e que a sra. Tai precisa estar no aeroporto dentro de duas horas, antes que todos os voos sejam interrompidos.

Graças a Deus moramos perto do aeroporto. Pego as coisas importantes que possuo e me despeço de Angelica. É a coisa mais difícil que já tive que fazer na vida. Sei que nunca a verei de novo, mas não suporto dizer isso a ela. Cingapura provavelmente não continuará existindo por muito mais tempo, quem sabe o que acontecerá com os Tai? Além disso, acabei de roubar milhões de dólares deles.

— Aonde você vai? — pergunta ela, chorando.

Está cansada. É muito tarde para ela estar acordada ainda.

— Preciso ir para minha casa ver minha família. Minha família precisa de mim.

— Mas eu preciso de você.

Ah, minha menininha... Queria poder levá-la comigo, mas não posso. Mesmo nesta loucura, sei que não posso. Quero desesperadamente tomá-la nos braços, mas isso seria o fim. O fim de uma vida normal para mim, do futuro que ela precisa ter com sua família. Da possibilidade de sair daqui.

— Vamos nos ver de novo, viu? Eu sei onde você mora, e vou voltar quando tudo isto acabar.

Ela parece acreditar em mim; solto um suspiro de alívio. E a abraço de novo, muito, muito forte; dou um beijo na sua cabeça, e então tenho que ir. Desço pelo elevador e saio para a rua depressa, antes que possa pensar em voltar. Enquanto desço a rua cheia de fumaça, meu cérebro pensa que não pode ser Cingapura, simplesmente não pode ser. Cingapura é um dos países mais seguros e ricos do mundo. Lembro-me de uma mulher da agência me dizer que era um lugar ótimo para trabalhar porque era seguro. Ir para o aeroporto — esse é meu único foco agora. Vejo homens e mulheres com bandanas no rosto jogando coisas. Em quem? Uns nos outros? Com quem estão lutando? Com um inimigo invisível.

Começo a correr e não paro por nada. Os três quilômetros até o aeroporto passam como um borrão com ocasionais flashes de violência. Um acidente na rodovia; o carro girou três vezes antes de outro bater nele. Um homem se jogou da ponte quando eu a estava atravessando. Calor, barulho e horror, mas preciso continuar.

Quando chego ao outro lado da rodovia, não está tão ruim. Já estive no aeroporto de Changi antes, quando levei Angelica e Rupert para buscar o sr. Tai. Atravesso a entrada; não há ninguém, todas as mesas estão assustadoramente vazias. Encontro o hangar, digo à garota de plantão que sou a sra. Tai e exijo entrar no avião antes que ela faça mais perguntas.

Ela está suando, atendendo a ligações a cada poucos segundos e dizendo às pessoas para esperar. Apenas me aponta o avião. É um caos. Há quatro aviões se preparando para decolar e dois helicópteros pousando. Acho que todos os ricos de Cingapura que ainda conseguem pensar direito estão partindo.

Subo correndo os degraus do avião e o comissário de repente aparece à minha frente, à porta. Parece exausto, com o rosto contraído.

— Sou a sra. Tai — digo, e com um gesto indico a ele para sair da frente para que eu possa entrar no avião.

Ele estreita os olhos e me lança um olhar que me dá um frio na espinha.

— Já voei com a sra. Tai muitas vezes — diz ele, com olhos frios e desconfiados.

Ele está respirando depressa, com o rosto hostil em chamas. Posso vê-lo pensando: Devo deixá-la entrar no avião? O que eu tenho com isso? Minha respiração fica presa na garganta, o pânico se espalha por mim com tanta força que é como se uma mão estivesse apertando meu pescoço. Os segundos passam devagar. Por favor, me deixe sobreviver a isto! Por favor, tenha piedade de mim... Por favor, me deixe entrar no avião!

DESESPERO

Catherine

Devon, Reino Unido, dia 69

Está um dia lindo, mas, pensando bem, talvez seja um dos piores dias da minha vida. Estamos brincamos no jardim. Observo Theodore correndo alegremente enquanto tomo um gole de chá com leite longa vida. Conto histórias sobre ursos, bruxas e dragões porque não temos nenhum livro aqui, e me permito acariciá-lo de vez em quando. Estamos seguros — talvez, com certeza, por favor — nesta casa intocada pela Peste.

A perda de Anthony é mais difícil, e não mais fácil, agora que estamos neste lugar seguro. Minha cabeça presume que ele esteja viajando a trabalho e entrará a qualquer momento. Mas ele não entra nem nunca vai entrar. Talvez fosse mais suportável se eu o tivesse visto adoecer e morrer. Em vez disso, parece que nos despedimos, ele subiu a escada e, com certeza, deve estar vivo e bem em algum lugar do mundo. Meu cérebro não consegue entender que o fim aconteceu. Tento não chorar na frente de Theodore, e então percebo que estou me esforçando tanto para me controlar porque não quero que os últimos dias de meu filho — se estes forem seus últimos dias — incluam a visão de sua mãe chorando. Sinto tanta falta de Anthony e ninguém mais entende. Depois de tantos anos, a perda de meus pais ainda me incomoda. Como aceitei a morte deles, agora me parece a mais cruel injustiça que o mundo esteja me deixando tão inacreditavelmente sozinha. Phoebe me mandou uma mensagem outro dia perguntando como estamos. Ela disse que acha que seu marido é imune. Ele é contador e já deve ter sido exposto inúmeras vezes, porque a maior parte dos homens do escritório dele morreu de Peste, mas ele não adoeceu. Quase esmaguei o celular na janela. Ela tem pai, mãe, marido e duas filhas. Tem tamanha abundância que me dá vontade de gritar: "Por que não eu?" Não respondi. Tenho um filho precioso a quem me apego como Circe em sua ilha, rezando para que ele possa ficar aqui sem ser visto pelos olhos da morte. E estou sozinha nessa luta. Minha mãe não virá me ajudar. Meu pai não virá me tranquilizar. Anthony era minha família e agora ele se foi, então tento extrair todo o prazer que posso do lindo menino que fizemos.

Quero estabelecer um ritmo, um novo normal. Hoje acordamos às seis e Theodore cochilou à tarde, enquanto o gato ronronava contente no sofá ao meu lado. Depois, um banho calmo e cama, com jogos, histórias e tantos abraços quanto possível. A cada momento que ele passa sem febre, tosse ou letargia, eu me dou o luxo de pensar que podemos estar seguros. Este lugar parece um artefato histórico, intocado pela morte e pelo medo.

Poucas horas depois de colocar Theodore na cama, estou na nebulosa entre o sono e a vigília quando ouço o som inconfundível de vidro se quebrando. Meu coração quase para e meu corpo se enche de um pavor frio que surge quando a pessoa está sozinha e não há ninguém para ajudá-la. Há alguém aqui. Desço a escada com cuidado e ouço o barulho de um humano, uma respiração pesada. Está sozinho, apenas um par de pés. Definitivamente, é um homem. O degrau range.

— Quem diabos está aí?

Grito de medo. Sua voz, áspera e intimidante, grita para mim da cozinha, onde uma lâmpada está acesa. A casa está envolta em meia--luz. Meu cérebro pensa em Theodore, lá em cima, encasulado nesta bolha longe da doença. Outra camada de medo se sobrepõe aos meus pensamentos sobre um roubo violento. Esse estranho provavelmente carrega o vírus, e se atreve a trazer a Peste para minha casa.

— Esta casa não é sua — grito com toda a força que consigo reunir.

— Não me interessa. Vá embora.

Posso vê-lo agora, aparecendo na porta da cozinha. Meu cérebro está esperando que ele venha em minha direção, que me dê uma surra, que me estupre ou mate. É um homem, estranho e nervoso, que arrombou uma casa e está se autoafirmando em voz alta, apesar de estar obviamente errado. Por que está se mantendo tão longe? E então o pensamento surge claro em meu cérebro. É óbvio, ele está com medo de mim. Veio aqui para escapar. Uma casa de campo remota e desabitada, o santuário perfeito. Achou que poderia esperar aqui. Ele tinha o mesmo plano que eu. A única diferença é que esta segurança é minha. Eu tenho o direito de estar aqui.

Vou ganhar essa. Ele acha que tenho o vírus, que posso matá-lo só de me mover em sua direção.

— Não vou a lugar nenhum — digo em voz alta e clara como um sino enquanto desço o resto da escada. — Eu vim para cá com meu filho. Sou hospedeira e meu filho está infectado, está lá em cima. Vim aqui para morrer com ele.

A mentira escapa da minha boca suave e certeira.

Dou um passo em direção ao homem.

— Não dê mais um passo!

Ele está arrastando os pés para trás; parece uma vaca sendo levada ao abate, com os olhos esbugalhados e a boca seca e retorcida de terror.

— Não vou parar. Esta casa é minha. Você não deveria estar aqui. Eu tenho o vírus. Meu filho tem o vírus. Se eu respirar perto de você, você pega e morre. Se me tocar, você pega e morre. Se rasgar minha pele e meu sangue te tocar, você pega e morre. Se não quiser morrer, saia daqui.

— Vadia louca do caralho! — diz ele, com a voz embargada.

Ele está desesperado, mas não me interessa, isso não é da minha conta.

Ele se volta, ouço alguns sons de objetos sendo jogados e, a seguir, a porta dos fundos se fecha. Fico no corredor respirando ofegante por alguns segundos antes de abrir um sorriso. Nunca me senti tão poderosa. Deve ser assim que os homens se sentiam. Minha mera presença física é suficiente para aterrorizar alguém e fazê-lo correr. Não admira que eles se inebriassem com isso.

Calço um par de botas de caminhada que estão perto da porta da frente e vou até a cozinha, onde a vidraça da porta está espalhada pelo chão. Metodicamente, pego os cacos de vidro e os coloco na lixeira, enquanto meu coração vai parando de bater desesperado e, devagar, bem devagar, volta ao normal. Limpo todas as superfícies com um alvejante que encontro embaixo da pia, para o caso de aquele homem horrível ter tocado em alguma coisa. Até que o chão está limpo e a cozinha esterilizada e segura. Levanto-me e ouço o agradável silêncio da casa e o gato ronronando enquanto se enrosca em minhas pernas.

Não consigo deixar de ir ver Theodore. Tenho a convicção, baseada apenas em meu próprio medo, de que ele está traumatizado pelos acontecimentos dos últimos meses, mas não expressa isso durante o dia. Odeio pensar que suas noites possam ser contaminadas por medo e horror. Sei que ele está exausto, meu pobre bebê. Ele estava já derrubado por volta das sete e apagou como uma luz às oito da noite. A vida está exaustivamente diferente hoje em dia, e fico em pânico de pensar o que isso pode estar fazendo com Theodore. Ele está comendo comida diferente em uma casa diferente, com um jardim diferente e uma mãe desesperada e de luto. Seu pai se foi. Não consigo nem imaginar o que está passando pela cabeça dele. Ou talvez apenas não queira imaginar. Estou tão concentrada em sua sobrevivência que mal penso no futuro. Será que vai ficar marcado para sempre por este pesadelo? Saberá o que é ser feliz, seguro e calmo para sempre? Será que vai se lembrar de Anthony? Ao pensar em

Anthony, sinto uma dor de cabeça cegante. Não consigo pensar em tantas coisas de uma vez.

— Oi, meu amor — sussurro e me empoleiro ao lado dele na cama, observando-o, esparramado em seus lençóis, profundamente adormecido.

Deixo um beijo rápido em sua testa, como é meu hábito, e levo um segundo para perceber o que há de errado. Eu esperava a pele quente e macia de uma criança adormecida, mas meus lábios tocaram uma pele ardente e suada de febre.

Ele está queimando.

Toby Williams

Em algum lugar na costa da Islândia, dia 105

15 de fevereiro de 2026
Nunca tive um diário, mas não sei mais o que fazer. Estou neste navio há cinquenta e um dias. Não sei se algum dia vou sair daqui. Este pode ser o único registro desta experiência horrível e da minha existência. Quero que alguém saiba como foi.

Vamos começar do início. Meu nome é Toby Williams. Minha esposa, Frances, é bibliotecária na Biblioteca Barbican, no centro de Londres. Sou engenheiro; agora que escrevo isso, parece chato, mas gosto muito do meu trabalho.

Sou gêmeo idêntico. Isso é uma coisa importante sobre mim, sempre foi. Um gêmeo idêntico é alguém especial. Mark, meu irmão, é a razão de eu estar aqui neste navio esquecido por Deus. Fizemos sessenta anos no dia 2 de janeiro e nos pareceu uma boa ideia ir ver a aurora boreal, como sempre falávamos quando éramos crianças. Quando partimos, em dezembro, eu me perguntei se deveríamos viajar mesmo, já que a Peste estava se tornando um problema tão grande, mas Frances insistiu. Ela disse: "Você vai estar mais seguro lá do que aqui. Além disso, tudo isso vai acabar".

Minha esposa geralmente está certa. Quase sempre. É uma das coisas que mais amo nela; mas desta vez ela estava errada. Não acabou. Se bem que talvez eu esteja mesmo mais seguro aqui.

Quatro dias depois de deixarmos Reykjavik, houve um surto na cidade. Em poucos dias estava em crise. A Peste avançava pela Europa dia após dia, mas o capitão estava saudável. Ele nem pôs o tema em votação; reuniu todos na sala de cinema e disse: "Vamos ficar no navio até sabermos que é seguro voltar. Temos um bom estoque de alimentos e vamos solicitar mais. Ainda não vamos voltar".

Há uma mulher particularmente furiosa no navio. Bella Centineo. É italiana e está viajando com uma amiga, Martina. Martina está catatônica, Bella está furiosa. Ela gritou com o capitão, disse que ele não podia fazer isso. Seus filhos a estão esperando em Roma. Seu filho e seu marido podem morrer, e o que vai acontecer com sua filha? Sua filha, Carolina, tem apenas dezoito meses. Bella não tem irmãs e sua mãe morreu há dois anos. Entendo sua angústia. A comunicação está ficando mais irregular entre nós e nossos familiares. O marido e o filho dela podem morrer, deixando a filha morrer de fome em um apartamento em Roma, sozinha. É insuportável pensar nisso.

Tenho empatia, mas quase chorei de alívio quando o capitão disse a ela:

— Se conseguirmos escapar da morte por alguns dias, considero uma grosseria recusar tamanha sorte.

E então ele se virou e saiu.

A última mensagem que recebi de Frances foi há semanas. Não estamos mais recebendo nada. Ela disse: "Você tem que ficar nesse navio, Tony. Não me interessa o que aconteça ou quem queira voltar, fique nesse navio". E é exatamente o que pretendo fazer.

Mas não temos comida suficiente. Temos o mínimo de remédios. Ficamos sem combustível, então baixamos a âncora e estamos presos no lugar na esperança de que um dia o resgate chegue. O capitão diz que entrou em contato com a guarda costeira semanas atrás e que avisaram que nos forneceriam suprimentos. Ele tem um telefone via satélite movido a energia solar e conhece nossas coordenadas. Tento me apegar a esses fatos e ter esperança, mas cada dia parece uma vida inteira longe de casa.

Estou no lugar mais seguro do mundo para um homem, mas nunca me senti mais em perigo. Não temos para onde ir. Não há santuário a que possamos recorrer. Estamos presos aqui enquanto nossos entes queridos aguardam com a esperança que voltemos para casa. É melhor morrer de fome ou de Peste? Não tenho escolha, mas às vezes acho que o último seria melhor. Pelo menos é rápido, ouvi dizer.

O ódio de Bella a mantém de pé. Ela conseguiu segurar o ânimo após a primeira morte, de uma idosa. Suspeito que tenha sido uma parada cardíaca ou um aneurisma cerebral, porque foi muito repentino. Mas não sei, não sou médico. Não há médicos nem enfermeiros a bordo. A segunda morte foi um suicídio. Isso foi difícil de suportar. Eu não o vi, mas ouvi o barulho e depois os murmúrios e gritos chocados que se espalharam pelo navio. Aparentemente o filho desse homem havia morrido em casa. Ele tinha comentado isso com alguém dias antes.

Das trezentas pessoas que zarparam, agora somos duzentas e oitenta e oito. Seis morreram por falta de insulina, uma por causa de uma convulsão que resultou em uma pancada na cabeça; houve quatro suicídios e a idosa da parada cardíaca. (Mais uma vez, não sei se foi parada cardíaca, mas não lembro o nome dela. Jojo? Janice? Jane? Então, a idosa da parada cardíaca.)

Está em vigor um sistema de racionamento. Há um nutricionista sueco a bordo que calculou a demanda mínima de calorias para todos com base no peso de cada um. Um homem tentou mentir sobre seu peso para conseguir mais comida, mas o nutricionista o puniu reduzindo sua parte. Foram horas desagradáveis.

Espero que Frances esteja bem. Frances, caso eu morra e este navio seja encontrado, vou deixar bem claro o meu desejo de que esta carta chegue até você. Sou Tony Benedict Williams. Minha esposa é

Frances Emma Williams. Moramos em Flat C, 4 Clerkenwell Road, London EC1V 9 TB. Se alguém encontrar esta carta, entregue a ela.

Frances, eu te amo. Só quero que você seja feliz. É tudo que eu sempre quis. Queria que tivéssemos nos encontrado antes, mas vivemos mais amor e aventuras em vinte anos que a maioria das pessoas em sessenta. Você é a melhor pessoa do mundo. A melhor. Espero te ver de novo.

Amanda

Glasgow, República Independente da Escócia, dia 107

Sou péssima em meditação. Tentei durante três dias para me livrar do vício em noticiários e fiquei mais deprimida que antes. Meditar é uma merda; pronto, falei. "Redirecione seus pensamentos", diz o aplicativo. "Foque sua mente." Não, porra, obrigada. Não tenho nada de bom para onde redirecionar meus pensamentos. Portanto continuo mantendo meu regime de ruído. O silêncio não é bem-vindo em minha mente agora. Estou obcecada por um canal do YouTube de cozinheiros profissionais. Eles fazem brincadeiras divertidas e desafios bobos, e deliciosos biscoitos amanteigados que me dão água na boca. Isso me distrai e engana meu cérebro para que ele se sinta menos sozinho e pense que tudo está como antes. Mas isso pode mudar de um segundo para o outro — uma expressão no rosto de alguém, a menção de um filho adolescente —, e aí eu quero jogar o celular pela janela e gritar que eu cozinhava para meus filhos, que eu me preocupava com a crosta dos biscoitos, que eu me sentava à mesa com minha família e nós comíamos juntos. Às vezes é um conforto, às vezes é uma lembrança cruel.

A balsa para a Ilha de Bute balança muito e a tela do celular oscila enquanto tento ouvir a voz metálica de minha chef favorita, uma ruiva sardenta com um jeito calmo e claro de professora experiente. Ela faz um comentário sobre sobras de massa que seus filhos adolescentes podem comer quando estão com fome. Meu humor muda; dói muito assistir. Olho pela janela e vejo as ondas e a paisagem cinza. Eu adorava vir para as ilhas; a combinação de ar puro e salgado em um dia limpo e frio aliviava os nós de ansiedade que se formavam em mim. Os meninos corriam enlouquecidos, deliciados por não receber ordens para se acalmar e sentar. Will e eu caminhávamos juntos, de braços dados, e era como se trabalhássemos muito a maior parte do ano para ganhar esse tempo e ficar tão à vontade.

Surge o porto Rothesay e sou arrastada de volta ao presente. A falta de carros na balsa é um lembrete chocante de como as coisas mudaram. A gasolina está tão cara que ando usando minha bicicleta antiga, que não usava havia uma década. Tenho os detalhes da pessoa que vim procurar e gostaria de poder dizer que ela está esperando por mim, mas receio que nada poderia estar mais longe da verdade.

Heather Fraser, viúva de Euan Fraser. Graças a mim, foi amplamente divulgado que Euan foi o Paciente Zero. A Ilha de Bute é pequena; todo mundo conhece todo mundo. Jornalistas que andavam farejando foram guiados na direção de Heather, e chegaram a um beco sem saída. Ela não queria falar, nem ser entrevistada, nem ser paga nem incomodada. Ela estava de luto, e seu marido havia sido reduzido a um rótulo: Paciente Zero. Sem nome, apenas morte.

Não entrei em contato com Heather antes de hoje. Pensei que surpreendê-la seria melhor, mas, enquanto caminho até a casa dela, açoitada por um vento frio de fim de inverno, questiono a sabedoria dessa decisão. Claro, sofrer uma emboscada é tudo que todo mundo deseja. Parabéns, Amanda, começou bem.

Toco a campainha. Foda-se; o pior que ela pode fazer é dizer não.

— Quem é? — pergunta uma voz desconfiada por trás da porta.

Não tenho dúvidas de que estou sendo observada pelo olho mágico.

— Sou médica, dra. Maclean. Eu cuidei do seu marido.

A porta se abre.

— Você não está mentindo, não é? — pergunta Heather com o rosto contraído e magro. — Seria uma coisa horrível...

— Posso mostrar minha carteirinha do hospital — digo, tirando da bolsa minha identificação do Hospital Gartnavel. — Veja, sou eu. Trabalho no Hospital Gartnavel, no pronto-socorro. Euan foi levado até nós de ambulância aérea em 1º de novembro.

Heather pega minha identificação e leva a mão à boca; sua expressão começa a se desmanchar em lágrimas.

— Você foi uma das últimas pessoas a vê-lo vivo...

Não havia pensado nisso. Não posso acreditar que não pensei — foi uma terrível omissão de minha mente —, mas eu mal o tratei. Ele já estava às portas da morte quando chegou ao PS. Nunca o vi consciente. Para mim, isso é um fator distintivo. Para sua esposa, isso não importa. Eu vi seu marido quando ela ainda era esposa, não viúva. Eu o vi durante seus últimos suspiros, dei morfina para assegurar que ele não sentisse dor, gritei os números da hora de sua morte.

— Posso entrar? — pergunto baixinho. — Desculpe por não ter telefonado, ou perguntado, é que...

Ela dispensa minhas desculpas e me convida a entrar. Fecha a porta depressa atrás de nós e passa três trancas. Enxugando as lágrimas do rosto, ela aponta para as trancas e diz:

— Tem muitos jornalistas... não confio neles. Não gosto que saibam onde eu moro.

No console da lareira da sala há uma série de fotos, todas em porta-retratos nitidamente cedidos por filhos e netos, com "O melhor pai do mundo" e "Eu amo meu avô" gravados na madeira. Este é um lugar de família e conforto, uma casa habitada há muito tempo.

Heather me oferece água e lamenta por não ter biscoitos — a falta de comida está afetando a todos no momento. Depois se senta, olhando para mim. Sinto-me profundamente incomodada por fazê-la me receber em sua casa sob um falso pretexto. Tratei o marido dela, mas não ouvi suas últimas palavras, não tive nenhuma ligação emocional com ele. Ele estava morrendo quando chegou aos meus cuidados e faleceu pouco depois.

— Quero que você saiba — digo, desesperada para que nossa interação seja baseada na honestidade — que eu estou aqui porque preciso descobrir como o seu marido adoeceu. Eu cuidei de Euan, mas nunca falei com ele. Ele estava muito, muito doente quando chegou ao PS.

— Tudo bem — diz Heather, baixinho, antes de estreitar os olhos quando uma expressão sombria cruza seu rosto. — Você está escrevendo uma matéria para algum jornal?

— Não, não, nada disso. Estou aqui como médica. Eu quero entender de onde veio a Peste e, depois, se conseguir, repassar a informação aos cientistas do mundo todo que trabalham para encontrar uma vacina. Acho que isso pode ajudar.

Heather parece hesitar. Posso ver sua mente dividida entre duas opções. *Expulse essa médica, fique na sua, mantenha seu mundinho seguro.* Ou *Ajude a melhorar as coisas, mesmo que o preço seja atrair ainda mais atenção.*

— Por favor — digo —, pelo menos ouça minhas perguntas e depois decida o que fazer.

Ela assente. Estou ciente de que enfiei o pé na porta de uma viúva em luto e que estou exigindo que ela me ajude, mas foda-se. Sou uma viúva e uma mãe em luto. Estou tentando fazer o que é certo.

— Euan estava fazendo alguma coisa fora do comum nos dias anteriores a começar a se sentir mal? Meu interesse maior é o que ele fez nas quarenta e oito horas antes dos primeiros sintomas.

Heather suspira, e tenho certeza de que ela sabe. Ela sabe exatamente o que ele estava fazendo e com quem, mas não quer me dizer porque era alguma coisa errada. É um olhar que já vi no PS, no rosto dos adolescentes, mais vezes do que posso contar, quando pergunto: "O que o seu amigo tomou?" A verdade está sempre lá, escrita nos rostos. Desesperados, eles não querem falar, mas sabem; claro que sabem. Às vezes a honestidade pode parecer uma traição.

— Ninguém vai pensar mal dele — digo.

— Você não sabe — rebate Heather.

— As pessoas vão prestar atenção na coisa, seja lá qual for, que causou a doença, não nele. Euan não criou isso, não foi culpa dele. Não importa se ele estava no lugar errado na hora errada, nem se estava fazendo alguma coisa ilegal.

Ah, aí está... a veia do pescoço de Heather salta e sua boca se aperta. O que ele poderia ter feito para ter entrado em contato com o vírus?

— O que importa é que vai nos ajudar a encontrar uma vacina e evitar que isso aconteça de novo. Ninguém vai pensar que é culpa de Euan, prometo.

Heather fecha os olhos e deixa cair os ombros um pouco. Sua postura defensiva está começando a se dissipar.

— Ele e Donal eram amigos fazia muito tempo. O dinheiro é pouco por aqui, especialmente no inverno. Donal começou a pedir a Euan para ajudar com uns bicos aqui e ali, há alguns anos. Levar pacotes para o continente, pegar coisas e trazê-las de volta... Euan nunca perguntou o que havia neles e Donal nunca disse.

— E Euan contou tudo isso para você na época?

— Ele me contou tudo, ficou aliviado por saber que eu sabia. Eu devia ter dito a ele que não era boa ideia trabalhar com Donal, mas nós precisávamos do dinheiro e...

Ela dá de ombros, com um olhar de pesar tão intenso que é de admirar que ainda esteja de pé. Percebo que há uma coisa que Heather e eu temos em comum, que se destaca em nossa interação: culpa.

— Eu devia ter feito tudo diferente, mas achei... *nós achamos* que tudo ia dar certo. Nem em um milhão de anos eu... então, no ano passado, houve umas remessas; os navios iam ficar a alguns quilômetros da costa, Donal e Euan iriam pegar um barco e trazer o que quer que fosse aqui para Bute e depois iriam levar para o continente.

Minhas palmas estão úmidas; é um misto de ansiedade e excitação. Estou prestes a descobrir o que preciso desesperadamente saber, mas é doloroso estar tão perto do coração da Peste, da coisa que destruiu minha vida.

— Você sabe o que eles estavam transportando?

Ela sacode a cabeça.

— Ele nunca me contou, mas eu sei onde ele guardava as caixas à noite. É um galpão trancado.

Talvez haja algo lá, uma caixa, um bilhete... qualquer coisa pode ajudar.

— Heather, você já contou isso a alguém?

Ela sacode a cabeça e seus olhos se enchem de lágrimas.

— Não; eu não queria que nossos filhos pensassem mal dele, mas eles...

Ela não prossegue e eu entendo.

— Dois meninos? — pergunto, já sabendo a resposta.

Ela assente.

— Eu também. Charlie e Josh.

— Meus sentimentos — sussurra ela, e parece a mais honesta demonstração de empatia que já recebi nestes meses terríveis e solitários desde que perdi minha família.

— Meus sentimentos a você também, Heather. De coração.

Passo a mão no rosto, como se enxugar minhas lágrimas de um jeito eficiente me tornasse mais profissional.

— Você poderia me mostrar onde as caixas eram armazenadas?

Enquanto dirigimos pela costa no minúsculo Nissan de Heather, vejo o marcador de gasolina tão baixo que me dá um tique nervoso. Tenho a impressão de que ela não sai de casa com muita frequência. Heather dirige devagar, com as mãos firmes no alto do volante, à espera de algo, qualquer coisa, que possa assustá-la. Chegamos à costa rochosa de uma praia deserta cercada por um matagal e umas vacas. Depois de alguns minutos de caminhada, estamos diante de um galpãozinho de madeira trancado com um cadeado.

— Este é o galpão de armazenamento — diz Heather entre dentes. — Ele me contou onde era "por precaução".

Uso uma pedra para quebrar o cadeado enferrujado e a porta se abre, revelando quatro caixas de madeira empilhadas. Eu tinha certeza de que estaria vazio... como poderia não estar? Inclino uma das caixas abertas esperando ver armas, drogas ou cigarros, mas, assim que vejo o que há dentro e sinto o cheiro, viro a cabeça e vomito.

— O que é? — pergunta Heather, olhando por cima de meu ombro.

— Não faço ideia, mas estão mortos.

Há ossos e manchas escuras de uma matéria não identificável que parece que um dia foram pelos. Estremeço ao imaginar o que podem ser — macacos talvez, definitivamente nojentos.

— Pegue uma caixa, Heather. Vamos levar isto para a sua casa e depois vou levar para o continente.

— Devemos contar a ele? — pergunta Heather, mordendo o lábio com nervosismo.

Ela faz tudo com nervosismo, e, agora que tenho a possível resposta que procuro, minha paciência está se esgotando.

— Contar a quem?

— Donal.

Eu me volto para Heather, ciente de que meu rosto é quase uma visão pantomímica da descrença.

— Donal está vivo?

Heather assente. Fica evidente de que só agora ela se dá conta de que deveria ter dito isso antes.

— Ele é imune — diz.

Jesus Cristo, puta que pariu!

Blog Resistência à Ginarquia

13 de março de 2026

Para quem for novo aqui, bem-vindo. Se está lendo isto, você tem uma chance, porque está vendo a verdade. Sou Brett Field e moro no Brooklyn, em Nova York. Sou ativista dos direitos dos homens e trabalho na área de vendas.

Primeira bomba da verdade do dia. Isso tudo é uma conspiração. Isso tudo é obra das mulheres; nenhuma outra explicação é possível. Há meses que ouço rumores de um surto, mas parecia ser um problema europeu. Meu irmão está chateado porque estava planejando um mochilão pela Europa, mas todos os voos entre Nova York e França foram cancelados.

Comecei a ficar nervoso quando soube dos voos cancelados. Eles não cancelariam voos se não fosse sério. O Reino Unido tem uma primeira-ministra que é a ginarquia em ação. (Para quem nunca esteve aqui, ginarquia é a palavra que nós usamos para designar o arrebatamento do mundo pelas mulheres, privando os homens de ocupar seus lugares de direito na sociedade.) Metade do gabinete político francês é composta de mulheres. A Alemanha é governada por uma mulher há mais de duas décadas. Isso não me cheira bem. De jeito nenhum. Muitos de vocês enviaram mensagens dizendo que concordam comigo; alguma coisa suspeita está acontecendo.

Estive em Manhattan hoje; estava quase vazia. Já se passaram algumas semanas desde a onda da costa leste; houve uma debandada em massa. Foi tudo muito rápido, a cidade parecia uma zona de guerra. Os homens estão indo para o hospital, porém tantos homens eram médicos que restam apenas algumas médicas úteis para tratar todo mundo. Caras, não adianta ir para o hospital; elas vão matar vocês mais rápido. Tentei pegar o metrô para voltar para casa, mas não apareceu nenhum, então vim a pé. Demorei horas. Quando saí da cidade, as ruas estavam tranquilas. Ou as pessoas estavam ficando em casa ou já tinham ido embora, imagino. Havia uma espécie de silêncio atordoado. Passei por um cara que estava claramente doente. O rosto dele estava cinza e ele chorava, tentando andar pela rua. Mudei de calçada quando o vi, não queria me infectar.

Notei que muitos de vocês não postam mais mensagens; é óbvio o que aconteceu. Não sei como as mulheres fizeram isso, mas sei que é culpa delas. Esse era o plano delas desde o começo. Elas queriam garantir que as mulheres entrassem nas melhores faculdades e tivessem os melhores empregos, tivessem mais dinheiro, e, então, elas nem precisariam dos homens para ter filhos. Tantas mulheres já estão tendo filhos sozinhas, usando esperma de doador e essas merdas médicas esquisitas... Qual é o lugar dos homens nessa equação? Aos pouquinhos elas vinham colocando os homens em uma posição de irrelevância, e agora a Peste está confirmando isso.

Um de vocês me perguntou há pouco tempo como a Peste pode ter sido criada por mulheres. Como elas poderiam ser inteligentes a ponto de criar uma doença que afeta só os homens? A resposta é simples, pessoal. Beta. Milhares de beta que sofreram lavagem cerebral das mulheres as ajudaram. A maioria dos cientistas é formada por homens, não é? A maioria dos homens é beta. Não é difícil resolver essa charada.

As mulheres não criaram a Peste sozinhas. Os beta sacrificaram a própria espécie e ajudaram a ginarquia a nos destruir. Vou contar a todos vocês agora: eu sei como isso vai acabar. Os homens vão trabalhar em fazendas ou fazer trabalhos forçados, vamos ser obrigados a dar o nosso esperma para que as mulheres possam procriar sem nós. É o fim dos homens.

Comentário de Alpha1476
Ótimo post. Você diz o que todos nós pensamos! Que bom que você ainda está aqui, cara. Acho que talvez eu seja imune, e você?

Resposta de BrettFieldMRA (administrador do site)
Que bom que você ainda está por aí! Sim, espero que sim. Essas cadelas achavam que iam pegar todos nós, mas se enganaram.

Resposta de Alpha1476
Não vamos ser incel por muito mais tempo, aposto, antes de sermos todos mandados para um campo de trabalhos forçados. As probabilidades estão a nosso favor.

Dawn

Londres, Reino Unido, dia 131

Eu sei que seria impróprio para um membro dos Serviços de Inteligência Britânicos circular um memorando ao redor do mundo pedindo que todos, por favor, SE ACALMEM, mas estou a um passo de fazer isso. Posso imaginar o tom de voz de Zara, a epítome de um chefe conversando com um funcionário confuso: "Dawn, você vai ter que fazer um treinamento em comunicação para compensar isso".

Quase todos os países do mundo estão — como diz minha filha — surtando e eu estou farta daqui. Talvez seja porque sou britânica, mas, pelo amor de Deus, não se pode simplesmente desmoronar em uma crise. Recebi mais telefonemas de embaixadores em pânico semana passada do que tive encontros ardentes na vida. Olhando para mim, ninguém diz isso. Um dos únicos pontos positivos em toda essa lamentável confusão é que meu escritório melhorou muito; agora tenho uma sala com o dobro do tamanho da antiga, no terceiro andar, com luz natural. Estou vestida como sempre, com um elegante terninho preto. Acabei de fazer relaxamento no cabelo graças à visita da adorável Candace, minha cabeleireira, que me mandou uma mensagem dizendo que precisava do dinheiro, se por acaso eu ainda quisesse fazer o cabelo. O momento mais surreal das últimas semanas não foi nenhuma experiência no trabalho; foi quando senti as lágrimas dos olhos de Candace pingando na minha cabeça enquanto ela aplicava o relaxante em minhas raízes. Não chequei, mas ficaria muito surpresa se descobrisse que relaxante capilar é um dos produtos prioritários do governo.

— Desculpem o atraso, desculpem, desculpem.

Zara entra correndo com o mesmo vestido de ontem, que, pelo cheiro, tentou disfarçar com muito perfume. Espero que ninguém faça um comentário desagradável ao alcance do ouvido dela. Não é fácil encarar o luto, e ela está fazendo o melhor que pode.

— Vamos começar, vamos. Dawn, fale sobre a Ásia.

É apenas o maior continente do mundo. Nada anima mais as pessoas que uma guerra civil.

Começo a apresentação de PowerPoint que preparei. Uma das coisas que eu mais esperava em relação à aposentadoria era nunca ter que preparar um PowerPoint de novo.

— Primeiro, China. Os principais riscos no curto prazo são as armas nucleares e outras que vão parar em mãos desconhecidas e de refugiados que alimentam países vizinhos, causando perturbações em massa. Retiramos nosso embaixador há algumas semanas em uma missão de resgate, junto com o restante da equipe do Ministério das Relações Exteriores, portanto não temos presença diplomática lá.

Cada vez que vejo o potencial número de refugiados da guerra, agradeço a Deus em silêncio por morar em uma ilha.

— Com quem nós poderíamos nos engajar? — pergunta Zara.

— Precisamos esperar e ver como as várias facções vão administrar nos próximos meses. É importante não arriscarmos um relacionamento com o futuro governo, seja ele quem for, no meio da guerra.

Olho para a tela, para a foto que vimos quando as redes de telecomunicações foram restauradas por uma das facções chinesas. A ponte de Guangzhou está em chamas — é a única maneira de descrevê-la. Uma mulher de uma das facções está com os punhos erguidos em atitude desafiadora. Gerações inteiras de raiva reprimida finalmente sendo liberada. Nem sabemos como chamar os vários lados que estão lutando entre si.

Todos ficamos muito surpresos por ver o Partido Comunista cair tão depressa. Suponho que não deveríamos nos surpreender. O acordo com o comunismo é que alguém garanta que você tenha comida e um emprego à custa da sua liberdade. Não é um negócio que a maioria das pessoas escolhe, mas, quando a escassez de alimentos inundou a China, era inevitável que o sistema desmoronasse. As mulheres representavam apenas sete e meio por cento do Exército de Libertação Popular. Não tiveram chance. Pequim, Hong Kong, Xangai, Macau e Tianjin depressa se declararam independentes e ameaçaram com um inferno profano quem ousasse testá-los. A Guerra Civil Chinesa continua enquanto seu povo luta pelo resto do país. Centenas de milhões de pessoas, e quem sabe para onde vão, o que vão fazer, a quem vão apoiar, aonde podem chegar para vencer.

A reunião chega ao fim após mais quatro apresentações, e é um sinal dos tempos isso ser como um breve descanso no resto de meu dia. Meu trabalho agora é um jogo muito complexo de Jenga. Tecnicamente, não é responsabilidade dos serviços de inteligência garantir que o país, em sua péssima forma atual, funcione; mas o serviço civil foi dizimado e eu estou viva e competente, portanto ajudo. As perguntas que chegam à minha mesa me dão dor de cabeça. *Como podemos ter certeza de que temos eletricistas suficientes para a manutenção de hospitais, casas de repouso, escolas, postes de luz públicos?* Alistamento é a resposta óbvia. Na falta disso, propaganda em massa para alunos que abandonam a escola e um programa de aprendizagem organizado às pressas. *Mas como podemos ter certeza de que as pessoas que entram nesse programa têm a aptidão necessária?* Testando. *Mas quem vai desenvolver o teste e aplicá-lo se os eletricistas sobreviventes e as eletricistas estão trabalhando sessenta horas por semana para manter as luzes do país acesas e os sistemas elétricos funcionando?*

Vão ter que trabalhar setenta horas por semana, então. *Mas como vamos treinar novos eletricistas se noventa e dois por cento deles morreram?* Mas, mas, mas... Cada resposta gera outra pergunta. É um enigma sem solução. Se compararmos, parece mais fácil de lidar com uma guerra civil.

Matéria no *Washington Post*, 14 de março de 2026

"ENCONTREI A CAUSA DA PESTE"
Por Maria Ferreira

Assim como grande parte do mundo, estou intrigada com Amanda Maclean há meses. Falei bastante sobre ela em meus artigos. Ela é uma das figuras centrais da Peste; é uma posição que ela não buscou nem desejou, mas ela carrega sua responsabilidade com elegância.

Amanda me procurou para uma entrevista que coincidisse com seu anúncio ao mundo acerca da origem da Peste. Ela publicou o artigo — em coautoria, enfatiza, com os virologistas dr. Sadie Saunders e dr. Kenneth McCafferty, da Universidade de Glasgow — em termos científicos, mas quer que o mundo entenda, em termos leigos, como a Peste surgiu. Obviamente não consegui me encontrar com Amanda, porque os voos comerciais ainda não estão operando no mundo todo. Mas falei com ela por Skype.

Perguntei como ela encontrou a origem do vírus e lhe pedi que nos levasse ao início.

"Euan Fraser, o Paciente Zero, é de Bute, uma pequena ilha na costa oeste da Escócia. Procurei pistas nas várias entrevistas que os membros da comunidade Bute deram, mas não havia muitas. Eu sabia que precisava falar com a esposa dele e, após algumas perguntas aos moradores locais, descobri o endereço dela."

Heather ficou feliz em conversar?

"Assim que Heather entendeu o que eu estava tentando fazer, sim. Ela é uma mulher adorável, de verdade. Contou que Euan havia se envolvido em uma atividade de importação ilegal com outro homem."

Forcei Amanda a me dizer quem era esse outro homem, mas ela insistiu que não tinha liberdade para dizer mais nada sobre ele.

"Heather me mostrou o lugar onde as mercadorias estavam armazenadas, e havia quatro caixas do último lote que Euan e o outro homem haviam importado. Eu as trouxe para Glasgow e trabalhei com Sadie e Kenneth, na Universidade de Glasgow, para identificar seu conteúdo e a possível conexão com a Peste."

Antes do trabalho de Amanda, a pergunta era de onde veio a Peste, mas isso era secundário em relação às perguntas muito maiores que ainda são feitas hoje. "Quantos homens mais morrerão antes de encontrarmos uma vacina? Quando vamos encontrar uma vacina? Este é o fim da humanidade?"

Amanda considerou preocupante esse esquecimento acerca da origem da Peste, mas reconhece que a relação diplomática desafiadora entre a República Independente da Escócia e o resto da Europa e sua relação hostil com o Reino Unido tornaram impossível a cooperação na busca pela causa.

Felizmente, Amanda foi capaz de encontrar sozinha as origens da Peste.

"As caixas continham macacos-dourados-de-nariz-arrebitado."

Diante de minha expressão perplexa, Amanda teve pena de mim.

"Não, eu também não sabia que eles eram importantes. É um animal traficado muito procurado. São muito fofos quando não estão causando pestes."

Mas como foi que um macaco causou a Peste?

Amanda faz uma careta.

"Por azar, principalmente. É meio comum que um patógeno animal progrida e também possa ser transmitido aos humanos. O problema é quando esse patógeno consegue passar por uma sequência do que chamamos de transmissão secundária por tempo suficiente para permitir que se espalhe entre os humanos. Por exemplo, a raiva só pode ser transmitida naturalmente de animais para humanos. Os humanos não podem transmitir raiva para outros humanos. O próximo estágio é algo como o ebola, que acreditamos ser propagado por morcegos, mas só passa por alguns ciclos de transmissão secundária entre humanos. É por isso que o mundo viveu vários surtos de Ebola pequenos, mas nunca, apesar de sua alta taxa de mortalidade, enfrentou uma ameaça urgente dessa doença. O próximo nível — o da Peste — é uma doença que sofre longas sequências de transmissão entre humanos, mesmo sem a necessidade do animal. Combinando a transmissão incrivelmente fácil da Peste entre humanos, um processo de mutação rápido, uma capacidade de sobreviver por trinta e oito horas fora de um hospedeiro e sua alta taxa de mortalidade, é um desastre como nenhum outro."

Existe alguma razão para Euan Fraser ter sido a primeira pessoa a pegar a Peste?

Amanda não é enfática nisso; ela discutiu longamente com Sadie e Kenneth e eles acham que não, mas também não podem ter certeza.

"Jamais poderemos dizer com certeza por que essa combinação particular do patógeno transmitida pelos macacos vivos criou a Peste transmitida por Euan. Sabemos mais do que sabíamos, mas nunca vamos saber a história toda."

Amanda passou semanas sendo ignorada e acusada de superestimar histericamente o impacto da Peste, mas dedicou meses de sua vida a pesquisas, pelas quais não foi paga e cujo crédito, repetidamente, insiste em compartilhar.

De alguma maneira ela se sente vingada? Ela franze a testa e eu sinto que passei dos limites.

"Não. Estou arrasada pela morte do meu marido e meus filhos, e com a destruição do mundo como o conhecemos. Também estou com muita, muita raiva por ter sido ignorada, não porque precise de atenção, mas porque poderia ter sido feito mais para limitar os danos. Alegam que eu gosto de provar que estou certa, mas não. Eu só queria que os responsáveis tivessem feito seu trabalho de maneira melhor. Queria que tivessem tentado."

Pergunto a Amanda se ela acha que teria sido tratada diferente se fosse homem; se teria sido menos vista como histérica, ansiosa, como mais confiável.

Ela suspira.

"Nunca me fizeram essa pergunta, mas provavelmente sim. É impossível saber, mas..."

Comento que, como mulher latina no jornalismo científico, aprendi que sempre vale a pena fazer essa pergunta. Eu sempre presumo que um homem branco teria mais facilidade para as coisas.

Ela, entretanto, está sendo reconhecida por seus esforços; a Agência de Proteção à Saúde da Escócia a contratou, há dez dias, como "Consultora de Saúde Pública".

"Vou continuar trabalhando cinco dias por semana como médica de pronto-socorro e dedicar um dia inteiro por semana à Agência de Proteção à Saúde da Escócia, usando as informações e a experiência prática que eu adquiri como médica para contribuir com a discussão sobre saúde pública na Escócia."

Amanda já deu entrevistas o suficiente para saber como não dizer nada que não queira, mas não posso deixar de forçar. *Com certeza* é bom ter a própria instituição que a ignorou implorando por sua ajuda.

"Eles não imploraram, mas sim, acho que vou ajudar a Agência de Proteção à Saúde da Escócia e estou feliz por trabalhar com eles."

Noto que ela diz *com eles,* não *para eles.* Por essa observação, recebo uma sobrancelha erguida. Basta dizer que a história entre Amanda e a Agência de Proteção à Saúde da Escócia significa que ninguém tem ilusões; eles precisam muito mais dela do que ela precisa deles.

Nossa conversa termina porque Amanda tem um plantão de catorze horas no hospital, e está atrasada. Minha pergunta final é uma que faço a todos os meus entrevistados. "Como você está lidando com o luto?"

Ela ri brevemente.

"Não estou", diz, e a tela fica preta.

Catherine

Devon, Reino Unido, dia 132

Ainda estou em Devon. Não adianta ficar aqui, mas não suporto pensar em ir embora. Cometi meu primeiro crime: enterrei meu filho. Que maneira de infringir a lei depois de uma vida inteira de obediência civil... Não poderia suportar que o levassem embora e o queimassem. Não tenho nada nem nenhum lugar para me lembrar de Anthony; não poderia permitir que levassem Theodore também.

Ele se foi misericordiosamente rápido. Fico me perguntando se estava apresentando sintomas nos dias após a morte de Anthony e eu não percebi. Acho que perdi alguns dos últimos dias preciosos que poderia ter passado com meu filho organizando um funeral ao qual ninguém compareceu e dirigindo para Devon. Ele deveria ter estado nos meus braços todas as horas de todos os dias. Meu único bebê, deixei-o tanto sozinho em casa em Londres... quando Anthony estava morrendo, eu não o deixava dormir em minha cama, mesmo quando ele chorava. Eu queria mantê-lo seguro. Pensei que o estava protegendo.

A Peste o levou da mesma maneira que ouvi dizer. Ela é implacável e previsível. A temperatura dele subiu a noite toda. Nada do que fiz ajudou. Até que fiquei com ele do lado de fora de casa, no meu colo, cobrindo-o com leves flanelas no frio de janeiro. Ele nem estremecia. No dia seguinte, caiu inconsciente e nunca mais acordou. Teve uma convulsão e morreu vinte e quatro horas depois que notei sua temperatura subir.

Não chamei uma ambulância; não fazia sentido. Eles o teriam tirado de mim. Talvez perfurassem com agulhas sua pele macia de bebê. Talvez houvessem quebrado suas costelas quando parou de respirar, em uma demonstração da força humana diante dessa doença. Ou pior, teriam me ignorado, teriam dito para simplesmente vê-lo morrer e informá-los quando estivesse morto. Ele merecia mais do que isso.

Meu menino morreu em meus braços enquanto eu repetia sem parar que o amava. Meu filho precioso... O bebê que me fez mãe e nos fez família. Meu último pedaço de Anthony. Espero que eles estejam juntos de novo. Nunca fui religiosa, mas tenho que ter esperanças. Espero que, em algum lugar, meu bebê esteja sendo cuidado e amado.

O buraco que cavei no jardim era muito pequeno. Nenhum corpo deve ir para um buraco tão pequeno. Ele não poderia caber ali, pensei comigo mesma, mas coube. É tão pequeno... Eu o enterrei com um cobertor e uma carta, como se as palavras que escrevi fossem entrar em sua vida após a morte.

Saiba que eu amo você. Saiba que eu teria morrido por você em um piscar de olhos, mas não tive essa oportunidade. Saiba que estou arrasada sem você.

Três dias depois de enterrá-lo, fiquei menstruada. Genevieve guarda uma espingarda em um armário por razões que desconheço. Passei quatro horas sentada à mesa da cozinha com o metal frio da arma contra minha garganta. Nunca mais terei um bebê. Não pensei que estivesse grávida, não havia sintomas. Mas havia uma chance. Havia uma chance. Anthony e eu tínhamos transado muitas vezes quando eu estava ovulando. Achei que o mundo me daria isso. Eu merecia. Eu queria. Um bebê para me ajudar a superar a dor. Uma menina, depois de perder Theodore.

Mas não há bebê, nunca houve bebê. Sou uma mãe sem filhos. Nunca vou ter outro filho. A única razão pela qual não puxei o gatilho foi por medo de ir para o inferno. Não acredito no inferno, mas quero que Theodore e Anthony estejam juntos no céu, e há uma chance. Não podia correr o risco de nunca mais os ver porque não suportei a dor. Foi a razão mais racional que meu cérebro conseguiu inventar: o risco de que o inferno continuasse após minha morte e eu ficasse longe de minha família.

Um risco pequeno, talvez, mas intransponível.

Tirei os cartuchos e coloquei a arma de volta no armário.

Isso foi há dois meses. A TV ainda funciona, mas não há internet aqui. O mundo está desmoronando e eu estou observando de uma distância segura, aqui, nesta cabana, com apenas um gato esquelético como companhia. Genevieve me ligou há dois dias.

— Querida, imaginei que você estivesse aí. Como estão Anthony e Theodore?

Chorei em resposta, incapaz de formar as palavras.

— Ah, Cath, ah, não! Ah, minha querida. Não, estou tão... Ah, Deus. Sinto muito.

Ela começou a chorar e nós ficamos choramos ao telefone nem sei por quanto tempo.

Acabei perguntando como está o marido dela.

— Ele se foi, querida. Conseguimos ficar escondidos durante meses, mas acabamos tendo que sair. Caso contrário, teríamos morrido de fome.

Genevieve parecia menos incomodada com a morte do marido do que com a morte de Anthony e Theodore. Afinal, esse era o quarto marido dela.

— O que você vai fazer?

— Não sei. Ficar aqui, talvez.

— Você precisa de um projeto.

Quase chorei de novo pelo tom de voz dela; aquilo me fez sentir como se tivesse dez anos de novo. Era exatamente a mesma voz que ela usava quando eu queria ficar em casa e assistir a desenhos animados nas férias de verão. Ela me mandava para fora para jogar swingball ou para colher ervilhas ou, com um bufo impaciente, pelo menos para "dar uma volta".

— Foi horrível o que aconteceu, querida, e você precisa se manter ocupada. Caso contrário, nunca vai se recuperar. Você anda escrevendo?

— Muito.

— Ótimo; então, faça alguma coisa com isso. Como está o trabalho?

— Antropologia social especializada no cuidado de crianças não é uma grande prioridade no momento.

— Bem, alguém deve registrar o que está acontecendo. Esse é seu trabalho, não é? Você escreve sobre o que as pessoas estão fazendo e como estão mudando.

Depois de alguns momentos de silêncio ansioso, reconheci que esse era meu trabalho, sim.

Nos últimos quatro dias, fiz uma jornada de trabalho. Levantei às oito, passei um tempo sentada no jardim perto do túmulo de Theodore — marcado apenas com uns bulbos que plantei, morrendo de medo de que o levassem embora se alguém visse uma cruz — e comecei a trabalhar às nove. Tenho organizado meus diários, as centenas de páginas de medo e incerteza que escrevi desde o início deste pesadelo. Em breve voltarei para Londres. Preciso da internet para pesquisar e, o que é mais importante, estou quase sem comida. Trouxe muitas latas comigo, mas estou reduzida a milho e ervilhas. Vou registrar isso — tudo isso — porque foi para isso que estudei, e não sei o que mais posso fazer.

Não posso ajudar na luta pela vacina, não tenho habilidades nem prática médica, não tenho mais ninguém de quem cuidar. No mínimo, vou registrar este evento — as vidas destruídas, perdidas e mudadas. Vou coletar histórias e entender que diabos está acontecendo e por quê. Não sei o que vai acontecer. Ninguém sabe. Este pode ser o fim da raça humana. Sei que cerca de dez por cento dos homens parecem ser imunes, mas isso não é suficiente para que os humanos mantenham uma população. Sem cura, dez por cento dos homens do mundo podem produzir dez por cento do número de bebês que produziam antes. Metade desses bebês será de meninas. Apenas dez por cento dos cinco por cento ficarão imunes. A conta não fecha; isto pode ser o fim de todos nós.

Elizabeth

Londres, Reino Unido, dia 135

— Amaya, muito obrigado por ter vindo.

George cumprimenta Amaya calorosamente; ela sorri e responde:

— Não tive que andar muito. O prazer é meu.

A dra. Amaya Sharvani, uma das mais importantes geneticistas pediátricas do país, ligou para George há alguns dias com notícias que inspiraram esperança, terror, ansiedade e entusiasmo. Ela nos deu a chave para decifrar parte do código da Peste.

Nós três nos sentamos no escritório aconchegante de George, cheio de móveis puídos e fotos de sua família.

— Por seu caloroso acolhimento, imagino que você concorde com minha hipótese — diz Amaya, com a voz leve.

— Trabalhamos dia e noite desde que você entrou em contato e, sim, achamos que você está certa.

Amaya arregala os olhos e se recosta na cadeira.

— Não estou surpresa; fazia sentido, mas significa...

Ela para, porque isso significa que encontrar uma vacina vai ser incrivelmente difícil. Estou lutando contra o delírio provocado pela exaustão e pela decepção. Estamos trabalhando há meses e ainda temos um longo caminho a percorrer. É março, a primavera está chegando e debochando de mim todas as manhãs quando entro no laboratório, às sete, e quando vou embora, muito depois de escurecer.

Tento ser alegre e otimista quando estou trabalhando. Sou um ombro amigo, alguém que pode resolver problemas e usar o conhecimento para impulsionar todos ao objetivo de uma vacina. Mas, no caminho para o trabalho, enquanto procuro me animar, e no caminho para casa, enquanto tento liberar a tensão, suspeito que minha aparência seja a de quem carrega o peso do mundo sobre os ombros.

Identificar o que causa a vulnerabilidade dos homens contra o vírus e a proteção das mulheres demorou muito mais do que esperávamos, mas Amaya descobriu, graças a Deus. Como muitas coisas complicadas na ciência, a resposta é relativamente simples. Tínhamos muitas teorias. Como suspeitávamos, mas não podíamos provar, está tudo nos genes. Parece um milagre que Amaya tenha feito essa descoberta e, ao mesmo tempo, estou morrendo de raiva por não termos descoberto nós mesmos. Ao longo de milhares de anos, o cromossomo Y perdeu a maioria de seus genes. O vigésimo terceiro par de cromossomos nas mulheres é XX e nos homens é XY. Y determina a formação de testículos e a produção de esperma, mas não vem como parte de um par correspondente. Em cromossomos pareados, como XX, com duas cópias, um erro em um pode ser resolvido pela sequência correta do gene no outro. Mas, quando ocorrem erros no cromossomo Y, ele simplesmente desaparece.

O vírus da Peste requer a ausência de uma sequência genética específica. A resistência do corpo à Peste — por meio de sua capacidade de combater o alto número de leucócitos que gera velozmente — está presente no cromossomo X. Em cerca de nove por cento dos homens, seu cromossomo X tem a proteção genética necessária. Graças a seus cromossomos XX, todas as mulheres estão seguras. Os outros, bilhões de homens, são vulneráveis ao vírus.

— Como você descobriu isso? — pergunta George.

— Estou tratando dois pares de gêmeos — diz Amaya, revelando pela primeira vez em seu rosto o cansaço de uma profissional da medicina no mundo pós-Peste, como se uma cortina houvesse sido puxada sobre sua fachada de pessoa calma e bem descansada. — Um par de gêmeos idênticos, meninos, era imune, mas o pai não. Um par de gêmeos fraternos, também meninos, tinha um pai imune, mas apenas um dos garotos era imune; o outro morreu. É uma questão de lógica genética básica... e uma questão de sorte pelo fato de um dos meus pacientes ser imune...

George assente com a cabeça.

— Estamos trabalhando, quase chegando à codificação. A teoria funciona, mas precisamos saber por quê.

— Também explica por que as mulheres são hospedeiras assintomáticas — acrescento.

— O que me incomodava era que nós sabíamos, mas sem saber por quê — diz Amaya com um suspiro. — Amanda Maclean falou disso desde o início, porque ela identificou uma enfermeira como a causa da propagação da infecção em seu pronto-socorro.

— Como em muitas outras coisas na história da Peste, Amanda esteve bem à frente do restante do mundo — diz George.

Amaya faz uma pausa e olha para George, pensativa.

— Devo dizer que é uma agradável surpresa estar sentada com um médico discutindo tudo isso. Não sobraram muitos de vocês.

George sorri, quase se desculpando.

— Sou imune. Fiz exames de sangue e Elizabeth o analisou pessoalmente ao microscópio. Carrego o vírus, mas sou assintomático. Estamos trabalhando em um teste de imunidade, tentando identificar os marcadores genéticos específicos. É óbvio que isso vai ajudar muito.

— Somos um exército de hospedeiros — diz Amaya com um suspiro triste —, espalhando o vírus por todo lado. Estão perto de chegar a uma vacina?

George foi cauteloso ao telefone ao falar de nosso progresso — ou da falta dele. É crucial que as dificuldades que estamos tendo para encontrar uma vacina não sejam divulgadas ao público sem planejamento e filtro. Já podemos imaginar as manchetes...

George olha para mim como se dissesse: "Quer responder ou eu respondo?" Decido dar a cara a tapa.

— Não avançamos muito — digo, tentando falar com certo otimismo —, mas estamos trabalhando nisso e conseguimos descartar algumas opções. O vírus é muito instável, é difícil... bem, você entende.

O rosto de Amaya reflete sua decepção, e eu percebo que a única coisa mais assustadora que o conhecimento é a falta dele. Pelo menos eu conheço os detalhes do que está sendo feito, as escassas informações provenientes de programas de vacinas de outros países, os pequenos passos que demos em nossa análise de imunidade... mas Amaya deve ter conseguido se convencer de que a força-tarefa estava perto do sucesso.

— Era o que eu temia — diz ela, girando sua aliança no dedo. Está larga; ela deve ter emagrecido, provavelmente de tristeza. Não é infundado presumir que agora é viúva.

Quero fazê-la se sentir melhor.

— Nós vamos chegar lá. Estamos mais perto que antes, e tudo que vocês fizeram vai mudar muita coisa. Sua descoberta, a compreensão da genética da vulnerabilidade masculina, vai tornar tudo muito mais fácil. Na verdade, o que você fez foi extraordinário.

Mais tarde, quando Amaya já voltou para seus pacientes no hospital infantil Great Ormond Street, George e eu conversamos. Temos mais algumas semanas de trabalho para finalizar o sequenciamento genético; mas e depois?

— Temos que divulgar a informação — diz George.

Assinto.

— Claro! Se isso ajudar qualquer um dos outros programas, está ótimo.

— Temos que falar com a imprensa, fazer um anúncio, falar do trabalho, das nossas descobertas, tudo. Vamos fazer uma videoconferência pelo Skype e responder a perguntas.

— Mais uma ação inspirada em Amanda Maclean.

Os olhos de George se enrugam quando ele sorri.

— Eu adoraria conhecê-la um dia.

Ele faz uma pausa, pensativo ou ansioso, não sei.

— Você acha que mais alguém está fazendo progressos? Será que alguém está mais adiantado que nós? — pergunta George, segurando uma caneca de água quente. — Ou acha que estão todos tão fodidos quanto nós?

— Bem, não sei, mas conheço um ditado que um velho sábio me dizia. Quanto mais você trabalhar, mais sorte terá.

Um sorriso surge no rosto de George.

— Caralho, não sou tão velho!

— Se você diz, meu velho...

E com um sorriso, e não pouca esperança e apreensão, voltamos ao trabalho.

Lisa

Toronto, Canadá, dia 149

Meu Deus! George Kitchen, aquela garota americana tímida do CCD e uma geneticista qualquer identificaram a vulnerabilidade masculina ao vírus. Nas semanas seguintes, Amanda Maclean, Sadie Saunders e Kenneth McCafferty descobriram as origens do vírus. Estou me sentindo ultrapassada e grata por eles terem divulgado seu trabalho. Odeio me sentir grata; quero ter algo para que os outros se sintam gratos a mim. Ligo para a melhor geneticista com quem trabalho e uma das únicas pessoas que eu chamaria de amiga nesse âmbito. Ela raramente me irrita muito e não leva desaforo para casa. Gosto muito dela.

— Nell, é Lisa.

— Lisa, já te falei, eu sei quem é. Existe identificador de chamadas desde os anos noventa.

— O que você quer que eu diga? Alô, e depois comece a falar? Viu as notícias?

— Estive no laboratório o dia todo, só saí para almoçar.

— George Kitchen, Elizabeth Cooper e uma geneticista chamada Amaya Sharvani conseguiram. Eles identificaram a sequência do gene responsável pela imunidade feminina.

— Claro que Amaya Sharvani tinha que ter algo a ver com isso... Nunca ouvi falar dela.

— Ela é boa?

— Só tem trinta e seis anos e é fenomenal. Teve quatro trabalhos publicados ano passado e faz um trabalho incrível no Great Ormond Street. Sim, ela é boa. Mas não importa. Como ela descobriu?

— Gêmeos fraternos com pai imune e apenas um menino imune. Um par de idênticos, ambos imunes, mas o pai não. Em parte foi sorte ela ter esses pares de pacientes. Depois eles focaram os genes, fizeram o sequenciamento e aqui estamos. O mundo inteiro está chocado com a genialidade deles.

— Ora, Leese, dá para notar um sentimentozinho na sua voz.

Percebo que Nell está sorrindo. Ela adora me zoar. É muito irritante.

— Não estou com inveja.

— Não fui eu que disse essa palavra.

— Estou emocionada por eles terem feito essa descoberta.

— Mas gostaria que tivesse sido você.

Rio.

— E você não?

— Claro — Nell suspira. — A diferença é que eu aceito que haja pessoas no mundo mais inteligentes do que eu, Lisa. Parece que você tem dificuldade com esse conceito.

Gosto de pensar que estou mantendo esta conversa com a dignidade e a graça de uma professora de uma instituição conceituada, mas, instintivamente, solto uma espécie de rosnado que me faz lembrar de meu pai quando minha mãe desligava a TV.

— Precisamos nos encontrar, ler o material, discuti-lo e descobrir os próximos passos — diz Nell, animada. — Já estou a caminho.

Pela primeira vez nos últimos dias, estou animada. Eu nunca deixaria minha equipe saber, mas meu trabalho é árduo e sem descanso e, apesar da crença popular, sou humana. Fico cansada e oprimida e só quero que tudo acabe. Mas não mostro isso. Os líderes precisam ser fortes, e ninguém pode me acusar de ser fraca. Mas eu precisava disso hoje. Precisávamos muito desse impulso; isso vai acelerar muito nossa pesquisa.

Obrigada George, Elizabeth e Amaya. Se eu estivesse no lugar deles, provavelmente não teria divulgado essa informação. Mas eles não são eu e eu posso me beneficiar disso, o que significa que vamos ter uma vacina mais rápido e os homens vão parar de morrer. Estamos chegando a um ponto crítico na perda de população no mundo todo. Passamos de *um* ponto de retorno, mas ainda não passamos *do* ponto de retorno. Ainda há um número suficiente de mulheres em idade reprodutiva para se ter esperança de uma recuperação populacional. Suspiro e mando uma mensagem para minha assistente pedindo outro Red Bull. O trabalho está só começando.

SOBREVIVÊNCIA

Morven

Uma pequena fazenda próxima ao Parque Nacional Cairngorms, República Independente da Escócia, dia 224

Já faz cento e sessenta e um dias que não vejo meu filho. Sei que está vivo pela ligação que recebo de seu walkie-talkie todas as manhãs, mas esse é o único contato que temos. Quando está escuro e estou lavando a louça na cozinha, vejo o brilho tênue de sua cabana a oitocentos metros. Tenho que fazer um esforço sobre-humano para não correr essa curta distância e pegá-lo em meus braços.

Cameron — meu marido paciente e frustrado — vem perguntando há meses quando vamos deixar Jamie voltar. "Quando soubermos que é seguro", respondo. Ele está ficando cada vez mais ressentido com meu medo. Estamos juntos há vinte e cinco anos, eu o conheço como a palma da minha mão e sei que vai estourar em breve. Mas ele sempre foi o mais imprudente de nós dois.

É verdade que nenhum dos meninos parece estar doente. Nem Cameron. Mas não sabemos nada sobre esses meninos nem sobre o vírus. Não sabemos por quanto tempo a pessoa pode ficar assintomática. E se um deles tiver o vírus à espreita em seu sistema, ou se houver contaminação em uma das tendas? O risco é muito alto, e o arrependimento me mataria se Jamie morresse porque fomos impacientes. Cameron diz que sou uma teórica da conspiração porque não acredito no governo, que diz que os homens ficam assintomáticos por dois dias. Eu *não* acredito nisso. Eles fizeram tudo errado, não acreditaram em Amanda Maclean, não encontraram uma vacina, não fizeram quase nada para impedir a disseminação do vírus. Eu simplesmente não acredito neles.

Os outros meninos estão jogando futebol no campo improvisado. Os gritos de setenta e oito adolescentes costumavam provocar um sorriso em meu rosto. Eu me deleitava com os sons da alegria, especialmente porque fora dos limites seguros deste nosso espaço há apenas perigo e tristeza. Mas isso foi há seis meses; agora, o ressentimento está me matando.

Se eu fosse outro tipo de mulher, talvez reconhecesse que isso é traumatizante e que meu cérebro está desgastado e à beira do colapso. Do jeito que as coisas estão, bebo duas garrafas de nosso vinho guardado de uma vez a cada duas semanas e tento esquecer que essas coisas estão acontecendo. Sem meu filho, estou lutando para funcionar. Estou mantendo os filhos de outras mulheres seguros, felizes e bem, enquanto meu próprio filho apodrece na solidão a quinze minutos de distância. Os meninos são maravilhosos, não é culpa deles que isso esteja acontecendo. Todos são tão jovens... O medo tira a promessa de uma vida adulta do rosto de uma criança, acho. Esses adolescentes altos, de quase um metro e oitenta, longe de suas mães, assustados e sem entender nada, sem saber se verão seus pais de novo, são tão jovens... desengonçados e insubstanciais.

Graças a Deus recebemos suprimentos de cada ônibus. Cada menino tem uma caixa que diz "Esterilizada — segura" nas laterais, com saco de dormir, travesseiro, alimentos básicos, tabletes para purificação de água e um item de "lazer". Fiquei surpresa quando os vi. Havia uns diferentes; alguns tinham uma bola de futebol, outros um frisbee. Havia até um taco de críquete e uma bola. Pensei: "Uma bola de futebol? Eles precisam de comida!" Mas foi uma boa ideia de quem pensou nisso.

Incluir um item de luxo não essencial na caixa de cada menino lhes deu permissão para brincar, para se divertir. Se seu kit de sobrevivência vem com uma bola de futebol, o que você faz? Joga. Você chama os outros meninos: "Quem quer jogar?", e faz amigos, corre e fica sem fôlego e esquece, por um momento, que está em um lugar estranho com pessoas que não conhece porque o mundo está acabando.

Não nos comunicamos com ninguém. Assistimos à TV, mas não temos mais os canais principais. Depois de declarar independência, em janeiro, o governo escocês mudou as regras e agora só temos um canal de notícias escocês. Acho que eles não dizem a verdade. Não ouvimos nada sobre vacina ou cura. Só dizem para ficarmos calmos e mantermos os meninos dentro de casa, e nos recordam que a pena por violação das normas é de vinte anos de prisão. Acho que alguns funcionários públicos que criaram o Programa de Evacuação para as Highlands morreram. Ainda leio a carta de apresentação na maioria das semanas, como se ela pudesse magicamente ter mudado e se transformado em uma resposta.

Ainda agora, a carta me faz estremecer. A ameaça de prisão se eu fizer algo errado... Como chegamos a isso? Imagino Sue, a mulher que assinou a carta, como uma pessoa dura e fria, com óculos quadrados e boca apertada. O tipo de mulher que, se fosse professora, teria se deleitado em rasgar as lições de casa e lamentado a falta de punição física nas escolas. Eu sei que na verdade ela está fazendo seu trabalho; está tentando salvar vidas. Só queria que seus esforços não tivessem envolvido minha família.

O telefone toca. Pulo nele com a esperança de que seja uma notícia sobre uma vacina secreta demais para ser anunciada nos noticiários.

— Alô?

— Alô, é Morven Macnaughton?

— Sim. Quem é?

Nossa, dá para ver que estou convivendo com adolescentes há muito tempo. Minha educação desapareceu.

— Meu nome é Catherine Lawrence. Sou antropóloga. Desculpe ligar assim, do nada, mas eu poderia falar com você sobre o programa de evacuação?

— Como conseguiu este número?

— Uma amiga minha trabalha na Universidade de Edimburgo. Ela ajudou a montar o programa e achou que você gostaria de conversar com alguém. Disse que você ligou para o atendimento algumas vezes.

Meu rosto fica vermelho só de lembrar. Fui repreendida como uma adolescente malcriada por uma mulher que parecia ter idade para ser minha filha.

— Você é terapeuta?

— Não, não. Mas posso tentar encontrar uma e pedir que ligue para você, se isso ajudar. Sou antropóloga, trabalho na University College London. Eu... eu... estou tentando colher histórias sobre o que está acontecendo.

— Para a imprensa?

— Não, para... Bom, para mim, suponho. Mas um dia o material pode se tornar um trabalho acadêmico. É um registro. Quero registrar o que está acontecendo. Quero escrever tudo.

Desconfio dessa inglesa estranha, mas a voz de uma mulher é muito bem-vinda. Tenho falado praticamente só com homens há meses. O desejo de falar com ela é insuportável. Eu deveria desligar o telefone, mas não desligo. Não quero.

— O que você quer saber?

— Qualquer coisa, tudo. Me conte o que puder.

— Meu filho está em uma cabana no bosque nos fundos da nossa propriedade.

As palavras saem e eu começo a chorar. É uma tortura.

— Por que ele está lá?

— Nós o colocamos na cabana logo no início para mantê-lo seguro, quando os outros meninos estavam para chegar. Não sabíamos se eles estariam infectados, então nos pareceu a opção mais segura.

— E o seu marido?

— Pedi para ele ficar com Jamie, mas ele ficou preocupado de me deixar sozinha cuidando de todos esses meninos que não conhecíamos. Jamie está sozinho. Está lá há meses.

— Por que você não o deixa ficar com você e os outros meninos?

— Por causa da Peste! Não sabemos se o que dizem está certo. E se um deles estiver infectado e ainda não apresentou sintomas? E se o vírus estiver escondido em algum lugar, nas minhas coisas ou na casa, ou nas tendas ou, ou, ou...

— Há quanto tempo você está com os meninos?

— Mais de cinco meses.

Catherine faz uma pausa.

— O vírus só sobrevive trinta e oito horas em uma superfície e o homem fica assintomático por no máximo três dias; mas geralmente são dois. Jamie vai ficar bem. Nenhum dos meninos tem o vírus. É seguro, Morven.

Lágrimas correm pelo meu rosto e estou soluçando ao telefone com uma estranha.

— Morven, escute. Seu filho está seguro. Vá buscá-lo. Por favor, acredite em mim, passe todo o tempo que puder com ele.

Deixo cair o telefone sem me preocupar em me despedir. A cabana é tão perto... Passo pelos meninos ignorando os gritos que perguntam se estou bem e o que está acontecendo. Ele está lá. Ele vai ficar seguro. Jamie. Jamie. Desculpe por tê-lo mantido longe tanto tempo, Jamie.

Estou correndo e, ao cruzar o campo final para chegar até ele, vejo-o sentado do lado de fora da cabana, em uma cadeira dobrável. Seu cabelo está desgrenhado, tem uma barba incipiente. Ah, meu menino!

— Jamie, é seguro! — grito com a voz rouca.

— Mãe?

Estou ouvindo sua voz. Tinha medo de nunca mais ouvir sua voz.

Eu o alcanço e o abraço com força. Ele é mais alto que eu; seus braços estão em volta de mim e estou chorando.

— Mãe, mãe, você está bem? Mãe, foi o papai? O que está acontecendo?

— É seguro — soluço. — Nenhum deles tem o vírus. Você pode voltar agora. É seguro para você.

Amanda

Glasgow, República Independente da Escócia, dia 230

As pessoas saudáveis ficam tão imersas em sua dor por seus maridos, família e amigos que esquecem que milhões de pessoas no mundo todo já estavam doentes antes da Peste, e elas não se curaram milagrosamente depois que tudo começou. Emergências como sepse, meningite, apendicite, pneumonia e infecções renais não param só porque o mundo está em crise. Queria poder dizer a todas as idosas de Glasgow: "Parem de cair, só tenho dois ortopedistas no hospital inteiro". Infelizmente não posso. Mesmo no meio de uma crise, mantenho as boas maneiras.

Hoje cedo tivemos três idosas que caíram e precisaram de prótese de quadril ou cirurgia de pulso. As três provavelmente vão morrer, uma vez que as cirurgias mais urgentes têm prioridade. Em minha nova função na Agência de Proteção à Saúde da Escócia, tenho a infausta tarefa de criar um protocolo de atendimento de urgência que basicamente se resume a: "Pessoas jovens são tratadas, idosos não. Se você é homem e tem um pênis que funciona, queremos mantê-lo vivo".

É um malabarismo constante entre o valor da vida e o valor dos recursos de um hospital com cada vez menos suprimentos de... bem, de tudo. Até a gaze está sendo racionada. Não temos sobra de nada e recebemos entregas minúsculas e aleatórias de suprimentos em horários imprevisíveis.

Esta manhã trouxe alguns cenários claros, o que foi uma bênção. Duas mulheres apresentaram infecções renais urgentes — uma infecção do trato urinário pode virar coisa séria sem antibióticos. Ambas exigiram internação com administração intravenosa de antibióticos. Uma tinha vinte e dois anos, a outra quarenta e um e dois filhos. Tratamento necessário e fornecido. Um homem chegou ao hospital com apendicite; seu apêndice estava quase estourando, mas, com cirurgia, quase certamente ficaria bem. De novo, um caso fácil. Chamei os cirurgiões gerais e eles o levaram direto para cima. Isso me fez lembrar de um caso horrível de umas semanas atrás. Uma mulher de sessenta e oito anos chegou em péssimo estado. Seu apêndice já havia estourado. Chamei Pippa, nossa chefe de cirurgia geral, e ela mandou que a levássemos a uma sala ao lado. "Não adianta", disse ela. Uma das outras médicas jovens, uma cirurgiã, ficou indignada. "Não podemos simplesmente deixá-la morrer!" Ela estava histérica. Mas eu entendi o que Pippa estava dizendo. Tínhamos que ser pragmáticos. Os suprimentos necessários para uma cirurgia complicada, os antibióticos, o tempo das enfermeiras... não valia a pena. Pippa disse que tínhamos que ser mesquinhos com a morfina, e de novo entendi. Mas não suportei. Há uma razão para ela ser cirurgiã e eu, não. São uns sociopatas, todos eles.

A mulher com apendicite morreu doze horas depois. Dei a ela o máximo de morfina que pôde suportar, mas foi uma morte horrível. Que dia difícil.

A esta altura, temos quase certeza de que os homens que aparecem no PS venceram a Peste ou são imunes. Durante alguns meses foi terrível; recebemos instruções estritas do Departamento de Saúde de que a Peste não deveria ser tratada. Quem chegasse a qualquer PS da Escócia com a Peste não podia entrar no prédio. Tinha que ser mandado para casa sem cerimônia. Dizer à mãe desesperada de um bebê ou criança cujo filho está morrendo — houve um caso particularmente terrível, de gêmeos de dezoito meses — que ela não tem permissão para entrar no hospital me fez questionar tudo. De que adianta ser médica se não estamos nem mesmo tentando ajudar as pessoas? Quando levantamos a questão com o Departamento de Saúde, a resposta foi simples, com palavras fortes: "Remédios e recursos valiosos não devem ser desperdiçados com pacientes que apresentem taxa de mortalidade acima de 90%".

As chances de um homem ou menino em Glasgow conseguir evitar a exposição à Peste é tão baixa agora que, faz duas semanas, tratamos todos os homens. Essa é a parte dolorosa de meu papel na Agência de Proteção à Saúde da Escócia. Ah, como eles mudaram de tom...

Por mais tentador que seja mandar as autoridades sanitárias escocesas se foderem, quero que o maior número de pessoas possível sobreviva. Portanto, sempre que trato um paciente, anoto tudo em meu documento, que em breve será distribuído a todos os hospitais da Escócia como protocolo de tratamento no PS. Algumas coisas são óbvias: qualquer que seja o sexo do paciente, só administramos antibióticos se for absolutamente necessário, e com a menor dose efetiva possível. Transfusões de sangue e fluidos são restritos a situações de vida ou morte, como traumas extremos. Outras são menos óbvias. Há um mês sugeri que todos os funcionários do hospital cuja saúde permitisse deveriam ser obrigados a doar sangue a cada oito semanas, sob pena de exclusão social e constrangimento. Afinal, por que diabos você trabalha em um hospital se não quer ajudar? Há uma sala de doação permanente montada logo na entrada dos funcionários. Colocamos no quadro ao lado da entrada os nomes das pessoas que não doaram no prazo. O mais óbvio de tudo é que qualquer pessoa que chegue ao hospital sem estar doente de verdade é mandada para casa.

De vez em quando ainda há rumores de que encontrarão uma vacina; mas nenhum de nós acredita nisso. Parece que esta é a vida normal agora.

Muitos esqueceram como os humanos são vulneráveis. Ficam surpresas quando eu conto quantas pessoas vão ao PS todos os dias com um problema comum que poderia facilmente matá-las sem os recursos (que nos faltam). É por isso que a expectativa de vida centenas de anos atrás era tão baixa. Muitas coisas podem matar um ser humano, e as pessoas estão ficando dolorosamente cientes disso agora.

Por isso nós lutamos. Há rumores de que o governo está em negociação para providenciar a importação de alguns medicamentos importantes da França. Curiosidade: cinco países produzem dois terços dos medicamentos do mundo — França, Alemanha e Reino Unido são os três países europeus dessa lista. A independência escocesa não parece uma ideia tão brilhante agora...

Elizabeth

Londres, Reino Unido, dia 231

— Você precisa de mais amigos — diz George durante o almoço, enquanto Amaya olha com determinação para seu sanduíche.

— George, tenho muitos amigos — digo, meio na defensiva.

Isso não é exatamente verdade. Tenho muitos conhecidos aqui em Londres, agora; gosto de sorrir para as pessoas e dizer olá. A primeira vez que entrei no laboratório, acho que alguns colegas pensaram que eu fosse louca. Eu estava decidida a levar um pouco de ânimo ao trabalho; o mundo inteiro estava em colapso, e eu achava que nosso local de trabalho devia ser um pouco menos deprimente. Durante meses e meses consegui eliminar a aparência endurecida, inglesa, muitas vezes aflita, do pessoal do laboratório. Coisas pequenas como ir ao cinema às sextas-feiras, bem-aceitas por pessoas que moram sozinhas. Assistimos de novo, juntos, a uma temporada de *Bake Off Grã-Bretanha*, e a cada semana alguém recriava uma das receitas da melhor maneira que podia, com os ingredientes que conseguia arranjar.

— Sou amiga de vocês dois — digo, desafiando George e Amaya a discordar, em tom quase acusador.

— E você é uma ótima amiga, de fato — diz Amaya, franzindo os olhos castanhos em uma expressão de simpatia.

— Você trabalha muito, precisa sair do laboratório — diz George.

— Você trabalha tanto quanto eu, se não mais — respondo. — Além disso, estamos quase chegando a um teste químico de imunidade.

— Sim, mas depois eu vou para casa e fico com a minha família. Você volta para aquele hotel horrível e faz mais pesquisas. Além disso, Amaya e sua equipe estão terminando a parte deles; nós vamos ver os números amanhã. O teste vai acontecer em breve. Ainda há espaço para viver a vida, sabia?

Amaya anui e eu sinto vontade de ficar de mau humor. Parece errado meu chefe me dizer que preciso relaxar mais. É verdade que sinto falta de meus amigos. No colégio eu era a nerd das ciências, e só não era alvo de bullying por causa do meu cabelo loiro e da minha aparência vagamente bonita (em um dia bom e maquiada). Saía com alguns amigos com quem almoçava na faculdade, mas não mantivemos contato. Todos os meus amigos de Stanford se espalharam pelo país depois da formatura, foram para diversas escolas de pós-graduação. Usamos o Skype, mas não é a mesma coisa. Eles não estão aqui. Consegui recriar um pouco da comunidade que anseio aqui no trabalho, mas, para ser honesta comigo mesma, é verdade. Além de George e Amaya, não tenho amigos.

Enquanto George e Amaya conversam sobre suas filhas, pego meu celular. Faz anos que não entro no Facebook. Não preciso ver como está a vida de ninguém agora. É tão estranho ver em minha página o número de mulheres que conheço da pós-graduação, que nunca postaram fotos sem os namorados ou maridos, que agora têm fotos de perfil sozinhas. Entre as centenas de postagens recentes de amigos do Facebook, há uma anunciando a chegada de um bebê e outra do casamento de um casal que está junto há anos e se esquivou da bala da Peste. Estou rolando a página, tentando conter a inveja que sinto de ter um marido, um filho e uma vida própria, quando vejo uma foto de Simon Maitland. Nossa, ele está vivo! Coisa que não é mais algo garantido hoje em dia. Um dos restantes sortudos homens da elite: os imunes. Da última vez que o vi pessoalmente, eu tinha vinte e um anos e estava passando um semestre em Londres, no Imperial College, fazendo intercâmbio. Na época ele era um engenheiro ruivo e magro que almoçava comigo quase todos os dias, graças à sua amizade com meu "amigo de intercâmbio". Nossa, os últimos oito anos foram bons para Simon, Jesus! Ele está maravilhoso.

Ignorando qualquer hesitação que possa se instalar em minha mente, clico no perfil de Simon. Como diz George, quem não arrisca não petisca. Clico no ícone Mensagem.

> Oi, Simon,
> Não sei se você se lembra de mim; nós nos conhecemos há alguns anos, quando eu era aluna de intercâmbio em Stanford. Estou em Londres agora, trabalhando na Força-Tarefa de Desenvolvimento de Vacinas. Seria bom bater um papo, conhecer um pouco de Londres! Me avise se quiser beber alguma coisa. Beijos

Dou Enter e envio a mensagem antes que consiga pensar duas vezes. Pela primeira vez acabei de convidar alguém para beber alguma coisa. Talvez eu esteja doente. Beijos? No plural? O que me deu na cabeça? Meu estômago está revirando de ansiedade e estou pensando em excluir minha conta do Facebook e assumir minha lenta transformação de solteira em a mulher dos gatos. Tudo bem, adoro gatos. Além disso, os números não estão mais a meu favor. Então...

A resposta pisca em minha tela tão depressa que deixo cair o celular. George pergunta se estou bem. Respondo com um gritinho.

> Elizabeth! Que incrível ter notícias suas! Eu adoraria sair com você para beber alguma coisa. Pode ser hoje à noite? Beijo

Vou sair com um homem. Vou sair com um homem! Tudo é tão improvável e excitante que decido me entregar a esse admirável mundo novo e romântico que estou criando para mim mesma.

Hoje à noite está ótimo. Me diga onde podemos nos encontrar. Eu moro perto de Euston.
p.s.: É um encontro, né?

Vou pensar e aviso onde podemos nos encontrar. Beijo
p.s.: Sim, eu gostaria que fosse um encontro.

Algumas horas depois, vou até o lugar que Simon sugeriu, um lindo bar com música ao vivo em Smithfield. Esta manhã, quando acordei, não imaginei que teria um encontro, e estou meio nervosa porque meu vestido verde é simples e meus sapatos não são elegantes, mas aqui estou. Quando vejo Simon virando a esquina e caminhando em minha direção, percebo que ver fotos de alguém e ver sua transformação pessoalmente são coisas bem diferentes. Em algum lugar entre o choque de convidá-lo para sair e ele aceitar, esqueci que oito anos é muito tempo. O homem parado à minha frente, de cabelo ruivo e um casaco de corte bonito, um metro e oitenta de altura e ombros largos, não se parece em nada com o estudante desajeitado de que me recordo.

Ele me dá um beijo no rosto. Tem cheiro de algo cítrico e fresco, e meu cérebro entra em curto-circuito. *Estou tendo um encontro, estou tendo um encontro.* Um encontro com o tipo de cara com quem nunca imaginei ficar. Meus namorados anteriores eram cientistas nerds incapazes de levantar uma melancia e nunca pareceram gostar tanto de mim. Normalmente a conversa-fiada girava em torno de reclamações sobre o trânsito de Atlanta e especulações sobre a mesa que escolheríamos. Agora, será o tema da imunidade e a pergunta que surge ao ver Simon: *Como é que você está vivo?*

O bar parece tão familiar — já passei noites em bares antes — e, ao mesmo tempo, tão diferente que é desconcertante. Só há mulheres tocando — a contrabaixista, a baterista, a saxofonista —, e é só quando olho para elas que percebo que as bandas sempre eram masculinas. No cardápio só há bebidas britânicas — gin sloe, cidra, espumante inglês —, e, devido à escassez, cada um só pode tomar um drinque. Outras mulheres nos olham com inveja e tristeza; pode ser imaginação minha, mas acho que não. É como se eu pudesse ouvi-las se perguntando o que um homem como ele está fazendo com uma mulher como eu. Estou falando sobre minha vida antiga, mas sinto que estou flutuando, sem amarras.

— Você está bem? — pergunta Simon baixinho, cerca de trinta minutos depois.

Por um lado, quero gritar: "Nunca estive melhor!" Por outro, quero chorar porque tudo isso é tão gloriosamente normal e será horrível voltar para meu quarto minúsculo, nesta cidade fria onde só tenho dois amigos e... Ah, Deus, eu só quero minha velha vida de volta, quando meu pai estava vivo e namorar era normal.

— É muita coisa — acabo dizendo —, mas estou curtindo. Desculpe, sei que é meio estranho. De verdade, estou curtindo, mas é que este é o primeiro encontro que tenho há muito tempo e a vida está muito diferente agora...

O rosto de Simon se abre em um sorriso que juro que poderia iluminar toda a sala, e ele diz as palavras perfeitas.

— Eu sei exatamente o que você quer dizer.

Ele olha ao redor.

— Eu não saio muito. Tudo está muito diferente.

— Não convidam você para sair o tempo todo? Achei que sim — digo, testando as águas e me preparando para o inevitável dar de ombros que significa sim.

Simon sorri e pega minha mão.

— Sim, me chamam para sair. Mas nunca fui convidado pela garota americana que lembro de oito anos atrás, que era tão engraçada, simpática e inteligente que fazia com que todo mundo quisesse almoçar com ela todos os dias. E bonita — diz baixinho, como se houvesse usado toda a sua coragem nessa torrente de palavras.

Um sorriso invade meu rosto e tenho que me conter para não estender a mão sobre a mesa e beijá-lo ali mesmo. Mas então lembro que o mundo está desmoronando e nada é como antes, e eu não saio com um homem há muito, muito tempo. Então, estendo o braço, beijo-o e é o melhor primeiro beijo da minha vida.

Irina

Moscou, Rússia, dia 232

Estou orando na Catedral de Cristo Salvador como faço todos os dias. *Salve-me. Por favor, Deus todo-poderoso, leve-o para longe de mim. Por favor, não permita que ele seja um dos poucos escolhidos. Serei sua serva leal pelo resto da vida, tanto na vida quanto na morte, se me quiser. Deixe-me ser livre. Por que meu marido ainda não morreu? Por favor, Deus, mate-o.*

Já se passaram meses e ele ainda está vivo. Por quê? Por que ele? Ele me bate todas as noites. É o pior tipo de homem. Katya está sendo criada em uma casa que não é lugar para crianças.

O padre me olha com o cenho franzido. Deve ser por causa dos meus olhos roxos. Ou talvez pelo meu nariz. Ele fez isso segunda-feira passada; provavelmente vai ficar torto para sempre. Eu gostava do meu nariz. Queria dizer ao padre que não foi minha culpa, mas ele já se foi. Meu marido não pode ser imune, não seria certo. Bebês, meninos e médicos morreram, pessoas boas. Não é justo que pessoas más sobrevivam. Não pode ser.

A vida foi quieta e silenciosa e, ocasionalmente, aterrorizante por muito tempo. Mikhail bebia muito, ganhava muito pouco, eu trabalhava na loja, mantinha Katya segura. Eram só algumas surras, dava para administrar. Ele fazia questão de poupar meu rosto — para evitar perguntas embaraçosas.

Então, começaram os boatos. No início eram apenas sussurros. Havia uma doença atacando os homens na Escócia e depois na Inglaterra. Ficamos imaginando se não seria veneno. Já havia ocorrido alguns assassinatos, era possível, não? Mas então a lista de países cresceu e os telejornais não falavam de outra coisa. Suécia, França, Espanha, Portugal, Bélgica, Alemanha, Polônia... Quando chegou à Polônia, comecei a entrar em pânico. O que aconteceria com a gente? Lembro de ter pensado: como iríamos sobreviver sem Mikhail? E então me dei conta de como as coisas seriam mais fáceis se ele simplesmente morresse. E aí já não era mais tão assustador.

O primeiro caso russo foi relatado em meados de dezembro — embora todos digam que a Peste já estava aqui. Era como se todo mundo estivesse prendendo a respiração, esperando o primeiro, e, uma vez que acontecesse, poderíamos respirar, chorar e gemer de novo. Senti alívio porque a Peste poderia nos atingir em breve, e pavor ao pensar como seria o mundo.

Houve um surto de violência doméstica durante a primavera, quando a doença assolava Moscou. Mas nem todos os maridos são terríveis; o marido de minha amiga Sonya ficava em casa com ela o tempo todo. Ele a amava muito. Depois, fugiu para a Sibéria para tentar escapar da Peste. Ela me disse que ele chorou quando partiu, mas que haviam decidido que era a coisa mais segura a fazer. Ela não tem notícias dele desde então. Talvez esses homens que vão para o norte pensem que o frio os protegerá, mas isso não acontece. Para a Peste, não interessa aonde a pessoa vá. Ela a encontra.

Mikhail nunca pensou em ir a lugar nenhum. Ele não nos ama o bastante para querer viver. Ficou e bebeu vodca como se fosse o dia de sua morte, todos os dias.

No começo, fiquei animada. Qualquer dia ele vai pegar. Qualquer dia ele vai morrer. Mas os dias estão passando, estou orando e nada muda. Não posso sair; ele é o dono do apartamento. Eu não ganho o suficiente. Ele me mataria e ficaria com Katya.

Estou cansada da dor, cansada dos hematomas, e, mais que tudo, estou com medo. Ele deve ser imune. Quase todos os homens de Moscou morreram, exceto Mikhail. Ele passa todos os dias fora de casa, nos bares; é imprudente. Ele toca as pessoas, aceita bebidas, usa transporte público.

Chega em casa tarde como sempre, mais bêbado que de costume. Tenho sempre o cuidado de estar na cozinha quando ele chega; é pior quando estou na cama. Tento lhe dar um copo d'água, mas ele não gosta. Nunca sei o que ele vai aceitar como ajuda ou interpretar como um insulto. Ele me ataca, mas não usa todo o seu peso. Provavelmente não quer se machucar. Ele cambaleia até o nosso quarto e desmaia, exalando um cheiro metálico.

Ponho a mão em sua testa rezando para que esteja febril, mas ele está fresco. Ele é imune. Ele é imune, e isso não pode continuar. Tenho um plano para que Katya e eu fiquemos seguras e o deixemos para trás. Pego o termômetro no banheiro e uns lenços de papel e coloco tudo ao lado da cama. De que mais uma pessoa doente precisa? Ah, de uma toalha fria. Isso também.

Coloco o pijama e me deito ao lado dele. Está na hora. Pego o travesseiro que ele abandonou e o seguro com firmeza. Cubro seu rosto e empurro para baixo o mais forte que posso. Ele começa a se mexer e a agitar os braços, mas estou montada nele, com meus joelhos cravados em seus flancos. Pressionando para baixo, continuo segurando. Ele para de se mexer depois de um tempo, mas não sei se está se fingindo de morto. Se ainda estiver vivo, vai me matar. Vou ficar pressionado por mais tempo. Vou continuar segurando.

Fico pressionando o travesseiro até o relógio mostrar que são quatro da manhã. Faz muito tempo que ele não se mexe. Não creio que poderia estar fingindo. Tiro o travesseiro e me afasto dele, por via das dúvidas. A cabeça dele pende para o lado. Seus olhos não piscam. Solto um grito, mas logo coloco a mão sobre a boca. Meu vizinho não deve ouvir esse tipo de coisa.

Deixo meu marido morto — agora sou viúva. Prefiro essa palavra a esposa. Vou dormir no quarto de Katya esta noite. Minha filha e eu estamos seguras.

— Venha para minha cama, mamãe — diz ela, com sono, quando abro a porta de seu quarto.

Deito ao lado de minha filhinha doce e sonolenta, e ela se aconchega em mim quando me enrolo sob suas cobertas. Pela primeira vez em anos, durmo como quando era criança, sabendo que estou segura.

Acordo quando Katya começa a se mexer. Digo para ela ir até a cozinha preparar o café da manhã, tudo como de costume. Mantenho a mesma calma, fico tranquila. Vou para o quarto. Ele está definitivamente morto. Já pensei sobre isso antes, mas, agora que devo agir, parece mais arriscado do que eu pensava. Ligo para o número que deram no noticiário — os ladrões de corpos, como todos dizem. São mulheres contratadas pelo governo para levar os corpos dos homens mortos e queimá-los.

Tento parecer triste e chocada. Elas chegam algumas horas depois. Fiz questão de chorar um pouco para tornar tudo mais crível. Presumi que me fariam algumas perguntas sobre a doença e quando ele morreu, mas só perguntam o nome dele e o número do documento. Recito tudo e fico olhando, sem poder acreditar, enquanto elas pegam o corpo, colocam em um saco e saem com nada mais que uma curta frase: "Meus pêsames".

Se eu soubesse que seria tão fácil, já o teria matado há meses.

Matéria no *Washington Post*, 30 de junho de 2026

"MULHERES EM GUERRA:
A GUERRA CIVIL CHINESA DESMASCARADA"
Por Maria Ferreira

Gostaria de receber o crédito por um feito de extraordinário talento jornalístico e dizer que pesquisei meticulosamente a guerra civil chinesa, que cuidadosamente construí relações com seus principais atores e consegui convencer um de seus líderes rebeldes a confiar em mim e me conceder uma entrevista.

Mas não foi assim que aconteceu. Fei Hong, uma das líderes rebeldes em Chengdu, me mandou um e-mail. Eu respondi e combinei uma chamada pelo FaceTime esperando que fosse uma pegadinha. Mas não era. O que posso dizer é que às vezes os comandantes rebeldes chineses tornam meu trabalho muito fácil.

Já imagino as acusações de que estou sendo usada como porta-voz de uma vilã, com intenções violentas, a menos de um quilômetro de distância. A isso respondo: posso não ter me esforçado muito para essa entrevista, mas ainda sou jornalista. Pesquisei, na medida do possível, as alegações de Fei, e, quando for impossível confirmar ou refutar, vou alertar os leitores.

Quando ela aparece em minha tela — uma imagem surpreendentemente nítida —, sou avaliada com frieza. Antes mesmo de ela dizer uma palavra, fica claro que é uma mulher poderosa.

Trocamos breves cordialidades e eu faço a primeira pergunta, a mais ampla em que consigo pensar. "Por que você quer falar comigo?"

O que você vai ler a seguir é uma transcrição editada de minha conversa com Fei.

FEI: Você é a jornalista da "Peste". Com você, nossa história vai ter mais alcance.

MARIA: De quem é essa história? A quem você se refere quando diz "nossa"?

FEI: Eu só falo em nome da Aliança Democrática Unida de Chengdu. Mas o Partido Comunista tenta fazer parecer para o mundo que existe muito mais distância entre os grupos rebeldes do que existe na verdade. Acima de tudo, temos o mesmo objetivo: a democracia.

[Nota: Fei se refere ao Partido Comunista, que, segundo relatos, agora está dividido e tem um domínio cada vez mais instável em todo o país. Tecnicamente, o Partido Comunista ainda compreende o Governo da República Popular da China.]

MARIA: Esse é seu único objetivo?

FEI: É a primeira coisa que precisamos alcançar. Todo o resto vai fluir disso.

MARIA: Qual é sua formação? Como chegou aonde está?

FEI: Cursei direito na Universidade de Cambridge. Meus pais sempre foram ativistas anticomunistas. Eles transmitiam mensagens nos encontros de Mahjong. Cresci sabendo que as coisas tinham que mudar. Quando a Peste começou, cheguei em casa a tempo. Estou envolvida na rebelião de Chengdu desde o início, janeiro de 2026.

MARIA: Por que essa rebelião está sobrevivendo se nenhuma das anteriores conseguiu?

FEI: Porque o exército e o governo são formados por homens. Eles morreram ou estão morrendo. A rebelião é formada apenas por mulheres. Assim que soubermos quem está imune, os homens poderão participar, mas enquanto isso somos somente mulheres. Estamos seguras, podemos continuar lutando. A Peste está queimando tudo e nós vamos reconstruir tudo, melhor e diferente.

MARIA: O que você diria sobre as alegações do governo de que grupos rebeldes em toda a China estão se engajando em violência extrema?

FEI: São mentiras criadas por mulheres e os poucos homens que permanecem no governo. Este é outro tipo de guerra civil, como jamais existiu. Pela primeira vez o estupro não é uma ferramenta nesta guerra. As armas não podem ser usadas sem sentido porque não há soldados sobreviventes suficientes para dispará-las, e nós invadimos bases militares dominadas pela Peste. Há quatro meses eu me reuni com outros nove líderes rebeldes. Alguns estão lutando uns com os outros, mas nós mantivemos uma breve trégua de vinte e quatro horas para pactuar que não usaríamos a violência a menos que fosse absolutamente necessária para nos defender. Vimos homens travarem guerra desde o início dos tempos. Ninguém vence as guerras que os homens travam.

MARIA: O que vai acontecer com a China e o que vocês querem que aconteça? Ela é grande demais para ser liderada como vocês querem, como uma democracia?

FEI: A China de antes não existe mais. Ele vai se estilhaçar — já está fraturada. Estamos lutando agora pelas diversas partes dela, mas usamos outras armas. Usamos armas cibernéticas, usamos mensagens de persuasão. A população não vai ser conduzida cegamente pelo medo, então quem vencer vai ter o poder e o povo ao seu lado.

MARIA: Vocês estão tentando persuadir um dos quatro Estados independentes a ajudá-las?

[Nota: Pequim, Xangai, Tianjin e Macau se declararam Estados independentes, em rápida sucessão, em abril de 2026. Relatórios dizem que a ação rápida e decisiva de funcionários do governo rebeldes, que se uniram a poderosos empresários em uma série de golpes quase sem sangue, anularam qualquer possibilidade de contrarrebelião das populações locais. Eleições foram implementadas e a estabilidade econômica, prometida.]

FEI: Eles vão ficar fora da guerra; escolheram outro caminho. Se os quatro Estados independentes permanecerem assim, existe a possibilidade de que o resto da China se transforme em algo melhor.

MARIA: Quando vocês acham que a guerra vai acabar?

FEI: Em pouco tempo. O exército vai continuar morrendo; o Partido Comunista vai continuar enfraquecendo. As mulheres não vão morrer, não vão a lugar nenhum. Nós vamos vencer.

Rachel

Auckland, Nova Zelândia, dia 240

— Não somos só nós. É a Bélgica e o México também. Não estamos fazendo isso para machucar vocês, juro; é para salvar vidas.

Já fiz esse discurso muitas vezes. É cansativo até para meus ouvidos. Acho que eu parecia mais zelosa uns meses atrás, mas agora pareço apenas cansada.

— Como você consegue dormir à noite? — pergunta a mãe, sra. Turner.

Ela integra uma longa fila de mulheres de olhos lacrimejantes a quem tive que me justificar nos últimos quatro meses.

Sorrio apertado. Não há nada a ganhar respondendo com honestidade. *Incrivelmente fácil, sra. Turner, apago como uma luz assim que minha cabeça toca o travesseiro.* A sra. Turner por fim se levanta e sai da sala, não antes de me lançar um último olhar ressentido. Por que continua sendo tão difícil? Meu lado psicóloga responde: porque essas pessoas estão vivendo um trauma e você lhes tirou o controle sobre a coisa mais preciosa da vida delas. Meu lado humano responde: porque você está aqui e é fácil jogar a culpa nas suas costas.

Quando aceitei o cargo de psicóloga-chefe do Programa de Quarentena de Recém-Nascidos da Nova Zelândia, em fevereiro, achava que meu trabalho não seria necessário. Era empolgante, com certeza ficaria bem em meu currículo e era impensável que uma vacina não fosse criada. Mas isso foi há quatro meses, agora é junho e não há nenhuma vacina à vista. Mesmo quando demos início ao programa, eu estava iludida. Nunca pensei que os pais ficariam tão zangados. Eu não tenho filhos (um argumento que tem sido usado por quase todos os pais que me criticam), e, por alguma razão, isso significa que sou uma sociopata. Tenho que chorar, lamentar e pedir desculpa quando tento ajudar os meninos em quarentena e seus pais a escapar dessa experiência o mais ilesos possível.

Pela maneira como me olham, alguém poderia pensar que roubei as crianças para mim. Poucas semanas atrás, em um dia particularmente ruim, fiz uma chamada pelo Skype com Amanda Maclean — *a* Amanda Maclean — sobre o programa. Ela estava interessada nas possibilidades de ser implementado na Escócia.

"Você não conta para as mulheres que vai levar os bebês?", repetiu ela depois de mim com uma voz horrorizada. Ela me fez sentir muito pequena.

O alarme de meu calendário dispara. É hora das rondas da ala. Enquanto caminho pelo corredor, de minha sala ao primeiro andar das creches, fico impressionada, como sempre, com a enormidade do que criamos em tão pouco tempo. É um assunto polêmico, eu entendo; tiramos os bebês dos pais, independentemente da opinião deles, e os criamos o melhor que podemos, sem que essas crianças sejam tocadas ou fiquem na mesma sala com outro ser humano sem um traje de segurança. Outros psicólogos da área da saúde me criticam por me envolver em "práticas antiéticas". Se me permite, vou revirar os olhos; é ético, sim, manter crianças vivas. Muitas pessoas começaram a se perguntar se a sobrevivência de uma criança compensa o custo emocional para a mãe e o bebê por ser tirado à força dela. Para minha surpresa, muitas pessoas responderam a essa pergunta com um sonoro não.

O primeiro andar do edifício está lotado com os que chegaram mais recentemente, na maioria bebês recém-nascidos até quatro semanas de vida. A primeira da minha lista é uma mãe solteira, Melissa Innes. Ela está em pé, ainda curvada por causa da cesárea, parecendo morta. Eu preferiria que estivesse sentada.

— Melissa?

Ela pestaneja devagar, e em seguida posso ver a mudança de marcha em sua mente para tentar manter uma conversa com um adulto.

— Vamos sentar?

Nós nos sentamos em um dos consultórios — é igual ao consultório de todos os terapeutas que já vi. Tapete meio surrado, lenços de papel cuidadosamente colocados sobre uma mesa no meio de duas cadeiras, relógio à vista, estampa floral básica em uma das paredes para "iluminar o ambiente". É um horror, mas nosso orçamento não é infinito, então dá para o gasto.

— Vejo que você não preencheu o questionário que recebeu. Consegue fazer isso hoje?

— Eu li — diz ela baixinho. — É uma idiotice.

— Por que você acha que é uma idiotice?

— Você não acha que é uma idiotice perguntar a uma mulher que acabou de ter a barriga aberta para que tirassem seu filho, que depois foi sequestrado e é mantido em uma sala trancada longe dela, se ela está triste?

Engulo em seco. Preferiria que elas não descrevessem a coisa assim.

— Seu filho está vivo. Ele está em um ambiente seguro, aquecido e livre da Peste. Você pode entrar e vê-lo com um traje de segurança.

— Mas não posso tocá-lo.

— Sem a roupa especial, não.

— Por que não me contou antes?

Essa pergunta já me foi feita e a farão de novo. Preparo minha resposta, a mesma que já dei mais de cem vezes.

— Porque existe o risco, considerando o estado altamente sensível em que se encontra a maioria das mulheres antes do parto, e diante do perigo da Peste, de que se tomem decisões que depois seriam lamentadas. Preservar a vida do maior número possível de meninos é nossa prioridade desde o início.

— Alguém escreveu isso para você?

Ela é inteligente. Pálida e instável, mas inteligente.

— Não, mas não é a primeira vez que me perguntam isso.

— Você tem filhos?

Cristo, lá vamos nós...

— Não.

Melissa assente.

— Isso faz mais sentido.

Eu sei que deveria apenas assentir com calma, mas odeio a impressão que dá; como se ela tivesse acabado de me dar uma visão extraordinária sobre mim.

— O que faz mais sentido?

— O jeito como você organizou tudo isso.

— O que você quer dizer?

— As mães, os pais... nós somos só um contratempo para você. Você não nos contou o que estava planejando, apesar de que a maioria de nós provavelmente concordaria. Você nos abriu e tirou nossos filhos de nós e age como se devêssemos ser gratas. Você não entende nada. É psicóloga, não? Como dizem, ninguém é mais louco que um psicólogo.

São os remédios que ela toma... respire. Ela acabou de fazer uma grande cirurgia... respire. É uma mãe solteira de vinte e um anos que nunca pegou seu filho no colo... respire. Inferno!

— Quer levá-lo, então?

Pela primeira vez Melissa parece surpresa, e eu sinto uma satisfação desproporcional diante disso.

— Vamos lá. Se tem tanta certeza de que fizemos tudo errado, de que eu estou errada, de que este programa está errado, vou abrir a porta com a minha chave e você pode entrar e buscar seu filho. Você tem uma chance em dez de ele ser imune e sobreviver. Boa sorte!

Estou em pé, segurando a porta aberta, parecendo meio perturbada — desconfio. Se eu for questionada, vou ter que atribuir minha atitude a uma nova técnica experimental e torcer para que ninguém pense que estou tendo um colapso nervoso.

— Não quero — diz Melissa por fim.

— E por que você não quer ir buscar seu filho?

Silêncio. Feliz em preenchê-lo, digo:

— Porque nós temos certeza quase absoluta de que o seu filho vai morrer, não é? Quer dizer que não o sequestramos, certo? Você deve querer que ele fique aqui tanto quanto eu.

Melissa assente, esfrega o nariz e começa a chorar baixinho. Respiro fundo e, conforme a adrenalina vai embora, percebo como tudo isso é insano. Estou em uma sala com uma mulher que passou por uma grande cirurgia ontem, cujo filho corre grave perigo e que teve sua vida toda virada de cabeça para baixo pela Peste. O que estou fazendo?

— Saiba que o foco de todos nós é tirar você e seu filho com segurança daqui na melhor forma física e mental o mais rápido possível, depois que a vacina estiver disponível. Lamento por tudo isso.

Melissa assente.

— Não, é útil saber que eu o quero aqui. — Ela olha para a estampa floral horrível na parede por um minuto. — Você não teria me deixado entrar e pegá-lo, não é?

— Não.

— Que bom. Que bom que pessoas como você o estão mantendo a salvo.

— Continuamos chamando o bebê de "ele". Já pensou em um nome?

— Sempre gostei de Ivan, mas não sei se é muito esquisito.

— Ivan é um nome lindo. Você deve dar a ele o nome de que mais gosta.

Melissa me dá um sorriso hesitante.

Eu encerro a sessão — se é que se pode chamar assim — dando a desculpa de que Melissa vai falar com uma das enfermeiras, que a ajudará com o traje de segurança, mas a verdade é que fizemos o avanço de que precisávamos. Melissa agora entende que não vamos manter seu filho aqui para sempre. Ela quer desesperadamente que ele fique aqui porque quer que ele viva. Ivan. Ela quer que Ivan viva.

Quanto mais penso nisso, mais acho, porém, que manter sigilo para as mães envolvidas foi um erro do programa. É uma mentira tão sedutora: "Para garantir a segurança de seu filho nestes tempos difíceis, queremos fazer uma cesárea eletiva". As razões do sigilo eram práticas. E se uma mãe discordasse do plano proposto e, em um estado emocional altamente vulnerável e potencialmente irracional, ficasse com o filho e o infectasse com o vírus e, depois, quando fosse tarde demais, mudasse de ideia?

Mas a percepção disso é péssima, e as ramificações emocionais são intensas. Para muitas famílias neste edifício, nós — as pessoas que trabalham no programa — somos o inimigo. Elas entendem por que estamos fazendo o que fazemos, mas não confiam em nós porque não confiamos nelas. Nós mentimos para elas. Dizemos que precisam de cesárea por causa da pré-eclâmpsia e depois, enquanto estão sendo suturadas, levamos seus filhos para uma incubadora esterilizada. Não posso culpá-las por me olharem como se eu fosse o anticristo.

Por mais terrível que seja imaginar que isso será necessário durante meses e, potencialmente, anos, em breve dificilmente haverá recém-nascidos. Ainda estão nascendo bebês que foram concebidos antes do surto, mas isso vai acabar logo. Então, vou poder me concentrar na parte principal de meu trabalho: manter a normalidade em circunstâncias anormais. Os pais podem ter contato ilimitado com a criança e são incentivados a dormir no berçário com seus equipamentos de segurança. A rotina vai ser fundamental, embora o acesso a outras crianças tenha que ser limitado devido aos aspectos práticos. É mais difícil manter a esterilidade quando há várias pessoas em uma sala.

Mas estamos planejando usar vídeos para que os bebês tenham conhecimento de como é a aparência de outras crianças.

Tenho que confiar que estamos fazendo a coisa certa. As crianças não nasceram para ser criadas em quarentena, longe do mundo exterior e de seus irmãos, mas a Peste também não deveria acontecer. Há 8.054 meninos no programa, em vários edifícios, e outros três mil ou mais serão trazidos assim que nascerem. Onze mil vidas salvas. Isso não pode ser uma coisa ruim.

Toby Williams

Em algum lugar na costa da Islândia, dia 241

1º de julho de 2026

Sou eu de novo. Talvez eu deva escrever *Querido diário.* Agora entendo por que as pessoas escrevem isso. É menos constrangedor. Vou ser mais preciso. *Caro membro da guarda costeira islandesa que é o pobre coitado que encontrou meu cadáver nesta sala junto com minhas anotações do tempo que passei preso neste navio dos infernos. Desculpe pelo cheiro, deve estar terrível.*

Isso é muito triste. Deveria ser *Querida Frances,* não é? Em minha defesa, escrevi tantas cartas para ela com "Quando você receber isto, saiba que a amei" que estou ficando enjoado. Ela vai ler todas e dizer: "Você poderia ter variado um pouco, Toby, são todas iguais".

Estamos reduzidos a duzentos e um agora. Noventa e nove mortos, duzentos e um de pé. Na verdade, não estou de pé; passamos muito tempo sentados. Quando a pessoa está em uma dieta de fome de baixíssimo teor calórico, não passa muito tempo caminhando. Engraçado, isso...

Houve mais nove suicídios, usando uma gama mais ampla de métodos que no início. Mais cinco se jogaram do navio (não posso dizer que eu faria assim, mas sempre desconfiei muito de tubarões e baleias assassinas), três usaram facas (o capitão as trancou agora) e um teve a audácia de usar um estoque de comprimidos que nenhum de nós sabia que ele tinha e um litro de uísque. Filho da mãe, poderíamos ter aproveitado a bebida.

Bella morreu há duas semanas, o que foi uma surpresa, de verdade. Achei que sua raiva a sustentaria. Penso no que pode ter acontecido com seu marido, o filho e a bebezinha Carolina. Ninguém tem sinal de celular há meses, por isso não dá para saber. Espero que o marido e os filhos estejam bem.

É estranho ver pessoas morrendo de fome. Estamos todos comendo quase a mesma quantidade; o nutricionista morreu há algumas semanas, de modo que não temos mais nenhum sistema além de o capitão nos dar apenas o suficiente para nos manter vivos; pelo menos é o que esperamos.

Não sei por que alguns estão vivos e outros não. É questão de sorte, imagino. Eu estava meio rechonchudo quando entrei no navio. Mark era um pouco mais pesado que eu, então nós dois ainda estamos nos aguentando. Só um pouco mais devagar do que quando chegamos. Estou muito mais leve. Mark está me mantendo saudável. Ele sempre foi o mais quieto de nós dois e observa as pessoas com muita atenção.

"Você está bem?", ele pergunta quando estou tendo um dia ruim. E eu digo "Já estive melhor", e ele diz "O que poderia ser melhor?", e falamos de todas as coisas de que sentimos falta; comida e sexo (eu com Frances, ele com Sally), vinho, calor, amigos. Nossa velha vida. E então ele diz: "Vamos ter essas coisas de novo, Toby, você vai ver", e, embora estejamos no mesmo lugar e ele saiba o mesmo que eu sobre o futuro, relaxo um pouco e... sim, vamos ter.

Sinto falta de carne, muito. Jesus Cristo, eu mataria por um bife. Eu mataria por um bife? Pode ser. Eu teria acabado com o sofrimento do nutricionista vinte e quatro horas antes de ele morrer por um bife. Eu não mataria o capitão por um bife; é ele quem está nos mantendo de pé. Não sei o que ele faz naquela sala de controle o dia todo, mas ainda estou vivo e o navio não afundou, de modo que ele ainda está se saindo melhor que o capitão do *Titanic*, na minha opinião.

Ah, Deus, e cerveja. Estou louco por uma cerveja. Nunca bebi muita cerveja, mas pensar em uma cerveja gelada em um copo transpirando, lá fora, no jardim, conversando com Frances enquanto nossos netos brincam na piscina, me dá vontade de chorar de necessidade. E pipoca. É estranho as coisas que nosso cérebro decide querer... Pipoca me faz pensar em cinema, é isso. Assistir a filmes de super-heróis com Mark, e ver Maisy sair em seu primeiro encontro quando tinha treze anos — como era nova demais para sair sozinha porque eles não podiam dirigir e os ônibus eram um pesadelo, eu "deixei" Ryan e ela no cinema, mas entrei e sentei quinze fileiras atrás deles. Ela me disse, anos mais tarde, depois que ela e Ryan se casaram e tiveram Isabel, que havia me visto no cinema e que gostara de saber que eu estava lá. Mesmo que tenha atrasado seu primeiro beijo em alguns dias. Será que Ryan ainda está vivo?

Espero poder vê-los todos de novo. Não rezo, porque religião é uma bobagem e nunca tive muito tempo para isso, e a Peste não me inspirou nenhuma devoção. Se foi algum filho da mãe lá de cima que fez tudo isso, não vou lhe dar a satisfação de orar. Babaca!

Estou cansado. Até mesmo escrever é cansativo agora. Vou dormir, Frances. Você já ouviu isso centenas de vezes, mas nunca é o bastante: amo você mais do que pode imaginar. Sinto sua falta. Espero te ver de novo, e, se não a vir, saiba que você me fez o homem mais feliz do mundo.

Ah, e se conseguir resgatar meu corpo e houver um funeral, não deixe de comer um bom bife em minha memória. Malpassado com molho béarnaise. E batata frita.

Lisa

Toronto, Canadá, dia 245

Em casa, finalmente. É meia-noite de novo. Pela primeira vez em anos, não fazem diferença para mim os longos dias de julho; nunca os vejo. Eu me levanto ao amanhecer e volto quando já está escuro. Margot, a doce e maravilhosa Margot, deixou uma taça de vinho tinto e um bilhete com sua bela caligrafia no balcão da cozinha.

Você dá conta, vá em frente. Mas primeiro durma.
Bjs, M
(E tome um vinhozinho, caso tenha sido um daqueles dias.)

Ninguém pensou que ficaríamos juntas. Era só o que o pessoal acadêmico falava no campus. *Viu que Lisa Michael e Margot Bird estão juntas?* Sim, o dragão da ciência e a linda professora de história estão juntas. Os opostos se atraem. Meus alunos ficaram menos surpresos. Sou difícil de agradar, mas justa. Se quiser um A fácil, pode literalmente cair fora. Mas os bons alunos tendem a ser meus defensores mais leais. Margot é universalmente amada, claro. As aulas dela são tão populares que a pessoa tem que se inscrever pela internet no segundo em que abrem as inscrições, como se ela fosse uma estrela do rock vendendo ingressos para uma turnê em um estádio.

Deixo o vinho — meu cérebro tem muito em que pensar amanhã, não pode estar nebuloso — e caio na cama. Eu me aninho nas costas de Margot e sinto meus ombros relaxarem com o calor e seu cheiro reconfortante.

— Oi — diz ela, com muito menos sono do que eu esperava.

— Oi — respondo, dando um beijo rápido em sua testa.

— Estive pensando... — diz ela.

Uma de nossas muitas diferenças é a capacidade de seu cérebro de pensar melhor à noite. Evito a tentação do sono e consigo fazer um barulhinho em resposta para demonstrar interesse.

— O que você vai fazer quando inventar a vacina?

Eu sorrio ampla e instantaneamente. Sua confiança em mim é ilimitada. É glorioso.

Ela se senta, e seus longos cabelos ruivos lançam uma sombra tênue sobre a cama.

— Não, sério. Você simplesmente vai dar a vacina para o mundo e pronto?

— Eu não "daria" nada a ninguém. Não trabalhei tanto para simplesmente abrir mão.

Minha cabeça está começando a latejar por pensar tão à frente. Tenho largura de banda suficiente para fazer meu trabalho semana após semana, não há espaço para mais nada.

— Não pensei nisso ainda.

— Claro que pensou.

O tom de Margot é resoluto.

— Sim, mas só até a parte da descoberta. Não fui além dos parabéns e do inevitável Prêmio Nobel. Isso se ainda existe. Não tenho um plano.

Margot acende a luz da cabeceira e eu me incomodo com a claridade.

— Mas precisa. Escute, Lisa, você precisa ter cuidado. Depois que inventar a vacina, a coisa vai ficar fora de controle. Muitas inventoras ao longo da história não colheram as recompensas ou o crédito pelo trabalho delas. Esse vai ser o trabalho da sua vida, e é por ele que você deve ser lembrada.

Ela está me olhando atentamente. Eu a amo muito e estou cansada demais para pensar nisso agora, mas há um fundo de verdade no que ela está dizendo, e isso me incomoda. O que vai acontecer depois? Eu não suportaria me tornar uma nota de rodapé; a raiva me mataria. *Cientistas canadenses inventaram uma vacina.* Não, *eu* vou inventar uma vacina, não um grupo sem nome, sem rosto, identificado apenas por sua nacionalidade.

— Pense nisso — diz ela, e desliga a luz.

Nós nos aconchegamos de novo, fingindo estar calmas mais uma vez, mas sei que vou demorar horas para adormecer depois de ela me jogar essa granada de incerteza futura que estou imaginando.

Não posso deixar de perguntar:

— Por que você pensou nisso?

— Sou professora de história da Renascença, com décadas de conhecimento sobre mulheres artistas e inventoras que tiveram seus trabalhos roubados, Lisa. Use esse seu cérebro enorme!

Elizabeth

Londres, Reino Unido, dia 275

Tudo está se encaixando. Como o verão segue a primavera, assim que identificamos os genes responsáveis pela vulnerabilidade à Peste e entendemos a origem do vírus, criamos um teste de imunidade. Um exame de sangue feito por uma picada no dedo que pode ser realizado no mundo todo, com o uso de uma máquina simples e sem a necessidade de um cientista para analisar o sangue, para identificar os marcadores genéticos do vírus da Peste. Fizemos uma entrevista coletiva ontem — George, Amaya e eu diante dessa massa de mulheres com câmeras, telefones e cadernetas —, e me senti muito orgulhosa. Os aspectos práticos para que os homens possam ser testados sem que os vulneráveis sejam infectados ainda precisam ser descobertos, mas pela primeira vez estou esperançosa. Trabalho em uma equipe de renome internacional, estamos na vanguarda da pesquisa sobre a Peste e, se as coisas continuarem como estão, vamos ter uma vacina em um ano ou mais.

Trabalhar com Amaya mudou minha vida. Em parte porque ela literalmente mudou o mundo com suas descobertas e me tornou uma cientista melhor, mas também por causa de seu jeito de ser. Eu disse a George, umas semanas depois de começarmos a trabalhar com ela: "O laboratório está diferente, o que é? É um diferente bom".

Ele simplesmente apontou para Amaya, sentada em sua sala de vidro lendo um relatório, e isso disse tudo.

Onde estou nervosa, ela está calma. Onde tento animar as pessoas com um otimismo às vezes delirante, ela faz um plano para sobreviver a todos os resultados possíveis. Eu me entreguei ao trabalho por medo e desespero para encontrar uma vacina, e meus amigos e Simon me forçaram a viver um pouco. Um pouco mesmo; não vou frequentar raves nem nada — onde se encontra uma rave? Há propaganda disso? —, mas eles me tiraram da rota de burnout que eu estava seguindo tão servilmente. Eu durmo, descanso, fico com Simon, que me faz rir e me mostra suas partes favoritas do Regent's Park — "o parque mais subestimado de Londres". Ele faz espaguete à bolonhesa e eu ensino a ele o que são biscoitos (do meu tipo, não do tipo inglês) e vemos TV aninhados no sofá em seu apartamento em Hampstead, minúsculo, quentinho, aconchegante e cheio de livros. Às vezes tenho vontade de me beliscar, mas repito para mim mesma que mereço coisas boas e que talvez — apenas talvez — Simon e eu tenhamos sido feitos um para o outro. Pela primeira vez em muito tempo, ouso fazer planos. Simon fala sobre casamento e pergunta se eu gostaria de voltar aos Estados Unidos um dia, e de que nomes de bebês eu gosto. "Rose se for menina, Arthur se for menino", respondo, atordoada e emocionada. De repente é tanta felicidade que às vezes parece ridículo. Por que eu? E então recordo minha bravura de vir a Londres, de persuadir George a me tornar sua vice, de convidar Simon para sair, de tomar a iniciativa e beijá-lo, e acho que *ninguém me entregou nada disso de bandeja.* Construí para mim esta vida estranha, desafiadora e gratificante em Londres. Por que não eu?

Ainda é difícil e os dias são longos. Às vezes é tão difícil que eu gostaria, mais do que qualquer coisa, que uma vacina simplesmente caísse do céu; mas estamos fazendo progressos. Temos conquistas sólidas e tangíveis — um genoma sequenciado, um teste criado — que podemos apresentar e dizer ao mundo: "Vejam, nós sabemos o que estamos fazendo. Fizemos uma coisa boa. Vamos vencer a Peste".

Catherine

Londres, Reino Unido, dia 295

Minha casa está estranhamente silenciosa. Nunca havia notado a diferença entre o som de uma casa adormecida e uma vazia, mas é tão forte que não acredito que nunca havia percebido. Eu costumava trabalhar na mesa de jantar, enquanto Anthony dormia profundamente em nosso quarto e Theodore no quarto dele, ao lado. A casa ficava quieta, mas cheia, enquanto eu trabalhava, contente por saber que minha família estava em segurança, acomodada um andar acima de mim. Agora ela está tão vazia que mantenho as portas fechadas e passo a maior parte do tempo na cozinha, como se pudesse enganar minha mente para que esquecesse o mausoléu que existe além deste aposento.

Passo a maior parte do tempo sozinha. Dias se passam em que não falo com ninguém. Phoebe liga e manda mensagens dizendo que está aqui, mas não consigo responder. É como se ela fosse um item em minha lista de coisas que sei que preciso resolver, mas não consigo. É demais para mim. A simples visão do nome dela na tela do celular me deixa enjoada; sempre viro o telefone até que fique mudo. Não confio em mim; se falar com ela, vou chorar ou gritar.

Não sei o que seria pior, o desespero ou a raiva. Ela também não pode me ajudar. O que eu diria? *Lamento, você perdeu... nada. Estou feliz por seu marido estar vivo e você ter duas lindas filhas cuja ausência em minha vida é como mais uma farpa alojada em minha pele. Não estou dando conta porque perdi todas as pessoas que amo, mas como você está?* Sei que é irracional odiar alguém por sua vida não ter sido destruída, mas racionalidade é mais do que eu posso suportar no momento. Libby liga de vez em quando, mas ainda está presa em Madri; pelo menos estou em Londres, em minha própria casa.

Dolorosamente, os dias que passo sozinha em casa, sem a rotina regular do trabalho, me fazem recordar a licença-maternidade. Aqueles meses intermináveis sem ter ninguém para conversar além de um bebê. Theodore nasceu tão cedo que todos os meus amigos do NCT ainda estavam comprando blusinhas e chapéus minúsculos enquanto eu já empurrava o carrinho de um bebê de verdade pela cozinha, tentando convencê-lo a dormir.

Hoje, pela primeira vez desde que o mundo desmoronou, vou trabalhar. A UCL está abrindo, assim como outras quarenta e nove universidades em todo o país, em uma tentativa de manter o sistema educacional funcionando. O governo diz que precisamos garantir que tenhamos professores, enfermeiros, advogados, engenheiros e todas as outras profissões que farão parte de nossa sociedade nos próximos anos. Não me importo, contanto que eu ainda tenha algo para fazer. Minha adorável chefe, Margaret, ligou ontem e me pediu para ir.

Preparo uma xícara de café com o pó da lata minguante. Não haverá mais café por muito, muito tempo, de modo que eu raciono. Mas hoje é um grande dia, que merece uma xícara de café. Não saí de Crystal Palace desde que voltei de Devon, há muitas semanas. A visão de outras pessoas, o contato visual, o barulho, as estradas... Só de pensar nisso já era demais. Era como se eu tivesse sido descascada.

Pego o trem de Crystal Palace para Victoria; antes passavam quatro por hora, lotados de passageiros lendo jornais ou no celular. Agora passa um a cada hora e meia, cheio de mulheres, ocasionalmente um homem aparecendo como uma mancha de tinta em uma página.

No trem, leio um romance policial — o tipo de coisa inquietante, mas fácil de ler, que Anthony adorava e que sempre evitei por gostar de livros com final feliz. Nossos gostos de leitura de férias eram divididos em linhas constrangedoramente heteronormativas. Romances históricos e ficção feminina para mim, livros sobre crime e história militar para ele. Tentei ler um romance há alguns dias, pensando que poderia ajudar, mas só consegui ler dois parágrafos antes de o fechar, sentindo repulsa pelo tom alegre. Agora é reconfortante ler sobre mistérios, morte, terror e a eventual resolução da justiça. A capacidade do meu cérebro de ler sobre a boa sorte dos outros, mesmo que seja uma felicidade fictícia, atualmente não existe.

O trem chega a Victoria no momento em que o detetive do meu livro está fazendo uma descoberta sobre o caso. Para o metrô há uma espera de trinta minutos, como haverá por meses, enquanto os poucos condutores restantes, homens ou mulheres, ensinam outros a conduzir os trens. Percorro Londres em um ônibus substituto, lotado de pessoas, todas tão pálidas e distraídas quanto imagino que eu estou.

Ver minha sala no edifício de antropologia da UCL me leva às lágrimas. É um edifício atarracado e quadrado, mas é um lar longe de casa. Tem sido uma constante em minha vida por mais de uma década. Os corredores têm o mesmo cheiro, mas estão, previsivelmente, mais vazios que antes. Vou direto falar com Margaret.

— Ora, ora, veja só quem apareceu!

Margaret, minha chefe sincera, confiável e gentil, está sentada à sua mesa, como sempre cercada por pilhas instáveis de livros.

— Que bom ver você.

Eu me sento. Parece outra segunda-feira qualquer; é como se nada tivesse mudado.

— Não vou perguntar como você está e, por favor, não me pergunte. Acho que nenhuma das duas consegue encarar isso agora — diz ela.

Há uma foto na prateleira atrás dela, de Margaret, seu marido, filho e filha. Olho para a foto e depois de volta para seu rosto decidido. Ela envelheceu anos nesses poucos meses que não a vi.

— Vamos trabalhar. Nada como umas aulas de antropologia biológica de segundo ano para alegrar a alma.

— Esse é o espírito!

O horário de aulas logo mostra que vou precisar dobrar minha carga horária para cobrir os colegas que morreram. Margaret está determinada a manter o departamento de antropologia funcionando o mais normalmente possível.

— Esse projeto que você mencionou no e-mail... — diz ela, tão séria que não tenho certeza se vai me mandar deixar isso pra lá. — Acho essencial, claro, fazer um registro da história da Peste, como se espalhou, como os envolvidos em seu epicentro foram afetados e estão lidando com a situação... ouvir pessoas comuns para compreender o impacto cultural e social...

Margaret repete uma descrição muito mais eloquente e concisa de meu projeto do que o que meu cérebro confuso e de luto conseguiu articular no e-mail. Escrevo o que ela diz e assinto, como se dissesse: "Sim, era exatamente isso que eu estava pensando".

— Exponha as coisas de forma mais completa e depois falamos sobre a publicação. Talvez um livro fosse melhor. Certamente não pode ser um artigo de periódico; é importante demais para ficar restrito aos círculos acadêmicos. A questão de fundos está uma confusão, mas não vamos ter problemas. Há um fundo de emergência. Vamos assegurar que você tenha o dinheiro necessário para pesquisas e viagens, dentro do razoável. Eu sei que você vai estar ocupada, mas experimente a carga horária que eu te passei e me avise quando precisar viajar e nós resolvemos. Se as aulas forem muitas, vamos reduzir as suas horas. O projeto deve ter prioridade.

— Obrigada, de verdade.

— Vamos almoçar juntas em algum momento para pôr o papo em dia direito.

Os olhos de Margaret ficam meio vidrados e eu imploro em pensamento para ela não chorar. Ela é como uma diretora, um capitão ou um major do exército. Seu trabalho é ser forte e calma no meio do caos. Se ela tiver um colapso, não sei o que vou fazer.

— Por enquanto, vamos trabalhar — digo baixinho. — Temos muito tempo para isso.

Ela assente e eu saio da sala. Pela primeira vez em muito tempo, tenho um propósito oficial. A responsabilidade é bem-vinda. É como vestir um casaco velho, que me faz lembrar como era a vida antes. Uma distração bem-vinda e abençoada. Não sou mais responsável por um filho, não sou esposa, filha, nem mesmo amiga. Mas sou responsável por registrar o que diabos aconteceu. E vou fazer isso direito.

Amanda

Edimburgo, República Independente da Escócia, dia 296

Entrar na enfermaria obstétrica me dá calafrios. Lembranças do nascimento de Josh me vêm à mente. Vinte e oito horas, uma epidural que não pegou, uma laceração de terceiro grau. Não foi por acaso que só tivemos dois. Ao mesmo tempo, minhas entranhas se contraem de anseio. Ah, poder fazer tudo de novo e ter nos braços um pequeno recém-nascido sabendo dos anos de alegria que se estenderiam à minha frente...

Nada de choro hoje. Não estou aqui para relembrar; meu trabalho de consultora de saúde pública na Agência de Proteção à Saúde da Escócia requer missão de reconhecimento. Alguém achou que seria uma boa ideia que um de nós fosse ver o que está acontecendo nas enfermarias obstétricas, já que os bebês concebidos pouco antes da Peste chegaram a um mundo que seus pais nunca poderiam ter imaginado.

— Amanda? Oi, meu nome é Lucy.

Lucy está com uma aparência horrível; está cinza de exaustão. Já vi muitos enfermeiros e médicos no pronto-socorro com esse olhar vazio. Sei reconhecer o esgotamento quando o vejo.

— Como você está, Lucy? — pergunto.

— Não vamos poder falar sobre isso, Amanda — diz ela, decidida. — Estou por um fio aqui, não posso cortá-lo.

— Vamos nos ater à medicina, então. Qual é sua qualificação? — pergunto, pois ela parece muito nova.

— Quinze meses apenas. O trabalho não tem sido... o que eu imaginava.

Que eufemismo!

Lucy respira fundo e começa um discurso, claramente pré--elaborado.

— Vou te levar para falar com Alicia. Ela concordou que observe, mas acha que você está aqui na qualidade de médica; coisa que, tecnicamente, é verdade, de modo que eu acho que está tudo bem. Quando engravidou, Alicia não sabia, obviamente, que daria à luz no meio da Peste, e o estresse está retardando o trabalho de parto. Isso tem acontecido muito. Nós tiramos os homens da enfermaria por um tempo, mas depois foi confirmado que as mulheres são hospedeiras, então...

Ela dá de ombros com uma indiferença forçada antes de continuar.

— Dos duzentos e oitenta e quatro meninos que ajudei a dar à luz nos últimos seis meses, vinte e nove sobreviveram. Os bebês tendem a adoecer em poucas horas, e nós achamos que o vírus é transmitido por contato após o nascimento. Uma vez no mundo, são tocados pelas mães e depois... Alicia não sabe se vai ter menino ou menina, o que é bastante comum. Acho que elas gostam de acalentar a esperança pelo maior tempo possível, mas o instinto de proteção do corpo dela está entrando em ação; ele está tentando segurar o bebê lá dentro pelo máximo de tempo possível.

Lucy faz uma pausa. Acho que ela quer que eu diga alguma coisa.

— O marido está com ela?

— Não, ele morreu há dois meses.

Lucy me leva até uma sala escura, com apenas umas luzes fracas. Diz em voz baixa que Alicia já tomou a epidural e que acham que podem precisar de um parto assistido ou de uma cesárea. Fico no canto tentando ser o mais discreta possível. Duas parteiras e uma obstetra sênior — é o que parece, pela idade — estão encorajando Alicia a fazer força, mas dá para ver que ela não está se empenhando. Não posso culpá-la.

Trinta minutos depois, estamos todos higienizados e na sala de cirurgia. A necessidade da cesárea se tornou óbvia. Alicia está chorando e tremendo de medo enquanto sua mãe segura sua mão. "Queria que Ronnie estivesse aqui", diz, e sinto meu coração apertar. Parece que o tempo não passa enquanto esperamos que o sexo do bebê seja revelado. Há o corte e a violência usual de uma cesárea; a obstetra sênior tira o bebê. A sala inteira volta a respirar e fico imaginando com tanta clareza o anúncio de um menino que quase o ouço no silêncio tenso da sala.

— É uma menina. É uma menina! — grita a obstetra, mas sua voz é abafada pela máscara.

Alicia começa a chorar e sua mãe a abraça, embalando-a dos ombros para cima. Uma das parteiras pega o bebê, limpa-o e o pesa.

— É uma menina! — repete a obstetra, e, com as lágrimas sufocando sua voz, começa a suturar Alicia.

— Qual é o nome dela? — pergunta a parteira, entregando o bebê à mãe de Alicia.

Ela leva o lindo bebê rosado e chorando à altura da cabeça de Alicia para que possam ficar perto.

— Ava — diz Alicia. — Ronnie gostava desse nome.

Lucy e eu sorrimos uma para a outra, inebriadas de alívio depois dos terríveis minutos antes do nascimento de Ava. Não posso deixar de pensar na alegria que senti quando meus bebês nasceram e finalmente — finalmente — tudo acabou e me entregaram meus lindos meninos. O alívio, a felicidade, o tempo juntos que se estendia à nossa frente. O contraste entre minha vida naquela época e a estranha vida de agora é tão chocante, por um momento, que é como se eu tivesse levado um soco na garganta. *Sou uma mulher sozinha, não tenho filhos. Tive filhos, mas não os tenho mais.*

— Vamos lá — diz Lucy.

Tonta e meio enjoada por conta do medo, sigo Lucy até a Sala de Parto 5. Ela respira fundo antes de abrir a porta.

— Esta é Kim. Ela já tem três meninas. O marido dela é imune.

Meu nariz arde pelas lágrimas de ciúme contidas. Lucy me olha com compaixão.

— Eu sei. Tive a mesma reação quando fiz o pré-natal dela. Ela é uma das sortudas.

— Ela sabe se é mais uma menina?

— Não, mas, pela minha experiência, as chances são grandes depois de ter três do mesmo sexo.

Entramos na sala, cuja atmosfera é muito mais calma que o clima de resistência de Alicia. Há baleias cantando, cheiro de lavanda no ar e um marido muito atencioso esfregando as costas de Kim.

Eu me apresento calmamente. Kim tem duas parteiras ajudando-a a ficar de cócoras. É hora de fazer força. Mais uma vez sinto a tensão na sala aumentar à medida que o nascimento do bebê se aproxima. Kim está fazendo força direitinho e a mantém durante a duração das contrações. Já li sobre as estatísticas a respeito do sexo de um bebê; Lucy tem razão: depois de ter três bebês do mesmo sexo, são grandes as chances de que a mulher continue gerando filhos do mesmo sexo.

— Só mais uma vez, meu amor — grita uma das parteiras.

Com um rugido, Kim faz força e a cabeça do bebê sai. Poucos minutos depois, o corpo a segue.

— É um menino — diz a parteira, com a voz oca.

Ela fica branca. A outra parteira, a mais quieta, leva o bebê para a lateral da sala. Ele está chorando muito e tem uma cor boa. Parece um menino perfeitamente saudável.

— O quê? — diz Kim, tonta por causa da força, da dor e do choque. — Não pode ser um menino. Nós só temos meninas.

— É um menino, querida — diz a parteira.

Eu me afasto enquanto a parteira e Kim concluem os estágios finais do trabalho de parto e a placenta sai. Sinto que estou me intrometendo; isso é muito íntimo. Estou assistindo ao início de um funeral.

— Onde está a equipe pediátrica? — pergunto a Lucy em voz baixa.

— Não adianta — sussurra Lucy. — Se ele for imune, vai sobreviver; se não, vai morrer. A pediatria está priorizando o tratamento das meninas e dos meninos imunes com problemas não relacionados à Peste.

A crueldade disso é devastadora no contexto de uma maternidade. Estou tão acostumada aos cuidados médicos e atenção devotados aos bebês recém-nascidos que isso me incomoda, mas é a realidade agora. Não há nada a ganhar perdendo tempo precioso, agulhas, cânulas, soro fisiológico e esteroides com um bebê cujo destino é morrer em poucos dias. Kim não está chorando. Parece estar em estado de choque, pálida como a morte. A parte médica de meu cérebro quer verificar se ela não está com hemorragia, mas suspeito que a palidez se deva ao horror de ter dado à luz um bebê que quase certamente morrerá em dias, se não em horas. Há ausência de algo e estou tentando descobrir o que é, fazendo minha mente voltar ao meu próprio trabalho de parto; e então eu percebo. Tranquilização. Quando dei à luz, fui constantemente tranquilizada, durante e depois, toda hora me diziam que tudo ia ficar bem. "Você vai se recuperar muito bem." "Que menininho lindo!" "As primeiras noites são as mais difíceis, depois você acha um ritmo." Mas aqui não há garantia. Não há nada que alguém possa dizer.

Lucy e eu saímos da sala de parto e eu respiro fundo.

— É um ambiente horrível de se estar, não é? — diz ela.

Anuo.

— Sinceramente, não sei como você consegue fazer isso há tanto tempo. Estou emocionalmente exausta, e estou aqui há menos de duas horas.

— Não foi para isso que me tornei parteira.

Os olhos de Lucy estão cheios de lágrimas, e tenho um desejo materno de abraçá-la e esfregar suas costas.

— Passamos horas com essas mulheres incentivando-as a rasgar seu corpo pela promessa de um bebê no final, e para quê? Para que fiquem arrasadas depois de algumas horas? Não aguento mais. Fiz inscrição para enfermeira de clínica geral.

Assinto de novo. Não há nada que eu possa dizer, então eu apenas murmuro:

— Eu entendo.

Passo os dois dias seguintes com Lucy repetindo a montanha-russa de euforia e horror que é o trabalho em uma enfermaria obstétrica durante a Peste. Vejo nascer mais quatro meninas e cinco meninos. No fim de meu terceiro dia, estou desesperada para voltar para casa. Não consigo ver o rosto de mais uma mulher desmoronar diante da perspectiva de um filho morto. Essas parteiras são feitas de um material mais duro do que eu.

Estou indo para o estacionamento, cansada e pronta para dormir, quando Lucy vem correndo atrás de mim. Imagino que devo ter esquecido alguma coisa.

— Espere! Acabei de saber sobre o bebê da Kim!

— O que tem ele?

Lucy está radiante, brilhando de felicidade.

— Ele é imune! Acabamos de fazer o teste. Ele não apresentou nenhum sintoma depois de vinte e quatro horas, então fizemos um exame de sangue para ter certeza. Ele é imune!

Começo a chorar e Lucy me abraça. Nós nos abraçamos com força nesse estacionamento escuro nos arredores de Edimburgo. Duas mulheres chorando com a notícia de que um bebê vai sobreviver.

— Ele é lindo — diz Lucy. — Lindo demais.

Faith

Base militar sem nome, Estados Unidos da América, dia 299

Quais são as chances de ir parar na cadeia se eu der um soco na cara de Susan? Prós: breve sensação de satisfação por dar um soco na cara de Susan; ela vai me deixar em paz. Contras: posso quebrar a mão; Susan nunca vai parar de falar sobre isso; não tenho filhos e Susan tem. De modo que eu iria parar na cadeia e ninguém ligaria, porque não tenho dependentes.

Suspiro. Tudo gira ao redor de filhos. Tento sintonizar meu cérebro de novo na bobagem que Susan está tagarelando agora. Nem faz sentido ela estar aqui; ela não gostava de mim quando éramos esposas de militares e com certeza não gosta de mim agora que somos viúvas de militares.

— Então...

Ela está muito animada, deve ter fofocas para contar. Lá vamos nós.

— O exército está selecionando e nós vamos ser consultadas primeiro!

— Você e eu? — pergunto como uma tola.

Não entendi. Susan revira os olhos e levanta uma sobrancelha não depilada.

— Não, idiota. Nós, esposas de militares. Já estamos na base e "compreendemos o que o trabalho envolve" — diz ela, fazendo as aspas com os dedos como se isso fosse ridículo. — Não é ultrajante?

Ela está olhando para mim, em expectativa. Nos velhos tempos, antes de Daniel morrer, eu teria dito "Sim, é ultrajante!", mas nem me dou o trabalho agora. Daniel está morto. Não importa para ele ou para os outros homens de sua unidade se Susan e eu nos damos bem. E eu nunca dei a mínima.

— Não acho que seja má ideia.

Susan franze os lábios e inclina a cabeça para o lado como se eu fosse uma criança que acabou de fazer xixi na calça.

— O que vai acontecer com meus filhos, hein? Não tenho ninguém para cuidar deles e, depois de tudo que passamos, por que nos perseguiriam assim? — Ela faz uma pausa para recuperar o fôlego. — Não é a mesma coisa para você. Vocês que não têm filhos não vão ser afetadas.

Eu não estouro, não perco a paciência. Sei exatamente o que estou prestes a fazer e não me orgulho disso. Não vai ser meu melhor momento; ou, na verdade, talvez seja. Para ser sincera, Susan tem sorte de eu não encher sua boca de socos. Eu me levanto da cadeira, tiro a xícara de café de sua mão e viro em sua cabeça o copo de água que estou bebendo, em câmera tão gloriosamente lenta que posso ver sua expressão passar de uma leve surpresa com a ausência de seu café à descrença, ao horror total à água fria.

— Vá se foder, Susan. E, aproveitando, dê o fora da minha casa.

A alegria de dizer essas palavras que guardo no fundo da garganta há anos é especialmente doce.

Susan fica boquiaberta e arrasta a cadeira para trás. Seu cabelo mal tingido está grudado nas bochechas.

— Você é maluca! Eu sempre disse que você era louca, avisei todo mundo: essa mulher é doida.

— Cai fora, Susan. Agora.

Susan ainda está tagarelando enquanto sai da minha casa e bate a porta atrás de si. Boa viagem, para Susan e para parte da minha identidade de esposa de militar calma, agradável, cuidadosa e apaziguadora

Meu marido e eu nos conhecemos em uma boate em Madison, Alabama — o que deve ser a maneira mais brega do mundo de encontrar o amor da sua vida. Eu não sabia na época, mas, quando a mulher se casa com um militar, não é apenas uma parceria. Tem que assumir uma identidade contra a qual sempre me rebelei. Sempre que ele era destacado, eu deixava a base e voltava para casa, no Maine, por duas semanas, e, se ele ficasse fora mais de um ano, eu ia morar com meus pais e me transferia para um hospital de lá. Ele nunca ia para um lugar onde sua esposa também pudesse ir. Foi enviado para lugares perigosos, lugares distantes, lugares aterrorizantes. Então, eu fazia o possível para sobreviver sem ele, trabalhava e ficava longe da base. Era muito difícil ver as outras esposas esperando a volta de um homem da maneira que todas temíamos.

Então veio a Peste, e Daniel havia acabado de voltar da Alemanha. Quantas vezes desejei ter ido com ele para a Europa! Nunca haviam dito a ele que poderia levar sua esposa, mas, de qualquer maneira, eu não teria conseguido trabalhar em um hospital de lá. Poderíamos ter ficado mais seis meses juntos antes que o mundo desmoronasse. Ele estava em casa havia apenas três dias quando recebeu o telefonema para que todos os militares da ativa voltassem ao serviço, mas desta vez nos Estados Unidos.

A unidade de Daniel foi uma das mais bem-sucedidas em termos de sobrevivência, e isso não é apenas a visão cor-de-rosa de uma viúva solitária. Não sei como nem por quê, Daniel sobreviveu até maio — foi o último de sua unidade a morrer. Nenhum deles era imune. A cada telefonema que recebia, eu lhe implorava que desertasse. O que eles fariam, atirariam nele? Provavelmente ele ia morrer de qualquer maneira. Esperávamos que ele fosse imune, mas o exército fez o teste nele e deu negativo. Eu só queria mais tempo com ele... queria ser esposa por um pouco mais de tempo.

Mas, quando você se casa com um homem com integridade suficiente para entrar no exército — por razões patrióticas que brilham de valor e honra —, não pode se surpreender com o fato de ele permanecer no posto até o dia de sua morte. "Estou ajudando as pessoas", ele me dizia, sempre com paciência, quando eu chorava e implorava. "Pois me ajude", eu respondia. "Por favor, me ajude."

Portanto, agora sou viúva e o único aspecto positivo é que não preciso mais que gostem de mim. As outras esposas sempre me acharam estranha, e agora confirmei todas as suas suspeitas. Somos todas viúvas, supostamente dando apoio umas às outras, mas "viúva" é o título mais comum no mundo agora. Ainda é insuportável; só porque muitas pessoas estão vivendo a mesma coisa que você, não significa que seja mais fácil. Na verdade é mais difícil, porque você não é especial. Não há concessões ou respeito pela dor. O mundo inteiro está sofrendo. O que é um marido se quase todos os homens estão mortos? O que é a dor de uma mulher diante de bilhões de filhos, pais, irmãos e, sim, maridos perdidos?

Mas não joguei água em Susan por causa da tristeza. Não; fiz isso porque não tenho filhos e Susan sabe que é meu único ponto fraco e que não suporto que o cutuquem, e ela simplesmente enfiou a faca. Sei que devemos usar o termo "sem filhos" agora, mas, convenhamos, isso é besteira. A maioria de nós não tem filhos, e não por escolha própria. Daniel e eu começamos a tentar engravidar assim que nos casamos. Quando ele morreu, já estávamos casados havia cinco anos. Engravidei oito vezes e perdi o bebê em todas elas.

Isso faz coisas estranhas com a pessoa. Você fica meio maluca. Não ajudou o fato de eu ter sido enfermeira neonatal, mas o que eu deveria fazer? Parar de trabalhar? Parar de fazer a única coisa que me mantinha sã? Um dos sentimentos para o qual eu não estava preparada quando Daniel morreu foi o alívio. Não fiquei aliviada por ele ter morrido, de jeito nenhum! No entanto, conforme fui saindo da névoa de luto que me consumia, comecei a vasculhar meu cérebro um pouco e, sim, o alívio estava lá. Alívio por qualquer possibilidade de ser mãe ter desaparecido. Tudo que eu sempre quis foi ser mãe:

engravidar, dar à luz, passar noites sem dormir amamentando, reclamar do cansaço, chorar quando visse minha menininha de olhos castanhos toda séria cantar "Brilha, brilha, estrelinha" no palco com outros alunos do jardim de infância. Era tudo que eu sempre quis.

E a coisa mais difícil em relação à infertilidade, sobre a qual ninguém fala, é a esperança. O mais doloroso não é quando não dá certo; é a traição da esperança que, dessa vez, você teve por ter tido a *ousadia* de pensar que seria diferente. É a dor lancinante da esperança perdida quando você tenta de novo e não dá certo de novo, e tenta de novo e não dá certo de novo, e toda vez sabe que não vai dar certo, mas tem esperanças. Sem marido e com apenas dez por cento dos homens do mundo vivos, não vou ser mãe. Isso está perfeitamente claro. Pela primeira vez na vida, tenho certeza de que não vou engravidar e dar à luz meu próprio filho. Usamos nosso último embrião congelado na última tentativa de fertilização in vitro. Não tenho esperma congelado de Daniel nem óvulos meus.

Ah, e não precisei mais ser enfermeira neonatal. Essa foi outra vertente do alívio. Eu adorava meu trabalho; cada vez que cuidava de um bebezinho nascido precocemente neste mundo frio e assustador, eu tinha três pensamentos: como está a respiração do bebê? Ele está se alimentando bem? Como eu gostaria de ser tratada se fosse a mãe nessa situação? Eu era uma enfermeira muito, *muito* boa e precisava do meu trabalho. Teria tido um colapso se não fosse pelo meu trabalho e as outras enfermeiras com quem trabalhava. Mas também era meio como um artista fracassado trabalhando como segurança em uma galeria de arte, ou um escritor fracassado trabalhando em uma livraria. Fica um lembrete constante em sua cabeça de como você está perto do que deseja, e ao mesmo tempo tão longe. Nem que os bebês fossem pequenos alienígenas lutando para sobreviver; eles eram bebês e suas mães eram mães.

No dia em que me disseram que eu não era mais necessária na enfermaria neonatal e que ia começar o treinamento em oncologia, chorei no carro no caminho para casa. *Não preciso mais fazer isso. Não preciso mais fazer isso. Graças a Deus!*

A maior diferença entre Susan e mim é que, antes da Peste, ela amava sua vida. Ela era ambivalente em relação ao marido — seu casamento não era por amor e para sempre. Mas, para ela, sua vida era perfeita. Seu marido estava fora a maior parte do ano, ela tinha três filhas, todas atléticas e populares, comandava a cena social na base e devagar estava se transformando na dona de casa de meia-idade entediada, mas safada, que sem dúvida sua mãe havia sido.

Antes que a Peste nos atingisse, eu amava meu marido, mas odiava minha vida. Odiava meu corpo por não funcionar direito e me deixar na mão, mesmo tendo participado de dezenove sessões de um grupo de apoio no qual tive a certeza de que ele funcionava sim, apesar de todas as evidências em contrário. Uma parte de mim odiava o fato de meu trabalho exigir que eu enfrentasse minha infertilidade todos os dias. Odiava o fato de meu marido passar tanto tempo fora e sentia sua falta desesperadamente. E eu odiava mulheres como Susan, que consideravam minha vida frívola e desprovida de significado, como se eu fugisse de casa para ir a uma rave ilegal todas as noites da semana, enquanto elas labutavam no altar da maternidade como uma Madre Teresa subvalorizada.

Portanto, estou meio animada com a abertura de vagas. Que venha. Sou enfermeira há mais de uma década, estou pronta para algo diferente e sei que posso encarar. Já vi muita merda; já vi bebês morrerem — perdi oito meus. E perdi meu marido. Mulheres como Susan são fichinha para mim.

No dia seguinte, a carta está em minha caixa de correspondência. Diz tudo que eu preciso saber e ali, no fim, o quadradinho mágico. "Marque se deseja se inscrever no programa Primeira Classe. Formulário incluso." O exército está em apuros. Estão convocando, então faz sentido; eles precisam de líderes juniores. Posso me inscrever para o processo de aceleração de promoção e, se for selecionada, assim que concluir o treinamento básico serei um soldado raso de Primeira Classe. Daniel ia amar. Posso imaginá-lo me olhando, com aquele sorriso adorável, caloroso e orgulhoso que sempre teve, enquanto preencho o formulário e explico por que tenho as características que eles procuram. *Resiliência. Capacidade para lidar com pressões extremas. Capacidade de liderança sem medo. Rapidez de aprendizagem. Aptidão física. Experiência em funções fisicamente exigentes.*

Eu sei que vou conseguir, e consigo. Mais uma semana se passa e aí está: um grande e grosso envelope cheio de papéis falando sobre os requisitos do programa. Não consigo tirar o sorriso do rosto por dois dias até ter que me apresentar para o treinamento. Ao contrário de Susan, passei a última década em um trabalho muito estressante e de alto risco que envolve seguir procedimentos, estrutura hierárquica e exposição a cenários de vida e morte. É o dia mais gratificante da minha vida quando começa nosso treinamento básico de combate e eu entro pela porta da direita — para os recrutas da aceleração de promoção. Susan, com uma expressão de choque, entra pela porta da esquerda.

Dawn

Londres, Reino Unido, dia 300

Nossa, adoro quando as coisas são eficientes. Precisamente às duas da tarde recebo uma ligação de Jackie Stockett. Nos últimos meses, acumulando responsabilidades como costumava acumular milhas aéreas, sempre tive vontade de carregar um cartaz acima da cabeça dizendo: *Vocês foram criados por lobos? Sejam pontuais!*

Não estou surpresa, e sim grata, pelo fato de a diretora do Departamento de Convocação ao Trabalho de Indiana ser pontual. Precisamos saber como ela está fazendo as coisas e não há tempo a perder. Até agora só temos políticas de emprego específicas: todos os trabalhadores da saúde, membros das forças armadas, funcionários públicos e serviços de emergência são obrigados a trabalhar em tempo integral — ou parcial, se tiverem dependentes —, até que uma estrutura mais ampla seja criada e aprovada pelo Parlamento. Todos os demais são livres para trabalhar ou não, como quiserem, e não está dando certo. O país está em apuros.

É muito, muito importante que ninguém saiba que estamos falando com Jackie porque uma convocação ao trabalho no estilo americano seria uma notícia bombástica. Não adianta entrar em pânico antes de saber o que vai acontecer. Gillian, como ministra do Interior, decidirá se vai prosseguir ou não, enquanto eu vou planejar ações para qualquer perturbação que isso possa causar.

Jackie Stockett é uma mulher ocupada; fizemos bem em marcar hora com ela. Imagino que o departamento de convocação ao trabalho de Indiana não seja lugar para preguiçosos.

— Olá! — diz Jackie.

— É muito gentil da sua parte nos dar um pouco do seu tempo, Jackie.

— Eu sou gentil mesmo. A santa padroeira de Indiana. — Ela ri e eu vejo como essa mulher foi capaz de criar o primeiro departamento de convocação ao trabalho do mundo mais rápido do que eu fui capaz de organizar os malditos eletricistas. — Muito bem, você tem uma hora do tempo desta santa. Então, me diga, o que posso fazer para ajudar?

— Conte para nós tudo que você sabe — diz Gillian, sentada à minha direita, levando nossa decisão de fazer perguntas abertas um pouco longe demais.

— Talvez isso demore um pouco. Muito bem, vamos começar pelo fim — diz ela, batendo as palmas. — O objetivo é importante, não é? Aqui nos Estados Unidos nós temos o Índice de Escassez Humana, do qual vocês devem ter ouvido falar.

Como não, se está em todos os jornais e revistas do mundo como um símbolo do "talento da humanidade para a adaptação" — ou do "fim dos dias", dependendo do enfoque?

— Indiana é o terceiro na tabela de cinquenta e dois estados e, historicamente, temos muito menos a nosso favor do que Califórnia e Illinois, os únicos dois estados que nos venceram. Recursos humanos não é mais só arranjar empregos para as pessoas; é questão de vida ou morte. Se o lixo ficar nas ruas, se os corpos ficarem se acumulando nas casas, se as fábricas não produzirem remédios e os caminhões de entrega não levarem os alimentos das fazendas para os comerciantes, pessoas vão morrer. É simples assim. Terceiro lugar significa que meu estado está sobrevivendo.

Gillian interrompe o discurso de Jackie.

— Vocês se anteciparam à chegada da Peste? Quanto tempo tiveram para se preparar?

Jackie ri — é um som adorável e rico.

— Não, tolinha. Sou boa no que eu faço, mas não sou bruxa. Mas percebi que, depois que a Peste estivesse aqui, precisaríamos mudar o mercado de trabalho bem depressa. Comecei com o departamento de Parques e Recreação, ou "Gambás e Guaxinins", como as pessoas costumavam chamá-lo.

Eu abafo uma risada. Gillian me lança um olhar.

— Desculpe — digo, envergonhada.

— Pode rir das minhas piadas quando quiser. A questão é que o departamento de Parques sempre teve um orçamento apertado, então eu precisava planejar muito. Às vezes bastava pedir mais dinheiro; ainda há algumas congressistas de Indiana por aí que ficariam felizes em nunca mais ver minha cara. Tive que fazer um planejamento. De maio a setembro, precisávamos do dobro de funcionários que nos outros sete meses do ano, e eu fazia tudo com muito pouco dinheiro. Aí veio a Peste e, Jesus, foi péssimo. Fui diretora de recursos humanos do Conselho Municipal de Bloomington. O setor privado era uma bagunça totalmente diferente, mas, no mínimo, cada departamento da Prefeitura precisava continuar funcionando depois de mais da metade de sua força de trabalho *puf*, desaparecer.

Penso nos primeiros dias da Peste e sinto um estremecimento familiar. Homens morrendo em todos os lugares: polícia, forças armadas, em todos os departamentos do governo, em todas as partes do serviço público. Lacunas repentinas fazendo que o trabalho crucial simplesmente não estivesse — e em alguns casos ainda não está — sendo realizado.

A expressão de Jackie passou de entusiasmo a exaustão; o simples fato de relembrar o pânico e a agitação daquelas semanas é cansativo.

— Indiana já tinha uma das piores disparidades salariais por gênero no país e uma escassez de trabalhadores qualificados quando toda essa confusão começou. Digamos que não largamos com vantagem. Mas tínhamos duas coisas: eu e Mary Ford. Ela foi diretora de recursos humanos em Indianápolis e, antes disso, trabalhamos juntas durante dez anos aqui em Bloomington. Mary deveria estar aqui comigo, mas foi roubada por Nebraska. — Jackie assente como se sua amiga estivesse lá. — Estou dizendo isso porque é importante que vocês saibam que eu não fiz tudo isso sozinha.

Gillian me olha com uma expressão de espanto; é raro ver alguém dividindo o crédito por alguma coisa no serviço público. Jackie é boa gente.

— Mary e eu bolamos um plano para abastecer nossas cidades, nossas escolas, hospitais, departamentos de polícia, bombeiros, ah, Deus, a lista era interminável. O exército tinha um plano próprio em prática, mas demorou bastante para ter tudo sob controle.

— Como você faz para as pessoas continuarem trabalhando com parentes doentes, ou quando estão de luto? — pergunto.

Esse é o problema que consideramos mais difícil. Será que podemos mesmo exigir que uma mulher cujo marido, filho ou pai — ou, Deus nos livre, os três — esteja morrendo continue trabalhando independentemente disso?

— Temos exceções para o luto, mas a pessoa tem que trabalhar pelo menos dois dias por semana. É assim que as coisas são. Ninguém estava trabalhando e tudo entrou em colapso. Claro, eu entendo; uma mulher que trabalhava comigo no departamento de Parques, Angela, tinha cinco filhos. Cinco! Não consigo nem imaginar o que ela passou.

— Então, você categoriza os trabalhadores e os tipos de trabalho? — pergunta Gillian.

— Sim. Nós dividimos os cargos em cinco categorias com base na urgência, proporção de funcionários do sexo masculino e dificuldade de substituição de habilidades. O lixeiro é o exemplo clássico que usamos: é um trabalho de nível 1. O lixo precisa ser retirado das ruas para não acabarmos com outra crise de saúde pública nas mãos. Quase todos os caminhões de lixo da cidade eram operados por homens, e levou cerca de três dias de treinamento, principalmente relacionado à segurança, para alguém poder fazer esse trabalho.

Nunca fiquei tão feliz por não ter sentido a tentação de entrar na política depois que saí de Oxford. Vender essa ideia para a população britânica vai ser um pesadelo, e o pior é que é absolutamente necessário.

— Acho que a categorização é fácil. Designar pessoas é a parte difícil — diz Gillian, franzindo a testa e olhando suas anotações.

— E obrigar as pessoas a fazer os trabalhos que são atribuídos a elas — acrescento.

— Já tentou tirar viúvas com filhos de casa para limpar o lixo das ruas? Não é um passeio no parque — diz Jackie. — É preciso estar politicamente unido para fazer isso. Nosso governador morreu, e sua substituta, Kelly Enright, é a mulher mais capaz que já conheci. Se os quatro cavaleiros do apocalipse tivessem a coragem de aparecer à porta dela, ela faria uma apresentação em PowerPoint e um plano de cinco etapas para tirá-los de seu estado. Tivemos uma reunião com ela em março; ela nos pediu que contássemos tudo que sabíamos sobre empregos, sobre as pessoas que precisavam deles e como as coisas iriam piorar. Foi uma reunião de sete horas. No fim, ela já havia chamado quatro assessores e dois advogados. Eles redigiram o Decreto de Convocação ao Trabalho de Indiana naquela noite e Kelly o assinou na manhã seguinte.

Eu havia lido as matérias de jornal; sabia que havia sido rápido, mas saber que o primeiro Projeto de Convocação do mundo foi feito em uma noite me dá náuseas. Nosso processo nunca será tão eficiente. Não consigo nem trocar o toner da copiadora em uma noite.

— Muita gente ameaçou deixar o estado? — pergunta Gillian.

Graças a Deus somos uma ilha. Não há para onde ir e a Escócia não fala conosco.

— Ah, sim, mas temos uma solução fácil para isso: se a pessoa sair do estado para fugir da convocação, não poderá entrar mais.

— Estou preocupada com essa ótica — diz Gillian. — Adorei tudo que você disse, Jackie, de verdade. O que vocês fizeram foi extraordinário. Mas é que... meu Deus, parece tão extremo! Nunca fizemos nada parecido na história da nação.

Minha mente volta ao meu diploma de história. Tenho quase certeza de que ser um servo feudal em 1307 e trabalhar no campo sem remuneração doze meses por ano era pior do que ser forçado a fazer treinamento de encanador e trabalhar das nove às cinco. Só um pouco.

— Atenha-se às mensagens principais. Não use palavras como "otimizar" ou "eficiência". Simplifique as coisas. É questão de vida ou morte. Todos esses trabalhos que parecem pequenos não são. Se as ruas estão limpas, as pessoas não adoecem. Se as pessoas conseguirem consertar o aquecimento em novembro, não vão acabar no hospital com pneumonia.

Queria poder filmar Jackie e mostrar vídeos dela na TV. Ela é como a vovó simpática e objetiva que eu nunca tive. Se ela me mandar pular do precipício, eu pulo.

— Segundo: trabalho significa propósito. Mesmo que você não queira, ou pense que não quer, é um motivo para sair da cama de manhã. O trabalho dá futuro, mesmo que a pessoa não consiga ver isso agora. Terceiro, muitos empregos não existem mais. Às vezes as pessoas me dizem: "Ah, mas muitas dessas pessoas já devem ter emprego". Sim, tinham antes da Peste, mas não depois. Ninguém está comprando casas, então o setor imobiliário acabou. Ninguém está abrindo uma pensão ou investindo em um mercado de ações congeladas, então o setor financeiro acabou. As pessoas não estão comprando, então o varejo foi dizimado; recrutamos especificamente mulheres que trabalharam em armazéns para dirigir os caminhões de lixo. Elas estão acostumadas a começar cedo e a dar conta de trabalho braçal. Não é ser comunista ou trair seu país fazer as pessoas trabalharem e a sociedade funcionar. Na minha opinião, se fomos capazes de justificar o envio de adolescentes ao Vietnã para matar e morrer sem motivo, podemos justificar o ato de forçar pessoas saudáveis e capazes a trabalhar em empregos remunerados exigidos pela sociedade.

Gillian anotou furiosamente tudo que Jackie disse na última hora. Ela vai implementar uma convocação ao trabalho em poucas semanas.

— Posso fazer uma pergunta rápida? — digo. — Você e Mary ainda são amigas?

— Claro que sim! Almoçamos todas as quartas-feiras no Bynum's Steakhouse durante dez anos, e agora fazemos uma videochamada todas as semanas no mesmo horário.

A reunião termina com as habituais despedidas, agradecimentos e promessas de seguimento por e-mail. Gillian me olha com uma expressão decidida. Odeio quando os políticos me olham assim. Sempre significa que vou trabalhar setenta horas por semana nos próximos meses.

— Vamos começar — diz ela.

Frances

Londres, Reino Unido (Inglaterra e País de Gales), dia 337

A guarda costeira islandesa vai emitir uma ordem de restrição contra mim se eu não tomar cuidado. Será que os órgãos públicos têm o direito de emitir uma ordem de restrição contra um cidadão de outro país? Provavelmente não, mas poderiam parar de atender às minhas ligações.

Não entendo o que há de tão difícil nisso. Meu marido — meu adorável Toby — e muitas outras pessoas estão presos em um navio em algum lugar da Islândia. Eles não pegaram a Peste e não têm comida suficiente. E precisam de comida, é simples.

A nova chefe da guarda costeira islandesa, Heida, é uma mulher muito séria que fala muito sobre recursos. Acho que não é casada. Fico tentando descobrir mais sobre sua vida pessoal, construir um relacionamento, mas ela é bastante resistente a isso. Não importa; meu marido está em um navio no meio do nada e Heida precisa me ajudar. E ela vai me ajudar, mesmo que ainda não saiba.

Tenho lido muito ultimamente, de modo que sei sobre o tempo de sobrevivência do vírus em superfícies e esterilização. Uma das maiores vantagens de trabalhar em biblioteca é o fácil acesso aos livros e o tempo para pesquisar coisas na internet. Segundo a Força-Tarefa Public Health England, o vírus sobrevive trinta e oito horas em uma superfície estática. As mulheres são hospedeiras, o que significa que, toda vez que uma mulher tosse, espirra ou respira na mão, espalha o vírus no objeto que toca. Esses são dois problemas, mas têm solução.

Heida precisa entender que eles podem ser resolvidos.

Se pudesse, eu mesma iria à Islândia e lhe diria o que penso, mas não haverá viagens de avião no futuro próximo, talvez nunca mais. Portanto, por enquanto estou limitada a telefonemas.

Meu plano é simples. Heida precisa arranjar muita comida enlatada — sopa, vegetais, batatas, salsichas, esse tipo de coisa — e congelá-la ou cobri-la com água fervente para que fique encharcada. A seguir, ela precisa arranjar um grande pedaço de plástico e esterilizá-lo também, e usá-lo para cobrir as latas. *Depois* ela precisa colocar um bilhete no grande pacote plástico de comida dizendo para quem o ler que coma a comida, não entre em pânico e espere ser resgatado, porque tudo vai ficar bem.

Já pensei nisso; não é tão difícil.

Vou ligar para Heida de novo. Contei meu plano a ela todos os dias das últimas semanas e acho que está mudando de ideia aos poucos. Ela gosta de mim; se não gostasse, não atenderia o telefone, não é? Não creio que a guarda costeira islandesa tenha motivos para rir ultimamente. Gosto de pensar que lhes propicio um pouco de alívio.

— Olá, Frances — diz ela.

— Oi, Heida, como vai?

— Nada mal, como você diria. Como posso ajudá-la?

— Eu sou muito consistente, Heida. Preciso que você execute meu plano de entregar comida a meu marido e aos outros passageiros do *Silver Lady* e salvar centenas de vidas. Por favor e obrigada, Heida.

— Já consegui aprovação para fazer isso.

— Sei que você sempre diz não, Heida, mas... o quê?

— Eu disse que consegui a aprovação do governo para isso. Tenho três mil latas de comida em um freezer coberto com plástico. Imprimi o bilhete que você sugeriu e incluí a mensagem que você queria para seu marido.

Estou soluçando devido às lágrimas de alegria e choque. Heida, sua linda princesa islandesa!

— Alô? Frances?

— Sim, estou aqui, Heida. Estou aqui. Muito obrigada, não sei como agradecer.

— Quando tudo isto acabar, venha à Islândia com Toby e eu lhes mostrarei o pedaço de costa onde estamos. É muito bonito. Acho que agora somos amigas, não é, Frances? Nós nos falamos todos os dias durante cinco meses.

— Bem, na verdade, você não atende o telefone em seu dia de folga, portanto não foram todos os dias.

— Mas você sempre me deixa mensagens de voz, o que é a mesma coisa. Quantas mensagens de voz você me deixou domingo passado?

— Catorze — digo baixinho antes de mudar de assunto. — Quando vocês vão entregar a comida?

— Amanhã. Nós sabemos as coordenadas; o capitão as forneceu antes que perdessem o sinal. Eles estão ancorados desde que ficaram sem combustível, há muito tempo. Vamos usar um avião militar pequeno para levar a comida.

— Heida, acho que você é a melhor amiga que já tive.

— Se eu conseguir salvar a vida do seu marido, espero que sim.

— Espere aí, Heida; por que você me disse esse tempo todo que não daria certo e, mesmo assim, solicitou aprovação?

— Eu não queria lhe dar esperanças. Você é uma pessoa muito otimista, acha sempre que o copo está meio cheio. Já eu meço os milímetros do copo antes de decidir o que fazer com a água.

— Heida, você vai me contar como foi?

— Vou contar, sim.

Toby

Em algum lugar na costa da Islândia, dia 338

Em algum momento de outubro de 2026
Vou morrer logo. Meu estômago está devorando a si mesmo, posso sentir. A dor é insuportável. Já se passou mais de um ano, ou um pouco menos, não consigo mais manter o controle dos dias. Parei de contar quando cheguei a duzentos.

Agora somos cerca de trinta, acho. Não conseguimos mais jogar todos os corpos ao mar há algum tempo. Demandou muita energia invadir os quartos. Mark ainda está aqui, e isso é a única coisa que importa. Deitamos no convés porque a brisa é agradável e não cheira muito mal aqui. Será que estamos alucinando? Não sei. Frances, amo você. Maisy, minha linda garota. Ela foi um milagre. Eu tinha quarenta e um; Frances, trinta e nove. Por um tempo, tudo foi perfeito demais, não foi? Quero dormir e não acordar, mas a dor no estômago não deixa. Não consigo dormir; espero e seguro a mão de Mark. Enquanto estamos juntos, não tenho tanto medo.

Ouve-se um barulho. Será que o navio está afundando? Acho que seria uma coisa boa neste momento. Este navio é um cemitério. O barulho está se aproximando. Há algo entrando no navio. E se for um tubarão? Estalo o pescoço; não, um tubarão não. Eu morreria feliz de várias maneiras, mas não por causa de um tubarão que pulou no navio.

Eu me levanto e fico em estado de choque. "Mark, Mark!" Minha voz está muito rouca. Não chove há alguns dias e o estoque de água está acabando, por isso minha garganta parece casca de árvore. Devo estar sonhando. É uma grande caixa de alguma coisa. Tem um envelope de plástico na lateral. É uma enorme rede no ar e eu a sigo. Há um helicóptero. Posso ver as pessoas dentro dele; agora estão indo embora, estão voando para longe... não, não, voltem, não nos deixem aqui!

ABRA ISTO E LEIA O CONTEÚDO ANTES DE FAZER QUALQUER COISA, diz no envelope de plástico. Minha cabeça está girando, mas ainda consigo ler. Meus dedos tremem quando abro o envelope. Eu não havia percebido que estava tremendo. Mark não se levantou. Será que ele está bem? Estou dividido entre o bilhete e Mark. Preciso ler o bilhete. Preciso entender.

Leiam esta nota inteira antes de fazer qualquer outra coisa. Esta é uma mensagem da guarda costeira islandesa. O pacote que entregamos a vocês contém alimentos e outros suprimentos essenciais, incluindo equipamento de dessalinização, antibióticos e sais de reidratação. A embalagem foi esterilizada. Vocês não correm risco de contrair a Peste com este pacote.

Se não comem alimentos sólidos há mais de ***três dias****, comecem bebendo os pós da* CAIXA VERMELHA *no topo desta embalagem. Misturem um sachê de pó em uma garrafa de água. É um pó denso em nutrientes que vocês devem misturar e beber devagar. Os alimentos e complementos nutricionais foram selecionados por médicos. Há comida suficiente para cinquenta pessoas sobreviverem durante duas semanas. Forneceremos outro pacote a cada quinze dias até que haja uma vacina.*

Ainda não é seguro voltar a terra. A Peste matou noventa por cento dos homens do mundo. Ainda não existe vacina, mas cientistas do mundo todo estão trabalhando para encontrá-la.

Assim que a Islândia tiver acesso a vacinas, serão fornecidas a vocês com prioridade. Espero que estejam aguentando e peço desculpas pela demora no fornecimento de comida. A Islândia passou por uma extrema escassez de alimentos.

Em anexo há uma mensagem para Toby Williams, de Frances Williams. Frances foi fundamental na organização da entrega destes suprimentos. Ela é uma mulher maravilhosa.

Heida Reinborg, guarda costeira islandesa

Frances fez isso.... Pensar nela me faz chorar. Tenho uma mensagem dela. É como se fosse uma mensagem de Deus.

Toby,

Não vou perder tempo perguntando como você está porque deve ser horrível. Sinto tanto sua falta... mas espero que as coisas melhorem agora que vocês têm comida. Você e Mark têm que estar bem, porque são dois lutadores e vão sobreviver. Tenho certeza disso.

Não fique bravo com Heida por demorar tanto para entregar comida. Foi uma longa jornada para chegar até aqui, mas ela é uma boa pessoa. E vai nos mostrar a Islândia quando tudo isto acabar.

Estou bem aqui em Londres, ainda trabalhando na biblioteca. Eles tentaram me designar para trabalhar como auxiliar de cuidados, mas, sem ofensas, eu disse que a biblioteca era mais importante. Tive que fazer uma campanha, mas acabamos recebendo mais de quinhentas assinaturas de pessoas dizendo que a biblioteca tinha que permanecer aberta. Portanto, meu trabalho foi considerado "necessário" e não sou obrigada a fazer outra coisa na convocação.

Maisy, Ryan e Isabel estão bem. Ryan é imune, graças a Deus. Tivemos muita sorte, Toby. Sei que não parece, mas, honestamente, tivemos sim. Você deve estar pensando que é fácil falar, com toda a comida, calor e tempo que tenho aqui com Maisy e Isabel. Mas você pode estar vivo no navio, e aqui provavelmente estaria morto. Estão trabalhando para desenvolver uma vacina; muita gente em Londres, no Canadá, na França, na China e na América está tentando encontrar uma vacina.

Aguente firme, tá? Tudo vai ficar bem, prometo.

Amo você.

Beijos, Frances

Dawn

Londres, Reino Unido (Inglaterra e País de Gales), dia 339

Como foi que minha última promoção resultou em um salário cerca de dez por cento maior e uma participação em reuniões superior a oitenta por cento? Agora sou diretora de operações do MI5, um cargo tão sênior que ainda fico meio aturdida toda vez que vejo minha assinatura de e-mail. Meu ressentimento por causa de minha agenda lotada cresce à medida que minha sofredora e maravilhosa assistente, Polly, me passa a programação do dia. Se eu soubesse quanto teria que trabalhar, teria... ah, a quem quero enganar? Provavelmente ainda teria querido o cargo. Estou gostando de estar no comando (e agora tenho uma sala de canto no quarto andar com janelas do *chão ao teto*).

— Muito bem, o que temos primeiro na agenda?

— Você tem uma reunião com a Comissão de Assuntos Internos às dez. Bernard Wilkins já chegou.

— O primeiro e único Bernard Wilkins — murmuro.

Isso é o mais perto que Polly vai chegar de saber que eu o detesto. Podem me dar um tiro; na verdade, alguém poderia me passar a Peste? Deve ser menos doloroso que uma reunião liderada por Bernard.

— Depois tem uma reunião de três horas com diretores da divisão de inteligência africana e asiática.

— Meio longa...

Ela me lança um olhar resignado.

— Eu negociei; era de cinco horas inicialmente. De nada.

A reunião de Assuntos Internos, felizmente, é lá embaixo, em uma das salas de reuniões. Melhor ainda, tem biscoitos. Como punição pelos meus pecados, quase todo mundo está atrasado, portanto estamos só eu e Bernard.

— Você está bonita, Dawn — diz.

Bernard só sabe elogiar as mulheres pela aparência. Nunca lhe ocorreria comentar sobre qualquer outra coisa.

— Obrigada. Como estão as coisas no Big Ben?

O rosto de Bernard assume uma expressão familiar de descontentamento. Lá vamos nós...

— Sabe, eu tive uma interação extraordinária com uma das novas parlamentares, Violet Taylor. Ela foi eleita há dois minutos...

— Ela está no cargo há seis meses, Bernard.

— Dá no mesmo. Sou parlamentar há mais de quarenta anos, e ela está no Comitê de Mudança da Câmara dos Comuns, o que é uma coisa ridícula, para começo de conversa, e é toda cheia de ideias. E não aceita um não como resposta.

Só posso imaginar que Bernard é imune porque a Peste deu uma olhada nele, ouviu-o jorrar bobagens misóginas pseudocientíficas pela boca e pensou: "Oh, Deus, não, não posso encarar esse aí". Se quiser uma prova de que caras legais nem sempre ganham, basta saber que Bernard é um dos três únicos membros do parlamento sobreviventes de seu partido.

— Quais são as ideias dela?

Bernard gagueja de indignação. Enxugo um pouco de saliva da lapela e luto contra a vontade de vomitar em seus sapatos para me vingar.

— Ela quer mais banheiros femininos, quer mudar as Questões ao Primeiro-Ministro para que sejam "menos antagonistas", quer uma licença-maternidade mais longa para as parlamentares, quer creches grátis para *todos*. Vou dizer uma coisa: as parlamentares sempre andavam juntas antes, mas agora são muito barulhentas.

Ele me olha como se eu fosse concordar que essas ideias são horríveis, sendo que não passam de bom senso.

— Por acaso sua mulher fica em casa cuidando dos seus filhos, Bernard?

Ele me olha com desconfiança.

— O que isso tem a ver?

Mas já estou levando minha água e um estoque de biscoitos para o lado oposto da sala para falar de literalmente qualquer outra coisa com os outros parlamentares que chegaram.

Em poucos minutos, a reunião foi aberta e estou atualizando os demais sobre várias questões que apenas alguns anos atrás teriam sido terríveis o suficiente para justificar pânico e reuniões urgentes — mas agora são, francamente, enfadonhas. O único ponto positivo é que Gillian ainda está por aí; conseguiu permanecer como secretária do Interior sem se queimar nem se ferrar. A cada reunião, fazemos um joguinho: tentamos repetir uma palavra o máximo possível sem que Bernard faça algum comentário. Ela escolheu "abundância" para esta reunião. Há uma "abundância" de escassez de alimentos na Escócia, fazendo que pessoas que vivem perto da fronteira cruzem para a Inglaterra e implorem por comida, que não podem receber devido ao racionamento. A escassez de uma "abundância" de medicamentos causou um aumento nas mortes, o que, por sua vez, causou tumultos em Leeds e Bristol...

Forneço dados semanais sobre a aceitação da Convocação, que é superior a noventa e sete por cento. Felizmente, o exemplo dos Estados Unidos parece ter preparado as pessoas para o inevitável. Houve tanta especulação de que um projeto seria anunciado que, no momento em que foi implementado, as pessoas ficaram aliviadas por contarem com alguma certeza e maior probabilidade de terem um emprego remunerado. Mas também há absurdos; em particular a dificuldade que estamos tendo para libertar prisioneiros após cumprirem suas sentenças. Eles estão seguros na prisão — não há visitas e os guardas usam roupas de proteção —, e sair pode ser uma sentença de morte. Na verdade o mundo está de cabeça para baixo de uma infinidade de maneiras.

RECUPERAÇÃO

Lisa

Toronto, Canadá, dia 672

Estou trabalhando em uma vacina há seiscentos e cinquenta e sete dias e estou tão perto de encontrá-la que quase posso sentir o gostinho. Estamos nos últimos dias de verão e me recuso a comemorar o segundo aniversário da Peste, a menos que seja com a garrafa de Dom Pérignon que Margot e eu guardamos para o dia em que eu desenvolver a vacina. Rodadas intermináveis de testes, testes e mais testes — às vezes me sinto como o cara do som repetindo "testando, testando" em um microfone. *Tem que dar certo,* porra. Estou muito perto. A última vacina funcionou em noventa e seis por cento dos casos. Consegui isolar o cromossomo feminino resistente e agora estou esperando. Esperando os resultados do teste. Esperando que nossa vida mude. Esperando para mudar o mundo. Os chimpanzés têm nos ajudado muito, mas, depois de matar duzentos e cinquenta e três nos últimos dois anos, gostaria de reduzir essa taxa. É um pesadelo descartar os corpos.

Vigio a sala enquanto espero. Não deve ser muito divertido trabalhar para mim, eu me conheço o suficiente para saber disso. Sou exigente e insistente e espero que todos sejam tão inteligentes e dedicados quanto eu — coisa que não são e nunca poderão ser. Assim que li os relatórios da Peste que Ashley compilou para mim, soube que trabalharíamos em uma vacina no minuto em que conseguíssemos uma amostra. Eu disse: "Seria interessante estudá-la" e Ashley respondeu, muito triste: "Espero que nunca seja necessário. Pessoas estão morrendo. É uma tragédia".

Ashley não trabalha mais para mim. Felizmente, a Universidade de Toronto tem produzido ph.Ds de primeira classe em virologia nas últimas duas décadas, muitos deles mulheres, graças a mim. É por isso que vamos vencer esta corrida. Começamos antes dos demais, há anos formo virologistas e sempre priorizei a contratação de mulheres para meu departamento. No entanto, apesar de muitas acusações em contrário, nunca priorizei o gênero sobre a capacidade. Sempre tive uma política simples: a melhor candidata consegue o emprego. Invariavelmente, ela é tão boa, senão melhor, que o melhor candidato homem. Sendo uma comunidade, o mundo científico tem o sexismo correndo por ele como remoinhos cinzentos no mármore. Está profundamente arraigado na estrutura dos laboratórios, departamentos universitários, distribuição de cargos, Conselhos que determinam a estabilidade... E adivinhe só: a preponderância de cientistas seniores e de equipes majoritariamente masculinas, especificamente em virologia, foi um desastre quando a Peste chegou. Portanto, quem vai ficar bem na fita no final? Eu.

Vai ser um pouco menos satisfatório estar certa porque meus antigos inimigos estão quase todos mortos. Mesmo assim, sem dúvida haverá satisfação.

Estou tentando não andar de um lado para o outro na sala, mas a espera é insuportável. Eu poderia ligar para Margot, mas ela está dando aula e, além disso, não há nada que possa me dizer ou fazer. Os testes foram feitos; ou funciona ou não funciona. Não posso ficar lá embaixo enquanto eles fazem as verificações finais e validam tudo. Fico pairando por aí e as pessoas ficam nervosas e cometem erros; a esperança é muito intensa. Esta não é nossa primeira vez. Pensamos que havíamos conseguido da última vez, há três meses. Pensamos mesmo. Mas os poucos chimpanzés mortos estavam lá, pesados e frios. Minha equipe está exausta. Margot fica me alertando para não os pressionar muito porque estão cansados, mas ela não vê a determinação deles todos os dias como eu. Não sei como os outros laboratórios ao redor do mundo estão se virando, mas eu ficaria surpresa se tivessem o vigor que minha equipe tem. De catorze estudantes de pós-graduação em virologia e cientistas de pós-doutorado neste laboratório em novembro de 2025, havia treze mulheres e um homem. Pobre Jeremy, descanse em paz. Todos os outros laboratórios focados em virologia de alto nível no mundo, capazes de criar uma vacina contra o vírus, tinham muito mais homens que nós. Só Deus sabe como eles têm se virado com seu pessoal morrendo. Estamos muito à frente. Mantemos nosso conhecimento e nosso ânimo. Existem motivações pessoais para que todos nós criemos uma vacina — salvar maridos, filhos, o mundo, nossa carreira. Mas não estamos lutando por nossa própria vida, e isso faz uma grande diferença. Ninguém pode fazer o seu melhor no meio do que é, essencialmente, uma guerra. Os cientistas homens ao redor do mundo que estão lutando freneticamente para entender o vírus, atacá-lo, controlá-lo e vencê-lo têm muito mais em jogo. Tinham; a maioria já morreu. Estavam e ainda estão desesperados, e as melhores descobertas científicas raramente surgem do desespero. A persistência lógica, calma e obstinada tem muito mais chances de vencer a corrida.

Ouve-se um som. São passos, passos rápidos e pesados que fazem meu coração pular. Ninguém corre para trazer más notícias. A menos que minha leal e competente Wendy esteja tentando revelar a notícia o mais rápido possível para mim; tirar o band-aid de uma vez. É por isso que não posso estar presente quando eles obtêm os resultados. Estou perdendo a cabeça nesta sala.

Sei que deu certo assim que Wendy irrompe em minha sala feito um turbilhão de lágrimas e muco e sem fôlego.

— Deu certo. Funcionou, Lisa! Sobrevivência de cem por cento, exames de sangue limpos.

Dou uns passos para trás devagar. Deu certo. Eu inventei uma vacina para curar a Peste. Vou salvar o mundo. Eu salvei o mundo.

Wendy espera, claramente na esperança de um abraço cheio de emoção. Mas isso não vai acontecer, Wendy; agora começa o trabalho árduo. Margot e eu conversamos sobre isso sem parar, desde que ela me disse para tirar a cabeça da areia no meio da noite, meses atrás. O plano é claro: em breve vou ler artigos que dirão que essa vacina pode ser considerada um milagre. Não é um milagre: é o resultado de muito trabalho, dedicação e engenhosidade. Fazer milagre é fácil; o difícil é trabalhar.

— Ligue para o Departamento de Saúde Pública.

Fico andando em minha sala durante alguns minutos; a empolgação é tanta que não consigo me conter. Não ligo para Margot. Contar a ela o que consegui fazer será um dos melhores momentos de minha vida e quero saboreá-lo sem interrupções.

Wendy corre de volta e me entrega seu celular. Agora não é hora de a Agência Canadense de Saúde Pública me colocar em espera; eles deveriam estar rezando para que eu ligasse.

— Lisa? — diz a voz do outro lado da linha.

— Pode me chamar de dra. Michael — respondo.

Nunca falei com essa mulher antes, não temos tanta intimidade.

— Desculpe, dra. Michael. Como posso ajudá-la?

Minha voz está borbulhando de felicidade.

— Você deveria estar mais animada por falar comigo. Este é o telefonema que vai mudar sua vida.

Há uma pausa de espanto. Posso imaginar essa mulher pensando: não, não, com certeza não.

— Sim, sou uma deusa, de fato. Tenho uma vacina. Taxa de sucesso de cem por cento. Os exames de sangue voltaram limpos. Contornamos o problema dos cromossomos ausentes. Eu curei a Peste.

— Dra. Michael, eu não...

— Não sabe o que dizer? Eu imaginei que isso pudesse acontecer. Antes que fique muito animada, vai ser uma conversa difícil entre mim, você e o governo canadense.

A mulher fica confusa. Posso imaginá-la vestindo um blazer bonito, atrás de sua mesa bonita, em sua sala bonita com seu lindo trabalho confortável.

— Do que você está falando? — pergunta.

— Vou vender a vacina ao Canadá.

— Muito engraçado, dra. Michael.

— Não estou brincando. Se a quiserem, vão ter que pagar por ela.

— Lisa... Dra. Michael, você não pode vender uma vacina ao governo. Você... você é médica.

— Não, sou doutora porque tenho ph.D., não porque fiz medicina. Tenho algumas razões para não ter feito faculdade de medicina. E, antes que me pergunte se estou louca, digo que não. Há meses sei exatamente o que faria. Marque uma reunião, e nem pense em roubar a vacina do meu laboratório.

— Eu não faria isso — responde ela, com veemência.

Faria sim, sem dúvida.

— Claro que faria — digo rindo. — Até breve.

Catherine

Londres, Reino Unido (Inglaterra e País de Gales), dia 674

Agora existe uma vacina. Finalmente aconteceu. Demorou quase dois anos, mas durante muito tempo parecia que esse dia nunca chegaria. Achei que ficaria em êxtase, mas estou furiosa. Estou fervendo de raiva. Até joguei um prato longe esta manhã. Por que agora? Por que só conseguiram descobrir agora? Por que não antes? A declaração da mulher que a descobriu, dra. Lisa Michael, faz parecer que foi fácil, como se estivesse mexendo no laboratório e simplesmente apareceu.

Se era tão fácil, por que não a encontrou antes? Por que ninguém a encontrou antes? Por que sou uma viúva sem filhos se toda a comunidade científica do mundo está procurando uma cura há anos? Quero gritar com todos eles, dizer que pisaram na bola comigo, com todos nós, com o mundo, no exato momento em que foram bem-sucedidos.

Essa gente com seus jalecos brancos, seus óculos, seus ph.Ds e seu cérebro incrível salvou o mundo e eu quero torcer o pescoço deles de tanta raiva. Eles salvaram a raça humana da extinção e eu quero dizer que é tarde demais para minha família, então o que importa isso agora?

Esta noite vou beber muito vinho, coisa que só me permito fazer às vezes para evitar afundar nesse tipo de tristeza encharcada e embriagada cujo apelo é bem claro. Amanhã estarei de volta à minha mesa às nove, mas esta noite vou gritar e beber e chorar e gemer e lamentar.

Meu telefone toca, interrompendo minhas reflexões já encharcadas de vinho.

— Alô?

— Cat, sou eu. Phoebe.

Phoebe e eu não nos falamos há quase dois anos. Sinto tanto a falta dela que é quase uma dor física.

— Você não atendeu minhas ligações... desculpe, eu queria continuar tentando, mas não...

— Não sabia se eu atenderia?

Faz-se um silêncio constrangedor. Meus olhos se enchem de lágrimas. Nunca tínhamos esses silêncios estranhos. Somos amigas há vinte anos, não deveríamos ter silêncios constrangedores.

— Você está bem? — pergunta ela.

— Sim... só pensando na vacina.

— É extraordinário! Estou tão... — Phoebe faz uma pausa e posso ver as palavras que ela ia dizer flutuando devagar à minha frente como se fossem balões enormes cheios de hélio. — Lamento que não tenha sido antes.

— Eu também — digo. — Eu também, Phoebe.

Estou tentando não chorar porque a raiva que sinto é revigorante; mas o remorso é doloroso. O remorso não é por minhas próprias ações. Sinto remorso por esses cientistas *incríveis* que fizeram essa descoberta *incrível* tarde demais.

— Fico imaginando como a equipe britânica está se sentindo — prossegue Phoebe, preenchendo o silêncio.

Ela não suporta um silêncio constrangedor.

— Chegaram tão perto, e depois vem aquela mulher, inventa e vende a vacina. Não consigo imaginar.

É por isso que não falo com minha amiga mais próxima há dois anos. Porque, embora tudo que ela esteja dizendo seja verdade, sua mente tem espaço para pensar em como se sentem os cientistas britânicos que fracassaram. Não me interessa como eles se sentem;

estou consumida por minha própria perda e preciso que ela esteja tão consumida quanto eu. Mas isso não é possível. Claro que não. Sinto que estou presa em uma caixa de acrílico gritando para ela entender como é aqui dentro, mas ela está fora, no mundo, e não consegue.

— Também não consigo, mas, de qualquer maneira, é tarde demais — digo e desligo, antes de jogar meu celular no sofá.

Ela não entende. Não consegue entender, e eu a odeio por isso. Eu a amo e a detesto; a ela e a suas duas filhas e seu marido imune, todos vivos. Tenho saudade dela e a odeio tanto que fico cega. Um dia, talvez, eu não sinta tanta raiva, mas esse dia não é hoje.

Elizabeth

Londres, Reino Unido (Inglaterra e País de Gales), dia 674

O laboratório inteiro está atordoado, mergulhado no silêncio, observando a apresentadora. Há apenas dois minutos uma das técnicas de laboratório, Maddy, gritou:

— Descobriram uma vacina! Meu Deus, temos uma vacina!

Ligamos a TV na sala de George e agora estamos sentados ouvindo a apresentadora do noticiário dizer as palavras que esperamos quase dois anos para ouvir.

Claro que todos nós imaginamos que ela diria nossos nomes e anunciaria nossa descoberta. Mas tudo bem, não é isso que importa. Estamos muito, muito perto, mas não o suficiente. O importante é que haja vacina. O importante é que o mundo seja salvo.

— Foi anunciado há poucos minutos, em uma pequena coletiva de imprensa realizada na Universidade de Toronto, que a dra. Lisa Michael, chefe do departamento de virologia da universidade, descobriu uma vacina para a Peste. Uma vacina foi encontrada. Agora, vamos mostrar algumas imagens do anúncio.

A tela corta para três mulheres, congelando em frente à grande porta de madeira de um belo edifício de pedra. Reconheço a mulher do meio; é a primeira-ministra canadense, Oona Green.

— É a maior honra da minha vida anunciar aqui, hoje, que a dra. Lisa Michael e sua equipe desta Universidade de Toronto descobriram uma vacina que protege os homens do vírus da Peste. A dra. Michael trabalhará com meus colegas do governo para negociar a venda da vacina para os demais países do mundo.

Uma explosão de vozes irrompe no escritório de George como uma faísca no mato seco. Ela disse *venda?* Isso significa o que eu acho que significa?

— O governo canadense negociará criteriosamente o licenciamento para outros países da vacina MP-1, nomeada em referência à Peste masculina, como chamamos a doença aqui no Canadá, mediante o pagamento de uma taxa. É uma propriedade intelectual valiosa, com potencial para salvar muitas vidas e, se mal utilizada, pode causar grandes danos. Pretendemos tratá-la com o cuidado e respeito que merece. Não responderemos a perguntas neste momento.

O silêncio invade a sala e a tela volta para a apresentadora do noticiário, que repete a notícia sem parar. Uma vacina foi descoberta. Será vendida pelo governo canadense. A descoberta é atribuída à dra. Lisa Michael, da Universidade de Toronto. Mais detalhes a seguir, quando soubermos mais.

Meu Deus, ela vai *vender.* Fracassei. Todos nós fracassamos. Olho ao redor e vejo muitas emoções — deleite, raiva, alívio, exaustão, indignação —, mas não aquela que sinto tão profundamente. É como se minha coluna estivesse se dissolvendo e exigindo todo o meu esforço para ficar ereta. Vergonha. Essa mulher vai pedir resgate ao mundo, e não poderia fazer isso se nós tivéssemos chegado lá primeiro. Fracassamos diante desse obstáculo importante e final. Identificamos os genes, criamos o teste de imunidade e então, quando éramos mais necessários, fracassamos e Lisa Michael surgiu com uma vacina e está sendo aclamada. O mais importante é que ela permitiu ser forçada a vendê-la. Sem dúvida ela não queria vender. Não consigo imaginar como uma profissional que passou os últimos dois anos trabalhando em uma vacina para salvar os homens, para nos fazer voltar à normalidade, poderia mostrá-la ao mundo e depois dizer: "Agora, paguem". Ela deve estar assustada e foi forçada. O governo deve tê-la forçado a fazer isso. Sem dúvida; não pode ser coisa dela.

Amanda

Glasgow, República Independente da Escócia, dia 675

— Para começar, estou muito feliz por ser canadense — diz a mulher da TV, rindo.

Ela usa uma roupa simples, blazer preto, calça preta e camisa branca. Está sorrindo. *Rindo.* Qual é o problema dela?

— Sejamos honestos; se eu fosse de um dos muitos outros países, não teria poder de decisão. Muitos governos teriam tranquilamente mandado me matar na calada da noite para evitar o aborrecimento de serem legalmente obrigados a pagar pelo meu trabalho.

A entrevistadora, a jornalista Maria Ferreira, que escreveu sobre a Peste ao redor do mundo, parece em estado de choque. Parece sentir o que eu sinto.

— E você se sente bem com sua decisão de exigir pagamento pela vacina MP-1? Você poderia salvar bilhões de vidas...

Lisa franze a testa e interrompe Maria.

— Eu estou salvando bilhões de vidas. Não estou escondendo a vacina de ninguém. Há dinheiro suficiente no mundo para que todos sejam vacinados. E, como você sabe, há milênios se espera que as mulheres se sacrifiquem no altar pelo bem maior, e não faço questão disso. Você quer que eu diga que foi uma decisão difícil, que passei noites sem dormir decidindo o que fazer, mas não é verdade. Foi a decisão mais fácil do mundo e não é tão egoísta quanto parece. Bem, a não ser que você ache que ser recompensada por uma conquista incrível seja egoísta, mas eu, pessoalmente, não acho. Além disso, para erradicar essa doença da face da Terra, temos que ter certeza de que a vacinação será feita da maneira correta. Deixar que qualquer pessoa, em qualquer lugar, fabrique a vacina implica o risco de que seja mal produzida e usada e que essa doença sobreviva, sendo que isso não seria necessário.

Maria relaxa visivelmente. Parece muito mais à vontade diante da ideia de que uma necessidade médica foi um fator decisivo para Lisa, em vez de só o dinheiro frio.

— Então foi por isso que você negociou com o governo canadense? Para garantir a qualidade da vacina?

— Como eu disse, esse é um fator. Vamos preservar a reputação e a eficácia da vacina. Somente países com instalações adequadas para a fabricação e um processo de controle de qualidade rigoroso terão permissão para adquirir a licença da vacina. Assim, saberemos que todos os vacinados receberam uma dose eficaz.

— Desde o anúncio da vacina, você tem falado com a dra. Amaya Sharvani, o dr. George Kitchen e a dra. Elizabeth Cooper, cujo trabalho foi fundamental para sua descoberta?

Pela primeira vez nessa entrevista, Maria parece estar se divertindo um pouco. Não tenho dúvidas de que essa pergunta está escrita em letras maiúsculas e vermelhas: *Não deixe Lisa levar todo o crédito como se ela tivesse inventado a vacina sozinha, sem a ajuda de ninguém.*

— Ando bastante ocupada — Lisa responde sem se incomodar. — Mas sou muito grata a eles por seu trabalho no início do processo de pesquisa.

Ela não consegue nem agradecer a eles sem uma ressalva. *O início do processo.* Que cara de pau.

— Há rumores de que você ficou bilionária graças à sua parte da vacina no acordo com o governo canadense. É verdade?

— Sim, é verdade.

Ela não se envergonha. Não se envergonha nem um pouquinho. Quem se importaria com bilhões diante de um mundo destruído se tivesse os meios para salvá-lo? Não engulo essa desculpa da "qualidade da vacina" nem por um segundo. Ela poderia garantir uma produção segura e fornecer a licença gratuitamente.

— Pode divulgar que porcentagem dos direitos sobre a vacina você manteve e quanto recebeu?

— Eu possuo quarenta por cento dos direitos da vacina MP-1. O governo canadense possui cinquenta por cento e a Universidade de Toronto, os dez por cento restantes. Não estou autorizada a revelar as quantias que foram pagas.

— O que você diria às pessoas que a acusam de priorizar seu próprio lucro financeiro em detrimento da saúde de bilhões de pessoas no mundo todo?

— Eu diria que priorizei meu país, como muitos países esperariam que seus cientistas fizessem em um momento de crise, e equilibrei os interesses do Canadá, a necessidade global de uma vacina segura e eficaz e, claro, meus interesses. Sem mencionar o fato de que a Universidade de Toronto é uma instituição com financiamento público, onde passei a maior parte de minha carreira. Eu queria que ela se beneficiasse da pesquisa que financiou. Eu me formei aqui e consegui meu primeiro emprego de pesquisadora aqui depois de fazer o doutorado, quando tinha vinte anos. Devo muito a este lugar. Era impensável para mim que simplesmente doássemos uma parte de uma pesquisa inestimável, resultado de décadas de compromisso, recrutamento, ensino e os milhares de horas que minha equipe investiu. Você queria que entregássemos tudo como se fosse uma moeda que encontramos na rua? Não.

Maria dá um sorriso tenso e olha suas anotações. Sinto que o mundo inteiro está constrangido pela existência e a atitude de Lisa. Todos nós queremos dizer: "Não, não, queríamos ser resgatados, mas não *assim*. Queríamos um salvador gentil. Uma mulher, ou um homem raro e imune, que nos diria que tudo daria certo e forneceria uma solução para nossos males antes de viver uma vida banhada em respeito e gratidão". Podemos voltar no tempo e fazer outra pessoa descobrir a vacina em poucas semanas? Mas faríamos direito dessa vez? Não se pode pretender lucrar com o apocalipse. A Peste foi a melhor coisa que já aconteceu com ela e a pior que aconteceu conosco. Não posso aceitar isso, não posso. Não pode ser assim que a cura vai acontecer.

— Você é religiosa, dra. Michael?

Lisa ri durante um pouco mais de tempo que o normal.

— Não, não sou. Mas sou muito, muito rica.

Lisa

Toronto, Canadá, dia 678

Estou radiante. A mulher da Agência de Saúde Pública, Ava, me olha de soslaio.

— Lisa, poderia ser um pouco... mais discreta?

Franzo a testa. Pronto, ela deve achar que assim está melhor.

— Esta reunião é uma coisa boa, Ava. Todos estão felizes por estar aqui.

Ela tem que me apoiar; estamos na posição mais invejável para qualquer país do planeta. Milhões de pessoas dariam tudo para estar nesta sala.

A porta se abre e a ministra das Relações Exteriores, Florence Etheridge, e sua comitiva entram na sala, todos de casacos caros e perfume Chanel. Beijos e abraços são trocados e todos estão muito felizes em se ver, não é maravilhoso, sim, é fantástico ver você, simplesmente fantástico. Só consigo passar poucos minutos com políticos, senão fico cheia de urticária.

— Desculpem o atraso — diz Florence. — Houve reuniões consecutivas sobre a questão da emigração dos EUA na semana passada. As reformas americanas são cruéis e todo mundo quer estar no Canadá.

Todo mundo ri em uníssono.

— Ainda estamos esperando os chineses? — pergunta Florence.

— Acho que estão aqui, mas os chamaremos quando estivermos prontos — respondo com voz calma e firme.

Florence olha para mim, de novo, quase por tempo demais.

— Espero que saiba — diz ela, baixinho — o quanto todos nós lhe somos gratos. O resto do mundo pode julgá-la severamente pelo que fez, mas para nós você é uma heroína. Nenhum menino canadense morrerá por causa da Peste, os homens que passaram anos longe de suas famílias poderão voltar à sociedade com segurança. Você nos deu um bilhete premiado para nos tornarmos a nação mais poderosa da Terra. O mapa geopolítico foi parcialmente apagado e agora temos o que todos desejam.

Sorrio o mais graciosamente que consigo.

— Vocês estão me pagando generosamente pelo privilégio. Agora, vamos fazer essa vacina!

Alguém deve ter dado um sinal invisível porque, poucos minutos depois, quatro chinesas entram na sala. Apertos de mão são trocados, elogios educados e perguntas sobre hotéis, e café é servido, mas todos nós sabemos o que viemos fazer aqui.

— É melhor começar.

Quem diz isso é uma mulher bonita com uma expressão séria, cuja placa à sua frente indica: "Tiffany Chang, Chefe de Gestão de Produção de Vacinas, Estado Independente de Xangai". A equipe de Florence negociou com Xangai porque é a mais estável das cidades-estado emancipadas e tem a melhor capacidade de produção de vacinas. Pequim ainda é muito violenta, Tianjin não tem as instalações necessárias e Macau nunca foi levado em consideração.

— Antes de mais nada, queremos agradecer por nos contatar com sua oferta — diz Tiffany. — Estamos muito gratos pela oportunidade de acesso à vacina.

— Conte à sala um pouco sobre sua formação — sugiro a Tiffany.

Talvez Florence tenha lido tudo que lhe mandei, mas, se minha experiência com políticos servir de referência, aposto que não.

— Claro. Em novembro de 2025 eu era a terceira no comando da produção de vacinas contra a poliomielite do maior fabricante estatal chinês de vacinas em Xangai. Fui promovida algumas vezes porque...

Sua voz some. Todos nós sabemos por quê.

— Em meu cargo atual, venho há seis meses me preparando para o dia em que teríamos a vacina.

— Então, estão prontos para começar a produção? — pergunto, com entusiasmo na voz.

Eu não sabia que eles estavam preparados.

— Sim, continuamos produzindo lotes menores que o usual de vacinas para manter a poliomielite sob controle, para vacinar bebês e crianças que ainda não haviam sido vacinados no momento do surto.

Tiffany faz uma pausa; parece que está se preparando.

— Sabemos que vocês não nos procuraram primeiro — diz ela, apressada. — Ofereceram aos franceses e alemães, mas eles se recusaram a pagar, e, além disso, vocês devem ter ficado preocupados que eles dividissem o custo e as vacinas. Os japoneses não responderam. Obviamente, suas relações com os Estados Unidos tornam esse nível de cooperação impossível.

Lanço um olhar a Florence, que diz *que porra é essa?* A delegação de Xangai tem muitas informações que tirou de algum lugar, e não foi de mim.

— Sem problemas — diz Tiffany —, entendo por que não nos procuraram primeiro. Nosso antigo país ainda está dominado pela guerra civil. Quero lhes garantir que o estado de Xangai é um lugar seguro e protegido. Mas também entendo por que esses outros países se recusaram a pagar. Estão esperando que vocês cedam. Você é a mulher mais odiada do mundo — diz Tiffany, olhando diretamente para mim.

A sala inteira prende a respiração. Se isso é uma tática de negociação, nunca vi igual.

— Mas não deveria ser — prossegue Tiffany, olhando seriamente para mim. — Entendemos sua posição. Por que tem que dar de graça algo que pode ajudar seu país a ser bem-sucedido? Isso seria um ato de autossabotagem e, pior, uma traição à fé que seu país tem em você. Entendemos que o Canadá deve ser pago pela vacina. Somos compradores sérios.

Sorrio e me recosto na cadeira. Estou com pessoas que pensam como eu, talvez pela primeira vez desde que a descoberta da vacina se tornou pública. Os canadenses me reverenciam, mas não necessariamente me entendem. Para o resto do mundo, sou uma caricatura grotesca do mal.

— Obrigada por expor sua posição — digo. — Agradeço mais do que possa imaginar. Mas, antes de discutir o preço, temos que entender a natureza exata de sua produção. Esse será o primeiro lote da vacina produzido fora do Canadá e aplicado em cidadãos não canadenses. Se os primeiros lotes internacionais forem mal produzidos...

— A vacina perderá valor — interrompe Tiffany.

Faço uma pausa. Não se trata *só* de dinheiro.

— Sim, e o mais importante é que as pessoas não estarão imunes, mas pensarão que estão. Uma das condições para o licenciamento da patente será uma amostra de dez mil vacinas produzidas sob supervisão estrita de cientistas de uma equipe canadense. Obviamente, a isso se seguirá um amplo controle de qualidade. Se essas vacinas tiverem o padrão adequado, o licenciamento da patente completa será concedido.

Tiffany anui. Eu esperava certa resistência, mas ela parece entender completamente meu posicionamento.

— Sim, é uma condição aceitável. Nosso fornecimento de energia é estável graças aos painéis solares, de modo que podemos garantir que não haverá problemas de qualidade. Podemos começar a produção imediatamente.

Florence ergue uma sobrancelha.

— Qual é o volume que vocês preveem que poderão produzir nos primeiros seis meses? — pergunta.

— Oito milhões de doses — diz Tiffany, rápida como um chicote.

Isso é muito, muito maior que nossa capacidade de produção.

— Farei uma sugestão — diz Florence. — A taxa será reduzida...

— "O quê?" Abro a boca para reclamar — até que toda a população canadense tenha sido vacinada. As vacinas que vocês produzirem serão divididas meio a meio entre o Canadá e Xangai. Depois que a produção canadense e a de Xangai resultarem em cem por cento da população do Canadá vacinada, vocês ficarão com todas as vacinas que produzirem e a taxa de licenciamento aumentará, mas ainda terá uma redução. Vocês produzem em lotes de cem mil, não é? Cada segundo lote será enviado a nós, até que todas as nossas necessidades sejam atendidas.

Vamos pensar. A população de Xangai é de doze milhões e oitocentos mil, presumindo uma taxa de sobrevivência masculina de dez por cento. Dividindo a vacina, Xangai não conseguirá vacinar todo o seu povo em nove meses. Isso não é muito. Além disso, vão criar um sistema para priorizar as necessidades, como nós fizemos.

Tiffany e seus colegas conversam baixinho em chinês durante alguns minutos.

— Concordamos, a princípio — diz Tiffany.

Dou um suspiro de alívio e Florence sorri.

— Ótima notícia. Agora vamos falar sobre o preço.

Catherine

Ilha de Bute, República Independente da Escócia, dia 705

Não sei como espero que Amanda Maclean seja pessoalmente. Suas fotos nas entrevistas que ela deu não revelam muito. Ela está sempre sentada, e foram tiradas de tal maneira que a fazem parecer o arquétipo de uma mãe de luto. Tem cabelo ruivo brilhante e pele celta pálida, e isso é tudo que sei. Parece bastante assustadora ao telefone. E alta. Definitivamente, imagino que seja alta.

Ela vem em minha direção com um andar decidido. Acertei, ela é alta. E seus olhos são de um azul surpreendente.

— Catherine?

Seu sotaque escocês é forte. Se bem que a mulher com quem vamos falar hoje deve ter um sotaque muito mais forte, portanto é melhor eu me acostumar.

Sempre digo a Amanda que sou muito grata por seu tempo; ela é uma mulher ocupada. Diretora da Agência de Proteção à Saúde da Escócia e indiscutivelmente agora a mulher mais influente na medicina na República Independente da Escócia.

— Quero que as histórias de Euan e Heather constem de seu relatório. É importante — é tudo que ela diz em resposta à minha estranha gratidão.

Na balsa para Rothesay, na Ilha de Bute, peço a ela que me conte tudo que sabe até agora, antes de conhecermos a esposa de Euan. Ela diz:

— Vou comprar um Red Bull primeiro.

Lembro que, quando perguntei do que mais sentia falta, ela disse: "Café", com tanto desejo na voz que beirava a luxúria. Ela quase foi dentista, para evitar o início precoce na medicina. Mas ela é boa em crises e, por isso, com dezoito anos já sabia que uma carreira na qual um tratamento de canal fosse considerado um drama não seria o bastante.

Com cafeína suficiente, Amanda retorna:

— Certo, por onde começamos?

— Por que você teve que descobrir a origem do vírus sozinha? — pergunto.

Amanda nunca falava durante muito tempo ao telefone, por isso estou morrendo de vontade de saber mais.

— Eu fiquei obcecada em saber como a Peste havia acontecido. Ainda não entendo como as pessoas não sentem a necessidade de saber por quê. Essa doença destruiu minha vida, destruiu bilhões de vidas. Como alguém pode não estar desesperado para entender como e por quê? — Ela faz uma pausa e bebe um gole furioso da lata. — Tudo estava de cabeça para baixo. Talvez em tempos mais normais não houvesse sido assim. Mas precisávamos entender a origem do vírus para poder criar uma vacina e evitar que tudo isso acontecesse de novo.

Engulo as lágrimas compulsivamente.

— Acha que vai acontecer de novo?

— Só porque seu marido morreu não quer dizer que sua casa não possa pegar fogo. Em outras palavras, uma tragédia não nos imuniza contra outras.

Olho para ela perplexa e apavorada.

— A vacina que temos deve ser eficaz, sim, e podemos usá-la para nos adaptar a novas cepas. Mas, em tese, a Peste pode sofrer mutação, tornando a vacina ineficaz.

Isso faz sentido, mas eu inconscientemente havia concluído que claro que a Peste não poderia voltar. Tanto azar assim é impossível. Mas, aparentemente, não é.

— Pode me falar mais sobre o Paciente Zero? — pergunto.

— Euan — corrige ela depressa. — Você tem que pensar nele como Euan, senão pode chamá-lo de Paciente Zero na frente de Heather, e isso não é legal. Eles foram casados durante quarenta e cinco anos e ela odeia que o chamemos de Paciente Zero. Eu também não gosto, para ser sincera. É muito desumano, reduz a vida dele inteiramente à sua morte por essa maldita doença. Quase o chamei de Paciente Zero na segunda vez que falei com a esposa dele e ela começou a chorar. Não posso dizer que a culpo. Se alguém se referisse a meu marido como Paciente 345, eu teria vontade de estrangular a pessoa. Euan foi marinheiro durante toda a vida. Às vezes trabalhava na balsa, e durante alguns anos foi pescador. Acabou agindo fora da lei e, bom — ela bebe um gole de Red Bull —, as consequências foram maiores do que ele jamais poderia ter imaginado.

Chegamos a Bute e passamos pela pequena cidade de Rothesay enquanto vamos andando do terminal de balsas até a casinha geminada de Heather com vista para o mar. Amanda passou muito tempo com Heather enquanto investigava o início da doença e tentava entender as origens da Peste, e depois as duas ficaram mais próximas por motivos que não entendo totalmente.

Encontramos Heather em sua casa e ela educadamente nos oferece água. Parece bastante desconfiada de mim, mas eu já esperava isso. Amanda havia me avisado de que Heather recebeu propostas de grandes quantias de dinheiro de jornais que queriam sua história como "viúva do Paciente Zero". Heather sempre recusou, certa de que os jornalistas vão, de alguma maneira, culpá-la pela tragédia que começou com o contágio de Euan.

— Você está ótima — diz Heather a Amanda enquanto nos sentamos em sua salinha. Elas conversam amenidades.

— Heather — diz Amanda, e pigarreia —, Catherine está escrevendo um relatório sobre a Peste. Uma espécie de dossiê de histórias das pessoas, e ela quer saber mais sobre Euan para que ele não seja apenas...

— O começo de tudo — interrompe Heather, com os olhos cintilando de raiva.

Mas sua expressão se suaviza e ela continua.

— Ele era um homem adorável. Nós nos conhecemos na escola, eu tinha quinze anos e ele, dezesseis. Namoramos durante alguns meses e nos casamos dois dias depois de eu completar dezesseis anos. Não vimos razão para esperar, porque sabíamos que havíamos sido feitos um para o outro.

Heather começa a distribuir biscoitos, e fico impressionada ao ver como a narração de histórias de luto se tornou algo normalizado nos últimos dois anos.

— Ele sempre trabalhou em barcos e deveria se aposentar, mas...

— Posso fazer uma pergunta? — digo, interrompendo meio sem jeito.

Li tudo que preciso saber sobre Euan Fraser em muitas matérias de jornal e não estou interessada nele. Ele não está mais aqui e quero saber como é ser viúva do Paciente Zero.

— Claro.

— Como se sente por estar nessa posição? Muitas mulheres perderam o marido, como eu, mas não há jornalistas no meu pé me perguntando se ele poderia ter feito algo diferente, como se fosse o responsável pelo início da Peste.

Noto que Amanda fica tensa ao meu lado. Não foi isso que combinamos que eu perguntaria.

— Não quero falar sobre isso.

— As pessoas já estão falando sobre isso — digo com minha voz mais suave e apaziguadora.

Mas não importa. Heather se fechou.

— Por que não falamos sobre Donal? — diz Amanda com firmeza, desviando o foco de Heather.

— Quem é Donal? — pergunto, perplexa.

Perdi alguma coisa? Talvez Donal fosse um dos filhos de Heather.

— Donal Patterson é o homem que trouxe os macacos para a Ilha de Bute junto com Euan.

Meu Deus. Esse é o homem a quem Amanda se referiu na entrevista com Maria Ferreira. Há conspirações na internet falando sobre quem ele é e o que fez, mas todos presumem que está morto.

— Ele está vivo?

— Sim. E é imune.

— Por quê, o que...

Sacudo a cabeça para colocar meus pensamentos em ordem.

— O que quer me contar sobre ele?

— Algo que o mundo inteiro vai acabar sabendo. Em menos de uma hora será anunciada a prisão de Donal Patterson — diz Amanda calmamente. — Seu julgamento foi realizado em sigilo, sob uma lei de emergência. O caso foi mantido em segredo desde que Donal foi condenado, há um ano, para permitir que se tracem planos.

— Que tipo de planos?

— Planos para evitar que as pessoas tentem encontrá-lo e matá-lo. Se ele não tivesse importado os macacos ilegalmente, a Peste talvez nunca houvesse começado.

Essa é uma ideia estonteante.

— Qual é a sentença dele?

— Perpétua, com cumprimento mínimo de oitenta anos.

— Não é provável que ele consiga liberdade condicional — acrescenta Heather.

— Não acredito que tenha sido algo tão simples, tão estúpido — digo. — Desculpe, Heather, mas, quero dizer, animais contrabandeados, um pouco de dinheiro extra... foi isso que causou tudo.

Heather funga, mas não diz nada.

— Desculpe, é que... tudo isso, esse *horror* poderia ter sido evitado.

Amanda franze a testa; sei que não quer que eu continue falando, mas é uma verdade simples.

— Nada disso tinha que acontecer.

É a frase mais dolorosa que já pronunciei em voz alta. Não estava escrito nas estrelas. Não foi uma tragédia inevitável, que eu não poderia evitar. Esses homens fizeram uma escolha e isso levou à morte de meu marido. Reconheço vagamente que estou sendo irracional, mesmo assim é verdade. Estar na casa de Heather, na casa de Euan, é tão difícil que não posso ignorar. Se não fossem esses homens que infringiam a lei, meu marido e meu filho não estariam mortos.

— Desculpem — eu digo e saio.

Não posso ficar lá sentada nem mais um minuto.

FORÇA

Helen

Penrith, Reino Unido (Inglaterra e País de Gales), dia 1.168

— Mãe!

Ai, meu Deus, se Abi e Lola estiverem brigando de novo, juro por Deus que... Tive um longo dia consertando luzes, subindo e descendo escadas, não estou a fim de mediar briga de adolescentes.

— Se estiverem brigando de novo, vocês vão...

— Oi, Helen — diz Sean, todo cheio de si, sentado à mesa de nossa cozinha.

Não na sua mesa; na nossa mesa, minha e das meninas.

O mundo está meio abafado; vou pedir a alguém para abrir uma janela quando vejo pontinhos pretos pairando pela cozinha e, quando me dou conta, estou deitada no chão com Sean e Abi me olhando por cima.

Tento me levantar, afastando as mãos de Sean, mas aceitando com gratidão a ajuda forte e gentil de Abi.

— Abi, vá para o seu quarto, por favor. Não deixe suas irmãs descerem.

Ela assente e sobe a escada sem um pio.

Até que Sean não se explique, não o quero perto das meninas.

— Voltei — diz ele, Capitão Óbvio, enquanto desabo em uma cadeira e seguro minha cabeça latejante nas mãos.

— Percebi.

Eu faria um gesto para que se sentasse, mas ele já se sentou e, ah, fantástico, pegou uma bebida.

— É tão...

— Sean, o que está fazendo aqui?

Ele pestaneja algumas vezes como uma coruja. Eu o achava atraente? Lembro que ele fazia esse negócio de piscar e me irritava muito. Ainda irrita.

— Você aparece aqui depois de ir embora para viver o resto do seu "tempo emprestado" como se não devesse nada a ninguém, e agora volta?

Estou fazendo essa pergunta a Sean, mas também ao universo. Quais são as chances de meu patético marido ser imune? O amigo dele, que morreu nos braços da esposa, ofegando a palavra "amor" em seu último suspiro, não era imune. Tommy, o lindo menininho de Ann-Marie, que mora descendo a estrada, não era imune. Mas meu marido, o desertor, é imune. E voltou.

— Achávamos que você estivesse morto — digo, tentando disfarçar a raiva, mas sem conseguir.

— Eu sei — diz ele. — Desculpe, não quis... Só queria entender e...

— Você desapareceu! Desligou o celular assim que nos abandonou e nunca mais tivemos notícias suas. E aí, três anos depois, quando ver um homem é tão raro quanto nevar em julho, quem aparece na nossa porta? Você! Ah, e é melhor assumir a palavra "abandonar", porque foi isso que você fez, porra!

Sean fica ali sentado, calado, e tenho a chance de olhar para ele. Está... diferente e igual. Um pouco mais magro, mais grisalho, mais consumido.

— Explique-se.

— Pensei que seria recebido de um jeito melhor — murmura.

Ele ergue o olhar para meu rosto e dá um suspiro de cansaço, ao qual não tem direito.

— Nossa vida era tão... tão claustrofóbica, Helen. Eu estava entediado; você não? Trabalhar no mesmo emprego chato, fazer a mesma coisa sem graça para o jantar todas as sextas-feiras... E então, veio a Peste e eu pensei: é agora ou nunca! Minha vida vai acabar, e como eu quero que acabe? Eu precisava viver a vida que sempre sonhei no tempo que me restava.

Se eu tivesse alguma dúvida, agora teria certeza de que é realmente Sean. Ele sempre teve o tato de um rinoceronte. Claro, ele não contava com a possibilidade de ser imune; estava entediado, cansado de viver como se fosse morrer, e então quis voltar à sua vida antiga, que, aparentemente, somos eu e suas filhas.

— Então, você me abandonou, me deixou sozinha criando nossas filhas. Que bom que eu não caí fora quando fiquei entediada como você, não? Do contrário, teríamos três órfãs.

— Isso não é justo.

— Isso é muito mais do que você merece. O que andou fazendo nos últimos três anos?

— Depois que parti, fui para as Highlands.

— Para a Escócia? Durante a Peste, você foi ao único país da face da Terra com mais doenças que a Inglaterra? Você foi às Highlands tentar se matar?

Ele fica meio na defensiva.

— Do jeito que você fala, faz parecer que foi uma idiotice. Mas era meu sonho.

— Que sonho? Ficar olhando uma ovelha numa colina?

— Não, eu... bem, rodei um pouco. Depois de ficar alguns meses em um hotel abandonado, fui para Londres e morei lá quase um ano fazendo trabalhos de manutenção para ganhar dinheiro para pagar a comida e um hostel.

— Mas por que não voltou para casa? Você preferiu morar em um hostel e trabalhar de faz-tudo a voltar para casa?

Segue-se uma enorme lista de desculpas. Ele ficou com medo de que não o quiséssemos, ainda tinha medo de se contagiar, achava que as meninas o haviam esquecido...

— Depois de Londres, fui para o sudoeste, morei na praia em Devon e aprendi a surfar.

Concordo que isso, pelo menos, é melhor que ser corretor de imóveis e lavar louça.

— Então, levou todo esse tempo para fazer alguma coisa emocionante com sua maldita liberdade?

Ele revira os olhos.

— Fui para Devon catorze meses depois de partir.

— E por que voltou rastejando?

Ele apenas me olha com uma expressão de total incompreensão.

— Senti saudade de vocês.

Ele não entende... ele não entende nada.

— Posso ver as meninas agora? — pergunta melancolicamente, pois meu silêncio claramente o deixa nervoso.

Chamo as meninas e elas entram, caladas e sombrias. Uma expressão de pânico começa a surgir no rosto de Sean. Imagino que ele esperava que eu caísse em seus braços amorosos e depois anunciássemos às meninas que nossa família estava completa de novo, e que elas chorariam de alívio por ele estar vivo, blá-blá-blá. Mas não é mais assim que funciona.

Abi está furiosa; mal olha para ele. Hannah parece querer que o chão a engula; ela nunca gostou de confronto. Lola é a única que lhe oferece uma migalha; um pequeno sorriso, mas nada mais.

— Vou dar um minuto a vocês — digo, só para sair e tomar um pouco de ar fresco.

Meu Deus, queria que pudéssemos cultivar tabaco na Inglaterra; estou com vontade de fumar como uma chaminé. Mesmo sem cigarro, alguns minutos fora clareiam um pouco minha cabeça. O choque e a raiva estavam fazendo meus pensamentos girarem em círculos.

Quando volto à cozinha, os quatro estão sentados, constrangidos, em volta da mesa. Abi está roendo furiosamente uma unha, coisa pela qual eu normalmente a repreenderia; mas, se isso a ajuda passar por esse turbilhão emocional hoje, está bom para mim.

— Precisamos de tempo para processar tudo isso — diz Hannah por fim, no tom calmo e autoritário que ela raramente usa e que tem ainda mais força justamente por isso. — Acho que você deveria ficar em outro lugar e voltar amanhã.

É como se Sean tivesse levado um tapa na cara. Ele olha para as outras, esperando que alguém, qualquer uma, implore para que fique. O silêncio ecoa pela cozinha. Ele está arrasado, mas, o que esperava? Ser recebido como um herói? Os homens que sobraram — não, isso não é justo —, alguns dos homens que sobraram têm esse complexo estranho. Só porque estão entre os "poucos escolhidos" se acham deuses. Vemos tão poucos homens que eles confundem choque com deslumbramento quando veem expressões femininas. Mas eles não são melhores só porque são poucos. Somos todos humanos — homens ou mulheres —, e só porque alguma peculiaridade de sua genética ou sorte lhes permitiu serem imunes ou sobreviverem eles não são melhores que os outros. Sean vai ter que aprender isso, e rápido.

No dia seguinte, ele volta para casa. As meninas estão na escola e é meu dia de folga. Percebo, tardiamente, que, se não fosse, ele teria chegado a uma casa vazia. Não me ocorreu dizer a ele minha programação. Eu simplesmente não penso mais nele.

— Ontem foi complicado — ele comenta, com um copo de água quente e a groselha que dei a contragosto.

— O que você esperava, Sean? Você nos abandonou. Abandonou as meninas, abandonou todas nós.

Ele exala pesadamente.

— Sou o pai delas, seu marido.

Não posso deixar de interromper.

— Na verdade, tirei um atestado de óbito seu há alguns meses, alegando que você estava morto. Portanto, não; você não é meu marido. Tecnicamente, sou viúva. Provavelmente vamos ter que preencher alguns papéis para mudar nossa situação para divorciados, considerando que você está vivo.

— Acho que isso responde à pergunta que eu ia fazer, então, sobre nós, nosso futuro.

— Sean, eu nunca vou perdoá-lo pelo que fez.

— Helen — diz ele com uma expressão de decepção que me dá vontade de estrangulá-lo até deixá-lo azul, como se *eu* o houvesse decepcionado.

— Não, não, não, Sean. Você não entende. Eu não o amo mais, não preciso mais de você. A Peste pôs tudo em perspectiva para as pessoas, para cada uma de uma maneira. Para você, o fez pensar que sua vida era uma gaiola e que tinha que fugir. Parabéns, você tem mais liberdade do que esperava. Espero que faça bom proveito.

— Você está me fazendo parecer uma pessoa horrível — diz ele, petulante. — Como se eu tivesse caído na farra sem pensar duas vezes.

Como pude amar esse homem? Ele é um idiota!

— Você tem três filhas, Sean. Você tinha uma esposa! Você desapareceu como um ladrão no meio da noite. Acho que não aprendeu porra nenhuma com tudo isso, mas vou lhe dizer uma coisa: a Peste e a sua partida me fizeram perceber, mais do que nunca, que minhas filhas são meu mundo e que eu gosto da minha vida. Minhas piores preocupações eram se fazer sexo uma vez por semana era o suficiente para "manter a chama acesa" e se as meninas encontrariam empregos de que gostassem. Empregos de que gostassem! Que ideia!

Sean se senta furtivamente na cadeira, balbuciando incoerentemente.

— Eu gostava bastante do meu trabalho, mas, se alguém me dissesse que poderia me aposentar amanhã, eu aproveitaria a chance. Mas agora sou eletricista e útil. Você nunca me fez sentir útil. Quando chego em casa no fim do dia, sei que usei minhas mãos para fazer algo que muitas outras pessoas não podem fazer. Chego em casa, vejo as meninas e sei que estou no lugar certo.

— Não é a mesma coisa para você, Helen. Você não estava com a morte apontando uma arma para sua testa. Eu não pude fazer o que você fez.

Percebo que não o estou fazendo entender. Estou gastando saliva à toa. É ultrajante que ele consiga se safar, mas nada da vida dos últimos anos foi justo. Não há juiz e júri moral que possa convencê-lo de que ele está errado e eu estou certa. Ele foi embora e eu fiquei.

— Aqui é meu lugar, Sean — digo com um leve suspiro. — Você decidiu que não era o seu. Fez sua cama, agora deite-se nela.

Sean dá um sorriso frouxo. Termina sua bebida e diz que voltará às dezessete horas para ver as meninas. Bato a porta atrás dele e penso que sou uma mulher de sorte, porque, contra todas as probabilidades, sem marido e com um trabalho que me designaram, eu realmente gosto da minha vida. E, quando alguém não está mais a seu lado, você se adapta.

Matéria no *Washington Post*, 13 de março de 2029

Esta é uma matéria de nossa série "Mulher menos provável", sobre mulheres nos Estados Unidos que assumiram funções de liderança, apesar de serem "candidatas improváveis". A matéria desta semana, de Maria Ferreira, é sobre Clare Aspen, 29, prefeita de San Francisco eleita no ***mês passado, vencendo oito candidatas.***

O apartamento de Clare Aspen em San Francisco parece saído dos sonhos dos millenials de 2024, ou do Pinterest. A parede do sofá é uma galeria de arte. Sua chaleira é vintage e rosa. Há um carrinho de bar no canto (mas com uma pequena seleção de bebidas, que, em uma leitura mais atenta, parecem ser todas produzidas dentro e ao redor da Bay Area por pequenas destilarias). A tábua de cortar tem estampa de abacate. Preciso dizer mais?

Quando pressionada, Clare ri e olha ao redor como se visse o apartamento pela primeira vez em anos.

— Acho que é uma espécie de cápsula do tempo. Comprei este apartamento quando tinha vinte e poucos anos, logo antes de tudo acontecer. Não me preocupei com a decoração desde então — acrescenta ironicamente, justificando o anacronismo.

A história de Clare Aspen agora é folclore, mas o básico vale a pena repetir. Quando a Peste atingiu a costa oeste, em

2026, ela tinha uma vida admirável no serviço público como policial. "Eu era muito entusiástica" diz ela. "Tive sorte de não ter tido mais problemas no início. Era muito ansiosa para fazer tudo certo, pegar o bandido, fazer a diferença! Animada demais."

Ela não havia se mudado para San Francisco — uma cidade na qual, antes da Peste, só os milionários tinham condições de viver por muito mais tempo — para ser uma policial que ganhava menos de setenta mil dólares ao ano. Não, ela havia ido para lá para fazer fortuna — o clássico sonho tecnológico de um milhão de homens que haviam assistido ao filme *A rede social* e estavam determinados a ser seu próprio futuro. Mas, ao contrário da maioria de seus colegas da tecnologia que vieram antes dela, Clare foi bem-sucedida. Eis aqui a história dela em poucas palavras.

A garota formada em engenharia (*Summa cum laude*, naturalmente) na UT Austin se muda para a Califórnia para ser desenvolvedora. Acha que a cultura de uma startup de médio porte é tão nojenta quanto o Reddit diz ser. A garota persevera porque não é de desistir das coisas. É uma das duas mulheres de uma equipe de sessenta homens, muitos dos quais parecem sociopatas em sua busca por riqueza. Ela acha que está indo muito bem e tem um salário alto. Não tem ideia do que está por vir. Ela está no lugar certo na hora certa e recebe o bilhete de ouro: a abertura de capital. As ações vão a público e sobem depressa. A garota fica muito rica.

Até agora, tudo muito cinematográfico. Dá até para ver Hollywood já salivando pelos direitos do filme. Mas não! Fica ainda melhor.

A garota é rica, mas insatisfeita, e decide largar seu emprego (muito lucrativo), vender suas ações e virar policial. "Ainda me lembro de meu pai gritando ao telefone comigo quando eu disse que seria policial. *Policial? Eu não gastei cem mil dólares para você ser uma maldita policial!*"

Clare fez um cheque para o pai ali mesmo, pagou cada centavo que ele gastou com sua formação universitária e aceitou a oferta de entrar no Departamento de Polícia de San Francisco.

Se a Peste nunca tivesse acontecido, o fim do filme seria previsível. Ela conheceria um bom rapaz, talvez um colega policial (todos nós amamos um romance no trabalho), e teria filhos adoráveis e obedientes às regras. Seu pai perceberia o valor das escolhas de sua filha e ela viveria uma vida longa e saudável, com o marido ao seu lado, em uma confortável obscuridade.

Mas a Peste aconteceu e essa jovem policial corajosa estava lá no aeroporto no dia do Grande Motim de San Francisco. Clare sabe que parece dramático dizer, mas ela teve sorte de sair viva.

Infelizmente para Clare, e felizmente para os poucos sortudos que conseguiram viajar, alguns voos domésticos ainda estavam saindo de San Francisco naquele dia. Solicitei comentários para esta matéria à United Airlines e à Delta, mas ambas se recusaram a responder. Portanto, sou forçada a extrapolar o que sabemos. Sabemos que a maioria dos voos internacionais havia sido cancelada, mas que dois voos regulares para Israel estavam cheios só de mulheres, sem autorização para pousar, ambos pilotados por homens que foram mortos a tiros pelos israelenses na chegada e queimados sem cerimônia. Também sabemos que cinco voos domésticos para Chicago, Miami, Nova York, Minneapolis e Seattle haviam partido do aeroporto.

Um desses aviões — o da Delta para Seattle — caiu sobre Minneapolis por razões desconhecidas, mas acredita-se que o piloto tenha adoecido durante o voo. Os outros quatro voos chegaram com segurança, mas não podemos saber por que os pilotos fizeram aqueles voos conforme o programado, porque estão todos mortos. As possibilidades mais comentadas são as de que os pilotos queriam garantir que as pessoas voltassem para casa para ver seus entes queridos, achavam que poderiam escapar do vírus nessas outras cidades ou tinham família nessas cidades.

O que sabemos agora é que milhares de pessoas morreram em uma debandada, e os tumultos que se seguiram e essas mortes poderiam nunca ter acontecido se todos os voos fossem cancelados. Quando proponho essa teoria a Clare, ela parece ao mesmo tempo cansada e furiosa. "Não é uma pergunta simples de responder. As pessoas estavam desesperadas e o aeroporto sempre seria um centro de pânico naquela época. Era a psicologia das multidões de Gustave Le Bon acontecendo diante dos meus próprios olhos. Assim como os micróbios, a multidão sofreu mutação e ficou irritadiça, irracional, incontrolável."

Aponto para Clare que a teoria de Gustave Le Bon sobre os comportamentos infecciosos das multidões foi totalmente desmascarada pela ciência. Pela primeira vez em nossa longa conversa, vejo o brilho intenso que fez dessa mulher a prefeita mais jovem do país. Não lhe interessa que eu tenha lido algum artigo do *Atlantic* sobre alguma merda científica. Ela estava lá. Ela viu. Eu não sei de nada.

"Tudo começou com um único tiro", diz ela. "Um homem. Uma arma. Ele não atirou em uma pessoa; atirou como nos filmes. Mas nos filmes eles fazem isso do *lado de fora* e *sozinhos*. Ele estava em um aeroporto lotado com um teto parcialmente de vidro."

Todos nós sabemos o que aconteceu depois. Está escrito na história da Peste como uma dolorosa lembrança da maneira como a pandemia roubou nossa humanidade. Ao tiro seguiu-se o pandemônio. Mulheres, homens, crianças, todos gritando e chorando, foram pisoteados até a morte no aeroporto enquanto a multidão avançava em direção às saídas, para longe das balas. No total, 186 pessoas morreram na debandada. Doze homens, incluindo o colega de Clare, Andrew Rawlings, morreram devido a ferimentos a bala enquanto os homens atiravam desesperadamente uns contra os outros. A inquietação e o pânico ultrapassaram os limites do aeroporto, culminando em tumultos devastadores.

Clare é surpreendentemente indulgente com o atirador original — uma posição que ela não ousou mencionar durante a campanha. "Sem dúvida ele não deveria ter atirado no teto, mas dá para imaginar como é ouvir que você nunca mais poderá voltar para casa, nunca mais vai ver sua família, seus filhos vão morrer, você vai morrer de uma doença dolorosa em poucos dias. Esse é um dos círculos do inferno. As pessoas fazem coisas horríveis nesse tipo de situação."

Ela estava completamente sozinha. Ia morrer. Mas aqui está ela, porque saiu correndo. Foi por isso que sobreviveu. Vem à minha mente a pergunta de sua principal oponente na corrida eleitoral para prefeita — Victoria Brown —, no debate de San Francisco, que ecoou pela Califórnia com seu tom de julgamento: *Por que você se candidatou, Clare? Que tipo de servidor público sai correndo e foge?*

Clare repudia as palavras de Victoria tanto agora quanto antes. Fala com escárnio da total falta de compreensão de sua oponente sobre a condição humana. "Um dos motivos de eu me candidatar a prefeita foi que, na verdade, tinha experiência como servidora pública tanto nas horas boas quanto nas más. Fui honesta sobre o fato de ter saído correndo aquele dia. Victoria tentou fazer parecer que eu era a pior policial que já existiu, e por quê? Porque não comecei a atirar aleatoriamente em homens que teriam apontado suas armas contra mim? Sua estratégia não funcionou, os eleitores entenderam. Eles entenderam que, quando há tanto medo no ar e as pessoas não têm razão para viver, às vezes você tem que fugir."

O fim da história agora pode ser escrito, em toda a sua glória, nesse apartamento pós-Peste, bagunçado e intocado. Garota se torna prefeita de San Francisco na primeira eleição realizada em sua cidade desde a Peste. Garota apresenta programas para recrutar mulheres para atuar na área de programação, polícia, e reconstruir a indústria da tecnologia, determinada a tornar a vida melhor, e não só com foco na sobrevivência. Garota é poderosa e não se desculpa por esse poder, embora, em um dia terrível, anos atrás, ela tenha fugido.

Dawn

Londres, Reino Unido (Inglaterra e País de Gales), dia 1.245

— Não aguento mais falar sobre batata frita!

Não ria, não ria, não ria. Consigo manter o rosto sério. Marianne West, a mulher que *não aguenta* mais falar sobre batata frita, está olhando para mim como se dissesse: *Está vendo o que tenho que aguentar?* Sim, Marianne, tenha certeza de que é difícil.

Acontece que uma das melhores maneiras de realizar os sonhos de carreira que aos vinte e cinco anos você mal ousava imaginar é ser mulher durante a Peste. Não perdi o juízo e não posso me aposentar antes dos setenta. Quando percebi que tinha uma década ainda até a aposentadoria, pensei: foda-se. Se tenho que ficar aqui, vou continuar trabalhando direito. Cinco rápidas promoções depois e aqui estou eu. Indiscutivelmente, uma das três pessoas mais poderosas dos Serviços de Inteligência Britânicos. A pequena Dawn Williams, de um bairro residencial de Lewisham. Sempre a caxias da classe, nunca conseguia fazer as palavras saírem do meu cérebro do jeito que eu queria, nunca era capaz de parecer interessante. Sempre a mais trabalhadora, sempre diferente de todos os outros, mas sempre sem graça.

Sem graça demais para ser intimidada, então era apenas ignorada. Sempre a diferente em Oxford, a única mulher negra. Sempre a única mulher negra em todos os lugares aonde eu fosse. E sempre silenciosa e discreta. Criei o hábito de dizer uma coisa em minha cabeça e outra em voz alta. E agora estou aqui. O que diziam que seria minha ruína se tornou a razão de meu sucesso. Sou completamente irrepreensível. Poderiam até dizer indescritível. Não fiz inimigos, não toquei ninguém do jeito errado, sempre fui discreta. Trabalhei tanto que as pessoas só podiam dizer que eu era competente; mesmo que não gostassem de mim, jamais poderiam apontar um erro meu. Sempre usei uma aliança de ouro na mão esquerda para que as pessoas pensassem que eu era casada. Quanto menos perguntas, menos chances de ser assediada; e então, quando tive minha filha, ninguém estranhou. As pessoas presumiam que eu era casada, tinha uma filha, nada fora do comum. Minha missão era ser a pessoa mais sem graça e mais trabalhadora em todos os lugares, e valeu a pena.

Ah, e não morri. Isso também ajudou muito nas promoções.

De volta a assuntos mais importantes. Como batata frita.

— É uma fonte importante de calorias na dieta de muitas pessoas, não estraga, portanto há um desperdício mínimo de alimento quando fazemos e as pessoas gostam. E antes que você me diga, mais uma vez, que isso não é um fator importante, garanto que é.

A nutricionista de aparência séria e óculos grandes demais para seu rosto se recosta na cadeira. Ela não vai ganhar essa; não contra Marianne e seu olhar assassino.

— Vamos fazer uma breve pausa para o chá? — sugiro, e logo lamento minha escolha de palavras.

Por um momento, Marianne parece ter vontade de chorar. A mesa relaxa e as pessoas vão até o carrinho de bebidas, onde uma quantia insignificante de água e groselha as aguarda. Tomar groselha, sinceramente, é como estar em uma festa de aniversário de criança. Se eu soubesse que o chá acabaria tão rápido, teria estocado até o teto.

— Sinto tanta falta — suspira Marianne ao se aproximar e se sentar ao meu lado.

— E eu fui falar de chá, não foi?

Ela anui tristemente.

— Comecei há alguns dias a pesquisar as possibilidades de cultivo de chá no sul da Inglaterra.

Eu olho para ela em dúvida.

— Eu sei, um tiro no escuro. Acontece que há um motivo para o chá ser cultivado na Índia e na África, e não em Kent. Pensei que talvez a mudança climática pudesse ter aberto algumas possibilidades, mas tenho certeza de que ela estacionou e provavelmente será revertida agora que metade do planeta morreu e levou consigo suas emissões podres.

Marianne é uma coisa rara: uma servidora pública competente com senso de humor. É diretora do Programa de Racionamento do Reino Unido e presidente do conselho de diretores. Também estou no conselho, daí minha presença relutante nesta sala com vinte pessoas, cuja missão conjunta é manter a população do Reino Unido viva e alimentada. Quanto mais cedo o comércio global de alimentos aumentar — para eu não ter mais que comparecer a essas reuniões —, melhor.

— Como você acabou no programa de racionamento? — faço a pergunta que venho pensando em fazer há meses.

— Comecei no funcionalismo com vinte e quatro anos. Fui advogada alguns anos antes disso, mas não combinava comigo. Prefiro a abstração de ser funcionária pública. A política, seja ela qual for, afeta milhares ou milhões de pessoas, mas você não as conhece. Gosto dessa divisão em compartimentos.

Eu assinto; é um pensamento familiar para mim.

— Eu teria sido uma péssima policial, lidando com indivíduos. Um pesadelo. Então, como acabou dirigindo este setor?

— Em trinta anos no funcionalismo, construí uma reputação de "generalista", o que é uma maneira de dizer "alguém que se entedia facilmente". Mudei muito de lugar e me tornei a pessoa que conserta as coisas, que limpa a bagunça. Quando a Peste começou... nossa, mesmo depois de tantos anos, ainda parece tão *medieval* dizer isso, eu trabalhava no Departamento de Meio Ambiente, Alimentação e Assuntos Rurais.

Interessante, mas não surpreendente. Marianne é uma das pessoas mais pragmáticas que já conheci e tem muito bom senso. Posso imaginá-la assumindo o controle de um desastre e resolvendo tudo sem abuso de autoridade.

— Você teve a ideia do programa?

Marianne assente.

— Sim, e o diretor-geral do Departamento de Meio Ambiente me deu um enorme apoio. Em dezembro de 2025, sugeri que precisávamos de um programa de racionamento e ele disse para eu montar um. A legislação foi aprovada um mês depois e aqui estamos. Se eu dissesse que Donna, a nutricionista, normalmente não é tão chata, estaria mentindo. Você vai ter que se acostumar com ela. De minha parte, quero bater na cabeça dela com um grampeador.

— Donna! Que bom que está aqui — digo, interrompendo Marianne com um sorriso radiante.

Donna ajeita os óculos e olha para nós duas com determinação.

— Precisamos conversar sobre o tamanho da porção de guloseimas. Não é certo, Marianne, você não...

Marianne suspira e diz, no mesmo tom cansado que eu usava quando minha filha era uma pentelha:

— Donna, a porção de guloseimas não será reduzida. Existem vários fatores, como você bem sabe, levados em conta na definição das quantidades, e um, apenas um desses fatores é a nutrição. Se fosse por você, todos comeríamos sementes de girassol e catorze porções de vegetais crus por dia. Mas batata frita, doces, álcool e bolos, coisas gostosas com valor calórico, mas sem valor nutricional, ajudam a tornar um dia um pouco mais alegre e servem para disfarçar a fome e manter as pessoas felizes. Você quer que as pessoas fiquem tristes, Donna?

Donna gagueja, indignada.

— Quero que as pessoas tenham saúde, e não há motivo para tantos recursos serem usados para fazer *bolo.*

— Bem, o conselho e eu discordamos de você, portanto aceite — diz Marianne, e eu registro em meu cérebro para não esquecer de sempre ficar do lado dela.

— Precisamos de uma nova nutricionista — murmura Marianne antes de chamar todos para a reunião de novo.

É estranho estar deste lado do programa de racionamento. Eu me lembro de quando minha filha e eu pegamos nossos livros de racionamento na delegacia de polícia. Capas azuis brilhantes, impressos às pressas em Gateshead, eram tão antiquados que era difícil acreditar que estávamos no século XXI. A partir de 24 de janeiro de 2026, o Reino Unido passou a ter oficialmente um programa de racionamento, pela primeira vez desde 4 de julho de 1954. Em alguns aspectos, o sistema de racionamento reproduzia o antigo, da Segunda Guerra Mundial, e em outros precisava ser totalmente diferente. Acho que, se déssemos a cada pessoa do Reino Unido uma cesta de vegetais frescos, frutas, carne, laticínios e pão, elas morreriam de fome. Nossos livros de racionamento nos permitem comprar uma quantidade de comida por semana, que pode incluir alimentos processados, como sopas e refeições prontas, mas deve ter uma combinação de carboidratos, proteínas, vegetais e frutas. Todos nós recebemos uma pequena porção de carne e peixe, menos os vegetarianos, e todos recebem ovos e laticínios. Os veganos enlouqueceram com a falta de opções para ovos e laticínios, mas o governo declarou que os substitutos veganos "não estão facilmente disponíveis no Reino Unido". Houve uma grande campanha de marketing para garantir que a população entendesse por que precisávamos de racionamento e como as porções haviam sido calculadas. Pensava-se, com razão, que a transparência reduziria o risco de raiva e revolta. Para ser honesta, acho que as pessoas ficaram aliviadas por haver um sistema em vigor. Em dezembro elas faziam compras em pânico, e a escassez era preocupante.

E, claro, todos nós temos uma porção de guloseimas — ou "Bônus Calórico", como é o nome técnico. Temos que comprar algumas porcarias toda semana. A vida fica um pouco mais fácil quando você tem um daqueles dias e pensa: vou comer um chocolate. Há quem esteja indignado, como Donna, mas muitos millenials, desses que se acham especiais, não podem viver sem doces, mesmo em uma época de crise nacional!

Lembro de uma entrevista que a primeira-ministra deu pouco antes do início do racionamento. Ela falou sobre o "espírito de Blitz" e disse que, felizmente, o funcionalismo público era um acumulador institucional, de modo que muitas informações sobre o racionamento durante e após a Segunda Guerra Mundial foram analisadas e usadas como ponto de partida. Afinal, o governo de 1946 sabia bem como manter uma população viva. Houve um trecho horrível daquela entrevista, quando a entrevistadora perguntou à primeira-ministra: "Como vocês sabem que há comida suficiente para a população? Como conseguem calcular?", e sua expressão se contorceu levemente e ela respondeu: "Bem... infelizmente a população continua diminuindo. Nossa taxa de natalidade despencou, e, como sem vacina os homens ainda estão sucumbindo à Peste, planejamos com base na estabilidade da população, o que quase certamente não acontecerá".

Teríamos comida suficiente porque as pessoas continuavam morrendo. Foi um dos pronunciamentos públicos mais sombrios da Peste.

— Certo, vamos passar os outros tópicos depressa.

A voz clara de Marianne logo comanda o ambiente feminino e ela lê as coisas de sua lista.

— Recebemos um pedido de vários clínicos gerais para aumentar o subsídio de racionamento para mulheres eletricistas e operadoras de caminhões de lixo. A menos que alguém se oponha, aprovaremos os aumentos de calorias estabelecidos no relatório.

Ouve-se um murmúrio de aprovação.

— Recebemos nosso relatório trimestral de desperdício de alimentos. Dois grandes supermercados solicitaram permissão para vender cebola, cenoura e batata-doce picadas. O argumento que forneceram foi que isso é útil para pessoas com deficiência que não conseguem cortar vegetais. Isso é interessante. Nosso raciocínio para banir os alimentos cortados foi o desperdício.

— A cebola estraga muito rápido depois de cortada, não seria viável — diz alguém. — Haveria um desperdício enorme.

— Poderíamos concordar com quantidades limitadas de cenoura e batata, ver quanto desperdício resulta e depois reavaliar para outros vegetais no próximo trimestre. Todos estão de acordo? Ótimo.

Marianne olha suas anotações e reprime uma carranca.

— Donna, você queria discutir sobre os celíacos?

— Sim, eu realmente me preocupo com o fato de que quem não pode comer glúten no momento tem sua fonte de carboidratos restrita às batatas. Quero um orçamento para explorar alternativas, talvez pensar fora da caixa.

Posso praticamente ouvir Marianne revirando os olhos do outro lado da sala.

— Bem — diz Marianne secamente —, se você encontrar um arrozal em algum lugar da Inglaterra, por favor, avise-me. Enquanto isso, o um por cento da população com alergia ao glúten terá que se virar. Temos complicações maiores para resolver.

— O próximo item da agenda é nosso relatório mensal sobre fraudes no livro de racionamento. Tenho o prazer de informar que as fraudes continuam sendo muito poucas. Mês passado houve trinta e dois casos de fraude, e todos receberam a punição padrão de redução de vinte por cento no subsídio geral e a remoção total das porções de guloseimas por um mínimo de seis meses. — Marianne ergue os olhos e sorri. — É incrível o que a ameaça de ficar sem açúcar ou bebida pode fazer com a ética das pessoas, não é?

— E, por último, a iniciativa dos restaurantes. Sei que não estamos em condições de explorar isso ainda, mas espero que estejamos em um futuro próximo, e isso exigirá planejamento.

Ergo a sobrancelha esquerda e Marianne repara. Restaurantes? Em uma época de crise nacional, quando nossa economia ainda mal sobrevive e só nos falta uma safra ruim para morrer de fome? Sério?

— Sou a primeira a levantar a mão e admitir que sou gourmet da pior maneira possível. Sinto falta de idiotices como comida molecular e flores comestíveis, e sei que ainda não podemos fazer isso, mas quero que planejemos um sistema de permissão para restaurantes. É muito simples: os restaurantes que se inscrevessem no programa aceitariam reservas com uma a duas semanas de antecedência. Em função da reserva, uma parte da porção dos clientes seria transferida para o restaurante. Se os clientes não comparecessem à refeição, azar; o subsídio já teria sido usado.

O silêncio ecoa pela sala. Não posso dizer que adorei a ideia; nunca gostei de ir a restaurantes caros e chiques onde alguém me ofereceria uma bebida com flores por vinte libras.

Uma mulher à ponta da mesa pigarreia e diz baixinho:

— Acho que pode ser muito útil do ponto de vista psicológico.

Ah, ela deve ser a psiquiatra.

— Sim! — Marianne aproveita esse pequeno incentivo. — Permitirá que uma parte crucial da sociedade e da cultura continue, que se criem empregos e um senso de normalidade. Não é disso que estamos sempre falando? Manter uma vida normal, tanto quanto possível. Ninguém deve passar fome, as pessoas ainda devem poder desfrutar a comida e, acho eu, a experiência singular de se vestir bem, ir a um bom restaurante e saborear uma comida muito mais legal que qualquer coisa que elas mesmas possam cozinhar. Quero ir a um restaurante, reconhecer uma parte da minha vida anterior e talvez, por algumas horas, sentir que nada mudou.

Tento pensar na resposta mais diplomática que irritará o menor número de pessoas da sala e quebrará o silêncio.

— Faça um plano, e poderemos discuti-lo mais a fundo na próxima reunião.

Marianne sorri para mim com gratidão. Não tenho interesse em restaurantes, mas simpatizo com o desejo de normalidade. O racionamento é uma coisa gloriosa, tornou a fome de todos igual aos olhos da lei. Ninguém tem mais ou menos direito à alimentação e à sensação de saciedade, mas sinto falta da diversão da comida em abundância. Tenho saudade de comprar três garrafas de vinho para quando meus amigos apareciam em uma noite quente de verão. Sinto falta de churrascos com carne, costela e hambúrguer em uma tarde chuvosa de sábado de junho, porque o clima inglês sempre insiste em chover nos dias de churrasco. Se os restaurantes farão algumas pessoas sentirem que sua vida não mudou, devemos fazer tudo que estiver ao nosso alcance para que isso aconteça. Muita coisa mudou e não podemos consertar. Portanto, as coisas têm que voltar a ser como eram sempre que possível.

Elizabeth

Londres, Reino Unido (Inglaterra e País de Gales), dia 1.278

Respiro fundo e o perfume das rosas de meu buquê preenche minha mente. *Tudo vai ficar bem*, como Simon sempre diz. George está parado, decidido, ao meu lado. Com seu terno matinal, ele vai me levar ao altar no lugar de meu pai. Nunca imaginei me casar sem meu pai ao meu lado, mas me sinto segura e amada. Como toda noiva espera que seja, nunca me senti tão feliz.

O órgão começa a tocar e caminhamos, devagar e firmemente, pelo corredor desta bela igreja onde a família de Simon se casou e foi batizada durante gerações. Minha mãe está sentada, chorando, na primeira fila. Já começaram os voos comerciais para pessoas com certificado de vacinação, e é o presente mais extraordinário tê-la aqui. Amaya sorri para mim, divina com seu vestido verde, quando passo por ela. A maravilhosa filha de George, Minnie, faz sinal de positivo quando passo, o que me faz querer jogar a cabeça para trás e rir.

E ali, no final, está Simon. Esse homem a quem procurei por um capricho, em um momento de abandono, mas de esperanças, que se tornou tudo para mim. Ele está sorrindo, trêmulo; uma lágrima ameaça rolar pelo seu rosto. Quando saí do avião, anos atrás, apavorada e nervosa, não tinha ideia de como seriam as coisas, de quantas pessoas eu perderia. Não tinha ideia de quão maravilhosa seria a vida que eu acabaria construindo para mim. Se eu pudesse, voltaria no tempo e diria a mim mesma que tudo daria certo.

George levanta meu véu e segura minhas mãos com força. Então, diz a Simon com sua voz animada:

— Cuide dela agora.

— Cuidarei — promete Simon, solenemente.

A cerimônia passa como um borrão entre leituras, hinos em inglês e um momento em memória daqueles que não estão mais conosco. Dizemos nossos votos e resisto ao impulso de lançar um olhar severo aos pais de Simon quando preciso recitar seus três nomes do meio. Ninguém precisa de tantos nomes, mas Simon Henry Richard James Maitland tem cinco, e ele é perfeito. Então, quem se importa?

A recepção é pequena, mas maravilhosa. Pizza feita usando fichas de racionamento, vinho inglês e dança até tarde cercada por minha família, a de sangue e a escolhida. Dançamos nossa primeira música, "Lucky", de Jason Mraz, e parece uma imunização contra o azar. *Sabemos que temos sorte!*, dizemos ao universo. Sentimos nossa boa fortuna nos ossos. Para Simon, por ser imune, e para mim, por estar na rara posição de me apaixonar e ter a perspectiva de ter uma família com o homem que amo. Sonhos tão cotidianos, de sobrevivência, casamento e paternidade, mas que agora são tão preciosos e raros.

— Achei que você nunca mais fosse beber depois de sua despedida de solteira — provoca Amaya quando estou recuperando o fôlego com um copo de cidra.

— Nem me lembre disso! Ainda não consigo acreditar nos presentes que ganhei.

Eu achava que as despedidas de solteira fossem intensas nos Estados Unidos. Pois bem, agora tenho macarrão em formato de pênis no armário da cozinha e um DVD pornô. ("É pornô superético feito por Delilah Day! Ela é dona da própria empresa pornô; lembra as pessoas do sexo que faziam antes com seus maridos e namorados", exclamou Julia.) Agora sei que os ingleses levam a sério as despedidas de solteiro.

Só espero que Simon não use o macarrão quando seus pais forem em casa.

— Sobre o que estão conversando? — pergunta George, aproximando-se.

— Você está bêbado — diz Amaya, e ri.

— Estou — diz ele com um sorriso. — É um casamento, e é tradição o falso pai da noiva ficar meio embriagado.

— Estou muito feliz por ter conhecido vocês dois — digo, desinibida graças a alguns drinques. — Gostaria que nada disso tivesse acontecido, mas estou muito feliz por ter conhecido vocês.

— Coisas boas e ruins podem coexistir — diz Amaya, com um sorriso triste. — E temos que encontrar o bem onde pudermos.

ADAPTAÇÃO

Matéria no *Washington Post*, 8 de dezembro de 2029

Esta é uma matéria de nossa série "Mulher menos provável", sobre mulheres nos Estados Unidos que assumiram funções de liderança, apesar de serem "candidatas improváveis". A matéria desta semana, de Maria Ferreira, é sobre Bryony Kinsella, 31, fundadora e CEO *do Adapt, um novo aplicativo de namoro para mulheres que hoje é o maior do mundo em número de usuários.*

Bryony Kinsella não pode me dizer o nome do aplicativo de namoro do qual era diretora de parcerias estratégicas, mas garante que era o maior do mundo. Não sei como essa admissão contornará os limites do acordo de confidencialidade que ela assinou quando saiu, mas Bryony parece segura de que está tudo bem.

Nós nos encontramos em sua enorme sala de canto, na sede de sua companhia, no centro da cidade, um espaço apropriado para a diretora de uma empresa multibilionária. A Adapt é o primeiro unicórnio do mundo pós-Peste e agora, pelo número de usuários, o maior aplicativo de namoro do mundo.

"Meu Deus, é tão bom ter os números que temos! Quando fundei a empresa, sofríamos muitos abusos. O acesso à internet agora voltou aos níveis anteriores à Peste na maioria dos países desenvolvidos, mas, três anos atrás, todos nós ainda tínhamos largura de banda disponível apenas por algumas horas e a recepção de celular era questionável, para dizer o mínimo, lembra? Mas eu logo soube que fundaria esta empresa. Aqueles problemas de infraestrutura seriam resolvidos, era questão de tempo. Mas o maior problema da humanidade, de todos os tempos, precisava de uma solução, e rápido."

Fico meio confusa quando ela se refere ao maior problema da humanidade. Está se referindo a encontrar uma vacina?

"A grande questão do nosso tempo é: como encontrar o amor se praticamente não há mais homens? As frases que as mulheres sempre ouviam, tipo 'há muito peixe no mar' e 'assim que você parar de procurar o amor, ele a encontrará', não se aplicam mais. O mar está vazio. O assunto em pauta quando não se falava sobre quem mais havia morrido era: como vou encontrar alguém? Mesmo no apocalipse, os seres humanos têm as mesmas necessidades de sempre. Todos nós queremos nos sentir amados, desejados, sentir que não estamos sozinhos neste mundo insano e aterrorizante."

Tenho que perguntar qual era o trabalho de Bryony no ex-maior aplicativo de namoro do mundo. Diretora de Parcerias Estratégicas parece uma frase de um programa de TV sobre o Vale do Silício. Bryony ri da minha ignorância, bem-humorada. "Basicamente, eu ganhava dinheiro para a empresa e aumentava nossa relevância combinando nosso aplicativo com outras marcas; eu era obcecada por números. Dados eram minha vida. Quando homens e mulheres usavam mais o aplicativo? Quando estavam mais propensos a dizer sim ou não a um possível bom *match*? Por exemplo: no verão as pessoas ficam seletivas, e em dezembro é mais fácil. Qual porcentagem de *matches* virou conversa, e que porcentagem dessas conversas resultou em troca de telefone?"

O que eu realmente quero saber é como esse seu trabalho com dados levou ao insight de saber que ela precisava criar um site de namoro só para mulheres, com configurações diferentes dependendo de quanta experiência romântica uma mulher tivesse com outras.

"Quando a Peste começou, aconteceu a coisa mais estranha. Poderíamos imaginar que, quando um monte de homens começasse a morrer, eles se tornariam uma mercadoria valiosa, não é? As regras básicas da economia sugeriam que, à medida que a oferta de homens diminuísse, a demanda por eles aumentaria. Com o aumento acentuado de mensagens abusivas que recebemos — mensagens não solicitadas com fotos de pênis, demandas ofensivas de sexo etc. —, muitos usuários homens acharam que a maré mudaria. Mas foi o contrário. Mesmo nos estágios iniciais da Peste, quando talvez cinco a dez por cento da população masculina estava doente, as mulheres fizeram duas coisas: começaram a namorar menos e, quando namoravam, era com mulheres." Ela para e agita as mãos, contrariada. É evidente que já distorceram suas palavras antes. "Obviamente, *nem todas* as mulheres. Mas um número significativo. Entre março e junho de 2026, quarenta por cento das usuárias regulares pararam de usar o aplicativo. Nesse mesmo período, das mulheres que permaneceram no aplicativo, vinte e cinco por cento mudaram suas preferências de 'Mulher procurando homens' para 'Mulher procurando homens e mulheres' ou 'Mulher procurando mulheres'. Acho que fez todo o sentido; por que alguém se abriria para a dor e a tristeza? De que adianta namorar alguém que quase certamente estará morto no domingo seguinte? Pela primeira vez as mulheres poderiam dizer genuinamente 'Talvez ele tenha morrido' se o cara sumisse depois de um encontro."

Ela se recosta, com a expressão triunfante a que tem direito. Bryony Kinsella é a mulher que, sozinha, entendeu e depois monetizou as emoções das mulheres sobre romance e namoro durante os anos da Peste. E, depois dessa constatação, ela entendeu que deveria haver um novo aplicativo?

Ela assente vigorosamente. "O aplicativo para o qual eu trabalhava estava falindo enquanto eu tentava imaginar um plano para não afundar junto. É difícil descrever como era bizarro trabalhar em 2026. Muitos homens ainda estavam tecnicamente empregados, mas não trabalhavam ou não apareciam, porque provavelmente iriam morrer. E-mails não eram respondidos, as reuniões não aconteciam, os contratos caducavam. Quase tudo ficou paralisado. Minha prioridade número um era usar os dados de que dispúnhamos para assegurar nossa sobrevivência, de modo que eu ainda tivesse um emprego no 'Novo Mundo', seja qual fosse. Minha gestora direta, uma das vice-presidentes da empresa, estava literalmente tendo um colapso por dia. Ela ia ao escritório duas vezes por semana e passava a maior parte do tempo chorando. Era casada e tinha um filho, acho que entrou em pânico. Mas eu gostava do meu trabalho, queria ter como pagar minha hipoteca depois do apocalipse, mesmo que vivêssemos em uma economia de escambo ou coisa do tipo. Estávamos todos apavorados, mas algumas pessoas queriam superar tudo mantendo certa estabilidade e trabalhando. Águas passadas... Enfim, peguei o máximo possível de registros de dados e entreguei meu aviso prévio — à minha gestora, que não estava no escritório — em 3 de agosto de 2026. Levei três programadoras comigo e já tinha um protótipo do Adapt em execução em 2 de outubro de 2026. O App foi lançado em 1º de novembro de 2026 e em 15 de fevereiro de 2029 éramos o maior aplicativo de namoro do mundo. Ainda estou brava por termos perdido o Dia dos Namorados por um dia. Um dia!"

Mas por que não trabalhar no aplicativo antigo? Por que algo novo?

"Veja, se você me perguntasse o que precisaria acontecer para eu possuir o maior aplicativo de namoro do mundo, a última coisa que eu teria dito seria 'reduzir a população masculina em noventa por cento'; mas a mudança permite novos participantes no mercado. Os outros aplicativos tiveram problemas; a maioria tinha principalmente homens na liderança executiva, nas equipes de programação e no conselho diretor, de modo que, à medida que a Peste devastava a população masculina, afetava as estruturas dessas empresas. Nesse sentido, tive vantagem sendo mulher e, até dois meses atrás, só empregava mulheres. Outra coisa: as mulheres relacionavam os aplicativos de namoro preexistentes com a vida antiga que tinham e com o mundo como era antes. Passar meia hora de uma noite de domingo à procura de homens bonitos, manter uma conversa rápida e, talvez, sair para beber alguma coisa na sexta-feira seguinte e depois dormir ou não com ele não era mais uma opção. Não é mais assim que o mundo funciona. A menos que você tenha uma empresa que forneça um 'serviço necessário', como eu, ou atue na categoria de 'profissões essenciais' como medicina, direito, polícia ou engenharia, tem que trabalhar no emprego que o Estado lhe atribui e pronto. Fazemos certos tipos de trabalhos agora porque precisamos, não porque queremos. Comemos os alimentos que estão disponíveis, não os que desejamos. Temos filhos se esse privilégio nos for concedido pela sorte, não porque conhecemos um cara legal e nos apaixonamos e é a 'hora certa.'"

"A vida agora tem muitas exigências e pouca alegria. Portanto, um aplicativo de namoro que diz que 'nós entendemos: é uma pena que sua vida tenha mudado tanto, mas adivinhe só: você ainda pode ter amor e sexo e algo que a faça se sentir menos sozinha' é uma parte bem-vinda da normalidade."

Ela quer apresentar a plataforma aos homens?

"Hahaha, não! Eles não precisam de ajuda para encontrar mulheres. Não, falando sério, em parte é por isso. Se um homem deseja se relacionar com uma mulher, as estatísticas estão a seu favor, digamos assim. Mas é mais por causa da esperança. Você sabe o que é pior que seus planos de vida desmoronarem em algumas semanas enquanto o mundo vem abaixo? É esperar que, de alguma forma, apesar das probabilidades, seus sonhos de ter um marido e dois filhos e uma casinha de cerquinha branca ainda se tornem realidade. As mulheres estão se adaptando para encontrar o amor de um jeito novo. Não quero que elas se deparem com a pergunta, quando se inscreverem: 'Você se interessa por homens... ainda? Você tem esperança... ainda?'. Porque a conta não fecha. Existem nove mulheres para cada homem."

Bryony espera encontrar um homem, se apaixonar? Ela suspira. Eu acho que ela deve ouvir muito essa pergunta. Em troca de minha pergunta comum, recebo uma resposta ensaiada. "Sou solteira e não prevejo essa mudança. Espero ser capaz de ter um filho um dia, mas tento não considerar isso uma meta importante, porque não há absolutamente nada que eu possa fazer para que isso aconteça. A maioria das coisas no mundo não opera mais com base no 'retorno do investimento'. Antes da Peste, quando eu era entrevistada sobre meu trabalho, sempre dizia que era um jogo de números; se a pessoa passar horas suficientes no aplicativo, der likes suficientes, enviar mensagens e marcar encontros, tem chance de conhecer alguém e, talvez, se tiver sorte, se apaixonar." Ela sorri com tristeza. "Era uma época mais simples. Agora não posso me empenhar para conhecer um homem ou ter um filho. As probabilidades estão muito contra mim. Mas posso me empenhar e construir minha empresa, empregar mais pessoas em trabalhos interessantes e ajudar mulheres mais flexíveis que eu a encontrar o amor. Isso deve servir, por enquanto."

Enquanto sou acompanhada à saída e agradeço a Bryony por seu tempo, faço a grande pergunta que todos se fazem: você acha que muitas mulheres que hoje se relacionam com outras mulheres passaram por uma mudança na sexualidade ou sua preferência sempre esteve dentro delas?

"Sabe, nós não fingimos que todas as mulheres de repente são gays. Não há dúvida de que a sexualidade feminina é mais fluida que a masculina, embora isso não diga muita coisa. Mas o fato é que os humanos não gostam de ficar sozinhos e não há muitos homens agora, então fazemos o que podemos para ainda nos sentirmos a pessoa que éramos antes."

É uma resposta simples e direta de uma mulher complexa e bem-sucedida que sabe exatamente o que ela e outras mulheres desejam. Mas essa pergunta será feita, inevitavelmente, durante muitos anos ainda.

Dawn

Londres, Reino Unido (Inglaterra e País de Gales), dia 1.500

No instante em que tiro o celular do modo avião, ele começa a vibrar. É uma ligação de Zara, é claro. Minha chefe é muitas coisas e, embora agora seja diretora dos Serviços de Inteligência Britânicos, ainda gosta de controlar tudo.

— Voltou a Londres?

De que outra forma eu estaria atendendo à chamada?

— Sim — respondo, o mais educadamente que consigo depois de um voo de oito horas e meia e uma viagem de negócios de dois dias passada inteiramente em salas sem janelas conversando com políticos americanos e funcionários da CIA.

— Vazou um memorando do pessoal da Loteria Infantil nos Estados Unidos. Maria Ferreira escreveu uma matéria sobre isso. A imprensa está enlouquecendo. Gillian convocou uma reunião de emergência para discutir os planos de alocação de crianças. A equipe de imprensa dela está preocupada com a ótica; a ministra do Interior não pode ser maculada por uma propaganda negativa.

— Qual é o objetivo geral do memorando?

— Mentir para o público negando que a loteria é a coisa mais condenável do mundo. Também há coisas muito desagradáveis sobre pais solteiros.

Zara suspira e tento me lembrar de que, como ela está um degrau acima de mim, não importa quantas crises eu enfrente em um dia, ela tem que encarar ainda mais coisas de que nem fico sabendo. Graças a Deus.

— Para ser sincera, não está a um milhão de quilômetros de nossos planos, mas a ótica é terrível. Venha para cá o mais rápido possível. Começaremos as reuniões assim que Gillian chegar.

Minha empolgação persistente por pegar voos comerciais está diminuindo. Até mesmo passar pela segurança foi uma novidade. Não pode levar água? Sem problemas. Voo meia hora atrasado? Parece que estamos em 2022. Eu pretendia ter um dia relaxante dormindo e passando um tempo com minha filha, mas não, não. Os americanos tinham outros planos.

Já tenho um link para a matéria de Maria Ferreira em minha caixa de entrada, em um e-mail de Gillian com o título: "PROBLEMA GRAVE!!! PRECISAMOS DE UMA REUNIÃO COM URGÊNCIA!!!!". Seria de imaginar que a ministra do Interior só precisasse usar um sinal de exclamação por vez...

"Indignação americana", por Maria Ferreira

Foi revelado, hoje, em um memorando que vazou, que a "Loteria Infantil" nos Estados Unidos não é a alocação aleatória que fomos levados a entender que é. A oportunidade de ter um filho por meio de um doador de esperma é, na verdade, determinada por um algoritmo que leva em consideração fatores como status de relacionamento, condições socioeconômicas e recursos na área local, entre outros. Em outras palavras, estão mentindo para o povo americano. Estamos sendo levados a acreditar que nossa oportunidade de ter um filho — a mais primitiva e importante das decisões, que muitas mulheres desejam — é deixada ao acaso, quando, na verdade, é determinada por um algoritmo secreto administrado por um departamento governamental.

Só consigo ler o primeiro parágrafo. Oh, Deus... Maria Ferreira. Ainda estou sofrendo com o feroz ataque que ela desferiu contra nós. Para o resto do mundo, ela é a mulher "responsável pela prestação de contas" e a "jornalista mais popular do mundo". Pelo menos ela critica tanto seu próprio país quanto o meu.

Há também um excerto do memorando no e-mail.

Memorando do Programa Nacional de Recuperação Demográfica e Controle:

De: Nadine Johnson
Para: Vanessa Edney
Assunto: Políticas públicas; alteração dos critérios de seleção; análise de pais solteiros

Este memorando é privado e confidencial.

Políticas públicas

Houve uma série de discussões internas sobre as comunicações públicas do sistema de Loteria Infantil. Continuamos empenhados em usar o termo "Loteria Infantil", pois tem conotações positivas, implica que os resultados são determinados pelo acaso e sugere baixas chances de sucesso. Isso é importante para a gestão das expectativas. Depois de nossa discussão, suas preocupações em relação a "enganar" o público foram anotadas. No entanto, não nos sentimos à vontade com a ideia de fornecer mais informações. Estatisticamente, ainda estamos em um estágio em que a demanda por alocações de filhos supera em muito a oferta. É preferível que o público acredite que tem uma chance, em vez de explicarmos os detalhes do algoritmo.

Alteração dos critérios de seleção

Após a avaliação dos dados do primeiro e segundo trimestres, foi tomada a decisão de reduzir o limite de "faixa socioeconômica *ideal" para renda familiar de $ 32 mil. A implementação bem-sucedida do sistema de saúde nacionalizado nos estados restantes reduziu a preocupação com o fornecimento de saúde às crianças.*

Análise de pais solteiros

Estamos realizando um estudo significativo (dados quantitativos e qualitativos) de famílias monoparentais com dois parentes próximos vivendo em um raio de dezesseis quilômetros com mais de dez horas de creche por semana. Hipótese de que as mulheres nessa categoria devem passar a ser consideradas equivalentes àquelas que têm relacionamentos de longo prazo (mais de três anos).

Para dizer o mínimo, faltou tato a Nadine, autora do memorando em questão; ela é diretora do Programa Nacional de Recuperação Demográfica e Controle americano. Uma busca rápida no Google revela que trabalhava na Agência de Segurança Nacional. Isso também não vai ajudar; vai alimentar a narrativa de que tudo é uma conspiração do governo. Senhores do mal fazendo coisas más, sendo que, na realidade, desconfio que seja uma tentativa equivocada de fazer a coisa certa.

Depois de uma soneca rápida no carro, vou para o escritório. Zara me encontra no corredor antes de eu entrar.

— Graças a Deus você está aqui — sibila ela. — Gillian é um pesadelo.

Na verdade, gosto bastante de Gillian, por isso fico em silêncio. Mas não gosto tanto a ponto de defendê-la diante de Zara, que, sem dúvida, tem cuidado de suas muitas preocupações nas últimas duas horas enquanto eu vinha de Heathrow para cá.

— Gillian está em pânico porque nossos planos para o Serviço de Alocação de Crianças serão interpretados da mesma forma que o dos americanos, e ela vai ficar parecendo o bandido.

— Entendi. Vamos pensar em alguma coisa.

Zara relaxa a olhos vistos, e eu, não pela primeira vez, fico me perguntando por que ela é minha chefe se é sempre propensa a entrar em pânico.

— Dawn!

Pelo menos Gillian parece satisfeita em me ver. Depois de muitas horas que passamos juntas definindo o Programa de Convocação ao Trabalho, ela passou a me respeitar. Seus medos emanam pelos poros. O sistema que propomos é semelhante ao americano? As pessoas estão horrorizadas com o uso de fatores socioeconômicos para determinar quem tem um filho? Não planejávamos revelar os critérios; isso significa que estamos omitindo coisas? E se houver um vazamento? E se for um desastre? Isso me lembra de quando minha filha entrou no sexto ano; tinha onze anos e todos os dias voltava para casa com ansiedades multiplicadas que derramava sobre a mesa de jantar. Variavam de não ser boa o suficiente em matemática a achar que mais sete anos de escola seriam tempo demais.

— Vai dar tudo certo — digo. — Os planos foram bem pensados. Estamos trabalhando neles há meses, você não definiu tudo em poucas horas. Vamos começar com a primeira preocupação.

Em caso de dúvida, faça uma lista. Foi isso que minha mãe me ensinou, e nunca me fez mal.

— A maior preocupação é a percepção do público e a resposta simples é que teremos que anunciar o Serviço de Alocação de Crianças mais cedo ou mais tarde, e que ser honestos sobre os critérios de escolha das mulheres.

Eu não tinha a intenção de gerar polêmica com minhas palavras, mas elas são recebidas com silêncio. Zara está carrancuda.

— Não era esse o plano — diz Gillian, hesitante.

— As circunstâncias mudaram e precisamos nos adaptar a elas. A opinião do público mudou por causa do vazamento nos Estados

Unidos. Você não pode ser acusada de enganar as pessoas. Elas podem discordar dos planos, mas não podem negar que você está sendo aberta.

Gillian assente; está convencida.

— A seguir, os critérios de escolha. Já íamos permitir que os conselhos tivessem certa flexibilidade na aplicação dos critérios, e isso deve ser enfatizado.

— Fazer a coisa parecer local deixa menor a impressão de "Grande governo assustador controlando tudo" — diz Zara.

— Mas a resposta tem sido cruel — diz Gillian. — O uso dos critérios parece ser um problema inerente. Não deveríamos torná-lo aleatório?

— Não — digo simplesmente. — Isso seria irresponsável. Idade, saúde, capacidade comprovada de cuidar de uma criança não são critérios de um ditador louco que quer arruinar vidas. São informações sensatas que devem ser usadas para garantir a maior chance de sucesso da recuperação demográfica.

— É que não parece justo — Gillian suspira.

Mais uma vez, lembro por que ela é política e eu não.

— Nada disso é justo — respondo, no tom mais paciente possível. — Existem muito mais mulheres que desejam ter filhos que homens para doar esperma. Nunca será justo. O objetivo não é ser justo. O objetivo é a recuperação da população com o mínimo de agitação civil. Os governos dos Estados Unidos e do Reino Unido têm controle quase total sobre quem tem filhos nesses países. Quase nenhum bebê nasce por acidente agora. Todos nós temos que nos acostumar com essa ideia.

— Mas priorizar pessoas com relacionamentos de longo prazo? Certamente isso é injusto.

— Como eu sou a única pessoa nesta sala que criou um filho sozinha, tenho plenas condições de dizer que criar uma criança assim é muito difícil. Podemos eliminar a priorização das mulheres com relacionamentos, se isso a fizer se sentir melhor, mas não se iluda, não será fácil ter um filho sozinha neste mundo.

Zara e Gillian olham para mim atordoadas, caladas, e eu controlo a vontade de suspirar. Raramente menciono minha vida pessoal, e é por isso. Depois que a pessoa desenvolve uma reputação de profissional, competente e *reservada*, qualquer informação sobre sua vida pessoal é tratada com o mesmo cuidado e respeito que um colapso nervoso.

— Mesmo que seja só pela percepção do público, acho que devemos tirar a necessária priorização das pessoas com relacionamentos de longo prazo. Podemos permitir que os conselhos apliquem critérios de relacionamento como acharem adequado — diz Gillian.

Passamos as próximas horas mudando os planos e passando a declaração pública por várias pessoas dos setores de comunicação que precisam aprová-la. Finalmente — *finalmente* — está pronta para ir à primeira-ministra para que a aprove.

Gillian segue seu caminho, alegre, e Zara e eu nos sentamos na sala de reuniões, exaustas.

— Quando decidiu fazer este trabalho — diz ela —, imaginou que você e eu teríamos uma reunião sobre quais mulheres teriam direito a receber esperma doado?

Sacudo a cabeça.

— Estranho, mas não. Isso nunca me passou pela cabeça.

Catherine

Londres, Reino Unido (Inglaterra e País de Gales), dia 1.500

Poucas horas antes de eu me encontrar com Libby e seu irmão, Peter, para beber alguma coisa antes do Natal, o memorando de Nadine Johnson e o furor em torno dele chegam à internet com uma velocidade que deixa grande parte do mundo em choque. É a pergunta impossível a que o mundo precisa responder: como vamos repovoar a Terra? Quem vai ter um filho?

Conheci Libby e Peter em um bar aqui da cidade. Raramente me aventuro nesta terra de arranha-céus de vidro e mulheres bem-vestidas e bolsas elegantes, absortas em seus celulares. Cada vez que venho, fico impressionada com a enorme diferença em comparação com antes. Antes eram principalmente homens e algumas mulheres. Agora os poucos homens se destacam, seus ternos brilham em meio aos vestidos e saias.

Às vezes me pergunto como Libby e eu somos amigas. Ela é imensa e indiscutivelmente mais legal que eu. Não há como negar isso. Hoje ela está usando um macacão rosa que me faria parecer uma encanadora maluca. Eu apareci em Oxford com uma sacola cheia de luzinhas coloridas e bandeirolas para meu quarto e vestindo um cardigã, e ela chegou vestindo uma camiseta dos Rolling Stones com um toca-discos de vinil a reboque. Apesar de minhas falhas, ela é uma amiga constante e dedicada e sinto alívio em sua presença.

— Meu Deus, como é bom ver você! — murmuro em seu cabelo enquanto a abraço.

— É muito mais fácil marcar um encontro agora que estamos no mesmo país, né?

— Um pouco.

Libby sorri para mim; aquele sorriso largo que me faz sentir que o mundo é uns vinte por cento menos assustador.

— Você viu a matéria? — pergunta, enquanto me serve um copo de cidra da garrafa que está em cima da mesa.

— Uma loucura, não é? — respondo.

— Vai escrever um artigo sobre isso? — pergunta Libby, sabendo que antes da Peste eu achava difícil a busca por tópicos de pesquisa. — Certamente a maneira como todas nós vamos ter filhos está bem no topo da lista de coisas para os antropólogos estudarem atualmente.

Assinto.

— Pela primeira vez há coisas demais para eu estudar. Não tenho tempo para escrever um artigo especificamente sobre isso, mas ano que vem vou dar um curso sobre ética da escolha reprodutiva em um mundo pós-Peste, de modo que alguma coisa sobre isso terei que escrever.

— Parece fascinante — diz Peter, com a voz cheia de nostalgia. — Ser estatístico nunca me pareceu uma escolha tão ruim.

— Você mora em uma casa de quatro dormitórios na Zona 1, pode ir a pé para o trabalho e tem um jardim — diz Libby, revirando os olhos. — Ser estatístico compensa.

— O que mais você vai incluir no curso? — pergunta Peter.

Nesse momento eu me lembro de que uma das razões de eu gostar tanto dele é que é uma das únicas quatro pessoas que conheço fora dos círculos acadêmicos que parecem genuinamente interessadas em meu trabalho.

— Na primeira aula vou falar da Nova Zelândia e da ética de toda essa coisa de "pegar os filhos e colocá-los em isolamento". Alguns pais postaram vídeos de crianças sendo liberadas depois de vacinadas; tem que ser muito cruel para não chorar vendo isso.

— É sempre bom emocionar as pessoas na primeira aula — diz Libby, e sorri, com conhecimento de causa. — Assim você parece uma professora legal.

— A esperança é a última que morre. Então, na segunda aula, vamos aprofundar na essência da postura norueguesa como estudo de caso. Eles criaram o Instituto Demográfico Norueguês, que pesquisa políticas para manter os números da população e aumentar a velocidade de retorno a números iguais de homens e mulheres.

— Como? — pergunta Libby, com uma sobrancelha arqueada. — Incentivando os homens a não serem filhos da puta?

Peter ri; tento pensar na melhor maneira de responder "sim" sem usar essa palavra. E me pergunto se posso incluir o termo "filho da puta" em minhas anotações de aula sem ser demitida. Desconfio que não.

— Eles têm três objetivos públicos. Assegurar que nasça o maior número possível de crianças sem afetar a economia, administrar o tratamento de fertilidade para que na fertilização in vitro os embriões masculinos sejam selecionados, o que resultou em mais quatro mil meninos no ano passado e, bem...

— Essa é a parte do filho da puta?

Reproduzo o discurso do site do Instituto.

— Garantir, no longo prazo, nos próximos dez a vinte anos, que os jovens noruegueses formem relações estáveis nas quais tenham filhos.

Libby solta uma gargalhada.

— Ai, meu Deus, é literalmente isso. Podíamos fazer isso aqui. Há uma epidemia de filhos da puta em Londres.

— Você já usou essa palavra tantas vezes que ela deixou de ter significado — diz Peter gentilmente, enchendo o copo da irmã.

— Li uma matéria em um jornal norueguês que dizia que as crianças têm aulas de desenvolvimento pessoal na escola para encorajá-las a "priorizar o compromisso romântico e a parentalidade". Eles passam filmes antigos da Disney... alguns pais estão indignados.

— Não me surpreende — responde Libby, com veemência.

Embora eu entenda a lógica das aulas, não consigo reunir forças para discordar dela. Pensar em Theodore diante de um professor que lhe ensinasse como ele deveria pensar sobre seu futuro e relacionamentos me deixa meio enjoada.

— Como estão incentivando os adultos a ter filhos? — pergunta Peter.

— Ah, do jeito de sempre. Dezoito meses de licença-maternidade com salário integral, oitenta por cento custeado pelo governo. Depois disso, creche gratuita em tempo integral. E bônus financeiros que chegam a cerca de dez mil.

— Isso é só para casais heterossexuais?

A intensidade do olhar de Peter me lembra que ele está em uma posição excepcionalmente difícil em comparação com Libby e eu. O marido dele morreu em janeiro de 2026, quando eles estavam planejando ir para os Estados Unidos para doar esperma para uma barriga de aluguel que encontraram.

— Não, isso se aplica a todos. Casais heterossexuais e gays e mulheres sozinhas que tenham filhos.

Peter quase geme de inveja.

— Mas primeiro eu precisaria de um marido — diz ele, com um traço de amargura na voz que reconheço em meu próprio tom. — Ser uma microminoria não é divertido, posso garantir. Tudo que eu fazia antes para conhecer homens, quando era solteiro, agora é impossível. Clubes gays? Não há gays suficientes. Aplicativos? Passo catorze perfis e acabam os homens. Estou pensando seriamente em estender meu raio de alcance e incluir Birmingham.

Protetora, Libby pousa a mão no braço dele.

— Andei pensando em me candidatar para ter um filho — digo, baixinho.

— Você acha que vai ajudar? — pergunta Peter.

Provindo de outra pessoa, poderia parecer um desafio, mas de sua boca é mais como uma esperança. *Você acha que um bebê vai fazer a dor finalmente diminuir?*

— Espero que sim, de verdade — digo. — Até mesmo pensar nisso me faz ter foco no futuro. Fico mais esperançosa.

— Você tem que tentar — diz Peter, com urgência. — Ah, se eu pudesse engravidar... daria tudo para isso. A pessoa precisa tentar. Tudo que posso fazer é doar esperma. — Ele olha para sua bebida; a dor irradia dele em ondas. — Ninguém quer ser barriga de aluguel para um homem solteiro hoje em dia. Mas não as culpo. Uma coisa é carregar um bebê para outra pessoa quando a vida é normal, mas quando o esperma é como ouro em pó...

Ele sacode a cabeça.

— Sou preocupado demais para concordar em ter e criar um filho com alguém que não conheço bem. E se a pessoa for embora e não quiser que eu participe da criação?

Ele faz uma pausa e me olha com atenção. Sei o que está pensando. "Não poderíamos fazer isso juntos? Um homem e uma mulher fazendo um bebê e o criando juntos como amigos?" Ele não vai perguntar porque é muito educado, e não posso lhe oferecer isso. Eu quero ter um bebê sozinha. Não suportaria ver um homem que não fosse Anthony criando meu filho. Não conseguiria.

Penso nas fotos de mulheres da matéria norueguesa. Mulheres que eram como eu em circunstâncias tão semelhantes — viúvas, que perderam filhos — que eu parecia capaz de escapar da minha pele, entrar na foto e suas gestações e bebês seriam meus. O desejo por outro filho, que ardia sob minha pele intermitentemente desde que tive Theodore, e com ferocidade desde que a Peste invadiu minha vida, ganhou ainda mais intensidade. Se elas podem, por que eu não posso? É muito mais fácil ignorar meus desejos quando não os vejo se tornar realidade. As mulheres grávidas norueguesas são minha versão de um final da Disney: sem príncipe, sem final feliz, mas uma recuperação. Um retorno à maternidade. Um retorno a uma parte de minha vida antiga.

Enquanto Libby conversa com Peter sobre o último drama da mãe deles, tentando distraí-lo, penso em Phoebe. Ela foi minha confidente mais próxima durante as tribulações de nossas batalhas para engravidar. Sei que ela é a pessoa que mais preciso ver, mas não sei se consigo. Sinto falta dela desesperadamente. Sinto falta de minha amiga, mas a amargura que me provoca ainda está viva. Quase diariamente, digo a mim mesma que deveria ser superior a essa amargura. Deveria ser melhor que a inveja. Deveria simplesmente *ser melhor.* Por um momento, fico impressionada. Como é cansativo viver no vaivém emocional e com a culpa que sinto! Decido tomar a iniciativa e pedir a ela que nos encontremos antes que eu possa me convencer do contrário.

Oi,
Desculpe por ter demorado tanto para fazer isto. Quer se encontrar comigo para bater um papo? Pensei em darmos um passeio juntas no Brockwell Park. Avise se quiser. Beijos, Cat

E então acrescento, apressada, porque fico com medo de que minha mensagem seja muito fria:

Sinto sua falta. Bjs

As mensagens queimam em meu bolso, mas, depois de apenas dois minutos, ali está. Uma resposta.

Eu adoraria. Que tal sábado às 11h? Bjs

Sinto-me mais calma e centrada sabendo que dei o primeiro passo para estreitar essa fissura entre Phoebe e mim. Libby e eu vamos em direção ao Barbican, onde vemos uma "instalação de arte multimídia" com fotos de Frederica Valli, a famosa fotógrafa de guerra.

Estamos indo para a galeria e estou procurando um chiclete em minha bolsa quando ouço Libby:

— Ai, meu Deus — diz ela, com o rosto contraído de dor.

— Que foi? O que aconteceu?

Ela nem precisa responder. Percebo porque a sala, cheia de pessoas, está solenemente silenciosa. A primeira imagem é uma enorme foto em preto e branco dos tumultos em Oxenholme. Uma mulher dando à luz no asfalto da plataforma do trem, rodeada de pessoas e, mesmo assim, parecendo tão sozinha. Onde está o marido dela? Espero que tenha ido buscar ajuda. Sua expressão é de pura angústia e medo primordial. Diz: "Alguém me ajude" e "Por favor, não se aproxime".

Já havia ouvido falar sobre esses tumultos, eu os via na TV, mas essa foto transmite mais que qualquer vídeo granulado feito de um helicóptero. Uma turbulenta massa de pessoas ao fundo, mas ninguém deu um passo à frente para ajudar. Essa mulher, em pleno século XXI, reduzida a dar à luz no chão frio e sujo por puro desespero de escapar do inevitável.

Estou desesperada para saber o que aconteceu com ela, mas há uma fila para ler o cartão ao lado da foto. Minutos intermináveis depois, conseguimos. "*Mulher com dor, por Frederica Valli. 7 de janeiro de 2026.*" É isso. Nada mais. Nenhuma menção ao bebê, se era menino ou menina, se o marido sobreviveu ou se a mãe acabou bem.

Seguimos pelos corredores, maravilhados com as fotos. Nunca faltaram imagens da Peste e da dor que ela causou, mas eu não havia percebido até agora a ausência desse tipo de imagem. Calma, tomada não por um programa de notícias, e sim com cuidado, no momento exato. Em outras palavras, arte.

A foto seguinte não precisa de explicação sobre a identidade do sujeito. Marcus Wilkes, autor de *Adeus, querida: uma memória de medo e aceitação*. Marcus era um jornalista popular que recontava sua vida em diários desde o dia em que ouvira falar da Peste, em novembro de 2025, até um dia antes de morrer, delirando e capaz apenas de escrever as palavras "Adeus, querida" para sua esposa de trinta e quatro anos. Conta apenas seis meses, mas é um lindo livro. A foto é de Marcus em três estágios, alinhados. O primeiro com sua esposa em novembro de 2025, temeroso, mas cheio de sorrisos familiares. São sorrisos de otimismo sensato; duas pessoas que não podem ter muitas esperanças de serem poupadas porque será doloroso demais quando o desastre acontecer. A segunda é de março de 2026, após a morte de seu filho. Os rostos estão envelhecidos, cansados, desesperados. A terceira é de abril de 2026. Marcus está claramente morrendo. A foto é em preto e branco, mas se vê uma espessa camada de suor em sua testa, e em seu rosto uma máscara de dor. Mas não é a doença que me penetra e me faz chorar. É a visão de sua mão que a esposa segura com força, olhando-o com avidez. Eu reconheço esse olhar. É o olhar que diz: "Por favor, não vá. Por favor, não me deixe sozinha. Não vou suportar, preciso que você tente ficar". É inevitável, as lágrimas escorrem livremente pelo meu rosto quando penso na noite terrível em que meu marido gentil, forte e calmo teve que me deixar. Subiu a escada de nossa casa feliz e cheia de amor sabendo que nunca mais nos veríamos, a menos que, por algum milagre, ele se recuperasse. Era uma esperança tão pequena que nunca a pronunciamos.

Eu queria ter segurado a mão dele. Se eu pudesse ter qualquer coisa no mundo neste momento, voltar a qualquer ponto de minha vida, eu voltaria e seguraria a mão dele no final. Faria o que a esposa de Marcus fez e seguraria a mão dele para que soubesse que não estava sozinho. Anthony morreu sozinho, sem ninguém para confortá-lo, abraçá-lo, tranquilizá-lo, dizer a ele que, no mínimo, era amado. Ele morreu sozinho e eu nunca poderei voltar àquele momento.

Sinto a mão de Libby deslizar na minha e com a outra ela segura minha cabeça e a puxa para seu ombro, onde desmorono, no meio de uma galeria de arte cheia de mulheres chorando abertamente como eu.

Saímos alguns minutos depois, incapazes de suportar as imagens de luto tão familiares para nós. É insuportável, como olhar para o sol. Vamos caminhando até a estação, eu ainda chorando baixinho, Libby olhando para mim com uma necessidade desesperada de me ajudar, mas sem conseguir. Recuso sua oferta de me levar para casa e insisto que estou bem. Sou sozinha agora, tenho que me acostumar. Entro em meu trem e ela me segue. Senta-se do outro lado do vagão, tira um livro da bolsa e fica lendo durante toda a viagem de trinta minutos. Saímos do trem no Crystal Palace e ela caminha quinze minutos até minha casa, sempre uns passos atrás de mim. Desço o caminho que leva à minha casa, coloco a chave na alegre porta vermelha e me volto. Libby está ali, sorrindo para mim.

— Você não está sozinha. Amo você — diz, e se volta para fazer a viagem de hora e meia para sua casa.

Talvez sejam as fotografias de Marcus e sua esposa na galeria, ou a gentileza de Libby ou o silêncio pesado de minha casa, mas eu me deito no sofá da sala e continuo chorando como se nunca houvesse parado. É uma torneira de dor que se abre e, ouvindo meus pensamentos acelerados, percebo que tenho que me perdoar. Eu fiz o melhor que pude; não pude segurar a mão dele, estava protegendo Theodore. Não pude lhe dizer que o amava quando ele deu seu último suspiro, estava protegendo Theodore. Anthony, com cada fibra de seu ser, queria que eu mantivesse Theodore seguro. Ele não me culpou por deixá-lo sozinho em seu momento de maior necessidade, mas eu me culpei. Eu me culpei pelas mortes de meu marido e filho, por não ter podido protegê-los e salvá-los. Essa crença — de que eu havia decepcionado minha família e atraído a ruína para mim mesma — está me impedindo de agir de acordo com a necessidade desesperada que sinto de ter outro filho. Eu quero outro bebê. Quero ser mãe de novo, quero ter um filho e ter uma família. Quero ter alguém em minha vida, não só lidar com a dor da perda. Sobreviver e viver a vida que eu quero são coisas muito diferentes.

Entro na página que salvei em meu computador. As autoridades locais abriram, a partir de hoje, um processo seletivo para tratamento de fertilidade com esperma de doador para mulheres que não têm mais filhos vivos. É hora de seguir em frente. Preencho o formulário de inscrição, que é surpreendentemente simples. Confirmo que já tive um filho e registro meu histórico de saúde. Imagino que vão pedir para listar todos os abortos, medicamentos para fertilidade tomados e outros detalhes quaisquer, mas não. Talvez eles peguem isso direto de meus registros médicos.

Envio o formulário e mando uma foto do e-mail enviado para Libby.

Obrigada. Eu também amo você.

Agora, preciso tentar desesperadamente esquecer isso. Não sei que chances tenho de ser aceita e, mesmo que conseguisse tratamento, já lutei para engravidar no passado. Mas é uma chance, e isso é mais do que tive nos últimos anos. Pela primeira vez desde que foram colocadas ali, anos atrás, em outra vida, subo a escada para o sótão onde estão guardadas todas as roupas de bebê de Theodore, o berço, o carrinho e os brinquedos. Não toquei neles. Achei que fosse porque seria muito doloroso, mas agora acho que é porque sempre tive esperanças. Eu me permiti ter momentos de esperança, mas a dor de agir era grande demais. E, assim, as relíquias de minha vida anterior estão ali, intocadas e preciosas. Quero desesperadamente que se tornem parte de meu futuro.

Amanda

Glasgow, República Independente da Escócia, dia 1.531

Estar no comando não é superestimado. Demiti alguém hoje, o que foi completamente merecido. Finalmente encontrei o homem que me ignorou em novembro de 2025. Ou, para ser mais específica, o homem que disse a Leah, minha amiga da universidade que trabalhava com ele, que eu era — vou citar o e-mail — "uma lunática delirante que está tentando desperdiçar os limitados recursos e o tempo desta instituição. Sem falar na minha paciência". Seu nome é Raymond McNab e tive hoje o imenso prazer de finalmente conseguir acesso aos e-mails dele, que me deram a prova de que eu precisava. Não deveria ter levado tanto tempo para acessar os malditos e-mails, mas ele apagou tudo antes de fugir para o norte com a esposa, abandonando seu cargo aqui para tentar se salvar.

Acontece que ele era imune, de modo que não havia necessidade. Voltou em 2027, depois de ter certeza de que era seguro e de passar umas boas férias em sua casa de verão em Loch Lomond. Tenho tentado me livrar dele desde então. Leah me disse, em meu primeiro dia aqui, que Raymond fora o obstáculo, mas, como ele excluiu seus e-mails e ela tinha uma "gestão" implacável de sua caixa de entrada, "porque a caixa de entrada cheia me deixa nervosa", fiquei presa entre a paranoia e a suspeita.

Então, eu arranjei um excelente especialista forense em TI para recuperar dados e aqui estamos.

— Raymond, obrigada por ter vindo — digo, com toda a doçura e leveza.

— Como posso ajudá-la?

Seu lábio superior está coberto de suor; está nervoso, mas tentando manter a calma. Será que ele sabe que eu sei? Decido prosseguir.

— Foi você quem tomou a decisão de ignorar meu alerta a Leah, à Agência de Proteção à Saúde da Escócia.

Eu praticamente sibilo as palavras. Anos de fúria e raiva reprimidas dissolvem depressa a calma que eu esperava manter.

— Não tenho ideia do que você está falando.

Cito o e-mail.

— "Uma lunática delirante que está tentando desperdiçar os limitados recursos e o tempo desta instituição. Sem falar na minha paciência."

Seu rosto fica pálido, o que me agrada.

— Deus nos livre de testar sua *paciência*, Raymond.

Ele está corando, inquieto na cadeira.

— Eu não poderia saber.

— Mas poderia ter investigado. Poderia ter tentado. Você não fez nada, e me dispensou por quê? Porque eu era mulher?

Ele ri com escárnio e minha aversão se intensifica.

— Tudo é sexismo para vocês...

— Você está despedido, Raymond.

— Você não pode fazer isso.

Ah, a confiança do medíocre homem branco...

— Posso e fiz. Seu contrato foi rescindido esta manhã. Você precisará passar pelo RH ao sair para pegar uns documentos. E não receberá referências. A menos que queira que a referência diga: "Este homem foi parcialmente culpado pela Peste e pela quase extinção da raça humana".

Sei que estou sendo injusta, mas é muito bom culpar alguém.

A boca de Raymond se abre, dando-me uma visão desagradável de seus molares.

— Isso é ultrajante!

— Lamento, mas discordo. Adeus, Raymond. Estou ansiosa para nunca mais vê-lo.

Ele bate a porta ao sair, em uma demonstração final e mesquinha de agressividade. Eu havia me imaginado deixando a sala triunfante, mas, quando o silêncio se instala, lembro que sou a chefe e a sala é minha. Quatro dias por semana, eu me sento nesta sala e todos andam pisando em ovos perto de mim. Sou grata por insistir em ficar dois dias por semana no PS. Isso mantém minha sanidade mental.

Fico imaginando se o Conselho da Agência de Proteção à Saúde da Escócia pensou na possibilidade de eu usar meu tempo de trabalho para ser vingativa. Desconfio que não. Sei que eles não queriam me contratar, mas a ministra da Saúde disse a eles que meus sucessos estavam comprometendo a reputação da Escócia. Cada vez que eu descobria algo — a Peste, a história do Paciente Zero, o trabalho com Sadie e Kenneth para identificar a origem do vírus —, mostrava como o establishment escocês estava sendo incompetente. Eles decidiram que o melhor seria me trazer para dentro, daí a maldita ironia de eu, a crítica mais exaltada da Agência de Proteção à Saúde da Escócia, agora ser a diretora daqui. Minha assistente pessoal, Millie, fez anotações na reunião e me contou tudo quando lhe pedi que me informasse o que sabia sobre as fofocas de escritório. Eu não pretendia que ela revelasse os detalhes das reuniões confidenciais, mas aqui estamos.

Achei que demitir Raymond me faria sentir melhor, mas não. Eu me sinto horrível. Achei que me sentiria vingada, viva, pronta para virar a página. Achei que me sentiria mais à vontade sabendo que aquele homem horrível, arrogante e incompetente não poderia repetir seus erros nesta organização. Parecia uma solução tão fácil, mas, uma vez feita, percebo que é uma ação vazia. Talvez eu tenha descoberto, tarde demais, que quando se tem alguém para culpar tudo fica mais fácil. Mas o que acontece quando você responsabiliza alguém e nada muda?

Catherine

Londres, Reino Unido (Inglaterra e País de Gales), dia 1.568

Um dos grandes pontos cegos do establishment médico é o fato de as salas de espera das clínicas de fertilidade serem frequentemente compartilhadas com as de obstetrícia. Quem achou que seria uma boa ideia colocar grávidas gordas, com lábios e tornozelos inchados e cara de cansadas, felizes e ansiosas, entre mulheres frágeis, inférteis e cheias de esperança?

Antes da Peste, isso era malvisto. Depois da Peste, me faz quer matar um. Ver todos esses casais me dá vontade de rosnar: "Parem de ser tão felizes!"

Mas isso seria uma grosseria e possivelmente me tiraria da lista de espera, e não preciso de mais estresse, pois vou me encontrar com Phoebe depois daqui. Portanto nada de lamentação na sala de espera. O médico está atrasado, claro. Lembro-me bem disso durante os meses de tratamento, quando Anthony e eu tentávamos ter um segundo filho — um medicamento para fertilidade atrás do outro, com uma lista de efeitos colaterais mais longa do que eu poderia suportar. As consultas sempre atrasavam. Disseram que a consulta e os exames levariam uma hora, mas marquei duas e meia em minha agenda. Esqueci de trazer um livro desta vez, um erro de principiante. Preciso racionar a quantidade de devaneios que me permito. É maravilhoso sonhar, mas perigoso. Desde o momento em que recebi a carta, três semanas atrás, informando que, sujeita a passar por uma avaliação médica e entrevista com um consultor, eu havia conseguido uma vaga no programa, minha imaginação está descontrolada. Quase consigo sentir a alegria de um teste de gravidez positivo, de comprar um macacãozinho para levar o bebê do hospital para casa... de um filho...

A melhor maneira de manter os pés no chão é pensar nos aspectos práticos. Como farei tudo que fiz antes, agora sozinha? Cuidar de um recém-nascido, trabalhar em tempo integral, criar um filho, conseguir o sustento da família, ser mãe solteira. Isso me faz sentir um frio na barriga. Penso no sistema de matronas holandês, que funciona tão bem na Holanda. Houve um documentário sobre isso na BBC, entrevistaram a primeira-ministra holandesa. Mulheres solteiras com filhos, quando querem, são colocadas em zonas que as agrupam para criar redes formais de apoio. Cada zona é composta de quatro a seis famílias. As mulheres se revezam para ficar em casa e cuidar dos filhos; passam alguns meses do ano em casa e o resto trabalhando em tempo integral.

A repórter perguntou sobre as mulheres que não quisessem trabalhar. A primeira-ministra sorriu com tristeza e disse: "O que queremos e o que podemos fazer nem sempre coincidem".

Não há mais humanos suficientes no mundo. Parece incrível na teoria, se bem que a ideia de não fazer meu trabalho durante meses a fio não me atrai. Talvez eu possa ver se há alguma mulher em Crystal Palace que trabalhe em horários diferentes dos meus para que possamos compartilhar o cuidado das crianças. Poderia dar certo se eu gostasse dela e...

— Catherine Lawrence?

A voz da enfermeira interrompe meu planejamento. Ela me leva até uma sala onde sou furada (exame de sangue), cutucada (ultrassom dos ovários), pesada e medida até me sentir mais como um espécime que como uma pessoa. Olho para a tela enquanto ela faz o ultrassom, rezando para que não haja manchas de endometriose ou cistos escondidos em meus ovários que me tornem inelegível.

Acabei de colocar a calça de novo e já me levam depressa à sala do dr. Carlton, um homem jovem, bonito, alto, de cabelos castanhos, cujo rosto eu sei que vou esquecer no instante em que sair da sala.

— Obrigado por ter vindo, sra. Lawrence — diz ele, observando minha ficha, imagino, em seu computador.

— Obrigada por me receber — respondo sem jeito, como se estivesse na casa de alguém para o chá, não em uma consulta médica. — E, por favor, pode me chamar de Catherine.

— Catherine, vejo aqui que você teve um filho, Theodore, em 2022. Meus sentimentos...

— Sim, obrigada — digo, apressando essa parte dolorosa.

— Depois você tentou ter outro filho, mas o tratamento não teve sucesso. Duas rodadas de Clomid?

— Sim.

Oh, Deus, é agora que ele vai dizer que estou excluída por causa de meus malditos ovários defeituosos e meu maldito útero que não é capaz de segurar um feto dentro dele.

— Seu marido marcou um horário para fertilização in vitro para você em outubro de 2025, mas... ah, sim, foi cancelado. Pode me dizer por quê?

Não sabia que Anthony havia marcado uma consulta. Ele não me contou. Oh, Deus, ele deve ter cancelado depois que eu disse que queria tentar naturalmente por mais um tempo. O dr. Carlton está olhando para mim, com expectativa. Lembro-me do que Anthony me disse sobre as políticas de fertilização in vitro. *Assim que você engravida naturalmente, eles a definem como fértil, mesmo se tiver um aborto espontâneo e voltar para o topo da lista.* Ele me deu um presente. Meu adorável Anthony, de alguma forma, me deu no passado este presente; uma oportunidade de reescrever minha história de infertilidade.

— Eu engravidei — digo baixinho, e limpo a garganta.

Sinto que estou cometendo um crime.

— Você abortou? Sinto muito — diz o dr. Carlton, em tom profissional.

Eu assinto, tenho medo de que minha voz me denuncie.

— É bastante comum — prossegue. — Tive várias pacientes que sofreram aborto espontâneo devido à Peste. O luto pode ser muito duro para a saúde física.

Ele sorri para mim de uma maneira que pretende ser reconfortante, mas estou obcecada por tentar ver qualquer desconfiança em sua expressão. Não veja através de mim. Acredite em mim.

— Bem, os resultados de seus exames são todos bons, pelo que vejo. Confirmaremos que não há problemas com seus exames de sangue nos próximos dias, mas você sempre teve níveis hormonais normais, de modo que seria uma surpresa se houver algum problema. Falta a confirmação dos exames de sangue, mas você deve ser aceita.

Começo a chorar, o que deve ser algo muito comum, pois o dr. Carlton nem pestaneja. Simplesmente me passa uma caixa de lenços, murmura algo incompreensível e termina de fazer suas anotações.

— Entraremos em contato nos próximos dias e, se tudo for confirmado, você terá direito a três rodadas de inseminação intrauterina. A espera é de vários meses, infelizmente, mas estamos nos esforçando para diminuir a fila.

Agradeço e tento me recompor. Lembro que eu detestava ver mulheres saindo chorando dos consultórios quando estava na sala de espera durante aqueles meses horríveis tentando engravidar. Era como se a tristeza e o azar fossem contagiosos. *Fique longe de mim*, eu pensava sem a menor compaixão. *Não me infecte com a maldição da infertilidade.*

Não sei se terei outro filho, mas, pela primeira vez em muito tempo, estou dando passos em direção a uma nova vida. Uma vida diferente, mas, de certa forma, igual à que perdi. Parece adequado que, neste misto de incerteza, esperança, nostalgia e medo, eu esteja encontrando Phoebe pela primeira vez em anos. Quando penso na última vez que a vi pessoalmente — poucos dias depois do Halloween, na época em que a Peste começou —, parece tão distante... eu era quase uma pessoa diferente. Eu era mãe, esposa, uma acadêmica ocupada. Agora sou viúva, perdi meu filho e estou desesperadamente tentando relatar como o mundo mudou.

Caminho pelo Brockwell Park em direção ao banco que combinamos como nosso ponto de encontro, não muito longe do café, e com vista para uma linda área verde. Phoebe já está lá. A primeira coisa que penso é que ela está mais velha. Claro que está mais velha; já faz mais de quatro anos que não a vejo. Nós duas estamos mais velhas. Seu cabelo é o mesmo; castanho-claro iluminado pelos mesmos reflexos que ela usa desde a universidade. Está com um vestido verde-escuro, sua cor favorita. Percebo, espantada, que está usando mais maquiagem que o normal, e deve ser porque está nervosa. Foram-se os dias de gargalhar com taças de vinho na mão, quando um dos maridos nos pedia, sorrindo, para pegar leve; e de tirar o sutiã assim que chegávamos uma à casa da outra, e de falar tanto em um restaurante que apagávamos a vela sem querer.

— Olá — diz ela, nervosa e se levantando.

— Oi — respondo, tomando a iniciativa de abraçá-la.

Estou tão sedenta de um toque que é quase divino abraçar alguém. Ela me abraça com força. Ainda usa o mesmo perfume de sempre: Cinema, de YSL. Essa familiaridade me leva às lágrimas.

— Ah, Cat — diz ela. — Senti tanto sua falta!

— Eu também senti sua falta — respondo, sufocando os soluços. — Desculpe.

— Não faça isso — diz Phoebe. — É tudo... é que... meu Deus, tem sido uma grande merda. Estamos todos fazendo o melhor que podemos.

Isso é bem coisa de Phoebe: tentar extirpar minha culpa e me fazer lembrar de que estamos todos fazendo o melhor que podemos. Isso é maravilhosamente ela.

— Me conte tudo — diz Phoebe.

Conto o máximo que posso. Não posso entrar nos detalhes dolorosos dos dias terríveis da morte de Anthony e Theodore. Falar sobre isso ainda me faz sentir em carne viva. E Phoebe também os amava, não suporto ver a tristeza dela por causa da minha. Mas conto a ela sobre a clínica de fertilidade e o projeto em que estou trabalhando, registrando as histórias da Peste. Conto sobre as rotinas de minha nova vida.

Faço a famigerada pergunta e, quando seu rosto fica vermelho de vergonha, percebo pela primeira vez como vai ser difícil. O perfume de Phoebe ainda me fornece conforto primordial, e conheço cada sarda e expressão de seu rosto. Conheço cada garoto que partiu seu coração antes de Rory e o que ela pensa sobre a maternidade, a amizade e a vida. Mas ela tem família e eu não.

— Rory e as meninas estão bem — diz ela, depressa. — O trabalho de Rory felizmente continuou sem muitas interrupções. Mesmo depois de uma pandemia, Londres precisa de contadores. Sinto muita falta do meu pai, se bem que ele morreu antes de tudo isso começar. Tem sido, bem...

Ela faz uma pausa e minhas bochechas queimam. Não sou a única pessoa que sofreu perdas.

— Evie e Ida estão morrendo de saudade de você — diz ela.

Eu também sinto falta delas, mas não me permito pensar muito nelas. As lindas menininhas de Phoebe. Fui a primeira pessoa de fora da família a ver as duas, no hospital, quando Phoebe ainda estava cinza devido à perda de sangue, mas louca de alegria. Evie é minha afilhada. Até tudo acontecer, eu era uma madrinha dedicada, levava-a ao parque ou ao rio para que pudéssemos passar um tempo juntas e dar uma folga a Phoebe. Religiosamente lhes dava presentes de aniversário e Natal. Acho que ela só deseja que as meninas sintam minha falta, mas isso é bom. É bom se sentir querida.

— Quer ir lá para casa? Só uma passadinha, talvez, para vê-las?

A esperança na voz de Phoebe é tão forte que se sobrepõe à voz que em minha cabeça diz que é cedo demais para isso. Quero ver Evie e Ida. Quero ser o tipo de mulher capaz de passar um tempo com a família de minha amiga, da qual já fui tão próxima que parecia a minha própria.

Conversamos sobre tudo durante a caminhada até a casa de Phoebe, em Battersea. Tudo, desde os filmes a que temos assistido até os vizinhos irritantes que tocam música alta todos os dias às sete horas, estragando as manhãs dela. Falamos sobre o presente de aniversário que ela precisa comprar para sua cunhada horrorosa e os restaurantes a que estamos loucas para ir quando reabrirem.

Chegamos à casa dela e eu quero muito voltar à minha, mas também quero ver as meninas. A vida pós-Peste é uma lição de contradições. Entramos, e os gritos de "mamãe, mamãe, mamãe" depressa se calam enquanto Evie e Ida ficam atrás de Phoebe, olhando para mim com cautela.

— Olá — digo, horrorizada ao ver como estão nervosas perto de mim.

Eu não deveria me surpreender. Evie era só uma criança quando a vi pela última vez e Ida tinha dez meses. Elas não me conhecem.

— Talvez vocês não se lembrem de mim; sou Catherine, amiga de sua mãe.

Falo no tempo presente. É melhor não dar explicações sobre nossa história tão complexa. Magicamente, Phoebe nos leva à sua cozinha enorme, onde Rory está sentado à mesa de jantar mexendo em seu notebook.

— Oh — diz ele, chocado ao me ver —, que bom ver você, Catherine!

Ele se recupera depressa e seu rosto retoma a expressão plácida de sempre. Por isso ninguém nunca se surpreendia quando Rory dizia que era contador.

Sento-me com Rory e as meninas à mesa. Phoebe coloca uma xícara de chá de maçã e frutas vermelhas à minha frente e eu converso com as meninas sobre bonecas, escola, jogos que jogam no jardim. Estou ali, ouvindo e balançando a cabeça, mas simultaneamente minha mente começa a flutuar acima de meu corpo, observando a cena se desenrolar. *Ah, então é assim que é ter um filho de seis anos... É assim que é ter dois filhos... É assim que é ter uma vida intacta.* A dissociação continua, até que percebo que Phoebe chamou meu nome três vezes e todos estão olhando para mim.

— Quer ficar para o jantar? — pergunta Phoebe.

Preciso de toda a minha força de vontade para dizer, com um sorriso:

— Obrigada, mas vou para casa. Foi muito bom ver vocês.

Dou breves abraços em Evie e Ida, aceno para Rory e abraço Phoebe com força.

— Obrigada — sussurra Phoebe em meu cabelo enquanto me abraça com força.

Não consigo responder. Estou tentando muito ser o tipo certo de mulher neste pesadelo, e hoje consegui. Deixei a inveja e a amargura de lado. Fui gentil, aberta e corajosa. Mas meu pobre coração partido não precisava ver o que estava perdendo. Não precisava ver isso de jeito nenhum.

Jamie

Uma pequena fazenda próxima ao Parque Nacional Cairngorms, República Independente da Escócia, dia 1.626

Cara Catherine,

Desculpe por não aceitar conversar pessoalmente. Você disse que eu poderia ver as perguntas antes de nos encontrarmos, mas pensar em dar uma entrevista me deixou nervoso. Minha mãe disse que não preciso me desculpar, mas não quero que você pense que estou sendo grosseiro.

Minha mãe disse que você queria saber como foi quando estive sozinho e como tem sido a escola desde o fim do Programa de Evacuação. Não gosto de falar sobre os primeiros seis meses, quando estive em ambos. Fui diagnosticado com estresse pós-traumático ano passado, o que colocou muitas coisas em perspectiva. Acho que minha mãe se culpa por me manter afastado por tanto tempo, mas ela não sabia.

Foi muito melhor quando pude voltar e morar com todos. A maioria dos outros meninos concordou que eu ficasse com meu antigo quarto e não o compartilhasse com ninguém. Depois de tanto tempo sozinho, eu não gostava de ter pessoas muito perto de mim. Os meninos eram ótimos. Fiquei muito amigo de alguns deles, especialmente Logan e Arthur. Eles moram em Dundee e às vezes nos visitamos.

Nós jogávamos muito futebol e conversávamos sobre o que faríamos quando uma vacina fosse criada. Mas alguém sempre parava de conversar, porque isso fazia que sentisse muitas saudades de casa. Nós tínhamos um código. Se alguém dissesse "chat", significava que era para mudar de assunto, sem perguntas. Era muito útil.

Fizemos uma grande festa quando chegou a notícia da vacina. Mamãe chorou e alguns dos meninos também. Eu até esquecia que tinha mãe e pai, mas eles não. Os pais e irmãos de muitos deles morreram enquanto estavam com a gente. Mamãe lidava com isso melhor que eu. Ela montou um "Espaço Especial", e quem entrasse lá podia ficar sozinho por até três horas. Ela tinha o cuidado de verificar se o garoto não tinha cadarços ou alguma coisa afiada, o que era deprimente, mas, enfim. Entendo o que ela estava tentando fazer.

Lembro de minha mãe gritando e dizendo que havia acabado de receber um telefonema e que o primeiro grupo de meninos ia voltar para casa. Foi incrível, emocionante e também triste. Fiquei feliz por eles, mas com medo do que aconteceria depois.

Gradualmente, as coisas foram voltando ao normal. Voltei à escola em agosto de 2029, mas perdi alguns anos, por isso não vou acabar antes dos vinte. Vou ser médico. Todo mundo diz que não há médicos suficientes e acho que eu seria bom nisso. Sou o melhor da minha turma em biologia.

Obviamente, a escola não é mais a mesma coisa. A maioria dos meus professores favoritos morreu. Meu pai treina o time de rúgbi agora porque é a única pessoa por aqui que sabe jogar. Sou um dos vinte e dois meninos de meu ano dos noventa e seis anteriores. Na verdade, esse número é maior que a média nacional por causa do programa de evacuação, mesmo assim estamos em menor número. As meninas antes eram muito mais quietas. Usavam mais maquiagem e flertavam conosco e tal. Ainda se maquiam e flertam, mas agora é diferente. São tantas — e só temos professoras agora — que parece que nós, meninos, somos estranhos.

Percebi que, quando as pessoas falam sobre "pessoas", dizem "mulheres" agora. Não gosto disso. Comentei com uma professora de sociologia e ela disse que era por causa da maioria. Não me pareceu um bom motivo para ignorar os homens que sobraram, mas não quis arranjar confusão, então não insisti.

Tenho sonhos sobre a vida de antes, que me deixam muito estressado no dia seguinte. Neles, estou sempre jogando futebol no jardim com meu pai, com o uniforme da escola, feliz porque o dia acabou e eu posso relaxar. Aí, antes de eu acordar, minha mãe começa a gritar dizendo os nomes de todas as pessoas que morreram: vovô, o bebê Benji, tio Victor. Quando acordo e lembro tudo que sonhei, fico enjoado, com vontade de vomitar.

Se não se incomoda, não quero que me mande mais cartas nem que telefone para minha mãe perguntando por mim. Eu já disse o que queria. Estou tentando seguir em frente. Espero que seu relatório corra bem e que isto seja útil.

Catherine

Londres, Reino Unido (Inglaterra e País de Gales), dia 1.650

Andei lendo um blog e não consigo tirar isso da cabeça. Foi Libby quem me indicou. Nós duas ficamos obcecadas com as histórias da Peste, com as ilimitadas maneiras como afetou famílias de diferentes configurações. Mas não somos só nós. Só se fala nas entrevistas de Maria Ferreira, nos livros e filmes que estão sendo feitos sobre a experiência da Peste. Não suporto mais ver nada, é forte demais ver na tela, mas todas as noites passo horas vasculhando a internet, lendo até ficar vesga. O blog é de um homem de Londres chamado Daniel Ahern. Ele o escreveu como um diário de imunidade. Eis aqui algumas postagens dele.

9 de dezembro de 2025
Não vou sair de casa. Assim que minha mãe ouviu a notícia, apareceu com um monte de latas. Todos os tipos de coisas, como pêssegos, ervilhas, feijão-preto. Não sei o que ela estava pensando ao comprar tudo isso, eu só precisava de feijão e batatas cozidas. Ela não pode ficar muito por aqui. Meu padrasto tem câncer de intestino, então ela tem que passar muito tempo com ele no hospital em Romford. Eu queria dizer a ela para deixá-lo e ficar o tempo todo comigo, mas não posso. Não posso ser egoísta assim e obrigá-la a escolher.

9 de março de 2026
Continuo vivo. As latas acabaram há algumas semanas, por isso tive de sair de casa. Todas as mulheres que me viram me encararam como se eu fosse um animal selvagem. Tive vontade de gritar: "O que estão olhando, sou apenas um homem", mas não achei certo. Elas só estão com medo. Todo mundo está com medo. Comprei coisas na loja da esquina o mais rápido que pude, joguei o dinheiro no balcão e nem esperei o troco. Toquei o mínimo possível. Comprei batata frita e montes de Fanta. Faz semanas que estou com vontade de comer batata frita com sal e vinagre e tomar Fanta. Estavam tão gostosas que me deu vontade de chorar. Achei que ficaria doente nos próximos dias, mas não. Tenho feito a mesma coisa todos os dias. Saio correndo, pego comida, não espero o troco e volto para casa. Ainda estou vivo, portanto devo estar fazendo algo certo. Quero que minha mãe venha me ver, mas ela tem medo de estar contaminada e passar para mim. Meu padrasto morreu disso no dia de Natal, por isso ela disse que tem certeza de que é portadora. Eu digo que ela pode só ficar sentada do outro lado da sala, mas ela insiste. Tudo que posso fazer é falar com ela pelo Skype.

15 de junho de 2026
Acho que sou imune. Eu diria: "acho que sou imune, rapazes", mas acho que não sobraram muitos rapazes para ler isto. Minha mãe passou por aqui três vezes. Fomos cuidadosos; nada de abraços, eu sentei no sofá e ela sentou no chão, do outro lado da sala. Ela teve vontade de tossir uma hora, e literalmente tossiu pela janela. Mesmo assim, nada. Li um monte de histórias de pessoas que adoecem pela respiração de alguém que tem essa doença. Um a cada dez homens é imune. Acho que sou um dos especiais.

4 de novembro de 2026

Ainda estou aqui, rapazes e garotas! A morte passou reto. Estou basicamente vivendo uma vida normal. Bem, não totalmente normal, não sou idiota. Não uso transporte público, só compro comida na loja da esquina e não toco no dinheiro que alguém me dá. Quero fazer o teste para ver se sou oficialmente imune, mas para isso teria que ir ao médico e, se não for (definitivamente sou, mas não preciso correr riscos desnecessários), pegarei a doença em uma clínica cheia de germes em um segundo. Voltei a trabalhar em meu antigo emprego. Sempre trabalhei em casa, só ia ao escritório ocasionalmente, de modo que não parece ter mudado muita coisa. Acho que vão me atribuir um trabalho no Programa de Convocação em breve, mas, aparentemente, tenho que fazer o teste de imunidade primeiro.

É bom passar muito mais tempo com minha mãe. Nunca gostei muito de meu padrasto. Não se preocupe, minha mãe não vai ler isto. Ela nem sabe o que é um blog. Ela até me abraça agora e tudo mais. Eu a convenci. Sou imune.

7 de novembro de 2026

Acho que peguei; não sei como isso aconteceu. Acabei de receber uma ligação do hospital. Disseram que minha mãe foi internada com doença pulmonar. Eu nem sabia que ela estava doente, parecia bem. Disseram que eu deveria ir visitá-la. Perguntei à mulher se podia, e ela disse que sim, "você é imune, certo?". Mas não me sinto bem desde a noite passada. Achei que fosse só um resfriado ou algo assim, mas parece que estou com a pior gripe do mundo. Estou tremendo. Meu coração está martelando o peito. Num instante estou fervendo e no seguinte sinto tanto frio que posso literalmente encostar as costas no aquecedor e sentir minha pele queimando, mas continuar com frio. Vou descansar agora. Está ficando mais difícil digitar. Alguém pode ir ao hospital de

Romford, por favor? O nome de minha mãe é Michelle Ahern. Ela está na Semi-Intensiva da Ala 7. Alguém vá até lá e diga a ela que a amo, por favor.

Depois disso, não há mais posts. Não paro de pensar nesse homem. Esse homem que, ao que parece, morreu sozinho. Com a mãe no hospital, sem irmãos ou amigos que tenha mencionado, desvanecendo no escuro pedindo a alguém que diga à sua mãe que ele a ama.

Foi surpreendentemente fácil encontrar informações sobre ele. Procurei nos registros de óbitos de novembro de 2026 na área ao redor do Romford General. Michelle Ahern morreu de insuficiência pulmonar avançada em 9 de novembro de 2026. Não tinha nenhum parente próximo citado na ficha do hospital.

Encontrei o endereço dela no registro eleitoral e, perguntando aos vizinhos, consegui descobrir o endereço de Daniel. Menti dizendo que era uma ex-namorada que queria ver o lugar onde ele havia morrido — o que seria de uma ética duvidosa —, mas me rendeu o endereço, um sorriso reconfortante e uma fatia de bolo de limão para viagem. Se alguém batesse em minha porta e pedisse o endereço do ex-namorado, eu ligaria para a polícia. Talvez as pessoas sejam mais legais em Essex que em Crystal Palace.

E foi assim que acabei aqui, diante do edifício de Daniel. Pensei em usar o papo da ex-namorada de novo, mas acho que os residentes de Islington não vão acreditar. Toco o interfone do apartamento ao lado do de Daniel e digo à mulher que atendeu que estou procurando por ele.

— Ah, meu bem, ele morreu.

— Oh, não! Eu não sabia!

Ela faz uma pausa.

— Bem, isso não é uma grande surpresa agora, certo?

— Há alguém morando no apartamento dele?

— Não... olhe, suba. Não vamos ficar conversando pelo interfone.

A mulher, Poppy, olha para mim e relaxa. Já me disseram que não pareço uma pessoa ameaçadora. Essa é uma característica útil para uma antropóloga.

— Entre — diz ela, e aponta para o sofá. — Quer um suco de pêssego?

— Eu adoraria.

Não suporto pêssego, mas Genevieve não me educou para ser rude, e, quanto mais se diz sim às pessoas, mais elas tendem a fazer o mesmo.

— Então, Daniel morreu em novembro de 2026?

— Sim; ele durou séculos. Lembro de tê-lo visto algumas vezes. Durante meses ele saía correndo, ia à loja da esquina e voltava com doces, como uma criança furtiva. Aí, foi ficando mais confiante. Saía o dia todo.

— Eu lia o blog dele. Daniel tinha certeza de que era imune.

Poppy suspira.

— Daniel era um arrogante de merda, que em paz descanse, mas ele se achava o melhor. Claro que ia pensar que era imune. Idiota.

— O que aconteceu quando ele morreu?

Poppy torce o nariz, tentando recordar.

— Percebemos pelo cheiro. Era pior do que qualquer coisa que você possa imaginar. Não dava para respirar aqui no meu apartamento. Chamei a polícia, eles chamaram os legistas, que chamaram o pessoal que carrega os corpos, eles arrombaram a porta e o levaram.

— Estava morto havia quanto tempo?

— Não sei, mas Cheryl, que mora lá em cima, acha que ouviu um deles dizer que fazia pelo menos duas semanas. Foi nojento.

Eu pego o suco e bebo o menor gole possível.

— Ninguém o ajudou, então?

Poppy estreita os olhos.

— O quê? Como se fosse nossa culpa ele ter morrido de Peste! Você viu o estado do mundo?

— Não, não — digo, retrocedendo desesperadamente. — Quis dizer que ele não tinha família, amigos, esse tipo de coisa. A mãe dele morreu na mesma época.

— Ah, que dó. Não, nunca vi ninguém entrar no apartamento dele depois que tudo começou. Um monte de gente deve ter morrido assim, sozinho. É triste pensar nisso.

Poppy diz isso com uma voz que sugere que não pretende mais pensar no assunto. Agradeço por seu tempo e vou embora. Quando estou quase saindo pela porta do edifício, ela põe a cabeça na escada e me chama.

— Ei, moça. Qual é seu nome?

— Catherine.

— Quem você perdeu?

— O quê?

Ela desce a escada.

— Perguntei quem você perdeu. Quem da sua família morreu?

Nunca me perguntaram isso.

— Meu marido, Anthony, e meu filho, Theodore — digo baixinho.

O choque da pergunta faz meus olhos se encherem de lágrimas.

— Gosto de perguntar, para você saber que não serão esquecidos — diz Poppy. — Você se lembra deles e agora eu também.

Ela me dá um tapinha no ombro e volta para cima.

Deixo o edifício e caminho depressa, derramando lágrimas quentes e soluçando. Essa foi a coisa mais gentil que alguém fez por mim nos últimos tempos.

Passei muito tempo viajando, entrevistando mulheres e homens, escrevendo sobre suas experiências, pesquisando, coletando informações incessantemente para um propósito vago — um relatório acadêmico, digo quando perguntam. Não é mentira, mas também não é verdade. Não sei... eu não tinha um objetivo secreto e abrangente, só sabia que precisava documentar histórias, conversar com as pessoas sobre o que aconteceu. Eu não podia fingir que nada havia acontecido e seguir em frente. Não estou pronta para seguir em frente ainda.

Fico pensando nas palavras de Poppy. *Você se lembra deles e agora eu também.* Durante toda a minha infância tive consciência, intensa e desesperadamente, de que eu era tudo que restava de meus pais. Eles haviam morrido e, afora eu, era como se nunca houvessem existido. Tudo que eu sempre quis foi ter minha própria família. Algo sólido e tangível. Uma árvore genealógica que durasse gerações. Uma necessidade humana, de milhares de anos, de que se soubesse que *eu estive aqui.*

E agora minha família se foi. Meus pais estão mortos. Anthony está morto. Theodore está morto. E, quando eu morrer, acabou. Será como se nenhum de nós houvesse existido. É insuportável pensar nisso. Preciso que as pessoas saibam que estive aqui, que tive um filho lindo chamado Theodore. Que Anthony e eu vivemos, que nos casamos e nos amamos e criamos uma família.

Ninguém sabe sobre Daniel. Que fim para uma vida! Sua mãe morreu sozinha como ele, lembrado apenas de passagem por uma vizinha e por um blog. Esse não pode ser meu destino, nem o de Theodore nem o de Anthony. Quando as pessoas me perguntarem por que estou pesquisando, preciso ser honesta. Pela lembrança: minha e deles.

Amanda

Dundee, República Independente da Escócia, dia 1.660

Eu não vinha a Dundee fazia mais de uma década, desde a despedida de solteira de uma amiga. Só de lembrar dos Jägerbombs, do náilon branco inflamável e dos canudos em forma de pênis me dá vontade de chorar de saudade; uma época em que tudo era simples e fácil.

Esta é uma viagem a um lugar que eu não esperava visitar: a maior clínica de saúde sexual de Dundee. Aparentemente, meus antecessores na Agência de Proteção à Saúde da Escócia têm sido líderes "não intervencionistas", o que, para mim, é uma maneira educada de dizer preguiçosos. Não vejo como alguém pode entender a política de saúde e saber o que precisa mudar sem ver na prática. Meus colegas parecem pensar que isso é radical. Acho que é apenas bom senso, por isso aqui estou eu caminhando pelas ruas cinzentas e sombrias de Dundee.

Na sala de espera, aguardo Tanya Gilmore e tento sutilmente olhar para as outras quatro pessoas que estão aqui. Duas mulheres e dois homens, todos olhando atentamente para celulares, revistas ou o próprio colo.

— Amanda?

Tanya me chama e me conduz até sua sala, calorosa e acolhedora, cheia de pôsteres gráficos divertidos nas paredes dizendo coisas do tipo: "Verifique os seus seios!" e "Tenha orgulho da sua escolha".

— Muito obrigada por concordar em me receber — digo, mas meu discurso não vai mais longe, pois Tanya me interrompe.

— Fico feliz por você querer ver o trabalho que fazemos aqui. Não precisa agradecer. Como posso ajudá-la?

Estou quase nervosa, como se fosse uma de suas pacientes, apesar do fato de que, com a total falta de sexo em minha vida há anos, existe literalmente zero chance de eu ter uma DST.

— Quero saber sobre seus grupos de apoio. Sua área de atuação tem o menor consumo de antidepressivos e a menor taxa de suicídio na comunidade LGBTQIA+. Quero saber por que para poder replicar.

Tanya se recosta na cadeira e suspira.

— Não é tão simples assim.

— Por que não?

— Bem, para começar, você não pode me replicar, e eu sou a razão dessas estatísticas.

— Então, me ajude a entender.

Tanya suspira e eu me sento, decidida. Preciso da ajuda dela. A taxa de suicídio de homens gays aumentou quatrocentos e cinquenta por cento desde novembro de 2025. Não temos dados suficientes sobre a taxa de suicídio de homens e mulheres trans, mas, anedoticamente, sabemos que aumentou muito. Há uma crise de saúde pública na comunidade LGBTQIA+ e Tanya está fazendo alguma coisa certa.

— Vamos começar pelo básico — diz Tanya. — O gênero é uma construção social. Se eu tivesse ganhado cinquenta centavos cada vez que disse isso nos últimos quinze anos, teria um daqueles bunkers de sobrevivência no Alasca onde todos os bilionários desaparecem. Mas a Peste se distinguia com base no sexo e não havia como brincar com ela, de jeito nenhum. Foi a primeira vez que vivi uma grande divisão na comunidade trans. Não havia raiva nem discórdia, apenas uma desolação atordoante. Mulheres trans de um lado — todas vocês provavelmente vão morrer —, homens trans do outro — todos vocês vão ficar bem. Mas você tem que entender que não é assim que nossa comunidade funciona normalmente. As mulheres trans ficaram desamparadas em face de seus cromossomos XY, e os homens gays se tornaram uma superminoria. Foi um pesadelo.

Ela para e me encara como se eu a estivesse forçando a fazer algo terrível, a trazer à tona lembranças horríveis.

— Já era muito difícil ser trans em 2025, e ser gay muitas vezes não era um mar de rosas. Mas a Peste piorou tudo. Apoiar indivíduos trans, lutar por direitos ampliados e tornar o mundo um lugar melhor para essas pessoas se tornou irrelevante para muita gente.

Tenho que interromper e perguntar, porque estou morrendo de curiosidade.

— Você é imune?

— Não, e ainda não consigo acreditar que estou viva, para ser sincera. Parece que, pela primeira vez na vida, meu corpo me ajudou. "Eu lhe dei o sexo masculino no nascimento, mas vou lhe fazer um favor com a Peste. Desta vez você não vai morrer." Eu contraí a Peste em dezembro de 2025 e sobrevivi. Nos primeiros dias depois da cura, fique extasiada. Eu me sentia... elevada, escolhida. Estar tão perto da morte e ter a vida de volta é uma coisa incrível.

— E agora você está fazendo algo extraordinário na vida.

Tanya gargalha.

— Foda-se. Fui enfermeira durante vinte anos. Estou fazendo meu trabalho exigido pelo Programa de Convocação, não sou Madre Teresa. Enfim... Há menos ogros agora, mas as mulheres trans ainda ouvem comentários horríveis. Já me disseram que eu deveria ter morrido porque a última coisa de que o mundo precisa é de um homem vestido de mulher. Que o mundo precisa de homens de verdade, e que eu deveria ter continuado sendo um. Bem, sou mulher e não posso evitar que uma Peste assassina assole o planeta deixando a devastação em seu rastro. O mundo precisa é de pessoas. Mas eu entendo. Não falo só por falar, entendo mesmo. Quantos grupos de apoio para gays existem atualmente na Escócia? Três. Quantos grupos de apoio existem para homens e mulheres trans na Escócia? A resposta é um. Você está olhando para a pessoa que o dirige.

Pela primeira vez em muito tempo, eu me sinto cobrada, como se não estivesse fazendo o suficiente, como se já houvesse cometido um erro. Imagino que é assim que as pessoas que trabalham para mim geralmente se sentem quando falo com elas. Não posso dizer que gostei da inversão de papéis.

— Eu quero mudar isso, por isso estou aqui.

— Então você vai ter que trabalhar duro para recrutar homens e mulheres que sejam empáticos, que tenham a experiência de vida certa, e tempo depois do trabalho. A comunidade LGBTQ está em crise; os gays viram seus círculos sociais, seus amantes, sua vida, tudo dizimado. Eles precisam de ajuda.

— Todos nós temos trabalhado em praticamente uma zona de guerra há muito tempo. Eu não podia me preocupar com a saúde mental das pessoas quando estava tentando arranjar gaze, antibióticos e antissépticos suficientes para manter as salas de cirurgia abertas e as pessoas vivas.

Percebo que estou ficando na defensiva; logicamente, sei que essa não é uma resposta útil.

Tanya bufa.

— Pois adivinhe só: a saúde mental também mantém as pessoas vivas.

Eu ia perguntar se poderia assistir a uma das sessões de Tanya esta noite, mas tenho a sensação de que não seria bem-vinda. Eu entendo. Tenho decepcionado as pessoas, mas não me arrependo das escolhas que fiz. Lembro o show de horror que era Gartnavel não muito depois do surto. Os médicos estavam todos mortos ou esperando a morte. Na época havia dois médicos no hospital, que ainda estão vivos, que, creio eu, sabiam que eram imunes — um radiologista e um cirurgião-geral. Porra, eles estavam ocupados. Todos os médicos estavam ocupados. Houve uma mudança na quantidade de médicos, e isso não aconteceu com os enfermeiros. Somente 11,5% dos enfermeiros eram homens; 87,8% dos cirurgiões eram homens. Foi, com a melhor boa vontade e esforço da equipe, um show de horror.

E havia a "ala de emergência" do hospital, que era aquela parte esquecida do edifício onde antes ficava a maternidade. Obviamente havia muito menos necessidade de maternidade, por isso foi convertida em emergência. Ninguém tinha permissão para entrar na ala a não ser que fosse para visitar um paciente ou trabalhar lá, em uma tentativa inútil de impedir a propagação do vírus. Mas para quê? Todo mundo era portador. Todos nós sabíamos disso.

Eu me levanto para sair e, assim que estou chegando à porta, Tanya chama meu nome.

— Vocês, médicos, são todos iguais. Acham que têm todas as suas prioridades em ordem, da mesma forma que no início da Peste seguiam todos os seus protocolos de tratamento. Pois bem, nenhum médico pode dizer que foi responsável pela sobrevivência de algum homem. Não havia nenhuma mágica nisso, era simplesmente sorte. Se você encontrar um médico que queira admitir isso, eu dou minha cara a tapa. Estranhamente, vocês não gostam tanto da "sorte". Deve ser devido às suas habilidades excepcionais. Toda vez que se pergunta a um médico algo simples como o nome de um paciente, eles dizem: "John? Jack? Joseph? Jean?" Vocês esquecem. Mas as enfermeiras fazem mais do que manter as pessoas respirando; nós as mantemos vivas. Sei quais são minhas prioridades, e manter a saúde mental das pessoas é tão importante quanto gaze e antibióticos. Eu estou fazendo algo para manter as pessoas vivas. E você, o que está fazendo?

Fico parada. O que estou fazendo? Muita coisa para manter a população escocesa fisicamente saudável. Mas neste assunto? Nada. Minhas bochechas começam a esquentar, mas depressa digo a mim mesma para ir em frente. Vergonha e arrependimento não ajudam ninguém. Eu me orgulho de ser uma pessoa que faz. Por acaso vou ouvir tudo que Tanya acabou de me dizer, voltar para minha sala e agir como se não houvesse escutado nada, ou dizer que me sinto mal? Não.

— Venha trabalhar comigo.

— O quê?

Tanya fica atordoada, o que me dá certa satisfação após a severa reprimenda que ela acabou de me dar.

— Quero contratar você. Venha trabalhar comigo em Glasgow. Vou lhe dar um orçamento, responsabilidade e um emprego. Como você apontou tão sem rodeios, eu vejo pacientes, você vê pessoas. Então, me ajude. Há muito a fazer e não há gente suficiente, por isso quero contratá-la para trabalhar nesse problema e acertar as coisas. — Dou de ombros. — Passo muito tempo apontando o que os outros estão fazendo de errado, e já demiti pessoas que cometeram erros, mas são gestos vazios, não mudam nada. Venha trabalhar comigo. Me ajude.

Tanya está boquiaberta, engolindo em seco, e não consigo entender por que está tão surpresa.

— Sabe, eu consegui meu emprego porque estava com raiva, era determinada e persistente e não me calava. Não é tão chocante assim que eu a contrate pelo mesmo motivo, não é?

— Você é muito esquisita, sabia? — diz Tanya, mas seu rosto se abre em um sorriso e sei que vai dizer sim. — Quando eu começo?

Rosamie

Mati, Filipinas, dia 1.667

Trabalhar em uma empresa me dá uma satisfação que nunca tive como babá. Quando a pessoa cuida de crianças, não importa quanto trabalhe, tem a mesma quantidade ou mais de coisas para fazer no dia seguinte. Três refeições, banho, vestir, brincar, conversar, bajular, encorajar, disciplinar, confortar. Nunca acaba. Meu trabalho agora tem linhas claras e uma lista restrita de tarefas pendentes. À medida que realizo as coisas, elas são eliminadas da lista e não tenho que refazê-las.

O jato particular pousou sete minutos antes de a Parceria de Restrições de Tráfego Aéreo do Pacífico Leste entrar em vigor. Aterrissamos e o comissário de bordo começou a soluçar forte, engolindo em seco. Saí do avião o mais rápido que pude, desesperada para me afastar do homem que sabia que eu não era quem dizia ser; era uma traidora e ladra. Depois de dias viajando de ônibus, carro e horas e horas a pé, finalmente cheguei a Mati, minha cidade natal. Mas minha mãe apenas olhou para mim e me mandou voltar a Manila.

— Nunca houve melhor momento para você fazer algo da vida. Todos os homens estão mortos e as empresas precisam de pessoas. Vá, volte para Manila agora. Ficaremos bem aqui.

Ela não estava errada. Cinco anos depois, ela é diretora do Barangay, uma espécie de subprefeitura, e supervisionou a recuperação de nossa aldeia e um novo programa de infraestrutura, enquanto eu tenho uma vida totalmente nova. Ainda penso em Angelica e na sra. Tai. Será que alguém está cuidando de Angelica? Será que sobreviveram aos motins? Dezenas de milhares de pessoas morreram e o Grande Incêndio levou muitas outras mais. O exército chinês assumiu antes da desintegração da China e agora há uma paz frágil; Cingapura opera como uma região administrativa do estado de Pequim. Tenho certeza de que elas estão bem. A sra. Tai tinha fibra, só não gostava de usá-la.

Os números de hoje chegam à minha caixa de entrada. São melhores que a média; uma grande proporção de plástico de boa qualidade. Observo os números; preciso me sentir confiante antes do telefonema semanal com minha chefe. Este emprego é meu porque eu estava no lugar certo na hora certa e trabalhei muito. Meu título oficial é gerente de abastecimento de resíduos de uma das maiores empresas de reciclagem das Filipinas. Fico imaginando o que a sra. Tai diria se soubesse que eu fiz carreira no lixo. Posso imaginá-la franzindo o nariz de nojo.

Minha assistente entra. Ponho um sorriso no rosto, pronta para a ligação com minha chefe, e começo a empurrar meu almoço pela metade para a lateral da mesa.

— Uma tal de sra. Tai ao telefone para você.

Deixo cair minha tigela de sopa, que respinga em minha calça de linho clara e nos sapatos.

Minha assistente me olha com intensa preocupação. Normalmente não sou uma pessoa estabanada. Sinto que ela está vislumbrando meu passado e vendo minha antiga eu.

— Eu... hmmm... pode passar a ligação, e feche a porta ao sair.

Estou limpando a sopa de minhas coxas quando o telefone toca.

Vou fingir que não a conheço. Ela não pode fazer nada comigo agora. O que vai fazer, mandar me prender? Ela não poderia. Ou poderia? Ela não tem provas de que fui eu. Claro que há provas de que fui eu.

— Olá, Rosamie.

Sua voz não mudou.

— Como posso ajudá-la? — digo, como se estivesse falando com uma estranha.

— Não finja, Rosamie. Você sabe quem eu sou.

Ela vai destruir minha vida. Claro que vai, roubei milhões de dólares dela. As lágrimas imediatamente começam a rolar pelo meu rosto. Já imaginei esse momento muitas vezes, sabia que chegaria, mas orei muito para que não chegasse. Ela pode estar gravando a conversa. Preciso ter cuidado.

— Como está Angelica?

A sra. Tai prende a respiração como se eu houvesse dito algo errado, mas não sei o quê. Eu roubei dinheiro, não machuquei os filhos dela. Eu amava seus filhos mais que ela. Pensar em Rupert faz meu estômago doer, mesmo depois de tanto tempo.

— É por causa de Angelica que estou ligando. Em parte.

Pânico, medo, vou vomitar.

— Ela está bem? Aconteceu alguma coisa?

Juro que posso ouvir a sra. Tai revirar os olhos do outro lado da linha. Ela não mudou nem um pouco.

— Sim, ela está bem. Está maior do que quando você a viu pela última vez.

Resisto ao desejo de replicar. Claro que ela está maior, é o que acontece com as crianças; elas crescem. Quero muito falar com ela, mas não posso pedir isso. Não posso.

— Você não vai falar com ela, nem pense em pedir.

— Eu não ia pedir — digo, sem conseguir disfarçar a decepção.

— É só por causa de Angelica que estou ligando para você em vez de chamar a polícia e mandar entrarem em contato com as autoridades filipinas.

Meu pior pesadelo está pairando sobre minha cabeça. Policiais invadindo minha salinha limpa e arrumada e arrasando minha vida.

A humilhação de dizer à minha mãe que agi mal, que fiz algo terrível, que sou uma criminosa.

— Pensei que, quando eu contasse a Angelica o que você fez, ela ficaria brava e me apoiaria, mas não foi isso que aconteceu.

Silêncio. Ficamos as duas respirando ao telefone. Angelica sempre foi muito teimosa. Aposto que não falou com a sra. Tai durante dias, talvez até semanas. Se ela tivesse que fazer algo de que não gostasse, não havia meios de persuadi-la.

— Portanto estou ligando para você, não para a polícia. Por enquanto, pelo menos. Preciso da canção de ninar.

— Canção de ninar?

— Sim, a canção de ninar que Angelica diz que você sempre cantava para ela e Rupert.

A irritação na voz da sra. Tai é palpável. Não consegue suportar o fato de ter que me pedir ajuda, de eu lhe ensinar algo que ela deveria saber. É um fracasso óbvio: a mãe que não consegue consolar a própria filha.

— Ela diz que é a única coisa que a faz se lembrar de Rupert e que você a cantava antes de dormir. Preciso saber a canção de ninar para poder cantá-la para ela.

Nem me dou o trabalho de pedir para cantá-la diretamente a Angelica. Queria poder falar com ela. Já se passaram cinco anos. Quero saber como é a vida dela, como é a escola, quem são seus amigos, qual é seu filme favorito. Mas não posso saber as respostas; minhas perguntas permanecerão sem resposta.

— Se eu cantar a canção de ninar, você não vai entrar em contato comigo de novo?

— Não, Rosamie, não vou mandá-la para a cadeia por me roubar milhões de dólares, está bem?

Não digo nada, ciente de que qualquer coisa que eu diga poderia ser usada como uma confissão se a sra. Tai estiver gravando a conversa. Limpo a garganta, sem graça por cantar essa canção de conforto que pertence à calma de um quarto escuro com crianças sendo ninadas para dormir.

Logo você estará na terra dos sonhos
E, quando acordar, tudo será
Brilhante e fácil, um novo dia
Vamos comer, pular, conversar e brincar.

Não importa o que aconteça, eu estarei aqui
Não se preocupe, seque essas lágrimas
Quando você acordar, direi bom-dia
E começaremos de novo, um novo dia.

A sra. Tai fica em silêncio por longos e prolongados segundos. Minhas bochechas ficam vermelhas de vergonha por ter acabado de cantar uma canção, e mal, ao telefone, para minha ex-patroa e uma mulher que poderia estragar minha vida.

— Bem, isso explica — diz ela finalmente, com uma respiração pesada — por que eles gostavam tanto de você.

— O que quer dizer?

— Se a Peste não houvesse acontecido quando aconteceu, eu a teria demitido duas semanas depois.

— Mas você acabou de dizer que eles gostavam de mim; isso não faz sentido.

A sra. Tai faz um barulho no fundo da garganta, um som de contrariedade visceral e impaciência que me traz de volta, tão depressa, a sensação de ser sua jovem empregada nervosa, que eu hesito.

— Você agia como se fosse mãe deles.

— Eu não precisaria fazer isso se você se comportasse como mãe deles.

As palavras saíram de minha boca e caíram no espaço estranho entre nós antes que eu pudesse pensar nas consequências. Agora, em um flash, a imagem da polícia, das sirenes e da prisão me faz querer implorar perdão e recolher as palavras de volta e trancá-las no escuro, para que nunca mais sejam ouvidas.

— Talvez você tenha razão — diz a sra. Tai com um tom de voz que não consigo identificar.

É mais resignado, mas não chega ao remorso ou arrependimento. Isso seria esperar muito dela.

— Foi um prazer falar com você, sra. Tai. Adeus.

Coloco o fone de volta no gancho fazendo um som de chocalho. Eu não havia percebido que meus dedos estavam tremendo. Durante os meses após a Peste, vivendo uma vida nova e estranha em um mundo de cabeça para baixo, eu me atormentava todas as noites de vergonha pelo que havia feito. Não era culpa, porque, de alguma forma estranha, eu achava que era certo. Pelo menos era justificado; mas eu era o tipo de pessoa que roubava agora. Era o tipo de pessoa que mentia e cometia crimes. À medida que minha nova vida foi tomando forma, com um salário mensal, com um apartamento em Manila nada nojento e até alguns amigos, fui parando de pensar tanto naquela noite escura.

Agora, tenho um pouco de paz. A sra. Tai pode mudar de ideia e me denunciar, mas eu sei que Angelica está do meu lado. Aquela menininha corajosa, gentil, cujos pais nunca lhe deram atenção, e que perdeu o irmão e o pai está do meu lado.

Elizabeth

Em algum lugar sobre o oceano Atlântico, dia 1.696

Estou em um avião, indo para casa. É tão surreal que fico olhando em volta como se alguém fosse me deter e dizer: "Lamento, srta. Cooper, mas você não pode voltar aos Estados Unidos. Não seja tola". Mas isso não acontece e Simon continua feliz comendo batatinhas na poltrona ao meu lado, e sua aliança de casamento faz um barulhinho agradável quando ele pega o copo de bebida.

Uma grande parte de mim sempre achou que eu acabaria voltando aos Estados Unidos na ignomínia. Mas, a partir de amanhã, sou oficialmente vice-diretora do CCD, um cargo que nem me atrevia a cobiçar. Praticamente todos os homens com quem trabalhei no CCD estão mortos. Muitos homens morreram, e, para ser sincera, muitos foram esquecidos, pelo menos por mim. Eu sabia que, de duas, uma: ou minha entrevista havia sido perfeita ou eu não passaria, porque durou apenas vinte minutos.

— Você arrasou! — disse George, quando entrei em sua sala, meio em choque, às 15h21, sendo que a entrevista havia começado às quinze horas. — Se eles a achassem péssima, teriam demorado um pouco, assim você não poderia reclamar que não conseguiu o emprego.

Como sempre, ele estava certo.

Simon não tinha certeza de que eu estava fazendo a coisa certa quando disse a George que ia me candidatar à vaga.

— Você não entende — eu disse.

Não somos como colegas, somos como soldados. Passamos em alguns anos uma vida inteira juntos. Ele me acompanhou até o altar, tornou-se um pai para mim. Eu sabia que ele me apoiaria; era um sonho se tornando realidade. Ele me ajudou com a preparação para a entrevista todas as tardes durante duas semanas.

E agora estou em um avião, o que parece algo exótico, voltando para minha vida antiga com um marido novo, um emprego novo, tudo novo. Lembro-me de como era Elizabeth Cooper alguns anos atrás, mas isso parece tão distante que é como uma lembrança da infância. Eu estava sozinha, longe dos amigos e parentes. Sempre fui boa em fazer conhecidos, mas era difícil transformá-los em amizades profundas. Faz sentido que meu melhor amigo agora seja um professor de sessenta e cinco anos.

Estico os braços e olho ao redor. É difícil não perceber a diferença em relação à última vez que andei de avião. Em meu último voo noturno para Londres, havia principalmente homens de terno com livros de pseudociência, romances policiais e jornais debaixo dos braços. Agora, é um mar de mulheres com um homem ocasional no meio, destacando-se, óbvio e intrigante só por ser homem. A mulher à direita de Simon está segurando um livro do qual ouvi falar, mas não me sinto no direito de ler. *Está me zoando?*, um livro infantil para adultos. Foi escrito por uma viúva e tem o objetivo de ajudar as pessoas a se sentirem consoladas por... bem, não sei direito. Para que sintam que não estão sozinhas, suponho, depois de perder o parceiro, ou desesperadas neste novo mundo assustador. Sinto uma pontada de alívio por Simon estar ao meu lado. Adorável, adorável Simon. Meu marido. Dou um beijo rápido em seu rosto e ele sorri.

Volto-me para a TV e vou passando os canais. Desde que os programas de televisão e os filmes começaram a ser feitos de novo, percebi que existem apenas dois tipos: sitcoms familiares clássicos e dramas de fantasia. Nostalgia ou imaginação, você escolhe. Achei que estivesse enlouquecendo ou que a Netflix estivesse me pregando peças, mas então vi uma entrevista com a diretora de estratégia de conteúdo da Netflix que disse que é só isso que as pessoas querem agora. Elas querem mergulhar no passado, quando a maior preocupação era se o garoto dos seus sonhos as convidaria a ir ao baile, ou imaginar uma realidade alternativa. Crimes verdadeiros estão *fora de questão,* disse. Acredito; eu adorava podcasts de crimes verdadeiros, mas agora são muito pesados. Não quero ouvir sobre erros judiciais. *A vida* é um erro judicial ultimamente.

Já sei o que vou ver: o documentário de Luke Thackeray. Um homem comum da Inglaterra é um ator desempregado nos Estados Unidos. Vai para casa se despedir de seu pai e seus três irmãos e espera sua morte. Acontece que ele é imune, e recebe um telefonema de seu agente quando a indústria de cinema e TV volta a funcionar. Há escassez de atores em Hollywood pela primeira vez na história. Dezoito meses depois, ele é um dos maiores astros de cinema do mundo. Ele falou um pouco, em entrevistas, sobre o conflito que sente: por um lado, seu pai e três irmãos morreram, mas, por outro, a Peste matou quase todos os seus concorrentes e agora ele é um dos atores mais bem-sucedidos do mundo.

— Você está bem? — pergunta Simon.

— Sim; vou assistir a um documentário.

Simon faz uma careta, impressionado. Não menciono que é um documentário sobre um ator bonito.

— Vai dar tudo certo, viu? — diz Simon, acariciando minha mão.

Com esse gesto, sinto evaporar um pouco da tensão de meus ombros por causa de meu primeiro dia, amanhã.

— Vai dar tudo certo — repito.

E quer saber? Eu acredito.

Matéria no *Washington Post*, 30 de junho de 2030

"ENCONTRAR O AMOR EM UM NOVO MUNDO"
por Maria Ferreira

O mundo mudou de tal maneira que não dá para calcular. Isso todos nós sabemos. Tenho o iPhone mais recente, que é tão pequeno quanto os de uma década atrás, porque a Apple percebeu que as mulheres têm mãos menores que as dos homens (quem diria?). Os tablets de tamanho monstruoso que esperavam que todos comprassem também não cabiam nos bolsos ou mãos das mulheres. Agora posso digitar confortavelmente com uma mão pela primeira vez em anos. Agora as mulheres têm cinquenta e sete por cento menos probabilidade de morrer de ataques cardíacos porque os protocolos de tratamento mudaram, reconhecendo os diferentes sintomas que experimentam homens e mulheres. Foi descoberto o primeiro medicamento para tratar a endometriose; espera-se que gere bilhões em lucro na próxima década. Mulheres policiais, bombeiras e militares têm menos probabilidade de morrer no cumprimento do dever porque têm uniformes feitos para elas e não precisam mais simplesmente usar coletes de Kevlar, botas, capacetes e uniformes masculinos que não servem direito.

Eu poderia continuar, mas não vou porque minha editora já me fez cortar o parágrafo. Este artigo não será como os de costume. Se bem que tudo que fiz nos últimos anos não foi como de costume, de modo que talvez a advertência seja desnecessária. Eu assustei o mundo, fiz minha antiga editora ser demitida, entrevistei uma cientista bilionária e, como vocês devem se lembrar, há alguns meses falei sobre namoro e amor com Bryony Kinsella. Ela me disse claramente que achava que a grande questão de nosso tempo era como encontrar o amor se não há mais homens.

A resposta àquela entrevista me mostrou que muitas de vocês concordam com ela. Muitas mesmo, pois nunca obtive um retorno tão grande a uma matéria em todas essas décadas de trabalho. Muitas me pediram para falar com mulheres que usaram o Adapt e ver o que elas achavam. Muitas me disseram que encontraram o amor no Adapt — mensagens maravilhosamente otimistas para receber em uma manhã cinzenta de inverno.

Procurei mulheres que conheço — conhecidas, amigas de amigas — e encontrei uma série de experiências. Jacinda, 36, saiu algumas vezes com pessoas que conheceu pelo Adapt, mas descobriu que não era para ela. "Não sinto atração por mulheres. Queria sentir, sinto falta de namorar e transar, mas não posso forçar isso. Espero conhecer um homem e até ter filhos, talvez. Mas, se não acontecer, tudo bem."

Lily (nome fictício), uma mulher de 25 anos, estagiária de uma agência de publicidade, conheceu sua namorada no Adapt e está "mais feliz que nunca. Talvez porque aceitei o fato de que nunca teria um relacionamento. Apaixonar-se é a melhor sensação do mundo. Vamos ficar juntas para sempre". Ah, se eu tivesse 25 anos...

Eu não poderia escrever esta matéria sem contar a história de Jenny, uma advogada de Chicago que viu a Peste atingir a cidade um dia antes de seu casamento. "Eu estava sentada em uma suíte no Four Seasons, assistindo ao noticiário com minha família. Diziam que todos os prontos-socorros estavam fechados para homens e os voos estavam sendo cancelados. Meu vestido de noiva estava pendurado atrás de uma porta. Duas de minhas quatro damas de honra já haviam cancelado, e os pais do meu noivo deveriam vir do Canadá, mas ficaram com medo de ficar presos nos Estados Unidos."

Perguntei a Jenny sobre seus pais, como eles reagiram. "Eu disse a meu pai que deveríamos cancelar o casamento e ele ficou horrorizado. 'Eu não gastei todo esse dinheiro para que seja desperdiçado!', disse. Acho que eles acharam mais fácil focar o casamento, em vez de reconhecer o que estava acontecendo."

Jenny e seu noivo, Jackson, casaram-se no dia seguinte. "O casamento foi terrível. O oficiante não apareceu. Por sorte, havia um pastor hospedado no hotel e um funcionário, de raciocínio rápido, pediu que ele realizasse a cerimônia. Ele tinha um sotaque sulista e ficou de casaco o tempo todo. Talvez tenha sido maravilhoso, de alguma maneira. Lembro-me de olhar para Jackson e pensar: 'Guarde cada segundo disto, Jenny. Nunca será tão bom de novo.' No fim, trinta pessoas compareceram à cerimônia. Os pais de Jackson não foram. Não saímos um do lado do outro a noite toda. Uma recepção com fartura de camarão e champanhe pode ser incrível ou um desastre, e a nossa foi um pouco de cada."

Após o casamento, Jenny e Jackson hibernaram em seu apartamento. Jackson sobreviveu por mais dois meses. Jenny diz que odiava a inevitabilidade da Peste; os homens iam morrer, as mulheres iam viver. "Estava todo mundo na expectativa, observando e esperando, enquanto a noção sexista da condição feminina se ampliava por causa de uma doença. Era como nos filmes, quando uma mulher diz: 'Querido, fique aqui. Não vá lá, é muito perigoso! Não me deixe aqui!'. Era tudo que eu queria dizer a ele. Por favor, não me deixe aqui. Por favor, não vá, não me deixe. Por favor."

Jenny tentou o Adapt pela primeira vez onze meses depois da morte de Jackson. Sua amiga Ellerie foi quem lhe sugeriu. Ela criou um perfil do aplicativo de namoro (nervosa, nunca havia procurado um namoro na internet antes), passou reto por algumas pessoas e marcou encontro com uma mulher de cabelo escuro encaracolado que tinha, segundo ela, um sorriso bonito. Marcaram um jantar em um restaurante italiano e, quando ela apareceu, encontrou a mim.

Isso foi há três anos. Nesse primeiro encontro, Jenny e eu conversamos durante sete horas. Ela fez esta velha sem coração aqui sentir esperanças em relação ao futuro, e me disse que eu a fiz "sentir que algo bom podia acontecer depois de tanto tempo, quando tudo parecia não ter esperanças". Cara leitora, eu me casei com ela.

Foi uma cerimônia pequena. Não havia nenhum pastor sulista de casaco. Nossa amiga Kelly nos casou. Todos os nossos amigos, que ainda temos a sorte de ter conosco, puderam comparecer. A mãe de Jackson compareceu, o que foi maravilhoso e inesperado e fez Jenny chorar e borrar todo o seu rímel. Nós duas estávamos de vestidos brancos simples. Foi perfeito.

Quando recebi tamanha manifestação após meu artigo sobre Bryony Kinsella, percebi que o desconforto que eu havia sentido se devia à ocultação de uma verdade, porque quando escrevi aquele artigo eu já estava com Jenny, e já fazia muito tempo. Sempre achei sensato manter reservada minha vida com ela. Mas, depois do artigo, parecia algo fraudulento. E então, no típico estilo jornalístico, estou comunicando ao mundo que sou casada com uma mulher, e das boas. Esta não será a última matéria que escrevo sobre o assunto. Jenny e eu conversamos muito sobre isso e sentimos, efusivamente, que as dúvidas sobre amor, romance, sexo e relacionamentos entre mulheres que nunca haviam feito isso antes devem ser respondidas com histórias da vida real. Haverá estudos e análises acadêmicas, claro, como já deve existir algum, mas isso não é suficiente. Não sei quantas vezes vou escrever sobre minha vida com Jenny, mas prometo que vou. Quero que outras mulheres em posições semelhantes à nossa vejam que não estão sozinhas. Grande parte de meu trabalho desde a Peste tem se concentrado em contar as histórias das pessoas mais afetadas por ela, e esse tema será uma faceta disso.

Portanto, não contarei a história de nossa primeira dança ("At Last", com Etta James), nem o alegre desafio de decorar juntas nossa primeira casa (meu estilo é de meados do século, ela gosta de coisas modernas; resultado: um caos estético) e, sim, uma briga. A única briga feia que já tivemos. Perguntei a Jenny, há dois anos, se ela achava que um dia namoraria uma mulher se Jackson não tivesse morrido. Ela quase me bateu de tanta raiva. Sua resposta foi: "Se Jackson não tivesse morrido, eu estaria casada com Jackson. Nunca namorei mulheres antes da Peste, nem sequer pensei nisso. Não sei por que me apaixonei por você, Maria. Há psicólogos, antropólogos, jornalistas e todo tipo de gente tentando entender o comportamento das mulheres. Não acho que seja nada complicado. Eu sei que estava sozinha, sentia falta de alguém andando pelo apartamento enquanto eu lia o *New York Times* no domingo. Sentia falta de me sentir desejada. Sentia falta de sexo e intimidade e de dividir minha vida com alguém. Não acho que esses sentimentos tenham tornado inevitável eu me apaixonar por uma mulher, mas meu marido estava morto e aconteceu de eu sair com você e me apaixonar. Eu poderia quebrar a cabeça me perguntando como e por que, mas não quero. Para quê? Estou feliz, você está feliz, o que importa como chegamos aqui?"

Dawn

Londres, Reino Unido (Inglaterra e País de Gales), dia 1.698

— Quanto é?

— Setecentas e sessenta e oito libras — diz a mecânica, com cara de culpa.

— Setecentas e sessenta e oito libras? — repito, como se repetir o valor fosse diminuí-lo.

— Segurança em primeiro lugar — diz ela.

Não adianta ficar irritada com ela. Não é culpa dela que o novo Departamento de Mudança do governo tenha decidido revisar cada maldita coisa que usamos, compramos e pensamos em comprar. Normalmente eu acharia uma ideia excelente, e no fundo até acho, mas ser legalmente obrigada a gastar quase mil dólares em um novo airbag (testado em manequins de formato feminino), um cinto de segurança ajustado à minha altura (em vez de à altura masculina padrão) e um novo descanso de cabeça (para minha altura) me faz pensar. Sou tão grata quanto todas pelo fato de as mortes em acidentes de carro terem caído oitenta e quatro por cento desde 2025, mas também poderia apontar que a população foi reduzida pela metade, a economia se contraiu, e por isso as pessoas pararam de dirigir tanto e as motoristas estão mais seguras.

— Essas medidas são responsáveis por tornar a direção muito mais segura — diz a mecânica, acostumada com clientes insatisfeitas que gostam da ideia de segurança em teoria, mas não de pagar por ela. — Antes da Peste, as mulheres tinham quarenta e sete por cento mais chances que os homens de ficar gravemente feridas em um acidente de carro.

Isso me faz pensar enquanto digito meu PIN. É uma estatística chocante. Muito bem, Miranda Bridgerton, "ministra da mudança". Admito que seria bom não morrer em um acidente de carro.

— Obrigada, e desculpe por reclamar — digo, tentando ser simpática.

— Tudo bem — diz a mecânica alegremente, e começa a tagarelar sobre uma atualização opcional do programa de serviço que custaria blá-blá-blá...

Meu celular toca. É um número que salvei como "Emergência".

— Alô?

— Dawn, é Nancy, do gabinete da primeira-ministra. Foi convocada uma reunião de emergência. A guerra civil chinesa acabou.

— O que você disse?

— A guerra acabou; eles declararam a paz. O discurso anunciando isso viralizou. A reunião é daqui a uma hora e meia no lugar de sempre.

Desligo o celular e fico boquiaberta. Nunca pensei que eles conseguiriam a *paz*. Pesquiso depressa no Google "guerra chinesa" e vejo a imagem na primeira página de todos os sites de notícias.

Fei Hong, famosa desde a entrevista com Maria Ferreira, está alinhada com mais onze mulheres, todas atrás de púlpitos, cada uma identificada por um número de um a doze.

— Estamos aqui, hoje, para anunciar que a paz foi alcançada — diz Fei. — A China agora é formada por doze estados. Semana passada foi convocada uma trégua e cada uma das mulheres aqui presentes, em representação de nossos grupos rebeldes, reuniu-se em Macau. Representantes dos quatro estados independentes de Macau, Pequim, Tianjin e Xangai compareceram a essas reuniões para garantir que a trégua fosse mantida. A condição para a paz era a democracia: de modo que cada estado realizará eleições livres e justas dentro de dois meses. Uma nova República Chinesa nasce hoje.

Puta merda. Corro para a reunião, sabendo que, como é fim de semana, ninguém estará vestido adequadamente.

Meu Deus, Gillian está de *legging*. Pelo menos não sou a ministra do Interior entrando em uma reunião do Cobra* com uma faixa elástica na cintura.

— Interromperam sua aula de ioga? — não posso deixar de perguntar.

— Pilates — diz Gillian, com um suspiro.

— Obrigada a todas por estarem aqui — diz a primeira-ministra.

Ela é absolutamente aterrorizante, o que não é surpresa para uma mulher que lidera com sucesso um país durante a pior crise de sua história. A sala está em posição de sentido.

— Pela primeira vez, tenho boas notícias. Vamos nomear embaixadores para cada novo estado em breve.

A primeira-ministra baixa os olhos para o papel à sua frente. Parece tão surpresa quanto eu.

— Cada facção nos doze territórios deve inscrever seus apoiadores. As quatro facções mais populares em cada território se tornarão um partido político registrado e poderão concorrer às eleições em seu território. Nos primeiros cinco anos, cada facção concordou em focar apenas em obter um mandato democrático em seu próprio território para garantir que ninguém consolide o poder.

— Então, daqui a cinco anos, vai dar merda — diz Gillian secamente.

— É bem possível — diz a primeira-ministra. — Macau, Xangai, Tianjin e Pequim concordaram em supervisionar as eleições e

---

* Comitê formado por autoridades de áreas diversas que se reúne para tratar de assuntos de alta relevância. (N. do E.)

ameaçaram com sanções econômicas quem quebrar as regras. Esperam que nos próximos cinco anos o comércio cresça a tal nível que cada território esteja mais preocupado em se reconstruir economicamente do que em expandir geograficamente.

A sala fica em silêncio, coisa rara em uma reunião com dez das pessoas mais poderosas do Reino Unido. Há pouco a dizer. A guerra acabou e talvez eles tenham realmente... vencido. Não é possível que o mundo esteja em ordem — com o tipo de paz sobre a qual homens sérios, velhos e brancos escrevem — quando quase vinte por cento da população mundial está em guerra ou é adjacente a ela. É como se todo o planeta houvesse dado um suspiro de alívio. *Ufa. Eles conseguiram. Todos sobrevivemos.* Graças a Deus. Eu não poderia encarar uma Terceira Guerra Mundial logo antes de me aposentar, depois de lidar com uma Peste. Não conseguiria.

Catherine

Londres, Reino Unido (Inglaterra e País de Gales), dia 1.699

Não vou a um jantar há mais de quatro anos. Quatro anos. Fico dizendo a mim mesma que deve haver um limite para quanto os jantares podem ter mudado nos últimos quatro anos, mas isso não ajuda muito, porque eu não gostava muito de ir antes da Peste. Minha roupa nunca ficava bem — curta demais, quente demais, camadas me fazem parecer uma hippie organizada — e a única parte boa era me arrumar enquanto Anthony bebia uma taça de vinho, sentado na cama, conversando comigo e, depois, no metrô voltando para casa, dissecar tudo que os outros haviam dito no jantar.

Mas Anthony não está aqui e estou fazendo um esforço. Então, aqui estou eu, com um vestido de veludo verde com o qual já sei que vou passar calor, tocando a campainha da bela casa de Phoebe em Battersea.

Rory abre a porta e, por um momento, tudo parece completamente normal. Ele me oferece vinho branco e eu converso meio acanhada com pessoas que não conheço. Mas, olhando um pouco abaixo da superfície, tudo é diferente. Anthony não está ao meu lado; os números estão todos errados; de dez pessoas, há apenas dois homens: Rory e seu amigo, James.

— O que você faz? — pergunto a James, olhando com inveja para sua esposa.

Não que eu queira James, mas é que anseio por ter meu marido ao meu lado também.

— Eu era analista de marketing antes de tudo, mas agora trabalho com relações públicas no Departamento de Relações Masculinas do governo.

A conversa ao nosso redor para e há um coro de "ooh" e "que interessante!". James fica vermelho; não é a primeira vez que ele tem essa reação.

— Que interessante — digo, cedendo ao clima da sala. — Por que escolheu mudar?

— Percebi que estava sendo tratado muito diferente pelas mulheres e quis me assegurar de que a voz dos homens fosse ouvida.

— De que forma você é tratado diferente? — pergunto.

Tenho a terrível sensação de que, antes da Peste, James era o tipo de homem que "esperava" que sua esposa trocasse seu sobrenome de solteira por causa da tradição, e se descrevia como o chefe da família.

— Em termos românticos, muito. Sou abordado várias vezes por dia, quando estou indo ao trabalho, quando tomo um café, quando estou em um restaurante com um amigo... Muito raramente é uma abordagem agressiva. Em noventa e cinco por cento das vezes é apenas uma mulher simpática que vem até mim com seu telefone escrito em um pedaço de papel, ou que puxa conversa enquanto espero meu café para viagem, ou que vem até minha mesa e pergunta se estou a fim de beber alguma coisa qualquer hora.

— E os outros cinco por cento?

— Aí são mais problemáticos. É um desespero que, por um lado, eu entendo, mas, por outro, penso: "Não é culpa minha. Nada disso é culpa minha. Por que não tenho o direito de ficar sentado e esperar meu trem sem ser incomodado?" Quando reclamei para algumas amigas da minha irmã, elas ficaram divididas. Metade achou que eu tinha todo o direito de reclamar, que isso era assédio! Um ultraje! Você está de aliança! A outra metade sorriu tristemente e explicou que elas sabiam *exatamente* como era isso, pois fazia parte da vida diária delas até poucos anos atrás.

Iris balança a cabeça furiosamente junto com tudo que James está dizendo. Ela é a esposa ou a líder de torcida dele? Talvez ele ache que é a mesma coisa.

— E como vocês se conheceram? — pergunto aos dois.

— Começamos a namorar em 6 de março de 2027 — diz ele com um sorriso.

Nunca conheci um casal que começou o relacionamento depois da Peste.

— Como foi namorar depois da Peste?

Sei que minha pergunta está forçando os limites das boas maneiras, mas não consigo evitar. Estava com saudade de ser enxerida em jantares. Esqueci que podia ser impertinente com pessoas que não conheço.

— Todo mundo ficava me dizendo: "Nossa, você tem tantas opções, James, pode escolher qualquer uma. Qualquer uma seria uma mulher de sorte por ter você". Parecia que eu estava participando de um reality show.

— Então, como escolheu Iris?

Iris sorri beatificamente para ele. Ela é meio irritante.

— Nós nos conhecíamos havia anos. Ela é amiga da minha irmã mais nova. Eu estava tentando me recompor depois da perda do meu pai e meus dois irmãos; felizmente, meu cunhado também é imune. Trabalhava com marketing esportivo, e cerca de oitenta por cento do meu escritório morreu e o negócio entrou em colapso. Foi demais, muita coisa para processar. Eu disse à minha mãe, um dia, que gostaria de ter conhecido alguém antes da Peste. Teria sido muito mais fácil enfrentar tudo se eu tivesse uma presença constante ao meu lado, entende?

— E foi aí que eu entrei — Iris sorri.

James continua a ignorando.

— Fiz trinta anos em fevereiro de 2027 e algo mudou em mim. Eu queria me estabelecer e a Peste mostrou como a vida é curta. Minha mãe dizia que essa vontade de construir uma família e ter filhos a fazia se lembrar de quando ela havia feito trinta anos e queria um filho desesperadamente.

— Às vezes os clichês têm razão de ser — diz Iris, efusiva.

— A Peste colocou as coisas em perspectiva para muitas pessoas — digo o mais educadamente possível ao perceber que fiquei em silêncio tempo demais.

— E agora estou grávida! — acrescenta ela com alegria, esfregando uma barriga inexistente. — E Phoebe também!

Phoebe se volta com o vinho que está servindo para alguém e eu sei exatamente que expressão estará em seu rosto antes mesmo de olhar para ela. Estará com os olhos arregalados, os lábios franzidos, como se estivesse se preparando para o horror inevitável. Que ódio! Eu a conheço tão bem e, mesmo assim, de alguma maneira minha amiga mais antiga permitiu que eu descobrisse essa notícia devastadora do jeito mais inimaginavelmente horrível.

— Que maravilha para vocês duas! — digo, eufórica.

Sorria, Catherine. Continue sorrindo. Não deixe que Iris a veja chorar.

— Com licença, vou dar um pulinho no banheiro.

Phoebe me segue pela cozinha e escada acima, até o banheiro.

— Catherine, eu...

— Como pôde? E só para deixar claro, caso você tente deturpar tudo mais tarde, não estou com raiva de você por estar grávida. Estou furiosa com você por não ter me contado e permitido que uma idiota de vinte e oito anos me contasse. Puta que pariu!

Lágrimas rolam livremente pelo rosto de Phoebe. Ela sempre chora com facilidade. Tenho vontade de sacudi-la bem forte.

— Desculpe. Eu não sabia como, daí pensei em lhe contar esta noite, mas... eu... Oh, Deus, eu pisei na bola com você, desculpe.

A bile sobe pela minha garganta. Ela não conseguiu fazer direito a única coisa decente e necessária.

— Você é uma covarde de merda. Cristo, somos amigas há mais de metade da vida e você nem se deu o trabalho de me contar! Vá se foder, Phoebe. Ah, e diga ao Rory que o amigo dele, James, e a esposa são dois idiotas.

Acho que nunca senti tanta raiva. E então, quando estou passando pela sala de estar para pegar meu casaco, ouço a voz de Iris murmurando:

— Sabe, há uma razão para o baby boom ter acontecido depois da Segunda Guerra Mundial. Quando a morte está diante de nós, queremos algo permanente em que nos agarrar para salvar a vida.

Quero jogar um copo na cabeça de Iris, mas não posso e não vou. Há muitas coisas que não posso e não farei. Só preciso abotoar o casaco e sair daqui sozinha. Vou sozinha para a estação. Espero o trem sozinha. Meu nariz escorre no frio e enormes soluços engolidos tomam conta do meu corpo, sozinha. Sempre sozinha agora, ao que parece.

Lisa

Toronto, Canadá,
dia 1.700

Vou ganhar o Prêmio Nobel. Claro que vou. Todo mundo está dizendo. É a primeira vez que os suecos fazem a premiação desde que o mundo inteiro foi pro brejo, e só em três categorias: Fisiologia ou Medicina, Química e Paz, e vou vencer. Margot está olhando para mim com cautela enquanto ando pelo apartamento. Seu entusiasmo é contido. Ela é a precaução para minha imprudência. Funciona no longo prazo, na vida, em uma parceria, mas em um momento como este quero que ela fique pulando para cima e para baixo, tão empolgada quanto eu.

— Talvez só se... meu amor... por favor, você está me deixando nervosa.

Ela põe de lado o livro que está lendo e me lança um olhar suplicante. Devo a estar incomodando muito para fazê-la largar o livro. Sento na beirada do sofá e, assim que começo a pensar que talvez eles já devessem ter ligado, meu telefone vibra.

Atendo, sem fôlego, aflita.

— Alô?

— Dra. Michael?

— Sim, sou eu.

— Meu nome é Ingrid Persson. Sou presidenta da Assembleia do Nobel no Instituto Karolinska.

Meu Deus. Ai, meu Deus. Este é o telefonema mais legal da minha vida.

— Tenho o prazer de informar que optamos por lhe conceder o Prêmio Nobel de Fisiologia ou Medicina.

— Obrigada! É uma honra, de verdade.

Margot está me abraçando com tanta força que não consigo respirar. Tudo, cada pedacinho do trabalho, cada segundo que passei no laboratório valeu a pena.

— Tenho outra notícia que talvez ache menos... agradável.

Meu coração se aperta. O que será? Talvez seja o dinheiro, mas não me importa o dinheiro. Não preciso de prêmio em dinheiro. Não haverá cerimônia, talvez? Droga, sonho com essa cerimônia a vida toda.

— O prêmio será dividido.

Ingrid diz mais palavras, mas o mundo fica meio confuso e preto nas bordas e Margot está olhando para mim intrigada. Ela acabou de dizer que terei que dividir o Prêmio Nobel? Eu nunca dividi nem mesmo um *escritório*!

— Dra. Michael? Dra. Michael, ainda está aí?

Limpo a garganta.

— Sim, desculpe, deixei cair o telefone. Com quem meu prêmio será dividido?

— Com a dra. Amaya Sharvani, por sua descoberta da sequência genética da qual a imunidade e a vulnerabilidade à Peste surgiram em homens e mulheres, e com o dr. George Kitchen, por seu trabalho na criação de um teste de imunidade.

Tudo bem. Dividir em três não é tão ruim. Poderia ser pior, poderia ser pior. Poderia ser... dividir em quatro. A quem quero enganar? Estou horrorizada, mas foda-se. Sou uma ganhadora do Prêmio Nobel horrorizada!

— Estou ansiosa para conhecê-la na cerimônia, daqui a dois meses.

— Dra. Persson, é realmente uma honra. Estou muito grata.

— Agradeço seu trabalho, dra. Michael. O Prêmio Nobel é um pequeno símbolo de reconhecimento por seus avanços na ciência.

Ela desliga e Margot me abraça, olhando para mim, chocada.

— O que foi? O que está acontecendo?

Eu a levanto e a abraço.

— A má notícia é que vou dividir o Prêmio Nobel. A boa notícia é que vai me deixar um pouco mais humilde.

— Vai dividir com George Kitchen e Amaya?

— Eles mesmos.

Ela levanta uma sobrancelha.

— Eu sempre disse que você deveria ter adotado meu sobrenome.

— Margot!

Mas ela tem razão, claro.

— Não me olhe assim! Assim teria sido Lisa Bird-Michael, George Kitchen e Amaya Sharvani, ganhadores do Prêmio Nobel.

Rio, relutante. Não gosto que meu sobrenome venha em segundo lugar.

— Eu te amo muito e te odeio ao mesmo tempo.

— Casamento é assim. — Ela sorri. — Estou muito orgulhosa de você. De verdade, durante todos aqueles anos de trabalho, de estudos, sem um tostão, consegue imaginar como se sentiria naquela época se eu dissesse que você ganharia um Prêmio Nobel?

Margot esconde a cabeça em meu pescoço de um jeito que sempre foi para mim a coisa mais reconfortante do mundo.

— Sabe, eu achei mesmo que poderia acontecer de você ter que dividir o prêmio.

Ah, Margot. Sempre sabendo mais do que demonstra.

— Por quê?

— Porque — diz ela, afastando-se e me olhando bem nos olhos —, minha enlouquecedora, maravilhosa, arrogante e incrível esposa, eles também merecem. Eles não criaram a vacina, mas ajudaram você. Fizeram os trampolins que a impulsionaram para o prêmio final.

— Lembra que eu disse que não entendia seu instinto de justiça? — Ela assente, sorrindo suavemente. — Pois é, ainda não entendo.

Ela solta uma gargalhada. Estamos felizes.

Bem, eu ficaria mais feliz se ganhasse sozinha, mesmo assim estamos felizes.

Dawn

Paris, França, dia 1.702

Chá! Estou bebendo chá! Quero chorar de felicidade. Não está quente o bastante — nunca está no continente — e tem muito leite, mas é perfeito. Sinto-me oito mil vezes mais capaz de fazer meu trabalho graças a esta alegria. Seguro a xícara como uma criança segura a mamadeira; é precioso e me dá mais conforto do que qualquer europeu desta sala jamais poderia entender.

Ah, Interpol... como fico ansiosa por suas reuniões! Muita comida incrível, croissants, pato assado, chá. Mas não é justo que os franceses tomem chá e nós, ingleses, não. Preciso discutir isso com Marianne. De que adianta dedicar sua vida ao serviço público e à proteção de suas conterrâneas se você não consegue nem um bom chá com isso?

— Está aberta a reunião.

A terrivelmente chique francesa que encabeça a reunião, Sophie, prende a atenção da sala com muita facilidade. Tem início a apresentação de slides; vamos começar com a situação na Moldávia. Ah, alegria das alegrias, o exército das malucas ainda está no comando. Antes da Peste, a Moldávia era uma das principais fontes de tráfico sexual no mundo. Por causa de uma economia estagnada e uma pobreza galopante, as meninas e mulheres moldavas eram altamente vulneráveis ao tráfico, muitas vezes sendo vendidas à prostituição forçada na Rússia e no Oriente Médio com base em falsas promessas de trabalho. Já participei de muitas reuniões, ao longo dos anos, em que o tráfico sexual e a escravidão foram discutidos na mesma frase que "Moldávia". Mas, com a Peste, houve uma espécie de ultracorreção disso.

— A situação na Moldávia continua na categoria de alto risco. A sensibilidade política é alta, pois suas exportações de trigo, milho e sementes de canola são cruciais. O Governo está priorizando a volta à posição de "celeiro da Europa". No entanto, o Partido da Liberdade, totalmente feminino e anti-homens, que assumiu o controle em 2026, ainda está no poder, continua sendo o único partido político legal e se recusou a realizar eleições. Após a detenção de todos os homens em março de 2026, "para sua própria segurança", em delegacias e prisões, milhares de homens ainda estão presos aguardando julgamento por acusações de tráfico sexual, com um período de espera indefinido para o julgamento. Ainda há mais de oito mil homens desaparecidos. A pena de morte está sendo amplamente utilizada. Propomos manter a recomendação de que os homens não viajem à Moldávia por nenhum motivo, incluindo aqueles que teriam imunidade diplomática.

Tenho perguntas a fazer sobre a Moldávia, mas nenhuma delas é pertinente a meu trabalho. São pessoais. Como alguém se recupera da escravidão sexual e se torna uma política com poder? Como resiste ao impulso de declarar guerra àqueles que a feriram? São todas perguntas para os historiadores responderem no futuro, sem dúvida. Por enquanto, a política do Reino Unido de manter todos os homens longe da Moldávia continuará indefinidamente.

— A seguir, Arábia Saudita. Continuamos com dificuldade para obter informações. Existem limites rígidos para o compartilhamento de material fora do país, mas estamos confiantes de que a mudança de regime está completa. Todos os membros masculinos da família real saudita estão escondidos na Jordânia e no Egito ou estão mortos.

Não temos clareza quanto à sua sobrevivência. Continua havendo confrontos entre os rebeldes e o novo governo. Estamos conversando com aliados do Oriente Médio para obter mais informações.

Os aliados do Oriente Médio que nós deixamos para trás, é isso. Quase todos os meus espiões eram homens. Se estou conseguindo obter apenas fragmentos de informação do Iraque, Irã, Jordânia e Emirados Árabes Unidos, não sei como Sophie poderia conseguir muito mais.

Sophie clica no slide seguinte.

— O Programa de Certificação de Vacinas continua em expansão; são oitenta e dois países incluídos agora. O Comitê de Certificação das Nações Unidas votará sobre a inclusão da Romênia, Chile e Polônia mês que vem.

Gradualmente, o mundo está recuperando seu tamanho após anos de encolhimento. Quando as Nações Unidas anunciaram o Programa de Certificação, dei um grande suspiro de alívio. Apenas países com uma taxa de vacinação de mais de 99,9% são elegíveis para a certificação. Uma vez que um país é aprovado, seus cidadãos podem fazer viagens de avião dentro da Zona de Certificação, sujeitos às regras de visto de cada nação. O diretor do Serviço de Imigração coreano, Min-Jun Kim, foi que sugeriu isso originalmente. Ele teve que lidar com os efeitos colaterais na Coreia do Norte em abril de 2026 e a unificação em junho. Portanto, sabe melhor que ninguém a importância de garantir as taxas de vacinação em populações instáveis.

Ainda gosto de ver as imagens do primeiro voo internacional do ano passado, em julho. Foi antes do Programa de Certificação, de modo que todos os passageiros tiveram que provar que haviam sido vacinados com declarações de seus médicos individuais. Cento e sessenta e três pessoas foram de Sydney a Seul. Aterrissaram e as câmeras filmaram o avião e elas acenando ao desembarcar, e, a seguir, a lenta procissão pela área de passaporte. Todos correram para a área de desembarque e se atiraram nos braços das pessoas que os esperavam. Mães e filhas, além de ocasionais filhos, pais e maridos. Há uma família em particular, cuja avó chegou e viu sua netinha de quatro anos pela primeira vez, que sempre me fazia chorar na época. Eu sentia uma espécie de orgulho assistindo. Veja quão longe chegamos, penso comigo mesma. Veja como sobrevivemos.

Monitoramos de perto a dissidência contra a certificação da vacina. A última coisa de que precisamos é de um movimento que defenda a agitação civil e a abertura das fronteiras. A ONU e a OMS afirmam que a taxa de vacinação global ainda está oscilando em torno de noventa e seis por cento, o que não é, nem de longe, alta o suficiente para que os homens viajem com segurança para fora da Zona de Certificação. Algumas pessoas podem não gostar, mas a segurança vem em primeiro lugar.

— As notícias que saem da China são positivas. Fei Hong foi eleita presidenta do Quinto Estado Chinês, abrangendo grande parte da China central. Mas pequenos surtos de perturbação continuam no Dois e no Seis. A eleição de Fei parece sugerir que o Cinco continua sendo o mais estável dos doze.

Ainda estranho o fato de que a China não exista mais. Referimo--nos a ela como os "Doze", mas isso tem um ar religioso ou parece a organização vilã de um filme de James Bond. Hong Kong continua sendo um aliado incrivelmente útil agora que é completamente independente. Temos que encontrar vantagens onde pudermos.

— A França está trabalhando com os estados Cinco e Oito em repatriações voluntárias. Temos mais de quinze mil pessoas que não puderam voltar para casa desde o início da Peste.

É uma boa ideia. Deveríamos roubá-la.

Penso no grande discurso de posse de Fei Hong, que ela concluiu com uma frase de efeito que foi repetida mais vezes do que eu gostaria de contar. "Perdemos grandes cabeças que poderiam ter mudado o mundo, e perdemos amigos, irmãos, filhos, pais, maridos que poderiam ter mudado nossa vida. Mas fizemos algo positivo surgir das cinzas do desespero. Agora estamos livres, e isso compensa tudo que passamos."

Eu deveria estar feliz com a paz e a democracia. Deveria mesmo, mas é meu trabalho antecipar problemas, não cantar Kumbaya. Mesmo assim, bom para eles.

LEMBRANÇAS

Catherine

Londres, Reino Unido (Inglaterra e País de Gales), dia 1.976

Ver uma livraria aconchegante e bem iluminada fervilhando de gente no meio de uma noite chuvosa me emociona. Consegui um convite para o lançamento de um dos livros de memórias mais esperados do ano. *Querida Frances, com amor, Toby*, escrito por Toby Williams, o homem cuja esposa, Frances, o salvou da fome no *Silver Lady*, um navio que ficou preso na costa da Islândia.

Entrei em contato com Toby para falar sobre a inclusão de suas cartas em meu projeto e ele me convidou para a festa e me garantiu, já que as cartas serão incluídas em seu livro, que poderei usá-las no momento oportuno. A sala está alegre e cheia de pessoas bebendo vinho branco com entusiasmo. Tento parecer esnobe, porque é mais fácil que demonstrar ansiedade quando não se conhece ninguém. Enquanto estou aqui, posso dar uma olhada nas prateleiras. Não houve muitos fenômenos editoriais desde a Peste, mas os que emocionaram venderam milhões, enquanto todos nós buscamos com desespero significado e conexão nestes tempos brutalmente solitários.

Ouve-se o som de alguém tilintando um copo e pigarreando, e a sala se acalma. Toby olha para a esposa, ao seu lado, com um olhar de tanta alegria e ternura que me provoca um nó na garganta. Não posso invejar sua felicidade; eles merecem. Ela lutou para que ele sobrevivesse.

— Obrigado a todos por terem vindo — diz ele, com uma voz mais baixa e rica do que eu esperava e um toque agradável de sotaque de Yorkshire nos bemóis. — Não consigo expressar como é maravilhoso estar aqui, vivo e bem, com Frances ao meu lado e minha adorável Maisy aqui com seu Ryan. Sei que somos pessoas de muita sorte. Minha história é popular, todos vocês já devem ter me ouvido falar, na TV ou no rádio, sobre o tempo que passei no navio; ou viram um dos meus cinco mil artigos no *Guardian*.

Ouvem-se risadas generosas.

— As pessoas com quem estive naquele navio deixaram em mim uma impressão para o resto da vida, e lamento que mais delas não possam estar aqui conosco. Apenas sete pessoas sobreviveram das trezentas que embarcaram. Como devem saber, este livro é a história dos dois anos que passei no *Silver Lady*, das cartas que escrevi para Frances e de algumas das pessoas que morreram ao meu lado. Eu precisava saber o que aconteceu com suas famílias, conhecer suas histórias. Muitos de vocês já leram o livro, e a pessoa sobre quem mais me perguntam é Bella. O que aconteceu com seu marido, o filho e a filha? Queria poder dizer a Bella que ficou tudo bem, mas, como acontece tão frequentemente com a Peste, a história é triste. Porém há um pouco de esperança. O marido e o filho de Bella morreram no surto de Roma, e a filha quase morreu de fome, sozinha no apartamento por mais de seis dias. Felizmente, a cunhada de Bella, Cecilia, foi de carro, de ônibus e a pé de Puglia a Roma para resgatar a sobrinha. A filha de Bella, Carolina, agora mora com a tia em Puglia e é uma criança muito feliz. Cecilia gentilmente permitiu que eu incluísse uma transcrição de minha conversa com ela no livro, e lhe sou muito grato por isso.

Ele faz uma pausa e respira fundo.

— Obviamente, há uma pessoa que eu gostaria que estivesse aqui mais do que qualquer outra. Meu irmão, Mark.

Um momento de silêncio terrivelmente longo se estende pela sala enquanto Toby tenta controlar sua respiração para poder falar de novo. Ele faz uma cara que agora é familiar, olhando para longe com uma expressão de desespero total, fazendo esforço para se controlar. Consigo enxergar os laços entre ele e Frances, que com os olhos implora que ele fique bem, que se recupere, que continue.

— Mark me ajudou a aguentar os meses naquele navio horrível — diz Toby, trêmulo. — E então, bem quando nosso resgate começou e caiu comida do céu como se fosse mandada por Deus, ele morreu. Foi injusto. Vocês poderão ler mais no livro, porque para mim é muito doloroso falar sobre isso. Só quero que saibam que ele ficaria muito feliz em ver todos vocês aqui. De verdade.

A sala irrompe em ovação, com o alívio de uma multidão britânica que acabou de assistir a uma confissão emotiva e mal contida. Percebo que estou atrasada, dou um rápido adeus a Toby e Frances, que estão cercados de simpatizantes, e atravesso Londres rumo a um compromisso muito importante.

— Você está ótima — diz Amanda, enquanto nos abraçamos e nos acomodamos à mesa.

Eu a presenteio com a história do lançamento do livro e sou recebida com uma resposta bem irlandesa:

— Anda se misturando com os grandes e poderosos dos círculos literários, é? — diz ela, com uma sobrancelha levantada. — Eu sempre soube que você iria longe.

— Falou a médica famosa.

— Famosa? Faça-me o favor!

— Você é a médica mais famosa do mundo.

Amanda sorri com tristeza enquanto bebe seu vinho.

— Acho que a ganhadora do Prêmio Nobel, dra. Lisa Michael, pode reivindicar esse título.

— Bem, eu não a invejo. Não invejo sua falta de sensibilidade.

— Eu invejo a conta bancária dela — responde Amanda, com uma risada.

O garçom vem pegar nosso pedido e percebo, olhando feliz ao redor do restaurante movimentado, como é gloriosa a sensação de sair para jantar com uma amiga em um restaurante usando um belo vestido. Amanda, longe de ficar com raiva, foi muito mais compreensiva do que eu poderia esperar depois de meu colapso na casa de Heather Fraser. Ela me encontrou sentada à beira-mar, furiosamente barganhando em minha cabeça com um homem que nunca vi e que vai passar o resto da vida na cadeia.

— O que está feito está feito — disse ela baixinho.

Por um momento eu a odiei por sua aceitação. Mas parei para pensar e lhe agradeci. Disse a ela que era difícil imaginar que tudo poderia ter sido diferente, e foi a primeira vez que tive uma conversa verdadeiramente honesta, desde que perdi minha família, sobre o que significa ser sozinha. Eu me sentia sozinha, mas percebi que não precisava ser assim. Mas aconteceu, e não havia como mudar.

Percebi que nunca mais poderei ser amiga de Phoebe. Uma parte de meu coração está triste, mas o abismo entre nós é grande demais. Não é culpa dela que sua família não tenha morrido, assim como não é minha culpa que Anthony e Theodore morreram, mas é muito doloroso ver sua vida continuar como antes. Eu a amo, mas não posso fazer isso comigo mesma. Quando conheci Amanda, precisava desesperadamente de uma amiga que compartilhasse minhas experiências, e felizmente ela também. Agora, fico durante dias esperando ansiosa nossos encontros. Amanda vem para Londres a trabalho, eu viajo à Escócia para pesquisar e às vezes nos encontramos no meio, caminhamos pelo Lake District, conversamos, choramos e rimos. Amanda entende a perda, a dor e a raiva. Ela entende tudo.

Ocorre-me uma pergunta que há muito pretendo fazer a Amanda, mas nunca consegui. Tentei ler artigos sobre a taxa de mortalidade, lutei para superar o medo do que poderia descobrir sobre coisas que eu poderia ter feito para evitar a morte de Anthony.

— Por que a taxa de mortalidade é tão alta?

— O vírus causa um aumento maciço de células brancas no sangue. Ele imita uma forma extrema de leucemia. É por isso que mata tão depressa, o corpo não consegue fazer nada com essa quantidade de células sanguíneas.

— Eles sentem dor antes de morrer, então? Porque sempre se dá morfina aos pacientes com câncer quando estão...

— Um pouco de desconforto — diz Amanda.

Ela está mentindo. Eu sei e ela sabe, mas agradeço essa pequena gentileza mesmo assim.

— Pensa em se casar de novo? Ter mais filhos? — pergunto.

Ela raramente menciona o marido.

— Tenho quarenta e cinco anos, não é provável que tenha mais filhos.

Começo a me desculpar para ser gentil.

— Não — diz ela baixinho. — Não suportaria sofrer mais nenhuma perda. Eu não aguentaria. Perder Will e os meninos acabou comigo, não posso enfrentar isso de novo.

— O amor é sempre um risco, não é?

— É, mas não posso mais suportar. Não sei como algumas mulheres conseguiam engravidar durante a Peste sem saber se teriam um menino ou não. Uma mulher espanhola, católica devota, ficou presa em Edimburgo durante as férias. Deu à luz três meninos, que morreram. *Três*. Eles não acreditavam em contracepção.

Eu me assusto só de pensar em tanta perda, mas entendo. Entendo o desespero dela.

— Foi uma das primeiras mulheres em quem aplicamos a vacina quando finalmente conseguimos dinheiro para isso. Ela tem uma filha agora.

— Que lindo — digo, mas estou reprimindo a inveja e a vergonha que se segue.

— Como está o...

Amanda não completa a frase para que eu possa facilmente mudar de assunto se não quiser falar sobre isso.

Sinto minha testa franzir instintivamente, formando uma carranca de preocupação.

— Vou descobrir amanhã sobre a última rodada de IIU. Estou torcendo — digo, impotente.

Minhas duas primeiras rodadas de inseminação intrauterina não deram certo. Se eu não estiver grávida agora, neste exato segundo, nunca terei outra chance.

— Boa sorte. Lembre-se de que a fertilidade é um jogo de azar, não uma falha moral.

Eu sorrio diante da instrução de não ver o vazio potencial de meu corpo como o fracasso que parece ser.

— Avisarei assim que estiver com o resultado do exame de sangue.

— Você imediatamente soube que queria outro?

— Sim, mas não me permiti. Demorou alguns anos. Tive que me perdoar. Não foi culpa minha eles morrerem. Mesmo se eu os tivesse contaminado, não foi culpa minha. Precisei entender isso antes de tentar de novo.

— Essas são as palavras mais verdadeiras jamais pronunciadas. Tem vontade de conhecer alguém? Você não tem nem quarenta anos.

Sacudo a cabeça, decidida.

— Já pensei muito nisso e não consigo imaginar. Tive um grande amor, o maior amor do mundo. Isso é mais do que a maioria das pessoas consegue na vida. Não há como superar isso.

— Anthony — diz ela.

— Anthony — repito.

É tão maravilhoso dizer o nome dele... A palavra se encaixa perfeitamente em minha boca. É uma bênção.

— Fale mais sobre ele.

Eu me recosto. Raramente me fazem essa pergunta. Minhas amigas que o conheceram não precisam saber, nem as pessoas novas que conheci.

— Ele era engraçado e franco. Sempre me levava a sério. Era alto e forte, e, quando eu apoiava as costas nele, ele apoiava a cabeça em cima da minha e eu sentia que nada de ruim poderia acontecer com a gente. Ele era inteligente e leal e tinha muito, muito orgulho de mim. Sabe, é difícil encontrar alguém que realmente tenha orgulho da gente, sem nenhum ressentimento. Ele era perfeito. Era meu.

Olho para ela quase me desculpando, como se eu tivesse cometido um erro fatal por ter tido um marido maravilhoso.

— Que bom que você o teve — diz ela.

Essa é a coisa mais linda que alguém já me disse sobre ele. Talvez Amanda também sinta que é horrível focar a perda das pessoas que amamos.

— Fico feliz por ele ter sido seu.

— Obrigada, Amanda. Sou feliz também.

Decido lhe fazer a pergunta que me apavora, que tem impulsionado minhas viagens, meu trabalho, que tem me levado a ouvir histórias de outras pessoas, às minhas tentativas desesperadas de ter outro bebê.

— Você acha que nossos filhos e maridos serão lembrados, ou simplesmente... desaparecerão?

— Acho que vamos lembrar deles, falar sobre eles e contar suas histórias. Saberemos que os amávamos e que éramos amadas por eles. Isso será suficiente.

Ela faz uma pausa.

— Sabe, o mundo não precisa se lembrar de nós para que façamos a diferença. Fomos amadas por aqueles que amamos. Nem todos podem dizer isso — fala baixinho.

Não, imagino que não possam.

Prefácio de *Histórias da grande peste masculina*, de Catherine Lawrence

9 de setembro de 2032

Fiquei sentada à minha mesa durante muitos dias, pensando em como escrever esta introdução. O livro está terminado, o manuscrito completo, mas o início me escapa. No intervalo entre terminar a coleção das histórias deste livro e escrever este prefácio, passei por uma enorme mudança em minha própria vida. Eu não poderia escrever isto enquanto faltasse um pedaço da história.

Alguns dos homens e mulheres extraordinários com quem conversei aceitaram as perdas que sofreram. Eu não pude aceitar a perda de meu filho. Sentia uma dor crua e um arrependimento que só cresceu com o tempo. Muitas pessoas me disseram que devo terminar o livro com esperança. Durante meses agradeci o otimismo delas, mas, mesmo assim, até recentemente eu me desesperava com isso. Como alguém poderia viver com otimismo se o mundo se mostrou, de tantas maneiras, cheio de crueldade aleatória? Otimismo é um privilégio, eu costumava dizer a mim mesma, que não posso bancar. Mas isso não é verdade. Claro que não é verdade. Se há uma coisa que aprendi nas muitas semanas que passei com esses homens e mulheres falando sobre a Peste, é que fizemos o melhor que podíamos com o que sabíamos na época. Fiz o meu melhor nas circunstâncias mais terríveis. O passado foi doloroso, mas isso não significa que o futuro não possa ser melhor.

Dei à luz minha linda filha, Maeve Antonia Lawrence, em 2 de janeiro deste ano. Ela é perfeita, e não só porque me fez sentir que minha vida era outra vez minha. Ela representa a esperança que não ousei ter durante anos, pois, como tantos outros, fui atingida pela perda e pela nova paisagem emocional de um mundo em que me sentia inteiramente sozinha. Maeve nunca viverá em um mundo em que tenha um pai, e isso não a tornará incomum. Ela não terá irmãos e terá pouquíssimos amigos homens. Irá à escola e aprenderá quase exclusivamente com professoras, em um país governado principalmente por mulheres. Para minha filha, esse novo mundo será normal, e estou em conflito. Agradeço por ela nunca ter que conhecer a dor de perder tanto, e, mesmo assim, como não entender o que foi perdido?

Sendo antropóloga, admito que não sou imparcial. Perdi meu marido e meu filho para a Peste. Não posso estudá-la com a distância e a neutralidade emocional que os acadêmicos exigem. Uma prova do impacto da Peste é que nenhuma antropóloga britânica deixou de ser afetada por ela. Decidi incluir minha própria história, em vez de fingir ser a observadora invisível que não sou e esconder minhas próprias perdas. Não há narrador onisciente para contar esta história. Todos nós somos parciais. Todos nós mudamos.

Enquanto compilava as histórias, eu me perguntava sobre o registro delas. Pela primeira vez na história do mundo, as mulheres têm controle total sobre como nossas histórias são contadas. Alguns afirmam que só os homens deveriam poder registrar a história da Peste, pois foram os mais afetados. Respeitosamente, eu discordo. As mulheres são, em sua maioria, as pessoas que foram abandonadas. Nós somos aquelas cuja vida foi estilhaçada, as que sobramos. Muitas têm empregos que não escolheram, trabalham seis dias por semana para ajudar a economia em crise, criam os filhos sozinhas enquanto enfrentam o peso do luto. Em um mundo que mudou de maneira inimaginável, o jeito como registramos nossas histórias também mudou.

Ao falar com mulheres e homens que vivenciaram a Peste de maneiras diferentes, tentei começar a responder às perguntas importantes que enfrentaremos nas décadas e nos séculos vindouros. Por que a Peste se espalhou tão depressa? Que impacto teve nas sociedades no mundo todo? Como os indivíduos reestruturaram famílias e lidaram com as mudanças que lhes foram impostas? Como as crianças estão lidando com um novo mundo, diferente de tudo que seus pais imaginaram para elas? Como a população masculina restante se integrou a um mundo no qual é uma minoria extrema?

Quando minha filha me perguntar "Como o mundo mudou?", espero que ela possa encontrar algumas respostas aqui. Espero que um dia ela possa ler isto e entender um pouco sobre o passado. Não faz muito tempo que as coisas eram muito diferentes. Já fui mãe antes, mas a maternidade, como tantas outras coisas, mudou. Minha experiência atual parece mais condizente com as mães durante a guerra do que com minha vivência de ser mãe de meu filho. Sou mãe solteira em um mundo que está mudando mais rápido do que podemos acompanhar. Em um mundo que agora é menor do que era há décadas. A chegada de um bebê é agora um abençoado alívio da morte generalizada, em vez de uma experiência comum da idade adulta.

Compilar este relatório foi, por muitas razões, a coisa mais difícil que já fiz, mas também foi uma fonte de conforto e alegria em um momento em que minha vida havia sido destruída pela tristeza. Meus superiores na UCL, especialmente minha mentora, Margaret King, e, mais tarde, as pessoas com quem trabalhei na Comissão da Peste Masculina das Nações Unidas, deram-me um enorme apoio.

Seria negligente da minha parte não reconhecer as limitações deste relatório. A Peste começou na Escócia e se espalhou por todo o mundo, mas não fui capaz de representar as histórias de tantos países diferentes, culturas e pessoas como teria gostado. Muitos países, particularmente no hemisfério sul, ainda estão aguardando a certificação de vacinação. Grande parte do que era a China ainda está fechada para o mundo exterior; o contingente de Xangai, que viajou para Toronto para organizar a produção da vacina MP-1, foi formado por alguns dos primeiros indivíduos dos estados chineses a viajar para fora da Ásia. Irã, Iraque e partes do Iêmen ainda se encontram em total apagão, sem comunicação. Espero que, com o tempo, nossa compreensão do impacto da Peste só cresça em amplitude e variedade. Isto é apenas o começo.

Tentei encontrar o equilíbrio perfeito entre focar o impacto da Peste sobre os vivos e a lembrança dos mortos. Uma das coisas que tentei recordar na longa jornada emocional de volta a uma aparente normalidade é algo que Maria Ferreira escreveu: "Talvez alguns traumas sejam avassaladores demais para que nos recuperemos". Em termos individuais e sociais, talvez a recuperação seja uma meta alta demais. Nunca recuperaremos o que perdemos, e temos de aceitar e lamentar isso. Lamentar o que não pode ser e encontrar uma nova maneira de existir. Mais que tudo, nos próximos meses e anos, espero que mulheres e homens possam encontrar um senso de camaradagem nestas páginas. Os horrores da Peste fizeram muita gente se sentir sozinha, mas as experiências mais comuns — viuvez, perda de filhos, pais e irmãos — são quase universais.

Por fim, gostaria de dedicar este livro à minha família: meu marido, Anthony, meu filho, Theodore, e minha filha, Maeve. Não estaremos todos juntos nesta vida, mas estou muito feliz por terem sido meus.

Agradecimentos

À minha maravilhosa agente, Felicity Blunt. Este livro simplesmente não existiria da maneira que existe sem sua visão, inteligência e ideias criativas. Juntas, remodelamos o manuscrito que você aprovou (que tinha mais ideias que certezas) e o transformamos em algo muito maior. Sou muito grata por todo o seu trabalho de apoio e por me ajudar, com sua notável inteligência e gentileza, a construir esta nova carreira.

À minha maravilhosa editora do Reino Unido, Carla, da Borough. Desde nosso primeiro encontro, soube que você entendia completamente este livro e o que eu estava tentando dizer. É uma alegria trabalhar com você.

A Mark e Danielle, da Putnam, e Amy, da Doubleday, pela orientação cuidadosa e pelo entusiasmo com este livro. À minha adorável agente americana, Alexandra, à equipe da Curtis Brown Rights — Sarah e Jodi — e a Luke, por todo o seu trabalho árduo. Obrigado a Ann e às incríveis equipes de publicidade e marketing da HarperCollins.

Nunca estudei redação criativa, mas aprendi a escrever com Marian Keyes e Julia Quinn. Tudo que sei sobre perspicácia, caracterização e enredo aprendi com os livros delas. Portanto, meu grande obrigada.

Estou extrapolando, mas, na verdade, eu não poderia ter escrito este livro sem meu MacBook (um presente da minha mãe depois de meses de dor de cabeça com meu notebook), sem as 7Ups Free, os bules de chá-verde Teapigs, os M&Ms de amendoim e os sorvetes

Magnum. Que fique registrado que esta parte dos agradecimentos, infelizmente, não é patrocinada. Quando se escreve tarde da noite e nos fins de semana, as guloseimas ganham uma importância enorme.

Aos meus melhores amigos, em quem confiei quando escrever era algo que eu fazia em segredo, apenas com esperança e o incentivo de vocês. Dolf, você está ao meu lado desde os dezenove anos, quando trabalhávamos em nosso jornal estudantil. Você é o melhor amigo que uma garota poderia desejar, e seu incentivo e apoio constantes são muito importantes para mim. Sarah, graças a Deus Tom teve o bom senso de se apaixonar por você (quem não se apaixonaria?) e trouxe você para minha vida. Lembro-me de admitir, com uma taça de vinho branco na mão, em 2015, que queria desesperadamente ser escritora. Você tinha fé total de que eu seria capaz e nunca me deixou esquecer isso. Tom, Will, Vicky, Simon, Claudia, Katie e Louise: obrigada por serem meus amigos. Emily e Serina, as melhores colegas de trabalho, que compartilharam minha empolgação e a experiência surreal de assinar um contrato com uma agente e vender o livro. Obrigada a Daphne, que me ensinou a tocar harpa durante uma década e a trabalhar duro para desenvolver uma habilidade criativa. Você teve um impacto extraordinário em minha vida e até hoje sigo as lições que me ensinou.

Tenho muita sorte de ter a melhor família do mundo. Juliana e Kenny, que me ouvem falar muito sobre livros e fazem que eu nunca me sinta sozinha. Papai, sua empolgação com minha escrita sempre me dá um grande ânimo. Espero ter deixado você orgulhoso. Obrigada por sempre acreditar em mim e me dizer que sou inteligente quando eu me sentia muito cansada e oprimida de tanto estudar.

E à minha mãe. Era você que recebia meus muitos telefonemas e perguntas. Você me disse milhares de vezes que eu podia ter certeza de que seria publicada. Passamos milhares de horas da minha vida conversando, analisando, descobrindo coisas, gargalhando. Você sempre me disse que, quanto mais trabalhamos, mais sorte temos, e aqui estamos.

Impresso no Brasil pelo Sistema Cameron da Divisão Gráfica da
DISTRIBUIDORA RECORD DE SERVIÇOS DE IMPRENSA S.A.